Jorge Amado

LOS PASTORES
DE LA NOCHE

Jorge Amado (1912–2001) es tal vez el escritor brasileño más conocido en el mundo. En muchas de sus obras se mezclan los temas naturalistas con un humor obsceno y se describe el mágico ambiente de la gente humilde de Bahía. A los dieciocho años publicó su primera novela, *El país del carnaval* (1931). *Tierra del sinfín* (1944), considerada una de sus obras maestras, describe la dura vida de los trabajadores de las plantaciones de cacao. En 1961 fue elegido miembro de la Academia Brasileña de Letras. *Doña Flor y sus dos maridos* (1966), quizá su novela más famosa, fue llevada al cine por Bruno Barreto en 1976.

LOS PASTORES DE LA NOCHE

LOS PASTORES DE LA NOCHE

Jorge Amado

Traducción de Basilio Losada

VINTAGE ESPAÑOL
Una división de Random House, Inc.
Nueva York

PRIMERA EDICIÓN VINTAGE ESPAÑOL, ABRIL 2013

Copyright de la traducción © 1995, 2010 *por Basilio Losada*

Para Zélia, en la brisa de Río Vermelho, con Oxóssi y Oxum, en la orilla del mar de Bahia.

Para Antônio Celestino, Carybé, Eduardo Portella, Jenner Augusto, Gilberbert Chaves, Lênio Braga, Luís Henrique, Mário Cravo, Mirabeau Sampaio, Moysés Alves, Odorico Tavares y Tibúrcio Barreiros, Walter da Silveira y Willys, bahianos de variada procedencia, pero verdaderos todos, que vieron nacer y crecer a Tibéria, a Jesuíno y a sus compañeros. Con la amistad del autor.

Para el novelista Josué Montello, de Maranhão.

En la escuela de la vida no hay vacaciones.

Dístico en un vagón de la Rio-Bahia

No puede uno acostarse con todas las mujeres
del mundo, pero hay que intentarlo.

Proverbio del puerto de Bahia

¡Hombre, eso es un farol!

GORKI, *Los bajos fondos*

Apacentábamos la noche como si fuese un rebaño de muchachas, y la conducíamos a los puertos de la aurora con nuestros cayados de aguardiente, nuestros toscos bastones de carcajadas.

Y si no fuera por nosotros, puntuales al crepúsculo, vagabundos caminantes de los prados del claro de luna, ¿cómo iba la noche —encendidas sus estrellas, desgajadas sus nubes, negro su manto—, cómo iba la noche, perdida y solitaria a acertar con los caminos tortuosos de esa ciudad de callejones y pendientes? En cada ladera un hechizo, en cada esquina un misterio, en cada corazón nocturno un grito de súplica, una pena de amor, gusto de hambre en las bocas del silencio, y Exu suelto en la hora peligrosa de las encrucijadas. En nuestro pastoreo sin límites íbamos recogiendo la sed y las ganas, las súplicas y los sollozos, el estiércol del dolor y los brotes de la esperanza, los ayes del amor y las desgarradas palabras doloridas, y preparábamos un ramillete color sangre para adornar con él el manto de la noche.

Atravesábamos los distantes caminos, los más estrechos y tentadores, llegábamos a las fronteras de la resistencia del hombre, al fondo de su secreto, iluminándolo con las tinieblas de la noche, vislumbrábamos su suelo y sus raíces. El manto de la noche cubría toda la miseria y toda la grandeza, y la confundía en una sola humanidad, en una única esperanza.

Conduciendo la noche apenas nacida en los muelles, palpitante pájaro del miedo, las alas aún mojadas por el mar, tan amenazada en su cuna de huérfana, entrábamos por las siete puertas de la ciudad con nuestras llaves personales e intransferibles, y le dábamos de comer y beber, sangre vertida y vida bulliciosa, y ella crecía con nuestro cuidado y saber, hermosa de plata u ornada de luna.

Se sentaba con nosotros en los cafetines más alegres, doncella de la negrura estrellada. Danzaba la samba en corro con su falda dorada de astros, requebrando las negras ancas africanas, los senos como ondas agitadas. Brincaba en el corro de la capoeira, sabía los golpes de los entendidos y hasta inventaba, embaucadora osada, burladora de las negras, noche juguetona. En la rueda de los iaôs era el orixá más aclamado, caballo de todos los santos, de Oxalufã con su cayado de plata, curvado Oxalá, de Iemanjá, paridora de peces, de Xangô, del rayo y la borrasca, de Oxóssi de los bosques mojados, de Omolu, con sus manos marcadas de viruelas, era Oxumaré, con los siete colores del iris, el dengue de Oxum y la guerrera Iansã, los ríos y las fuentes de Euá. Todos los colores y todas las cuentas, las hierbas de Ossani y sus mandingas, sus hechizos, sus brujerías de sombras y luminarias.

Ya un poco bebida y excitada, entraba con nosotros en los burdeles más pobres, donde las viejas vivían su último tiempo de amor y las chiquillas recién llegadas del campo aprendían el difícil oficio de meretriz. Era una noche corrompida, no le bastaba un hombre solo, sabía de los más refinados placeres y de la desmedida violencia, su grito de amor henchía de música las calles esquinadas y los hombres se turnaban en su cuerpo donde restallaba el sexo a cada momento en las axilas y en los muslos, en la planta de los pies y en la raíz olorosa del pelo. Noche ramera, insaciable y dulce, dormíamos en su rosa velluda, terciopelo húmedo de rocío.

Y qué trabajo nos daba el llevarla hacia el mar, en los leves barquichuelos, con músicas y aguardiente. Escondidos en el manto llevaba las lluvias y los vientos. Y cuando más tranquila estaba la fiesta, serena de cantares, con gusto de sal y marejada las muchachas, soltaba los vientos y las tempestades. Se acaban los prados iluminados por la luna, aquel dulce pastorear de armónicas y violines, cálidos cuerpos en abandono, y se revolvían los abismos del mar cuando ella, enfurecida y ama loca del miedo y el misterio, hermana de la muerte, apagaba el brillo de la luna, las estrellas y las linternas de los barquichuelos. ¡Cuántas veces tuvimos que tomarla en nuestros brazos para que no se ahogara en el mar de Bahía y no quedase el mundo sin noche para siempre, eternamente, eternamente y para siempre día claro, hora solar sin amanecer ni anochecer, sin sombra, sin color y sin misterio, un mundo tan claro, imposible de mirar!

¡Cuántas veces tuvimos que agarrarla de manos y piernas, amarrarla a la puerta de los cafetines y al pie de la cama de Tibéria, puertas y ventanas atrancadas, para que ella, enojada y somnolienta, no se fuera antes de hora dejando un tiempo vacío, ni noche ni día, un tiempo helado de agonía y muerte!

Cuando llegaba en su cuna de crepúsculo, en el barco de una luna anticipada, en las franjas últimas del horizonte, era una pobre noche sin sentido, solitaria, ignorante, analfabeta de la vida, de los sentimientos y las emociones, de los colores y las alegrías, de las luchas de los hombres y de las caricias de las mujeres. Noche bronca, apenas negror y ausencia, inútil y basta.

En nuestro pastorear sin límites, apacentándola por las ansias y ambiciones, por las amarguras y las carcajadas, por los celos, sueños y soledad de la ciudad, le dábamos sentido, la educábamos, hacíamos de aquella pequeña noche vacilante, tímida y vacía, la noche del hombre. Nosotros, sus machos y pastores, la preñábamos de vida. Construimos la noche con los materiales de la desesperación y el sueño. Ladrillos de amores nacientes o de pasiones marchitas, cemento de hambres e injusticias, barro de humillaciones y revueltas, cal de sueño y de la inexorable marcha del hombre. Cuando, apoyados en nuestros cayados, la conducíamos a los puertos de la aurora, era una noche maternal, senos henchidos, vientre fecundo, cálida noche consciente. Allí la dejábamos, al comienzo del mar, adormecida entre las flores de la madrugada, envuelta en su manto de poesía. Había llegado tosca y pobre, era ahora la noche del hombre. Volveríamos al próximo crepúsculo, infatigables. Los pastores de la noche, sin rumbo y sin calendario, sin reloj y sin meta.

Abran la botella de aguardiente y denme un trago para entonar la voz. Cuánto ha cambiado desde entonces y cuánto ha de cambiar aún. Pero la noche de Bahía era la misma, hecha de plata y oro, de brisa y calor, perfumada de pitanga y jazmín. Tomábamos a la noche de la mano y le traíamos nuestros presentes. Peine para peinar sus cabellos, collar para adornar sus hombros, pulseras y arracadas para adornar sus brazos, y cada carcajada, cada gemido, cada sollozo, cada grito, cada pesar, cada suspiro de amor.

Cuento lo que sé porque lo he vivido, y no porque lo haya oído contar. Cuento sucesos verdaderos. Quien no quiera oírlos puede irse en buena hora, mi voz es simple y sin pretensiones.

Pastoreábamos la noche como si fuese un rebaño de inquietudes vírgenes en la edad del hombre.

Historia verdadera del casamiento
del cabo Martim con todos sus detalles,
rica en acontecimientos y sorpresas

o

Curió el romántico y las desilusiones
del amor perjuro

1

Cuando ocurrieron estos hechos, Jesuíno Galo Doido aún vivía y el cabo Martim no había ascendido todavía, por merecimiento y necesidad, a sargento Porciúncula, cosa que, por otra parte, ocurrió al fin de los trabajos, como se verá en el momento oportuno. En cuanto a la muerte de Galo Doido, también de ella se hablará, si se presenta ocasión propicia, con las naturales reservas y la prudencia necesaria.

Venía Pé-de-Vento por la ladera, concentrada la expresión, y silbaba mecánicamente. Su rostro serio, huesudo, ojos azules y quietos, a veces vacíos de toda expresión como si hubiera salido a navegar y allí solo quedaran sus pies y sus manos, el cuero cabelludo, los dientes y el ombligo, los huesos salientes. Cuando se quedaba así, Jesuíno decía: «Pé-de-Vento embarcó para Santo Amaro». Por qué precisamente para Santo Amaro no se supo nunca. Jesuíno tenía unas raras muletillas en su lenguaje; solo él sabía por qué. Pé-de-Vento era pequeño y magro, un poco cargado de espaldas, los brazos largos y las manos descarnadas. No hacía ruido al andar, como si se deslizara, y venía abismado en meditaciones. Silbaba un aire antiguo, repitiendo la melodía, extendiéndola por la ladera. Solo un viejo la percibió, y sobresaltose al oírla, pues hacía mucho tiempo que la tenía olvidada. Recordó una cara perdida en distante pasado, un son de risas claras, y quedó preguntándose cuándo y dónde Pé-de-Vento, menor de cuarenta años ciertamente, había aprendido aquella vieja canción.

Fue en este tiempo, que se va acabando cada vez con más prisa, un fin de tiempos, un fin de mundo. Tan deprisa. ¿Cómo guardar memoria de acontecimientos y personas? Y nadie más —¡ay, nadie!— verá cosas como aquellas ni sabrá de tales gentes. Mañana será otro día, y, en el nuevo tiempo recién brotado, en la flor nueva de la madrugada del hombre, no cabrán ni esas personas ni esas cosas. Ni Pé-de-Vento con sus ojos azules, ni Negro Massu, ni el cabo Martim y su picardía, tampoco el joven y apasionado Curió, ni Ipicilone, ni el sastre Jesus, ni el santero Alfredo ni nuestra madrecita Tibéria, ni Otália, Teresa, Dalva, Noca, Antonieta y Raimunda, las chicas todas, ni los otros menos conocidos, pues será un tiempo de medir y pesar y ellos ni miden ni pesan. Tal vez se hable aún de Jesuíno, al menos mientras dure la rinconada de Aldeia de Angola, en el camino de la Federación, donde él se convirtió en santo festejado y guía de respeto, en el afamado Caboclo Galo Doido. Pero tampoco es ya el mismo Jesuíno, pues le dieron galas y plumajes y le atribuyeron cuanto por aquí ocurrió en los últimos veinte años.

No profundizaba en tales filosofías Pé-de-Vento, aunque no era menos importante la índole de sus meditaciones mientras iba ladera abajo. Pensaba en la mulata Eró, o mejor, de ella había partido, de la confusión por ella establecida, para iniciar sus meditaciones sobre un mundo de mulatas, pero de las verdaderas, mulatas con todas las cualidades físicas y morales, sin que faltara una. ¿Podía clasificarse a Eró entre las mulatas verdaderas, las perfectas? Evidentemente no, concluía Pé-de-Vento, definitivo e irritado.

En el bolsillo de la enorme levita, heredada de un cliente alemán, individuo casi tan alto como el negro Massu, levitón que le llegaba hasta las rodillas, estaba la ratita, en un rincón, amedrentada. Una ratita blanca, de hocico mimoso, ojos azules, una regalía, un don de Dios, un enredo, una vida toda.

Durante días y días Pé-de-Vento había estado enseñándole una habilidad, una sola, pero suficiente. Chasqueando los dedos la hacía ir y venir de un lado a otro y finalmente tumbarse panza arriba, agitando las patas en el aire, a la espera de una caricia en la barriga. ¿Quién no sería feliz con un animalito así, delicado y limpio, inteligente y dócil?

Los esposos Cabral, a quienes Pé-de-Vento vendía plantas de playa, cactus y orquídeas, quisieron comprarla cuando Pé-de-Vento, orgulloso, la exhibió. Doña Aurora, la mujer, había exclamado: «Si hasta parece de circo…». Querían regalársela a sus nietos, pero Pé-de-Vento se negó a cualquier trato con obstinada resolución. No la había educado por negocio, no había perdido su tiempo domesticándola, enseñándole obediencia, para ganar unas monedas. Pasó horas y horas hasta alcanzar su confianza, y solo lo logró por tratarse de una rata, y muy femenina. Pé-de-Vento le acariciaba la barriga y ella se quedaba inmóvil, boca arriba, los ojitos cerrados. Cuando él cesaba, ella abría los ojos y movía las patas, pidiendo más.

Había gastado paciencia y tiempo para llevársela a Eró como regalo y conquistar con esa dádiva su sonrisa, su simpatía y su cuerpo. La mulata era reciente y acertada adquisición de la residencia del doctor Aprígio, cliente de Pé-de-Vento, y allí ejercía con reconocida capacidad su profesión de cocinera. Pé-de-Vento perdió por ella la cabeza apenas la vio, y decidió llevársela lo más rápidamente posible, a su distante chabola. La ratita le pareció el medio más práctico y seguro para alcanzar el codiciado objetivo. No era Pé-de-Vento hombre para perder tiempo y saliva en declaraciones, parrafadas en voz baja y palabras tiernas, ni comprendía tampoco la ventaja de tales pasatiempos. Curió era distinto: era muy listo en las cosas del amor. Hasta había comprado un libro, el *Secretario de los amantes* (con el dibujo de una pareja en la portada, besándose descaradamente), para aprender palabras melosas y frases difíciles. A pesar de todo, nadie más traicionado por amantes y novias, caprichos y enamoradas. Pese a toda su literatura amorosa, vivía Curió ahogando sus decepciones en aguardiente, en la taberna de Alonso o en el cafetín de Isidro do Batualê, víctima de constantes abandonos.

Caía la noche envuelta en brisa, dulcemente sobre las laderas, las plazas y las calles. El aire estaba triste, pesado; una rara laxitud se extendía sobre el mundo y las criaturas, una casi perfecta sensación de paz como si ya ningún peligro acechara a la humanidad, como si el ojo de la maldad se hubiera cerrado para siempre. Era un momento de exacta armonía en que cada cual se sentía feliz consigo mismo.

Todos menos Pé-de-Vento. Ni feliz consigo ni en paz con los demás, y todo por culpa de aquella incomprensible Eró. Había

perdido días y días pensando en ella, soñando con sus senos
entrevistos: ella se inclinaba en el fogón y a Pé-de-Vento se le encendían los ojos. Curvábase la mulata para coger cualquier cacharro, y los muslos brillaban, color de miel. Había vivido ar-
dientemente Pé-de-Vento su deseo las últimas semanas, soñó
con ella, gimió su nombre en noches de lluvia. Había educado a
la ratita, como regalo y declaración de amor. Bastaría ofrecérse-
la a Eró, hacerla ir y venir, acariciarle la pancita y la mulata cae-
ría en sus brazos, rendida y apasionada. La llevaría a su distante
chabola, a orillas de la playa desierta, y allí festejarían amor y
matrimonio, noviazgo y luna de miel, todo de una vez y junto.
En un cajón, sobre unas pajas de banano, guardaba Pé-de-Vento unas botellas escondidas. Compraría de camino pan y mortadela y podrían vivir tranquilos la vida entera si quisiesen. La vida
entera o solo una noche. Pé-de-Vento no hacía proyectos deta-
llados, con tiempo determinado de duración y perspectivas de-
limitadas. Su objetivo era único e inmediato: llevar a Eró a su
barraca, tumbarla en la arena. Lo demás, el rumbo de las cosas
por venir, eso ya era otro problema que habría que considerar a
su debido tiempo.

Mientras la educaba, le fue tomando cariño a la ratita blanca; nació una tierna amistad entre los dos, hasta el punto de que
Pé-de-Vento, a partir de cierto instante, olvidó por completo a
la mulata Eró, olvidó su existencia y el color de sus muslos bron-
ceados. Jugaba con la rata por el simple placer de jugar, sin otra
intención, gratuitamente. Pasaba horas y horas divirtiéndose
con ella, riendo, conversando. Pé-de-Vento entendía las lenguas
de todos los animales. Él por lo menos eso decía y ¿cómo du-

darlo si ratas y sapos, culebras y lagartos, obedecían sus gestos y sus órdenes?

Si no hubiera acudido a casa del patrón de Eró, médico con laboratorio de análisis, a llevarle unos sapos de encargo, todo sería ahora diferente. Pero, apenas entrado en la cocina, Pé-de-Vento la vio junto al fogón, su perfil de palmera, sus altas piernas. «Señor —pensó—, me olvidé de traer la rata.» Dejó los sapos en el cubo, recibió el dinero, anunció a Eró su vuelta al anochecer. La mulata se encogió de hombros y con un balanceo de caderas le dio a entender su completa indiferencia ante tal noticia: que volviera si quería, si algún asunto tenía que resolver, ¡a ella qué! Pero Pé-de-Vento atribuyó otras intenciones, y pecaminosas, a aquel meneo de cuerpo. Jamás Eró le había parecido tan fogosa y urgente.

Volvió a la hora anunciada, entró cocina adentro, sin pedir permiso. Eró, sentada junto al aparador, pelaba patatas para la cena. Pé-de-Vento se acercó de puntillas y se descubrió. Eró levantó los ojos, sorprendida:

—¿Otra vez por aquí? ¿Más bichos aún? ¡Qué horror…! Si son sapos échalos al cubo… Las ratas a la jaula. Siempre con porquerías… —comentó bajando la voz, volviendo a las patatas, desentendiéndose de Pé-de-Vento.

Pero Pé-de-Vento no la oía. Vio por el escote el arranque de los senos y suspiró. Eró siguió hablando:

—¿Estás malo? Con tanto bicho inmundo ya habrás agarrado una peste…

Pé-de-Vento metió la mano en el bolsillo del desmedido levitón, sacó la ratita blanca y, con toda delicadeza, la colocó sobre la mesa. La ratita olfateó, como queriendo reconocer los diversos y tentadores aromas de cocina. Estiró el hocico hacia las patatas. Eró se levantó de un salto, toda ella un grito:

—Saca ese bicho de ahí… Ya te he dicho que no traigas porquerías a la cocina…

Se apartó de la mesa como si la ratita blanca, tan linda y tímida, fuese una serpiente venenosa parecida a las que Pé-de-Vento cazaba de vez en cuando para vender al instituto. Continuaba gritando con voz chillona, echando de su cocina al hombre y a la rata. Pero Pé-de-Vento no la oía, ocupado con el animalito.

—¿No es una monada? —extendió el dedo y la ratita fue de un lado a otro, después se tumbó panza arriba, con las patitas quietas en el aire. Él la acarició en el vientre y volvió a olvidarse de Eró, de sus senos, de sus muslos.

—¡Fucra! ¡Fuera de aquí! ¡Fuera con ese bicho asqueroso! —gritaba Eró al borde del patatús.

Y tan fuerte gritó que Pé-de-Vento oyó sus voces, posó en ella su mirada, recordó el motivo que hasta allí lo había llevado. Tomó su excitación por el natural entusiasmo, le sonrió, miró a la rata con cierta pena, y señalándola con el dedo, dijo a Eró:

—Para ti… Te la doy…

Otorgado el presente, sonrió de nuevo y alargando los brazos cogió a la mulata por las muñecas y la apretó contra su pecho. Nada quería entonces a no ser un beso de gratitud. El resto quedaría para la noche, en la chabola. Pero Eró, en vez de rendirse lánguidamente, luchaba por liberarse, se debatía violentamente entre sus brazos.

—¡Fuera…! ¡Fuera!

Consiguió desprenderse y se retiró al fondo de la cocina. Empezó a gritar:

—Vete antes de que llame a la señora… Y llévate ese bicho… No entres más aquí…

Aquello no estaba nada claro para Pé-de-Vento. Con la rata en el bolsillo aún asustada, iba por la ladera en la tarde perfumada, próxima la noche bochornosa, las nubes pesadas, perdido en sus cavilaciones. ¿Por qué habría Eró rechazado el presente? ¿Por qué habría huido de sus brazos, por qué no lo siguió a orillas de la playa, agradecida y ávida? No lo comprendía.

En el mundo pasan muchas cosas sin explicación, incomprensibles, repetía constantemente Jesuíno Galo Doido, hombre de mucho saber. Fue él quien una vez, en noche de confidencias, defendió la tesis de que las mulatas eran seres de excepción, milagros de Dios, por eso mismo complicadas y difíciles en sus inesperadas reacciones.

Pé-de-Vento estaba de acuerdo. Para él no existía mujer alguna comparable a una mulata. Ni rubia trigueña ni negra de carbón. Ninguna. Lo había discutido con Jesuíno, hasta con el doctor Menandro, sujeto importante con fotos en los diarios, director de un centro de investigaciones, pero simple y campechano, tratando a todo el mundo en pie de igualdad, hombre sin repliegues. Le gustaba hablar con Pé-de-Vento, tirarle de la lengua, oírle hablar de sus bichos, sapos de ojos desorbitados, saurios inmóviles como piedras.

Una vez, de vuelta de un demorado viaje por luengas tierras, le dio al doctor Menandro por elogiar a las francesas pasándose la lengua por los labios y moviendo su cabezón de sabio. «No hay mujer como la francesa.» Así habló, y Pé-de-Vento, hasta entonces respetuosamente callado, no pudo contenerse:

—Doctor, discúlpeme, usted es un sabio, inventa remedios para curar enfermos, enseña en la facultad y todo eso. Pero, perdone mi franqueza: yo nunca he dormido con francesas, pero le aseguro que no hay como las mulatas. Señor doctor, créame no hay como las mulatas en la cama. No sé si el doctor habrá tenido alguna mulata, una de esas de color de té, de esas que son como un patache moviéndose en las aguas... ¡Ah, señor doctor, el día en que usted tumbe a una en la cama no querrá saber más de francesas...!

Discurso tan largo no lo había pronunciado Pé-de-Vento desde hacía años. Señal de exaltación. Peroró convencido, se quitó el sombrero agujereado, como cumplimiento, y se calló. Inesperada fue la respuesta del doctor Menandro.

—De acuerdo, amigo, siempre me gustaron las mulatas. Sobre todo de estudiante, y aún hoy. Hasta me llamaban el «catador de mulatas». Pero ¿quién dice que no hay mulatas en Francia? ¿Sabe usted lo que es una mulata francesa recién llegada del Senegal? Llegan navíos llenos de mulatas de Dakar a Marsella, amigo...

Realmente, ¿por qué no había de haberlas?, preguntose Pé-de-Vento, dando la razón al médico, persona de su particular devoción. Tal vez solo Jesuíno Galo Doido y Tibéria estuvieran colocados más alto en la escala de su admiración y estima. Cuando volvió a escuchar, el doctor Menandro disertaba sobre sobacos.

Poseía Pé-de-Vento, como se ve, no tanto larga práctica como ciertos conocimientos teóricos sobre las mulatas. Práctica y teoría que se habían revelado inútiles ante la incomprensible Eró. Pé-de-Vento sentíase derrotado y sin ilusión. Aquella mujerona, con miedo de una ratita, ¿dónde se vio tal cosa? ¿Mulata verdadera? No. Nunca lo habría creído.

Iba Pé-de-Vento hacia la tienda de Alonso. La ladera del Pelourinho, frente a él, se llenaba de mulatas, de mulatas auténticas. Un mar de pechos y de muslos, de caderas ondulantes, de pelambreras perfumadas. A docenas parecían desembarcar de las nubes negras del cielo, poblaban las calles, un mar de mulatas, y, en ese agitado mar, Pé-de-Vento navegando. Mulatas subían corriendo la ladera, otras llegaban volando, una se hallaba parada sobre la cabeza de Pé-de-Vento; un seno crecía y se alzaba en el cielo, un cielo repleto de traseros pequeños y grandes, rollizas todas, a escoger.

Estaba la noche en sus comienzos. Los inicios misteriosos de la noche de Bahia, cuando todo puede ocurrir sin causar espanto... La primera hora de Exu, la hora de las sombras del crepúsculo, cuando Exu sale por los caminos. ¿Le habrían hecho aquel día su ofrenda en todas las casas de santo, la ofrenda indispensable, o acaso alguien habría olvidado la obligación? ¿Quién, sino Exu, podía llenar de mulatas hermosas y libertinas la ladera del Pelourinho y los ojos azules de Pé-de-Vento?

En el mar, allá abajo, las velas de los pesqueros, con urgencia de llegar antes que la lluvia. Nubes saliendo barra afuera, tañidas por el viento, cerrándole el paso a la luna llena. Vino una mulata de oro y se llevó la melodía silbada por Pé-de-Vento, dejándolo solo con sus cavilaciones. Su meta era el tenducho de Alonso. Allí estarían los amigos y con ellos podría discutir el complicado asunto, Jesuíno Galo Doido tenía luces suficientes para desentrañarlo y explicárselo. Era agudo el viejo Jesuíno. Y si no estuviesen los amigos allí, Pé-de-Vento iría hasta el cafetín de Isidro do Batualê, en las Sete Portas, iría al muelle, al bar de Cirilíaco, ya en los linderos de la ley, con sus contrabandistas y sus rufianes, iría al burdel de Tibéria, los buscaría por todas partes hasta dar con ellos, empapado por la lluvia que empezaba a caer a goterones. Discutiría con los amigos y aclararía aquella confusión. A su alrededor volaban mulatas a cual más verdadera.

2

Mientras duró la ceremonia de presentación, Otália sonreía unas veces, quedábase otras seria, mirando al suelo, frotando con las manos el lazo del vestido amarillo, recelosa, como quien pide disculpas. Tímidamente paseaba la mirada por el grupo allí reunido, la posaba en Curió, movía el cuerpo lentamente. A pesar de su boca demasiado pintada, rostro y ojos maquillados y el complicado peinado, se podía notar su juventud, diecisiete años, no más. El muchacho daba el recado aprisa, con ganas de volverse:

—Mi madrina mandó traer esta moza y decir que se llama Otália. Está recién llegada. Vino de Bonfim, al caer la tarde, pero en la estación de Calçada perdió la maleta, todo lo que traía. Se la robaron. Pero ella va a decírselo todo para que ustedes se lo arreglen. Ustedes encontrarán la maleta y al ladrón que se la llevó. Denle unos sopapos. Luego volveré, que si no, me dan a mí las bofetadas…

Respiró, sonrió con sus dientes blancos, avanzó lentamente la mano, cogió un pastel del mostrador y salió corriendo, seguido de las maldiciones de Alonso.

Otália se quedó con las manos inquietas, la vista baja, y dijo:

—Quisiera encontrar por lo menos el fardel. Había cosas que quería…

Una voz triste como la noche recién inaugurada. Levantó los ojos suplicantes hacia los dos amigos, cada uno con su vaso de aguardiente. A ellos había sido enviada y presentada. No a los demás. Solo a Curió y a Negro Massu. Curió, vestido con su frac mugriento, bombín en la cabeza, el rostro pintado de rojo, parecía un payaso. Otália quería preguntar, pero temía parecer indiscreta. Negro Massu la invitó:

—Siéntate muchacha.

Otália le sonrió agradecida. Oferta gentil, revelación de la innata delicadeza de Massu, pero un tanto platónica, como comprobó Otália al recorrer el local con la mirada: del lado de más allá del mostrador se movía Alonso. Para acá todos los cajones estaban ocupados por los parroquianos, y muchos bebían su aguardiente en pie, apoyados en las paredes y en las puertas. Naturalmente, el ofrecimiento de Massu era una fórmula de cortesía, y Otália se quedó sin saber dónde ponerse. Todas las miradas posadas en ella, todos deseosos de oír su historia. El muchacho había despertado su curiosidad, y una buena historia de robos, oída antes de la cena, a la hora del aperitivo, es ideal para abrir el apetito. Otália dio un paso hacia el mostrador con la intención de apoyarse en él, pero se paró ante el grito de Massu:

—¡Qué tíos malcriados! ¡Hay que ver!

Cuando el negro invitó a la muchacha a sentarse no lo hizo por simple fórmula, en un juego de palabras vanas y gratuitas. Era una oferta concreta. La muchacha podía ocupar el lugar que prefiriera. Pero los tipos sentados parecían no haberlo entendido así: sentados estaban, sentados seguían, cómodos y groseros. Aún más a sus anchas estaba sentado Massu sobre una barrica de bacalao. Cómodo, pero no grosero. Al contrario, vigilante cumplidor de los ritos de gentileza. Su mirada, en la que lucía una llamarada de cólera, recorrió el semicírculo de bebedores y se posó en Jacinto, rufián acreditado de Água de Meninos, joven soplagaitas, siempre con la corbata amarrada al pescuezo, queriendo pasar por sucesor y heredero del cabo Martim. Allí estaba, arrellanado en un cajón, los ojos melosos clavados en Otália. Massu escupió, tendió un brazo, puso un dedo en el pecho del rufián. El dedo negro parecía un puño y Jacinto sintió que se le hundía en las costillas. Los del mercado y aledaños decían que Negro Massu no medía la fuerza que tenía.

—¡Deja el sitio a la moza, so marica! Y a toda prisa…

Jacinto saltó del cajón y se apoyó en la puerta. Massu se dirigió a Alonso:

—Algo para la chica.

Provista así de asiento y refrigerio, Massu se sintió más aliviado. La historia de la maleta robada le iba a dar quebraderos de cabeza, lo presentía sin saber por qué. Además, aquella noche aún no había aparecido Jesuíno, y en cuanto al cabo Martim, andaba hacía más de dos meses fuera de Bahia, escondido en Recôncavo. Jesuíno Galo Doido y el cabo eran buenos para asuntos complicados, resolvían los casos más embarullados a plena satisfacción de todos. En cuanto a él, Massu, haría lo posible: Tibéria había enviado a la moza, ¿cómo no ayudarla? Tibéria mandaba, no pedía. Curió e Ipicilone colaborarían ciertamente, pero para Negro Massu iba a ser una noche difícil. Ni siquiera Pé-de-Vento había llegado. Hay noches que empiezan así: confusas, oscuras, dificultosas. ¿Por qué diablos Jesuíno Galo Doido se retrasaba esta noche? Ya era hora de estar bebiendo su cachaza, contando los sucesos del día. ¿De qué valía que la moza contara su historia antes de llegar Jesuíno? Ni él, Massu, ni Curió, ni Ipicilone con toda su prosopopeya y menos aún el burro de Jacinto, ninguno de los presentes estaba capacitado para resolver aquel asunto de la maleta perdida, cuyas dificultades podía prever Massu por la actitud de Otália, que experiencia y juicio no le faltaban. Massu trató pues de volver a lo que hablaban, instructiva discusión sobre cosas del cine. Como si Otália no tuviera nada que decir ni ellos quisieran escuchar.

—¿Vas a decirme que lo del cine es mentira? —siguió el negro, dirigiéndose a Eduardo—. ¿Que lo que pasa no es verdad? ¿Tiros de mentira, tortazos de mentira, y los caballos corriendo, también? ¿Todo? No lo creo…

—¡Claro que sí! —cortó Eduardo Ipicilone, famoso por sus universales y proclamados conocimientos. Bastaba hablar de algo para que Ipicilone metiera baza declarándose especialista en

la materia—. Todo es truco, para engañar a bobos como tú...
Lee lo que dicen las revistas —y con esa frase aplastaba toda
oposición—. Tú te crees que el caballo va galopando y se está
quietecito, meneando las patas delante de la máquina de hacer
películas. Tú ves un chiquillo jugando junto a un abismo de
más de mil metros, y no hay tal abismo, es un agujero de medio
metro...

Negro Massu caviló prudentemente, sopesó tales afirmaciones. No estaba convencido. Buscó apoyo en los demás, pero estaba claro que nadie se interesaba por su tema. El asunto había
perdido todo encanto, se había transformado en una discusión
académica, tediosa, que impedía que la chica empezara su historia. Todos se habían vuelto hacia Otália, esperando. Jacinto había sacado del bolsillo unas tijeritas y se limpiaba las uñas, los
ojos derretidos posados en la viajera. Negro Massu sin embargo
no se daba por vencido. Preguntó a Otália:

—¿Qué le parece a usted? ¿Todo eso es mentira, lo del cine?
¿No nos estará tomando el pelo, el Ipicilone?

—La verdad es que no me gusta el cine —dijo ella—. Allá en
Bonfim hay uno, pero todo destartalado. La cinta se rompe a cada momento. Los de aquí serán mejores, eso me han dicho, pero el de allá no vale nada. Aun así yo iba de vez en cuando. Quiero
decir, después de empezar en el oficio, porque antes papá no me
dejaba ni yo tenía dinero. Mi hermana Teresa sí va mucho. Está
loca por el cine, sabe el nombre de todos los artistas, se enamora de ellos, recorta las fotos de las revistas, las pega en las paredes de su cuarto. ¡Está loca! ¡Una mujer mayor enamorarse de
un artista! Si ni son hombres de verdad, si todo es mentira lo

que pasa allí, como dice aquí el señor, que parece que entiende… Pero Teresa es así, medio boba; y hablando de cine, el robo de la maleta parece cosa de película, o de libro…

Negro Massu suspiró resignado. Había intentado contener la expectación del auditorio, parar el relato de Otália hasta que llegara Jesuíno Galo Doido (¿dónde se habría metido el condenado?) y creyó que la chica iba a embarcarse en la discusión sobre el cine. Había querido ganar tiempo. Pero ella, con su idea metida en la cabeza, había desviado la charla hasta volver a la estación de Calçada, a su equipaje desaparecido. Curió no podía disimular su ansiedad:

—¿Y cómo fue lo de la maleta?

Ya la había armado, pensó Massu. Todos los demás querían saber también. El propio Ipicilone había dejado rodar por el polvo del almacén el asunto de las películas. Negro Massu se encogió de hombros. Preveía una noche agitada: él y los amigos de un lado a otro tras la maleta de la chica. Se apoyó en el mostrador pidiendo más cachaza. ¡Que fuera lo que Dios quisiera! Alonso sirvió y alzó la voz:

—¿Alguien más?

No quería que le interrumpieran luego, cuando la chica estuviera contando. Quería escuchar en paz. Otália sintió de repente su responsabilidad: todos atentos, a la espera. No podía decepcionarlos. Bebió un sorbito, alargando los labios, sonrió a Curió ¿sería de verdad un artista de cine? Si no lo era, ¿por qué llevaba el rostro pintado y vestía de frac y llevaba aquel sombrero? Curió le devolvió la mirada con una sonrisa. Ya estaba enamorándose de ella, ya le empezaba a gustar su pelo escurrido, negro y fino, muy fino, finos también los labios, y de un color pálido desmayado. Una mestiza de indio, de gestos tímidos, como quien necesita protección y cariño. Animada por la sonrisa de Curió, Otália empezó a explicar: ╲

—Pues, como iba diciendo, llegué de Bonfim, donde estaba en la casa de Zizi, y todo iba bien hasta que el delegado empezó a meterse conmigo y a perseguirme. La culpa fue del escándalo del hijo del juez, pero ¿qué tengo que ver yo con que Bonfim sea una tierra miserable y con que el chico estuviera siempre metido en la casa, todo el día en mi cuarto? A mí no me gustaba. Esos chicos de ahora… No tienen conversación. Me aburría. Solo decía bobadas, sin gracia… Pero el juez dijo que iba a meterme en la cárcel y la mujer solo me llamaba por mal nombre, diciendo que yo lo tenía embrujado con hechizos. ¿Se dan cuenta? ¡Hechizos yo, para buscarme complicaciones! La cosa se puso mal, me perseguían. ¿Qué sacaba yo con todo aquello? El día menos pensado iba a amanecer en chirona, si no me daban antes una cuchillada. Y además el juez le cortó los cuartos a su chico. El desgraciado no tenía ni para una cerveza. Zizi estaba negra. Y mucho menos para pagar mi cuarto, la comida y demás. Lo que es dinero no tenía, pero celos…, unos celos condenados. Hacía de mi vida un infierno… Entonces, yo…

La interrumpió la llegada de Pé-de-Vento. Venía silbando. Se quedó un momento en la puerta para dar las buenas noches a los compadres. Luego se fue hacia el mostrador, dio la mano a Alonso, cogió su aguardiente y se fue al lado de Massu mirando a los presentes. Jesuíno Galo Doido aún no había llegado. A pesar de todo, Pé-de-Vento anunció:

—He pedido a Francia cuatrocientas mulatas… Llegarán en barco. Llegarán el miércoles —y después de una pequeña pausa, para un sorbo de cachaza, repitió—: Cuatrocientas…

Revelación intempestiva. El anuncio de Pé-de-Vento cortó la narración de Otália. Pé-de-Vento volvió a silbar y a ensimismarse, como si nada más tuviese que decir. Otália, tras cierta vacilación, iba a continuar cuando Negro Massu preguntó:

—¿Cuatrocientas? ¿No serán demasiadas?

Pé-de-Vento contestó, un poco airado:

—¿Demasiadas? ¿Por qué? Cuatrocientas, ni una menos…

—¿Y qué vas a hacer con tanta mulata?

—¿No lo sabes? ¿Que qué voy a hacer? Mira este…

Otália esperaba que acabara el diálogo para seguir su historia, Negro Massu se dio cuenta y se disculpó:

—Adelante, muchacha, solo quería informarme…

Hizo un gesto con la mano, como queriendo dar libre paso a Otália. La chica siguió:

—Lo mejor era coger el petate y largarse. Zizi me dio una carta para doña Tibéria. Son comadres las dos. Yo la metí aquí, en el escote. Tuve suerte, porque si no hubiera perdido la carta también. ¿Y qué iba a hacer entonces? Salí de la ciudad, medio a escondidas, en el tren, no se fuera a dar cuenta el chico y armar la gorda. Solo Zizi lo sabía, ella y mi hermana Teresa. Llegué acá con la maleta y el fardel… Lo llevaba todo a mi lado, en la estación…

Estaba llegando al punto culminante de la historia. Hizo una pausa midiendo los efectos. Negro Massu la aprovechó para seguir con Pé-de-Vento, buscando confirmación:

—¿Y dónde has dicho que has pedido las mulatas?

—En Francia. Todo un barco lleno. Llega el miércoles. Las francesas son las mejores.

—¿Quién ha dicho tal cosa?

—El doctor Menandro.

—¡Chist! —dijo Curió llevándose un dedo a los labios al ver que Otália estaba esperando.

La chica reanudó su historia:

—Pues puse la maleta y el paquete junto a mí, en el andén. El envoltorio encima, para no aplastarlo; ya dije que había cosas importantes… Nada de valor… Vestidos, zapatos, un collar que me dio el chico cuando empezó conmigo. Todo iba en la maleta. En el paquete iban otras cosas, importantes para mí ¿saben?… Yo quería ir al retrete. Al del tren era imposible, porque apestaba. Junto a mí había un señor, un hombre muy bien puesto, que me miraba. Yo no aguantaba más. Le dije que me guardara la maleta y el paquete. Él contestó: «Puede ir tranquila. Yo se lo guardaré».

Hizo una nueva pausa y tendió la copa vacía a don Alonso. Negro Massu se inclinó hacia Pé-de-Vento:

—¿Con qué vas a pagar? —Había un temblor de duda en la voz del negro.

—Compré a fiado… —aclaró Pé-de-Vento.

Otália recibió el aguardiente y lo apuró de un trago. Luego siguió:

—Fui allá dentro. Un retrete muy decente. Y cuando volví no encontré ni hombre ni maleta, ni paquete. Busqué por toda la estación, pero nada…

Estaba escrito que Otália no podría contar su historia con la tranquilidad necesaria, sin verse interrumpida a cada instante. Esta vez fue el patrón Deusdedith, del patache *Flor das Ondas*, quien entró en la taberna preguntando por Jesuíno Galo Doido. Al no dar con él, pareció conformarse con Massu, Curió y Pé-de-Vento. Acababa de llegar de Maragogipe y traía un recado para ellos.

—Andaba buscándote, Massu. El recado era para Galo Doido, pero tú me sirves a falta de él.

—¿Recado?

—Y urgente... Del cabo Martim...

Hubo agitación de parroquianos y amigos, un interés mayor como si la maleta de Otália, Pé-de-Vento y su carga de mulatas pasaran a un plano secundario.

—¿Viste a Martim? —Había un trémolo en la voz del negro.

—Estuve con él, ayer, en Maragogipe. Yo estaba allá, cargando la barca. Apareció él y echamos una cervecita. Me encargó que os dijera que está al llegar. Apenas unos días. Hasta me ofrecí para traerlo, pero él tiene que hacer allá...

—¿Y está bien de salud? —se informó Curió.

—Hasta de más. Casado con aquella doña, que es una hermosura... Una mujer bonita si las hay...

—¿Una nueva? ¿Mulata? —interesose Pé-de-Vento.

—Es capaz de pasarse allá sabe Dios cuánto tiempo... —concluyó Ipicilone, convencido de que es locura rematada acelerar el regreso cuando se está de pasión reciente.

—No me has entendido. He dicho casado...

—¿Casado? ¿De cama y mesa?

—Eso me dijo. Así: «Deusdedith, amigo, esta es mi señora, me casé, constituí una familia. El hombre sin familia nada vale. Le aconsejo que haga lo mismo».

—Pero ¡qué me dices!

—Lo que oyes… Y me dijo que viniera donde vosotros a contaros lo ocurrido. Y que os diga que llegará con su mujer la semana que viene. Una mujer de bandera, amigos; con una como esa hasta yo me casaba… —Y en silencio recordó el lunar negro del hombro izquierdo de la señora del cabo.

El silencio se hizo general, un silencio tenso. Nadie, ni los tres amigos ni los otros cofrades, se sentía capaz de decir palabra, de hacer un comentario. La noticia era difícil de digerir. Finalmente Pé-de-Vento comentó:

—¿Conque Martim está casado? ¡No me lo creo! Le voy a dar dieciséis mulatas…

Deusdedith se asustó:

—¿Dieciséis mulatas? ¿Y de dónde las vas a sacar?

—Bueno, de dónde… De las cuatrocientas que he pedido.

Los demás se iban recobrando de la espantosa noticia.

—Estupidez mayor… —empezó Massu.

Otália se daba cuenta de la importancia del suceso, pero a pesar de todo intentó seguir su relato. No obstante, como era evidente la confusión que dominaba a la concurrencia, consultó antes con Negro Massu en quien sospechaba una especie de jefe, tal vez debido a su tamaño:

—¿Puedo seguir?

—Paciencia, chica, apenas un momento…

Ella comprendía que algo grave acababa de pasar, un suceso

más serio e importante que la desaparición de su maleta. El propio Alonso comentaba:

—¡Caramba! ¿Conque Martim se ahorcó…?

Pé-de-Vento notó la tristeza de Otália, perdida como su maleta y su historia en aquel ambiente extraño. Metió la mano en el bolsillo y sacó la rata blanca. La puso en el suelo, chasqueó los dedos, la rata se tumbó boca arriba y él le acarició la barriga.

—¡Oh, qué maravilla! —suspiró Otália con los ojos brillantes.

Pé-de-Vento se sintió satisfecho. Allí había alguien capaz de comprenderlo. ¡Qué pena que no fuera una mulata verdadera!

—Solo le falta hablar… Yo tuve un gato que hablaba. La gente charlaba con él como si nada. Hasta en inglés hablaba un poco.

Otália bajó la voz para que no le oyeran los demás:

—¿Son gente de circo, usted y esos dos? —Y señalaba con el hocico a Curió y Negro Massu.

—¿Nosotros? ¡En mi vida…! No…

La ratita se alzaba, erguía la puntita del morro para aspirar el perfume de bacalao y cecina, de queso y mortadela. Otália seguía preguntando:

—¿Es verdad que va a traer todas esas mulatas?

—De Francia. Un barco cargado. Llegara el miércoles. Las francesas son las mejores, el doctor Menandro lo sabe bien —y en un susurro le transmitió el secreto hasta entonces guardado solo para sí. Ni a Massu ni a Curió se lo había dicho—: Son mulatas también en el sobaco.

Dio con el dedo en la mesa. La ratita dio unas vueltas. Varias miradas se habían posado en ella. Curió, Ipicilone, Jacinto y otros. Deusdedith hasta soltó una carcajada, tan interesante parecía aquella ratita obediente. Negro Massu consideró la situación. Deseaba hacer algo, tomar una resolución, decidir de una vez. ¡Habían pasado tantas cosas en aquellos inicios de la noche! El equipaje de Otália desaparecido, las cuatrocientas mulatas de Pé-de-Vento, y ahora la absurda noticia del casamiento del cabo Martim. Era demasiado para él. Solo Jesuíno Galo Doido podía cargar con tanta novedad, desenmarañar los cabos de tanto ovillo. ¿Dónde se habría metido el viejo sinvergüenza?

Estaba parado en la puerta, sonriendo, en la mano el usado chapeo de fieltro, desgreñado, un dedo asomando por un agujero del zapato. Y saludaba a los amigos. Ahora Negro Massu podía respirar tranquilo y agradecer a Ogum, su santo: «¡Ogum es, Ogum es, padre mío!». Galo Doido había llegado. Ahora le correspondía a él afrontar los acontecimientos, desentrañar todo aquel lío enmarañado.

Había llegado y quería saber, los ojos posados en Otália, bondadosos:

—¿De dónde vino tanta hermosura?

Curió le informó sucintamente. Avanzó Jesuíno, tomó a Otália de la mano y le dio un beso. También ella besó la mano a Galo Doido pidiéndole la bendición. Bastaba verlo para comprender que lo suyo eran bendiciones y no buenas noches. Sería un santón, un brujo, un babalorixá, quién sabe si hasta un enviado de Xangô, y desde luego un viejo ogán de los que a su entrada en los campales son saludados por los tambores entre el respeto de la gente.

—Un trago doble, don Alonso, que es noche de lluvia y de alegría. Vamos a celebrar la llegada de esta moza aquí presente.

Alonso sirvió el aguardiente y encendió la luz. Los ojos de Jesuíno sonreían. Todo él parecía feliz y contento de la vida. Gotas de agua brillaban sobre su levitón de puños y cuellos raídos, y en el basto bigote enmarañado y blanco. Saboreó el aguardiente en un trago ruidoso y largo, de conocedor.

Negro Massu bajó la cabeza, grande como la de un buey, y gimió:

—Padrecito, hay tantas novedades que no sé por dónde empezar. Si por la maleta de la chica, perdida o robada; si por las mulatas, no sé cuántas, si... ¿Sabe, Galo Doido la desgracia que ha ocurrido? Martim se casó...

—Gran bobada... —cortó Pé-de-Vento guardándose de nuevo la ratita en el bolsillo de su abrigo—. Le iba a dar dieciséis mulatas, escogidas a dedo... —y, en confidencia, a Jesuíno—: He encargado cuatrocientas, en un barco... Si usted quiere puedo dejarle una...

3

El casamiento del cabo Martim, celebrado con las lluvias de junio, dio mucho que hablar. La noticia traída por el patrón Deusdedith, inesperada e increíble, se extendió inmediatamente y cualquier otro tema de prosas y comentarios dejó de existir. Los diarios estaban llenos de acontecimientos importantes, pero para quienes conocían al cabo, la noticia de su casamiento dominaba todas las conversaciones.

Hacía un tiempo largo y borrascoso. Aguaceros pesados se intercalaban entre una llovizna menuda y persistente, de esas que mojan hasta los huesos. Ríos desbordados, algún alud montaña abajo, sepultando casas, habitantes a la intemperie, barro en las calles hasta enterrarse, y aumentando el consumo de aguardiente, porque para lluvia y frío, para evitar resfriados, gripes, neumonías y otras tisis, no hay mejor remedio, cosa probada. Con tanta agua cayendo del cielo se abarrotaban los cafetuchos, la tienda de don Alonso, las acogedoras casas de mujeres. Y el asunto de que se hablaba, el tema preferido, era el casamiento del cabo.

Hasta la recién llegada Otália, para quien el nombre del cabo Martim nada significaba, llegó casi a olvidarse de su maleta perdida y a querer saber por qué tanto barullo y discusión en torno de tal casorio. ¡Si al menos fuera teniente o capitán…! En Bonfim, un capitán de la policía militar se lió con la hija de un hacendado, anduvo arrastrando a la doncella por los matos, armó un desaguisado fenomenal. El coronel se puso hecho una fiera y el capitán se largó abandonando a la doncella, y dejando también a la esposa y los chiquillos, que era casado y con cuatro hijos. Un sinvergüenza.

Deusdedith dio detalles: el cabo y su media naranja andaban de luna de miel, muy agarraditos y remilgosos. Como para verlos: secretitos al oído, besitos en público, los diminutivos para llamarse. En fin, una serie de detalles igualmente abyectos. Materia para demorada cavilación y charla larga.

Un mar de rumores rastreros como hierba dañina brotó del tenducho de don Alonso y se extendió por la ciudad. En las calles, en los mercados y en las ferias, en los burdeles miserables, por todas partes un cuchichear sin fin. En los tugurios de la cachaza animadas por el trago, las lucubraciones alcanzaban tonos exaltados. Se sucedían preguntas y respuestas, indagaciones precisas y explicaciones incompletas e insatisfactorias, un mundo de conjeturas y, ¿por qué no decirlo?, palabras amargas, sombrías previsiones.

El misterio del cartel colocado frente a la antigua residencia del cabo no ha sido, hasta hoy, debidamente esclarecido. Conjuro potentísimo, trabajo de hechicero competente, de esos capaces de despachar para el otro mundo no solo a dos apasionados esposos sino a una familia entera, de abuelos a nietos. Si no hubieran sido tan fuertes los santos protectores de Martim, su Oxalá, el viejo, su Omolu, capaz de acabar con toda enfermedad; si no hubiera tenido tan sólidas amistades en ciertas casas de santo, gentes que por él velaban y deshacían las maldiciones con contrahechizos aún más fuertes, estaría ya en el cementerio. Él y su mujer. Los dos en el mismo cajón, pues si en vida no se soltaban un minuto —o al menos eso decían los viajeros llegados del Recôncavo— forzosamente habrían de querer seguir unidos en la tumba.

La noticia traída por Deusdedith fue luego confirmada y ampliada. Barraqueros que volvían de compras de Santo Amaro, viajantes de Cachoeira, mareantes de Madre Deus: de todos los rincones de Paraguaçu llegaban nuevas horripilantes. El idilio del cabo cubría como una sábana de ternura la Bahia de Todos os Santos, las ciudades y poblados por donde pasaban los tórtolos y eran vistos, cogidos de las manos, los ojos derretidos, mirándose melosos, los labios entreabiertos en sonrisa feliz, indiferentes al paisaje, al clima y a los habitantes. Fuera de esa exhibición pública, de ese derroche dulzarrón de recién casados, causaba recelo y provocaba serias preocupaciones la impresionante unanimidad con que todos testimoniaban la mudanza operada en los modos y principios del cabo Martim. Parecía otro hombre, tan cambiado estaba: ¿alguien le había oído alguna vez hablar de trabajo, de buscar y obtener empleo? Un absurdo. Solo verlo para creerlo.

¿Quién duda de las transformaciones operadas por el amor en el carácter de los hombres? El triste se vuelve alegre, el extrovertido se transforma en melancólico, el optimista en pesimista y viceversa, el cobarde gana valor y el indeciso, decisión. Pero jamás nadie había pensado ver al cabo Martim, cuya entereza de carácter era proverbial, y arraigada su fidelidad a los principios, hablando de un empleo. Abandonando principios y convicciones, alarmando a sus amigos, desilusionando a sus muchos admiradores, creando un peligroso precedente para la juventud que se iniciaba en la vida en Rampa do Mercado, en Água de Meninos, en las Sete Portas. ¿Cómo endurecer de carácter a esos adolescentes cuando el cabo, el ejemplo más admirado, rompía con su pasado y caía tan bajo? ¿Cómo aceptar tal suceso —el cabo en busca de trabajo— a no ser que, como sugirió Massu, hubiera enloquecido de tanto amor y ya no fuese dueño de actos y palabras?

El mismo casamiento, ¿no era prueba de locura? Nadie se

espantaría del casamiento de cualquier otro, de Curió, por ejemplo. Los comentarios se reducirían a unas palabras sobre la belleza de la novia, sobre Curió y su incurable romanticismo. Pero el cabo parecía hecho de otros mimbres.

Movían la cabeza dubitativamente los hombres más responsables, los viejos patrones, los respetables ogán, en los repliegues y laderas, en las chabolas y en los cafetines, en las timbas y en las terrazas de los santeros. Por lo que a las mujeres se refiere, las había por las cuatro esquinas de la ciudad con los ojos arrasados en lágrimas, rechinando los dientes, jurando venganza.

Las pruebas fueron tales, los detalles tan circunstanciados y minuciosos que hasta se hablaba de casamiento con cura y juez, en la iglesia y en el juzgado municipal, todo registrado en los libros, con testigos y firmas reconocidas. Ni siquiera valía de precedente el primer matrimonio de Marialva, ese sí, con todas las formalidades, ella por estrenar.

Ni así disminuían los comentarios. Describían incluso el vestido de la novia, con velo, guirnalda y flores de azahar. ¡Flores de azahar, Dios nos valga, qué blasfemia!

La verdad debe ser dicha por entero. Ni tratándose de la mujer de un amigo debe esconderse la realidad, sobre todo tratándose de hechos conocidos y fácilmente comprobables. Cuando Marialva encontró al cabo Martim ya había olvidado los colchones de tres coimes, tras haberse separado del marido, un tal Duca, en otros tiempos hábil ebanista, hoy vegetando medio alelado, por Feira de Santana. Aún puede vérsele en las inmediaciones del mercado, ofreciéndose para cargar cestas y fardos, única ocupación de que es capaz. ¿Dónde quedó su antigua habilidad de carpintero, su vivacidad de antaño, su ambición? Marialva, al marchar se llevó todo consigo, y si más hubiera más se llevaba. Cuatro maridos, sin contar sus tiempos del burdel de Leonor Doce de Leite, frívola y bien asentada. Con toda esa larga crónica y aún había gente que pretendía que se había casado con velo blanco y guirnalda de flores de azahar, símbolo ambas cosas de virginidad guardada bajo siete llaves. Ahora es de suponer que ya no era tal virgen la actual señora del cabo, con su lunar negro embelleciéndole el hombro izquierdo, señal de familia, que mostraban también sus hermanas, excitante. Marialva lo sabía, y usaba vestidos escotados para exhibir mejor la tentación. Cualquier compadre despistado echaba un vistazo al lunar y perdía la cabeza, quedaba alucinado. Así debió de ocurrirle al cabo. Él, exiliado, solitario, distante de los amigos, indefenso. Ella, con el lunar expuesto, tentador, y aquellos ojos medrosos y suplicantes. Ojos que imploraban urgente protección.

Los amigos sacudían la cabeza, confundidos. No sabían cómo defender al cabo de tanto chismorreo, de tanto divulgado rumor. Por lo visto, ahora ya no era él, el cabo Martim: vivía agarrado a las faldas de la mujer como un cachorro. Jacinto y algunos otros se reían a carcajadas contando estas historias. Solo Jesuíno Galo Doido callaba, con su proverbial sentido de la justicia; ni abría la boca para condenar al cabo. También Tibéria conservó íntegra su confianza en el cabo Martim, como una bandera destrozada en medio de aquel temporal de rumores, temblando al viento en medio de tanto comadreo. Ella no creía nada de cuanto contaban. Y cuando Otália le preguntó quién era el tal Martim, traído y llevado en boca de toda la gente, Tibéria le acarició los finos cabellos y le dijo:

—No hay otro como él, hija mía. Sin él no hay juerga que valga. Déjalo que venga y ya verás.

4

Mucho iba a tardar Otália en conocer al cabo Martim y en comprobar la verdad de las palabras de Tibéria, pues a su regreso a Bahia la conducta del cabo pareció dar razón a los rumores más alarmantes.

No obstante, aquella noche, a pesar de la excitación causada por las nuevas de Deusdedith, nadie creía realmente en profundas transformaciones en el carácter del cabo Martim. Y cada uno de los allí presentes recordaba, en beneficio de Otália, una historia, una particularidad, una jugarreta cualquiera de Martim. Así llegó Otália a conocerlo, aun mucho antes de haberlo visto, y eso tal vez explique ciertos detalles de acontecimientos posteriores, o, por lo menos, ayude a comprenderlos. Pero estos son asuntos que habrán de tratarse más adelante, pues por ahora, Otália aún no sabía a fondo quién era Martim. Por las informaciones recibidas sabía solo que era un juerguista, celoso como nadie de su libertad. ¿Cómo era posible que un sujeto semejante acabara casándose, creando un hogar de tan sólido fundamento, transformado en ejemplar esposo?

Vale la pena hablar de los antecedentes del caso para mejor

entenderlo y comentarlo. ¿Cómo iba a tener Otália una idea perfecta de lo ocurrido si no se le contaban los comienzos? Una historia, para ser bien entendida, debe puntualizar con claridad sus principios, las raíces de donde nace, crece y se dilata, frondosa de sombra y frutos, de enseñanzas. Otália por lo demás escuchaba atenta, pendiente de los labios del narrador y del fluir de los sucesos, como si hubiera olvidado incluso su equipaje perdido o robado en la estación de Calçada. Daba gusto contar la historia a quien con tanto interés la escuchaba, pendiente de ella y concentrada. Moza simpática Otália.

Le explicaron que el cabo Martim andaba en el exilio por el Recôncavo desde hacía más de dos meses, demostrando sus habilidades en las ciudades soñolientas de Paraguaçu, de vida tranquila y poco movimiento. Les llevaba el cabo Martim a sus habitantes una súbita visión del progreso, un poco de la vida agitada y peligrosa de la capital.

No podía quejarse de que lo recibieran mal. Al contrario: había encontrado de inmediato un ambiente propicio a sus demostraciones, un ávido interés, y dinero, que en ningún momento le faltó. Le faltó, eso sí, cuanto había dejado en Bahia: las noches de parranda con estrellas y canciones, la risa fácil, el trago de aguardiente con pausada conversa, la despreocupación, el fraterno calor de la amistad. Perdió las fiestas de junio, la de Oxóssi, que coincidió aquel año con el fin del trecenario de San Antonio, el día 13, las hogueras de San Juan, con su licor de jenipapo, tan abundante. Perdió las obligaciones de Xangô, no hizo su ofrenda. Todas esas faltas éranle disculpadas por los amigos y los santones pues unos y otros conocían los motivos sobrados de aquella emigración. No era cosa de voluntad por su parte, sino dura necesidad. Sentían su falta, lo recordaban a diario, y Tibéria amenazaba con no festejar su cumpleaños si el cabo Martim no llegaba a tiempo para participar en la fiesta: «Sin él no hay verdadera animación», decía.

Había algo que parecía cierto e indiscutible: si el cabo se hubiera quedado allí, en su ambiente y entre sus amigos, estimado por todos, respetado en las timbas, niño mimado en los burdeles, no se habría casado ni dado asunto para tanto comentario. Pero, solitario en Cachoeira, añorando las fiestas de Bahia, acabó tropezando con Marialva, con el escote ostentando el lunar del hombro izquierdo. Capituló. Los patanes estaban vengados.

Por culpa de unos palurdos del sertón, medio salvajes, gente desagradecida, había tenido que largarse a Recôncavo precipitadamente. La policía andaba tras él, y los maderos, cuya antigua antipatía por Martim iba pareja ahora con la generosa oferta de los sertanejos, estaban dispuestos a dar con él a toda costa y mantenerlo un tiempo fuera de circulación. La única salida fue escapar de estampida, sin maleta ni equipaje, dejando los suspiros de Dalva, su arrimo de ocasión.

Todo eso porque Martim no acostumbraba a dar importancia ni a preocuparse por las esporádicas reclamaciones de algunos de sus copartícipes en las alegrías del juego. Reclamaciones, por otra parte, casi siempre murmuradas entre dientes, raro y atrevido el alzar de voz. Y cuando, por casualidad, esto sucedía, era una diversión para los puntos.

La posición del cabo, repetidamente manifestada, se resumía en los límpidos conceptos de inatacable verdad: «quien no sepa jugar que no pida cartas» y «quien apuesta, es para ganar o perder». Con su voz mansa y tranquila exponía esta filosofía cuando surgían dudas y discusiones. No era hombre que alzara la voz por un quítame allá esas pajas. Persona educada era el cabo Martim, y a veces hasta tan educado que molestaba y aun irritaba a los compañeros menos dados a tales protocolos. Amigo de vivir en paz, para que perdiera la continencia había que ofenderlo en su honra militar. Tiempo atrás había sido cabo del ejército, y consciente de sus obligaciones con el «glorioso» —el «glorioso» era el uniforme— se mostraba celoso de su condición. Había ofensas que no podía admitir, dudas e insultos que no le atañían personalmente y sí envolvían en sus reticencias la honra entera de la corporación militar, desde el último soldado al general más antiguo. Esa era su opinión. Y por lo visto también era la de coroneles y generales, con lo que queda el cabo Martim en graduada compañía.

Un día apareció un exaltado, novato por aquellos andurriales, sin noticia cabal de con quién trataba, desconocedor de los antecedentes militares del cabo Martim. Este no perdía la calma, no salía de la medida compostura impuesta por la buena crianza. El imprudente, juzgando erróneamente la voz mansa del cabo, confundiendo cortesía con miedo, engrosaba la voz y empezaba a pasarse de la raya:

—Esto pasa cuando uno juega con ladrones…

El cabo no se alteró.

—¿Sabe una cosa, amigo? La puta que lo parió…

El cabo no le dio tiempo a acabar; acompañando la palabra con el gesto lo arrastró por los suelos. Martim era el amo del cotarro; tan famoso como los más ternes del pasado y del presente: Querido de Deus, Juvenal, Traíra, mestre Pastinha. Era cosa de ver los domingos por la tarde, cuando para atender a la solicitud de los admiradores se exhibía en Pelourinho o en la Liberdade. Una vez, asistiendo a una de esas exhibiciones, se enamoró del cabo una señoritinga de São Paulo, turista en Bahia, y se hartó de hacer locuras por él.

Sin huelgo y sin palabras, los ojos idos, tendido en la calle, el protestón veía brillar al sol aquella célebre navaja llamada Raimunda en honor de una celosa que intentó ganar fama de valiente a costa del cabo Martim, y que había sido la anterior propietaria de aquella arma.

Era Raimunda, la auténtica, cuyo nombre recordaba la navaja, una negra de Iansã, que se las daba de brava. A causa de un asunto de cama, con irrefutables pruebas, entre el cabo Martim y la doméstica Cotinha, declaró en pleno baile, en la Gafieira do Barão, que era alérgica a cuernos, y que mujer de su condición no cargaba con adornos que le daban dolor de cabeza, y que además su santa no se lo permitía.

Dicho esto, mezcló unas cervezas con tragos de aguardiente y se metió en el umbral a la espera del cabo. De no ser tan ligero de cuerpo hubiera quedado este marcado para siempre. Quien no escapó fue la pobre Cotinha; pero la cicatriz, después de cerrada quedó incluso graciosa, un trocito de labio remangado como si estuviese siempre sonriendo. Cuando llevaban a Cotinha al dispensario, el cabo dio unas tortas a Raimunda, remedio para calmarle los nervios, y le confiscó la navaja. Para llevarla a casa tuvo que sujetarla con fuerza y, en consecuencia, aguantarla apresada entre sus brazos. Martim acabó por olvidar a Cotinha, que lo esperaba en el dispensario con tres puntos en el labio. La tal Raimunda, negra, iaô de Iansã, era una mujeraza, como una yegua suelta por la calle buscando quien la domara y montara.

Ahora bien, la historia de la navaja nada tiene que ver con el casamiento del cabo. Ocurrió tiempo atrás y ni siquiera hubiera sido necesario contársela a Otália. Pero así ocurre: la gente empieza a contar un sucedido y, si no se anda con tiento, se van ensartando las historias, entrando por atajos, y cuando se dan cuenta están ya hablando de lo que no se quiere ni desea, lejos del tema, perdidos sin comienzo ni fin.

La historia de los tres campesinos sí tiene que ver con el cabo, con su precipitado viaje y con el tan comentado casamiento. Martim, como se sabe, no aguantaba insultos, y por eso mismo crecía continuamente el número de sus iguales. Las insinuaciones sobre la calidad sospechosa de las cartas por él usadas y sobre la ligereza manual le aumentaban la clientela en vez de disminuirla, consolidando su prestigio. Y el cabo iba ganándose honradamente la vida, cuando vino a liarlo todo el asunto de los tipos del sertón.

Según parece aquellos individuos aparecieron en Água de Meninos por casualidad. Estaban dando vueltas por la ciudad, estirando las piernas por las calles, entrando en las iglesias, en la de Bonfim para pagar promesa, en la de San Francisco para ver todo aquel mar de oro esparcido por las paredes, visitando lugares afamados. Así llegaron a la feria de Água de Meninos. Llevaban unos sombreros de cine y tiraban de puro.

El cabo andaba a lo suyo, dando cartas, bancando para unos barraqueros, viejos clientes de siempre. Juego barato, un puñado de calderilla solo para animar la cosa, un pasatiempo de amigos viejos, el cabo ganando un poco aquí otro allá, lo estrictamente necesario para el aguardiente de la noche. Era más una demostración de sus habilidades en ambiente acogedor y cordial que una timba en serio. Se hacían trapacerías, estallaban las carcajadas, todo en la mayor amistad, casi en familia. Desde lo alto de unos camiones allí parados miraban chóferes y ayudantes, y a su alrededor iban aprendiendo unos chiquillos. Todos tenían por el cabo gran respeto y elevada estima, con él aprendían educación y modos, bebían en la fuente de su variado saber, los ojos pendientes de las ágiles manos de Martim. Aquella era su universidad, la escuela de la vida, escuela sin vacaciones, y en ella el cabo Martim, gratuita y generosamente, prodigaba sus conocimientos, profesor meritísimo. Aún más emérito y respetable Jesuíno Galo Doido, por su edad, por su inconmensurable sabiduría y por todo lo demás que a su debido tiempo será dicho… No hay cosa peor que contar una historia atropelladamente, a la carrera, a trompicones y con precipitación, sin definir cada suceso.

Iban los tres palurdos Água de Meninos adelante, con la boca abierta pues nunca habían visto feria como aquella ni imaginaban siquiera tal enormidad, cuando tropezaron con el cabo, instalado a la sombra de un árbol, los otros compañeros sentados en cajones y barricas, los mulatillos en torno, los chóferes arriba de los camiones. Se pararon los tres y quedaron espiando los virtuosismos de Martim. Al fin uno de ellos se decidió, se sacó el sombrero, rascose la cabeza, echó mano al bolsillo, y de sus profundidades extrajo un fajo de dinero. Un mazo de billetes que no cabía en la mano, papeles de a cien, doscientos y quinientos, tantos que encendieron el ojo de un mulato, talludo ya, con dos entradas en la policía, que suspiró ruidosamente. El del sertón sacó unos billetes, escogió uno de cien, y lo echó al juego.

Martim hizo balance de sus disponibilidades. La caja estaba baja, pero el crédito era alto. Recurrió a algunos capitalistas amigos suyos, los mismos socios con quienes antes jugara, feriantes todos. Reforzada la banca, el cabo sonrió a los papanatas. Sonrisa cordial a los recién llegados, como queriendo decirles que no se arrepentirían de la confianza en él depositada: si querían aprender cómo se jugaba, jamás tendrían mejor ocasión ni profesor animado de mejor voluntad.

Los del sertón se alzaron con las primeras puestas, como es lógico. La buena crianza del cabo jamás le permitía salir ganando de principio. «El primer grano, a los pardillos», acostumbraba a decir. En un abrir y cerrar de ojos empezó a aumentar la ganancia del cabo, y los del sertón a inquietarse, a temer por su dinero. Pero ya a estas alturas estaban emperrados y la banca empezaba a animarse: cien de uno, cincuenta del otro, veinte de un tercero, y un rapaz fue a buscar unas cervezas para refrescar, pues empezaba el sol a caer a plomo. Nadie sabe cómo aparecieron unos taburetes y los recién llegados se hallaban cómodos, sentados, dispuestos a pasarse allí la tarde.

Y siguieron poniendo como si no supieran que el juego es dama traicionera, indigna de confianza. La suerte empezó a volverles la espalda justamente cuando el primero de los tres arriesgó un papel de quinientos. Después, pasó lo que se ha dicho.

Aquella noche Martim regaló a Dalva un collar de cuentas, cuentas doradas, alhaja para mulata con vista, dada a berrinchitos, remilgosa, pupila en el burdel de Tibéria. Y para la propia Tibéria, cordial amistad, el cabo llevó un colgarejo de oro, cosa de primera, vendido por Chalub en el mercado por el precio de coste, sin ganancia. Todos los gastos de la fiesta improvisada corrieron por cuenta del cabo o, por mejor decir, por cuenta de los tres pardillos.

Quedaron en volver al día siguiente, y así contaba Martim con vida holgada por un tiempo, mientras aquellos pararan en Bahia. ¿Querían aprender la ronda? El cabo les enseñaría, completando su educación. Dinero y diversión no iban a faltar, sin olvidar las cervecitas de los calores. Había rosadas perspectivas en aquella noche de fiesta. Nadie tuvo el menor presentimiento, ni siquiera Antônio Garcia, con todo su espiritismo, médium, vidente y todo lo demás. Ni él ni nadie, todos alegres esperando la vuelta de los tres palurdos y calculando el tiempo necesario para aliviarles de su dinero.

Volvieron antes de la hora prevista, y con los policías. Pero Martim había nacido de pie, y quien nace de pie tiene la protección de Oxalá para toda la vida. Si así no fuera hubiera ido derecho a la encerrada. Los maderos no escondían sus propósitos, gruñían en voz alta, hablaban de hacer un escarmiento en los tahúres que infestaban la ciudad con sus barajas marcadas, robando a la gente honesta de ferias y mercados, a los almas de cántaro llegados del interior. Citaban el nombre del cabo, el peor de todos en su opinión, el más bellaco, el mayor infame, y no escondían sus deseos de meterlo una temporada a la sombra, alimentado a zurriagazos. Entre los más exaltados fue reconocido un tal Miguel Charuto, particularmente arrogante, faltón él, dispuesto según decía a beberse la sangre del cabo, y todos sabían por qué. El tal Charuto había andado liado con una cobriza llamada Clarinda, mestiza de blanco e india, con hocico de china, y descarada como ella sola. El tirilla le pagaba la mantenencia y los humos de condesa con los cuartos afanados al pueblo. Un día descubrió que en la firma había un socio: el cabo Martim, socio sin capital, que colaboraba solo con las gracias de su cuerpo. Miguel Charuto no era hombre de huelgos para enfrentarse con el cabo Martim cara a cara, y aprovechaba ahora la oportunidad jurando venganza.

A estas alturas de la historia, Otália quiso saber si ese tan mentado cabo era un artista de cine. ¿No estarían sus amigos exagerando? ¿No sería decir de más cuando aseguraban que no había mujer que se le resistiera? Le aseguraron que no había la menor exageración. Los amigos no sabían por qué, pero las mujeres enloquecían por él, sujeto magro y larguísimo. Quien parecía un artista de cine no era él, sino Miguel Charuto, de pelambrera lustrosa de brillantina, bastón y bigotito.

El futuro del cabo debiose mucho a los faroles del cornudo Miguel. Tanto prometió de valentía y venganza, tanto se extendió la cosa, que hubo que tomar medidas de seguridad. Por otra parte, Martim llegó tarde al mercado tras la parranda de la víspera y una madrugada en los brazos de Dalva.

Mulatillos del ferial, tratantes, chóferes, bahianas del arrabal se habían distribuido por los alrededores, en puntos estratégicos, cubriendo por completo el itinerario por donde podía llegar Martim, inocente y risueño, tranquila la conciencia.

Le avisaron y salió por piernas. Los maderos rondaron por allí unas horas, para justificar la propina de los pardillos, y acabaron por desistir, no sin jurar su perdición: sabían dónde encontrarlo, no se escaparía. Miguel Charuto aún anduvo un buen rato metiendo los cuernos por las barracas, investigando.

Martim recibió luego un relato completo de los acontecimientos y lo analizó, en compañía de los amigos, embarcando unos tragos de aguardiente y sin conceder la menor importancia a la movida crónica policial. En su opinión aquello era solo tempestad en un vaso de agua: la cólera de los perdidosos y la demagogia de los maderos. Los del sertón debían de haber oído rumores, tal vez allí mismo en la feria, sobre barajas marcadas y su peculiar estilo de dar y cortar. Los sertanejos son desconfiados por naturaleza y fáciles de empeñar por las orejas. Creyeron las intrigas, echaron sapos por la boca, untaron a los policías, y armaron todo el lío. Pero no pasaría a más la cosa. Volverían a sus campos, al trabajo de reja y picaña, a los corrales y a los pastos, curados para siempre del vicio del juego. Un día le estarían agradecidos, cuando, pasada la rabia del momento, reflexionaran serenamente. La única duda de Martim residía en saber si los del sertón estaban totalmente curados o si había peligro de que olvidaran la lección y volvieran al vicio. El ideal sería haberlos tenido unas sesiones más, una tarde completa de juego. El cabo lamentaba sinceramente la ruptura de aquellas relaciones tan simpáticas, establecidas la víspera con tanta cordialidad, y

destinadas, o al menos eso había pensado y deseado, a convertirse en sólida amistad.

Jesuíno Galo Doido disentía de Martim: el asunto no le parecía tan sencillo. Al contrario del cabo, Jesuíno no creía que todo se olvidara en un día, tras veinticuatro horas de recogimien-
to espiritual en casa de Tibéria, al cálido arrimo de los brazos de
Dalva.

Los del sertón, campesinos al fin, son gente obstinada, llena
de orgullo, vengativa. No desistirían tan fácilmente de su objetivo, inflexibles, testarudos. Jesuíno sacó del zurrón de su variada
experiencia dos o tres casos para ilustrar su tesis, historias verí-
dicas y ejemplares, una de ellas capaz de provocar escalofríos.
Se contaba de uno del sertón que persiguió año y medio, mundo
adelante, al osado que se había alzado con la doncellez de su hija, doncellez en verdad ya averiada por novios anteriores. Ni este detalle, que reducía considerablemente la responsabilidad
del muchacho, enfrió la sed de venganza del padre deshonrado.
Salió tras del mozo, sertón afuera, siguiéndole el rastro; uno de
huida, el otro persiguiendo, en una loca correría hasta los confi-
nes del Mato Grosso, donde el seductor paró un tiempo de nada, apenas lo justo para seducir a otra doncella, y en aquella hora condenada, en plena función, fue capado por el campesino
enfurecido, que se volvió otra vez con las partes del muchacho
hacia el sertón, y con ellas rescató su honra de labios del pueblo,
donde la dejara. Hizo entonces las paces con la hija, empleada
ya en casa del párroco, como criada para todo y de toda confianza, y vivió rodeado del mayor respeto como hombre de honra y religión.

Ni siquiera esta historia conmovió la confianza absoluta del cabo. No se podía, declaró, comparar los tragos de la doncella, caso de responsabilidad patente, con un puñado de billetes perdidos en un juego de azar, un día, por casualidad. En sus rápidas relaciones con los tres pardillos no había ni honra de moza ni muerte de hombre. Un día o dos, lo máximo, y todo quedaría en un recuerdo alegre, en una broma divertida. Más divertida aún cuando él, el cabo Martim, descubriera la identidad del intrigante, del resentido crápula que infló a los campesinos con calumnias, y le enseñara la virtud de la discreción.

Jesuíno movía, escéptico, la pelambrera plateada. Una melena que rebosaba sobre las orejas y se despeñaba cabeza abajo, rebeldes cabellos encaracolados en los que gustaba la gorda Magda de enhebrar sus dedos en horas de ternura. Jesuíno consideraba la actitud de Martim demasiado ligera. A su ver, la situación era muy seria: los del sertón dispuestos a recuperar su dinero, los guardias excitados, Miguel Charuto ávido de venganza. El cabo debía andar con pies de plomo.

Martim se encogió de hombros sin escuchar las prudentes palabras de Galo Doido, como si la opinión de Jesuíno nada valiera. Al día siguiente, de mañana, se dirigió otra vez al mercado Modelo, donde había de discutir con Camafeu, propietario del puesto São Jorge y figura importante en el lugar, una cuestión de carnaval. Claro que el carnaval aún estaba distante, y la discusión era apenas un pretexto. El cabo no perdía ocasión de ir a dar una vuelta por la caseta, admirarla como lo que era, una de las más bellas de la ciudad, tocar el birimbao con Camafeu y Didi, perpetrar sus pillerías con Carybé, comentar los acontecimientos.

Por poco acaba preso. El mercado estaba atestado de pasma, y lo mismo Água de Meninos, Pelourinho, Sete Portas y los lugares todos donde solía ejercer su industria cotidiana. Como si los guardias no tuviesen otra cosa que hacer, ninguna obligación, crímenes que investigar, políticos crápulas que proteger, honrados tahúres que perseguir. Como si el dinero de los contribuyentes hubiera que emplearlo exclusivamente en la caza del cabo Martim. Un absurdo, desde luego, que daba entera la razón a las indignadas imprecaciones de Jesuíno, cuyo horror hacia la policía y a los polizontes era bien conocido.

Ni siquiera pudo volver Martim por casa de Tibéria pues por allí andaban ya Miguel Charuto y otros asquerosos molestando a las muchachas, amenazando a Tibéria, interrogando a Dalva. En cuanto a los tres del sertón, sujetos realmente obstinados, prometiéndoles mundos y fundos en el caso de que recuperasen su calderilla y metieran al cabo a la sombra. Menos mal que por tratarse de asunto de juego se contentaban los tres palurdos con ver a Martim entre rejas, que si hubiera honra de moza por medio, con la obstinación de aquellos tipos, Martim corría riesgo de castración.

Hipótesis por otra parte divulgada cuando algunos íntimos, además de Tibéria y Dalva, se encontraban en casa de Alfredo, santero establecido de muchos años en el Cabeça, para trazar los planes de fuga y beber el traguito de despedida. Pé-de-Vento había traído una botella, Camafeu ofreció otra y el dueño de la casa la primera y la última, como era su deber y su derecho. Así la charla prolongose y alguien recordó la historia de Jesuíno. Curió, cuya juventud no le permitía guardar las conveniencias, empezó a reír:

—Imagínense, Martim capado…

Hipótesis remota e improbable pero suficiente para arrancar del fondo de Dalva un bufido de animal herido, lamento de criatura súbitamente amenazada en su mayor bien, en su razón de vida. Quiso la bella abalanzarse sobre Curió, las uñas como garras, y fue necesaria toda la autoridad de Tibéria para calmarla.

No dejaba la zorripanta de tener cierta razón, y aunque les era ciertamente difícil colocarse en su lugar, fácil les era entenderla y disculparla. ¿Qué valor podía tener, desde su punto de vista femenino, el cabo Martim, si los del sertón lo sujetaran a tan delicada operación? ¿Dónde se vio cabo capado?

No podía adivinar ella, pobre Dalva, en aquella hora de la despedida, colgada en el pescuezo de Martim, jurándole amor eterno y recibiendo idénticos transportes, envuelta ella en lágrimas y añoranzas, que los resultados del viaje del cabo se acercarían en cierto modo a la hipótesis de Curió. Pero ¿cómo podía ella prever, cómo podrían los amigos allí reunidos, entre imágenes restauradas de santos, sospechar siquiera que el cabo, que había marchado de madrugada, había de volver dos meses después, con las grandes lluvias, trayendo colgada del brazo a la Marialva, con sus ojos de miel y el lunar negro en el hombro izquierdo brillando en el escote del vestido? Desde el punto de vista de Dalva, el cabo volvía moralmente capado.

En la tienda de Alonso, contando a Otália los principios del caso, aún no se daban ellos perfecta cuenta de toda la extensión del desastre. Solo después de la llegada del cabo pudieron medir todas sus consecuencias, pues hasta del refugio de Tibéria desapareció Martim, entregado por entero al matrimonio.

Aquella noche, ellos reían aún y bromeaban, repartiéndose las cuatrocientas mulatas encargadas por Pé-de-Vento, cuando salieron en busca de la maleta de Otália.

5

Llegaron con la noche alta, efusivos y victoriosos, al refugio de Tibéria. Fue grande el consumo de aguardiente en aquella noche trabajosa, primero en el tenducho de don Alonso donde los había sorprendido la lluvia, luego en la peregrinación hasta Caminho de Areia y, por fin, tras las conmovedoras escenas del hallazgo del equipaje de Otália. Aún lloviznaba cuando volvieron hacia el abrigo de Tibéria; a veces el viento traía una ráfaga de agua, lavaba las calles, los últimos transeúntes.

Salieron en busca de la maleta aprovechando un claro, tras haber sido expuestos y explicados los precedentes del casamiento y bien informada ya la opinión pública. La noticia sensacional empezaba a circular por la ciudad, salida del tenducho de Alonso, provocando conjeturas, maledicencias, rumores y chismorreos. En la tienda, abrigados de la lluvia pesada, del viento que zumbaba en los viejos caserones, los amigos volvieron a escuchar la historia de Otália. Jesuíno Galo Doido exigió oírla de boca de la moza, y la narración circunstanciada de la pérdida del bagaje empezó desde la historia del hijo en celo del juez, en la ciudad de Bonfim, hasta la llegada a la estación de Calçada, con la maleta y el envoltorio de papel pardo. Sin olvidar ningún detalle. Demostró Jesuíno gran interés por el paquete, tratando de enterarse de su contenido, pero Otália esquivó la respuesta:

—Nada de importancia… Cosas sin valor…

—¿Sin importancia? Pero dice que prefiere antes quedarse sin maleta que perder el atadijo…

—Es una bobada… Quería dar con el paquete porque hay cosas que me gustan. Solo por eso…

Y sonrió, desconcertada, de tal modo que Jesuíno desistió del interrogatorio, a pesar de su creciente curiosidad por el misterioso envoltorio.

Durante la narración, Pé-de-Vento, que había dado a roer una galleta a la ratita, se guardó en el bolsillo el animal, que quedó allí adormilado. Negro Massu y Eduardo Ipicilone dormían ya a pierna suelta, el ronquido del negro agitando latas y botellas en los estantes. Los demás se habían marchado, desafiando la lluvia, con ansia de extender la noticia de la boda del cabo. Solo Curió se mantenía tranquilo, sentado ante Otália, mirándola, sintiendo un cosquilleo en el pecho, unos arranques de ternura, señales evidentes de que una nueva pasión empezaba a devorarlo.

Desistiendo de arrancar de Otália detalles preciosos sobre el paquete, Jesuíno los pidió del caballero que quedó guardando el equipaje cuando ella se apartó para «satisfacer urgentemente necesidades personales e intransferibles».

Y apenas lo describió Otália: «Un señor de aspecto distinguido, traje blanco, bien cortado, sombrero Chile, corbata de lazo, todo flamante», una centella brilló en los ojos de Galo Doido. Miró a Curió como pidiéndole confirmación de las sospechas, pero el rapaz no estaba allí, estaba preso en el encanto de

Otália, oía sin comprender, incapaz de escuchar cuanto más de sospechar quién fuera el ladrón, capaz solo de dar alas a su pasión. Así era Curió, corazón siempre dispuesto al amor, siempre conmovido con la belleza y gracia femeninas.

—Todo de trinque… ¿Y qué más?

—¿Qué más? —Otália rebuscó en la memoria—. Ojos clavados en mí como los del mozo este… —Y soltó una carcajada en las narices de Curió. Pero no se reía con risa de burla, sino porque la cosa le resultaba graciosa y porque había bebido demasiado aguardiente.

Curió quedó cortado, desvió los ojos, prestó atención. Era tímido y se desconcertaba fácilmente. Otália aún reía:

—Con esa cara pintada, tan divertida, y los ojos clavados en mí… El tipo de la estación era lo mismo, comiéndome con los ojos… ¡Ah! —recordó—, llevaba una flor en el ojal, una flor roja…

Rió Jesuíno a carcajadas, satisfecho de sí mismo. No se había engañado. Guiñó el ojo a Curió y este movió la cabeza afirmativamente, como concordando con las sospechas confirmadas por Galo Doido. Sí, no podía ser otro.

—Vamos… —dijo Jesuíno.

—¿Adónde? —dijo Otália.

—A buscar sus cosas… La maleta, el paquete…

—¿Y sabe usted dónde están?

—Naturalmente. Apenas acabó usted de hablar, y yo ya lo sabía… —alabose.

—¿Y sabe también quién lo robó?

—No fue un robo, hija mía, solo una broma.

Curió trataba de convencer a los demás para que aprovecharan la escampada. Massu, Pé-de-Vento e Ipicilone, coincidían sobre quién podría ser el caballero a quien Otália había confiado la guarda del equipaje: solo podía ser Zico Cravo na Lapela, siempre con su clavel en el ojal.

—Compadre mío… Divertido como nadie…

Una de sus bromas predilectas era exactamente esa: llevarse las cosas de los amigos, pegarles un buen susto. Un bromista, Cravo na Lapela. Tímidamente Otália recordó un detalle: no era amiga del divertido Zico, apenas lo conocía de vista. Él le hizo un guiño en la estación y ella aprovechó la oportunidad para pedirle un favor. Jesuíno echó mano a su agreste cabellera, y replicó con un argumento que le parecía definitivo:

—No es amigo suyo, pero lo es nuestro, y amigo de Tibéria también, y hasta compadre mío, que bauticé un hijo suyo, uno que murió, pobrecito… Por eso quiso hacerle una broma…

Otália abrió la boca para decir algo, un tanto confusa, ¿tenía o no tenía razón Jesuíno? Aprovechando su vacilación tomó de nuevo este la palabra dispuesto a apagar cualquier desconfianza aún existente, cualquier sospecha de Otália. Con detalle le explicó, yendo ya Pelourinho abajo, no solo el bromista talante de Zico sino también su desesperante mala suerte. Iban hacia Caminho de Areia, donde vivía Cravo na Lapela con su numerosa familia.

Bajaron el Taburão, atravesaron las calles del mujerío más acabado y pobre, donde eran saludados con entusiasmo, sobre todo Jesuíno Galo Doido, evidentemente popular en las inmediaciones. Para descansar, paraban en los cafetines abiertos, y la voz de Galo Doido ganaba en colorido y emoción a cada trago, el elogio de Zico se hacía más sincero, la narración de sus percances, de su mala suerte y de la persecución inicua de la policía contra aquel «excelente padre de familia».

Excelente, ejemplar padre de familia, cargado de hijos e hijas, hombre de salud delicada. ¿No se fijó en su delgadez? Inútil no solo a la hora de servir a la patria, sino también para cualquier empleo pesado que exigiera esfuerzo físico. Imagínese Otália el drama vivido por Cravo na Lapela. Sensible como él solo, amigo, como el cabo Martim, de tocar la guitarra, delicadísimo con la esposa e hijos, pasaba el día buscando empleo donde ganar el dinero necesario para el sustento de los suyos, el alquiler de la casa, la luz y el agua, las habichuelas y la harina. Iba de un lado a otro, busca aquí, busca allá, y solo le ofrecían empleos imposibles. Ocho o diez horas al día cargando fardos y cajones en almacenes, o sirviendo a los parroquianos, de pie, en tiendas miserables. Tales dificultades habían llevado a un hombre honrado y trabajador a pasar por desocupado y ocioso, por un truhán. Desde hacía más de cuatro años vivía Zico arrastrando las piernas por las calles, desde el injustificado cierre de los casinos de juego. Con los casinos funcionando jamás le había faltado trabajo, que no había mejor «apuntador» en las casas de juego, nadie más capaz, más correcto de trato. Aquel sí que era empleo para él, para su frágil salud, un empleo que le permitía dormir de día, fuera, tranquilamente. Porque, como todos saben, el trabajo nocturno es más leve, de noche no hace tanto calor y es menor el atropello. Pero los casinos estaban cerrados, y Cravo na Lapela solo podía trabajar en lo suyo de vez en cuando, en ciertos locales donde se jugaba ilegalmente, empleos estos transitorios y peligrosos, sobre todo para un hombre marcado por la policía, como él lo estaba. La policía tenía una probada inquina contra Zico Cravo na Lapela, había colocado su retrato en la galería de los descuideros y de los artistas del «timo de las misas», los maderos lo prendían cada dos por tres, sin el menor motivo, por simples sospechas.

Zico sufría con todo eso. Celoso de su reputación, veía manchado su nombre, víctima de la desgracia, de la policía. Sin embargo, no era hombre para dejarse abatir, mantenía su estilo, su sonrisa, su constante buen humor. Compañero apreciadísimo, nadie como él para contar un sucedido, de los que poseía inagotable repertorio. Y un hombre así, alegre e inocente, era sañudamente perseguido.

A Jesuíno Galo Doido no le gustaba la policía. Víctima él también de agentes, comisarios y delegados, había estudiado largamente la psicología de los guardias hasta concluir que no le hacían gracia. Con tantas profesiones como hay en el mundo, comentaba, con tanto oficio donde escoger, holgados unos, pringados otros, unos exigiendo saber, malicia, inteligencia, otros apenas la fuerza bruta o el valor de sacudir al más fuerte, había quien elegía el oficio de policía, oficio de perseguir al prójimo, detenerlo, torturarlo. Se necesitaba realmente no servir para nada, ni para coger barro en las calles. Gentes sin duda a quienes faltaba dignidad, y sentido de la confraternidad humana.

Mientras tanto, preguntaba exaltado a Otália, tras otro trago de cachaza en una barraca de Água de Meninos: ¿quién manda en el mundo hoy, quiénes son los dueños, los señores absolutos, aquellos que están incluso por encima de gobiernos y gobernantes, de regímenes, de ideologías, de sistemas económicos y políticos? En todos los países, bajo todos los regímenes, bajo todos los sistemas de gobierno, ¿quién manda realmente, quién domina, quién tiene al pueblo viviendo bajo el miedo? ¡La policía, los policías!, y Galo Doido escupía su desprecio con un resto amargo de aguardiente. El último delegado manda más que el presidente de la República. Los poderosos, para tener al pueblo en el miedo y en la sujeción, fueron aumentando los poderes de la policía hasta que acabaron ellos mismos convirtiéndose en sus prisioneros. Diariamente la policía comete violencias, injusticias, los crímenes más crueles, en guerra contra los pobres y contra los libres. ¿Y quién vio a un policía condenado por un delito cometido?

Para Jesuíno, rebelde a todo mando, corazón libre y pecho ardiente, el mundo solo merecería vivirse el día en que no hubiera soldados ni policías de ninguna clase. Ahora estaban los hombres, incluso reyes y dictadores cuanto más los pobres desamparados, sujetos todos a la policía, poder este por encima de todos los poderes. Imagínese, Otália, lo que suponía toda esta fuerza alzada contra un sencillo padre de familia como Zico Cravo na Lapela, de mucha labia, es verdad, capaz de enredar en palabras a cualquier simple, pero sin la menor posibilidad de resistir la violencia. Un hombre que solo deseaba vivir en paz, y ni esto le dejaban. Los maderos la habían tomado con él, y más aún la suerte perra. Otália debía, pues, abstenerse de cualquier juicio apresurado, de pensar mal de un hombre que era solo un juguete del destino.

Así perorando, degustando copetín tras copetín cuando veía, brillando en la noche, la luz de una taberna, llegaron finalmente al recoveco mal iluminado donde vivía el desventurado Cravo na Lapela. Habían abandonado el asfalto y los adoquines, las calles pavimentadas, y llegaban a las de tierra apisonada. La casa de Zico quedaba un poco apartada de las otras, en el fondo de una hondonada, junto a un pequeño terreno plantado de claveles. Sobre las hojas y las flores temblaban las gotas de agua de la lluvia reciente.

—Adora las flores, los claveles. Siempre lleva uno en el ojal… —explicó Curió, y era como si completase el retrato de Zico, el verdadero, y no el tantas veces reproducido en los diarios con un número en el pecho.

Ante esta casa cerrada, adormecida en el silencio de aquel lugar perdido, cortado apenas por un grillo abrigado entre las matas de claveles, después de tanto elogio a Cravo na Lapela, Otália, cansadas las piernas, pesada la cabeza de tanta conversación y de tanto aguardiente, propuso abandonar la búsqueda y volver al arrimo de Tibéria. Pero Jesuíno no estaba dispuesto a permitir la menor duda sobre la honorabilidad de Zico y tampoco quería que se prolongase por más tiempo la broma del amigo con el bagaje de Otália.

—Toda broma tiene sus límites…

Mientras Ipicilone daba de nudillos en la puerta, Jesuíno pasó entre los claveles dirigiéndose al fondo de la casa. Nadie respondía. Curió y Pé-de-Vento uniéronse a Ipicilone y empezaron a golpear reciamente. Seguía el silencio. Como si no hubiese nadie en la casa o estuviesen todos muertos. Entonces Negro

Massu asentó su puño en el portalón y sacudió el techo y las paredes. Entretanto, Galo Doido llegaba al fondo de la casa al tiempo de ver a Cravo na Lapela atravesando la puerta e internándose en los matorrales.

—¡Alto ahí, compadre!… ¿Se puede saber adónde vas? Somos gente de paz…

Al oír una voz conocida, preguntó Zico desde lejos:

—¿Eres tú, compadre Jesuíno?

—Yo, y también Massu, Pé-de-Vento, Ipicilone… Ven y abre la puerta…

—¿Y qué diablos hacéis aquí a estas horas, asustando a la gente?

Su silueta reapareció saltando ágilmente sobre los charcos, la ropa blanca perfectamente almidonada, el sombrero bien puesto, la corbata de lacillo, un clavel marchito en el ojal.

—Te traigo una moza…

—¿Moza?… —En la voz de Zico había un trémolo de sospecha.

Se encendió una luz dentro de la casa y apareció en la puerta de la cocina el rostro de una chiquilla. Luego, muy pronto, eran ya tres cabecitas las que oteaban la noche. También los amigos y Otália entraban en la casa atravesando el plantel de claveles.

—Moza, sí. ¿Y por qué llevas tanta prisa?

—Bueno, pues… Iba a la farmacia, a comprar papillas al nene…

La familia estaba ya toda en pie. Otália nunca había visto tanto chiquillo empujándose y saliendo uno tras otro por la puerta.

—Vamos dentro… —invitó Cravo na Lapela.

Desde la cocina se veían las otras dos piezas de la casa, el cuarto y la sala. En el cuarto dormían, sobre un colchón y unas esteras, siete de los ocho chiquillos. La mayor tendría doce años y era una preciosidad, ya casi mujercita. El menor andaba por los seis meses y lloriqueaba al cuello de su madre, cuyo perfil de vejez prematura se enmarcaba en la puerta abierta de la sala donde dormía el matrimonio. La mujer miraba a los recién llegados con aire cansado.

—Buenas noches, comadre… —saludó Galo Doido.

Los otros saludaron también, incluso Otália.

—Buenas noches, compadre, ¿qué se le ofrece por aquí?

Jesuíno habló:

—¿No ve que la chica es protegida de Tibéria? Por eso hemos venido —y volviéndose hacia Zico—: ¿Dónde está la maleta, compadre?

—¿Qué maleta, hombre de Dios?

—La que agarraste en Calçada. La chica sabe que solo fue una broma. Ya le expliqué.

Cravo na Lapela recorrió el grupo con la mirada.

—No lo hice aposta… ¿Cómo iba a adivinar que era gente de Tibéria. Andaba por allí, dando una vuelta, y ella misma me metió la maleta en la mano. «¿Puede aguantarla un momento, que voy allí?» ¿No fue así, chiquilla?

Entró en la sala. Se apartó la mujer. Volvió con la maleta. Vacía.

—Discúlpeme el disgusto…

—¡Pero está vacía, compadre!

—Y qué, ¿crees que había algo dentro?

Otália señaló a la mujer parada en la puerta.

—Lleva mi camisón…

La mujer no dijo nada, apenas miraba a Jesuíno, a Otália, a los demás. Los chiquillos, en el cuarto, seguían la escena entre cuchicheos y carcajadas. La segunda en edad, también mozuela, con sus buenos diez años, llevaba unas bragas enormes para su tamaño.

—También son mías…

—Compadre… —apeló Jesuíno.

La mujer, desde la puerta de la sala, abrió la boca y empezó a hablar con voz monótona, sin calor, sin ira y sin ternura.

—¿No te dije, Zico, que no valía la pena? No sirves para nada. No hay manera… —elevó la voz ordenando a los chiquillos—: ¡Darle las cosas a la moza!

Entró en el cuarto, cerró la puerta para abrirla luego y tirarle el camisón a Otália. Minutos después volvió vestida con una bata vieja y remendada.

Por el cuarto y por la sala fueron apareciendo otras cosas: unos zapatos nuevos, unas zapatillas, dos vestidos tirados sobre la única silla existente. Cravo na Lapela explicaba:

—Ya sabes, compadre, lo que pasa… Aquí andamos escasos de ropa. Las criaturas, pobres, hasta dan pena…

La mujer ponía unas copas en la bandeja vieja, de lata, e iba a abrir una botella de aguardiente. Zico empujaba a los chiquillos a su cuarto, deseoso de ocultar cuanto antes el penoso incidente de la maleta. Estaba entre amigos y debía agasajarlos. La mujer servía el aguardiente, silenciosa, avejentada, sin risas ni lágrimas, viviendo apenas.

Apareció completo el cargamento. Lo metieron en la maleta. Negro Massu iba a cerrarla. Otália comprobó:

—Falta el mejor vestido, el más bonito.

La mujer miró a la hija mayor, la muchacha bajó los ojos, entró en el cuarto y volvió con un vestido floreado sobado ya. Era un regalo del hijo del juez al principio del lío, cuando el padre aún no le había cortado el dinero. La muchacha venía con paso lento, los ojos clavados en el vestido, con una tristeza que daba pena. Otália dijo:

—¿Te gusta?

La muchacha, sin gracia, dijo que sí con la cabeza. Mordía los labios por no llorar.

—Quédate con él.

La muchacha miró para Cravo na Lapela.

—Padre, ¿puedo quedármelo?

Zico se hinchó de dignidad.

—Deja el vestido, condenada, ¿qué va a pensar la moza de nosotros?

—Quédatelo —repitió Otália—. Si no, me enfado.

La chica quiso sonreír, se le llenaron los ojos de lágrimas, se volvió de espaldas, con el vestido apretado contra su pecho y regresó corriendo a la sala.

Cravo na Lapela alzó los brazos, exultante:

—Muy agradecido, muchas gracias. Ya que insiste… Bien, que se lo quede, por no rechazárselo… Dale las gracias a la moza, Dorinha… Chiquilla más sin modos…

Ya estaba servido el aguardiente. Otália cogió al pequeño para que la mujer pudiera arreglar la mesa.

—¿Cuántos meses tiene?

—Seis… Y ya tengo otro en camino…

—Este Zico no pierde el tiempo… —rió Ipicilone.

Todos rieron. Cravo na Lapela decidió ir con ellos. Tenía que acercarse por papillas a la farmacia y presentar de paso sus disculpas a Tibéria. Iban saliendo cuando Otália preguntó:

—Tenía un paquete, ¿no se acuerda?

—¿Un paquete? ¿Un envoltorio de papel? No había nada que valiera la pena. No sé qué habrán hecho los pequeños… ¿Dónde lo metisteis? —gritó hacia el cuarto.

La de diez años fue a buscar el paquete. Estaba escondido en un rincón. Cayó el papel y apareció una muñeca vieja y desmadejada. Otália se echó hacia ella, la cogió apretándola contra el pecho. Reclamó el papel pardo para rehacer el atadijo. Los otros la miraban sin comprender, solo Pé-de-Vento comentó:

—Una muñeca… —y dirigiéndose a Otália—: ¿por qué tanto escándalo por una muñeca? Si aún fuera bicho vivo…

Los niños no quitaban ojo de la muchacha. Ella se levantó, fue hacia la maleta y ahí metió el paquete. Massu la ayudó a cerrar.

Salieron al fin. Massu llevaba la maleta. La mujer se quedó mirando en la puerta de la cocina, con el pequeño en brazos. Recomendó:

—No te olvides de las papillas del crío…

—El pobrecillo anda con diarrea… Solo puede comer papillas, y estoy sin blanca… —explicó Cravo na Lapela.

Allí mismo juntaron el dinero. Cada uno dio un poco. Zico extendió la mano para recoger el total, pero Jesuíno se lo metió en el bolsillo.

—Ya lo compraré yo, compadre. Es mejor…

—Está bien. Como quieras…

—No es por nada. Tú podrías olvidarte…

Jesuíno sabía de otros hijos de Cravo na Lapela muertos en la primera infancia, en días sin dinero. Sabía también qué olvidadizo era el compadre, y, sobre todo, qué incapaz de resistirse ante una mesa de juego. Podía encontrarse una de camino, de madrugada, antes de que abrieran las farmacias, y con la desgracia que tenía encima desde siempre, perdería aquellos magros mil reis retirados de las cuotas de la cachaza.

Cuando llegaron al burdel de Tibéria había cesado todo el movimiento. Las muchachas, recogidas ya, descansaban solas con sus chulos. En la sala grande, las luces apagadas, la gramola silenciosa. En el comedor, Tibéria, sentada en su mecedora, abarrotándola con su corpachón. Era una gorda mulata, con sus sesenta corridos, pechos inmensos, rostro plácido, ojos firmes y bondadosos. A aquellas horas de la noche, su rostro, en general acogedor y placentero, estaba sombrío como si algo grave pasara. Acogió a la caravana con un apagado «buenas noches». Quien rió amigablemente fue Jesus, su marido, sentado en la cabecera de la mesa, haciendo cuentas en un cuaderno.

Jesus Bento de Sousa era sastre de sotanas, mulato caboverdiano de lisos cabellos de indio, el color quebrado, gafas en equilibrio en la punta de la nariz. Unos diez años menos que Tibéria tendría, quizá; era un muchacho cuando se conocieron, iba ya para treinta años; ella, opulenta, de prietas carnes morenas, reina del carnaval, portaestandarte de su parranda, interna en el burdel de Aninha. Él, joven aprendiz en la sastrería Modelo, amigo de juergas, tocador de guitarra. Se conocieron en una micareta, en una fiesta. Aquella noche ya la pasaron juntos, locos uno por el otro, con un amor destinado a prolongarse, constante y dulce, sin disminución al paso de los años.

Cuando llevaban ya diez años de cohabitación y cariño, Tibéria establecida por su cuenta, y él también, con La Tijera de Dios, pequeña, pero acreditada, sastrería especializada en sotanas y vestes sacerdotales, secretario ya de la Cofradía del Carmen, cargo en el que aún permanecía, repetidamente reelegido por su demostrada competencia, se casaron por la iglesia y lo civil. Lograron mantener en secreto la fecha del casorio ante el juez, y solo la comunicaron a algunos íntimos. Pero el casamiento religioso fue un domingo, en la iglesia de Portas do Carmo, cerca del Pelourinho, y la noticia se propaló. La iglesia estaba atestada de miles de mujeres y amigos, las chicas con sus vestidos más caros, los hermanos de la Cofradía del Carmen con sus capas bermejas. Había en la iglesia tal rebullicio de putas, un aire de fiesta tan verdadero, perfumes, encajes, risas y flores, que el padre Melo, con sus cuarenta años de sacerdocio, llegó a decir que jamás había celebrado casamiento tan pomposo y concurrido. Tibéria iba vestida como una reina, con su vestido de cola, diadema en la cabeza. Jesus, con la edad, había adelgazado y andaba un poco encorvado. Vestía impecable ropa blanca. Es posible que el padre Melo haya celebrado otro casamiento tan rico como aquel, pero ninguno, jamás, destinado a tamaña comprensión y tranquila felicidad como la unión del sastre y la madama.

¿Madama? Fea palabra para aplicarla a Tibéria. «Madrecita» la llamaban las chicas de la casa. Se sucedían las generaciones, una tras otra, iban y venían las chicas, risueñas o tristes, amando u odiando su trabajoso oficio, pero todas ellas ponían en Tibéria su confianza, descansaban la cabeza en sus senos opulentos, derramando sus tristezas, abriendo sus pasiones y desencantos a quien era en verdad su «madrecita», contando con ella en los momentos más difíciles. Tibéria, con la palabra justa y el gesto preciso, era siempre consuelo y solución. «Madrecita» la llaman sus amigos, tantos y tantos, de toda clase y condición, y algunos había dispuestos a matar y a morir por Tibéria. Amplia era su influencia, como persona respetada y querida.

El cabo Martim era uno de aquellos íntimos. Por Tibéria era capaz de todo. Diariamente iba a verla a su establecimiento. Tanto era que hubiera o no hubiera cabalgado ya muchacha, iba solo para conversar, ayudaba en lo necesario, tomaba su cerveza y adiós. Eso cuando no llegaba en compañía de los amigos para recoger a las chicas e irse de parranda.

Por causa de Martim estaba ella con el rostro sombrío y apenas respondió al saludo de Jesuíno y los demás. Intentaba digerir la noticia, allí llegada con rapidez y alteraciones, del matrimonio del cabo. Pero la noticia no acababa de sentarle. No podía aceptarla, no podía creer en su verdad.

Miró a los recién llegados, con rostro grave y duro.

—¿Qué horas son estas?

—La gente andaba tras la maleta de la chica… —explicó Galo Doido sentándose a la mesa.

—¿La encontraron?

Massu colocó la maleta en el suelo.

—Zico la tenía en su casa, para que no se la robaran…

Tibéria miró gravemente a Cravo na Lapela.

—¿Qué? ¿No reparas en la gente o qué? ¿Cómo va tu mujer? Ve a ver a Lourival. Tiene trabajo para ti. Va a abrir una timba…

—Mañana voy…

Jesus levantó la vista del cuaderno.

—¿Es verdad que se casó Martim?

Pero antes de que nadie respondiera, explotó Tibéria:

—No lo creo. No lo creo, y se acabó. Y aquí, en mi casa, que nadie hable mal de Martim. No lo admito. Quien quiera discutir de este asunto váyase norabuena, que se largue a reventar en los infiernos.

Esto dijo, y levantose indignada. Con un gesto, ordenó a Otália que la acompañara:

—Coge la maleta y vente. Tu cuarto está dispuesto…

Rezongaba al salir:

—¡Martim casado! ¿Dónde se vio estupidez semejante?

Quedaron los hombres en la sala, en torno de la mesa. Jesuíno se pasó la mano por los cabellos y comentó:

—Ese negocio del casamiento del cabo más parece una revolución.

Jesus asintió moviendo la cabeza.

—¡Dios nos ayude! Cuando llegó la noticia, hasta pensé que iba a haber huelga… Fue un fin del mundo.

Se levantó para servir unas copitas de aguardiente.

6

En los quince días de intervalo entre aquella noche de lluvia en que fue recuperado el equipaje de Otália y la luminosa mañana del desembarque del cabo en compañía de su esposa Marialva en Rampa do Mercado, los comentarios hirvieron, multiplicáronse las habladurías. La noticia llegó a los recovecos más distantes, suburbios e incluso a otras ciudades. Llenó de lágrimas, en Aracaju, en el vecino estado de Sergipe, los deseados ojos de Maria da Graça, doméstica de alabadas prendas. No había logrado ella olvidar, a pesar del tiempo y la distancia, aquella locura del año pasado, cuando, tras verlo exhibiéndose en la Gafieira do Barão, abandonó empleo y novio para seguir a Martim en su vida alborotada, sin lar y sin horario.

Fue Tibéria la única que mantuvo la confianza absoluta en Martim. Jesuíno Galo Doido no acusaba al cabo, es bien verdad; tampoco lo hacía Jesus Bento de Sousa, y hasta lo defendían, intentando explicar, encontrar razones para el discutido casamiento. No se negaban, sin embargo, a admitir las habladurías. Actitud tan radical apenas Tibéria la asumía. Para ella todo aquello no pasaba de una malvada mentira, perversa invención de enemigos y envidiosos que transformaron en casamiento una de aquellas rápidas y habituales barraganías del cabo. ¡De cuántas había sido Tibéria testigo, e incluso algunas apadrinara, con las chicas de la casa! Aparecía el cabo locamente enamorado, declarando no poder pasar un solo instante sin la presencia de la amada, diciéndose amarrado para siempre. Bastaba, sin embargo, que topara con otra, y allá iba el cabo. Y si surgía una tercera, a ella se tiraba como si pudiese y debiese amar a todas las mujeres del mundo. ¡Cuántos incidentes, agarradas y hasta choques entre amadas de Martim no presenciara Tibéria!

Recordaba el caso de Maria da Graça, tan bonita e inocente. Ardiente de pasión, en vísperas de casamiento con un óptimo muchacho, un español bien empleado en la mercería de su patrón, con promesa de entrar muy pronto en el negocio, gallego fino. Pues ella todo lo largó, el empleo en casa del doctor Celestino donde la trataban como de la familia, el novio, las perspectivas de futuro, para irse tras Martim. El cabo la estrenó. También él parecía entregado a la pasión más furiosa. Mucho se habló de casamiento, por lo menos de prolongada amistad. El cabo Martim estaba conmovido: aquella chiquilla, aparentemente tan tímida, lo había abandonado todo para quedarse a su lado, y nada le pedía. ¡Tan graciosa! ¡Tan tierna y dócil! Martim se la llevó al arrimo del Cabula y por primera vez Tibéria lo creyó cazado.

Y de repente, cuando todos lo creían por entero entregado a aquel amor profundo y reciente —ni un mes había pasado, a contar del día de la Gafieira— llegó el escándalo y cayó sobre Martim: agredido por un zapatero en las proximidades del Terreiro de Jesus, herido de un facazo en el hombro. El zapatero, avisado por una vecina irritable, solterona, claro, encontró a su esposa en la cama con Martim, olvidada de las obligaciones familiares, en plena tarde de día laborable. Estaba el zapatero trabajando cuando llegó la intrigante correveidile con la desventura: se levantó, cogió el cuchillo de cortar los cueros y se lanzó contra Martim. En el hombro le dio. Los vecinos impidieron desgracia mayor, que el zapatero quería matar a su mujer, suicidarse, un mar de sangre para lavar los cuernos. Con tanto barullo, acabaron todos en el cuartelillo. La noticia salió en los diarios, que llamaron al cabo Martim «el seductor». Quedó Martim muy finchado con este calificativo, y guardó el recorte en el bolsillo, para exhibirlo.

Maria da Graça, no obstante, al enterarse del hecho, cogió sus cosas y se fue. Tan silenciosa como viniera. No se quejó, no dijo una palabra de recriminación, pero tampoco aceptó disculpas ni súplicas de perdón. Martim agarró una turca monumental y durmió la aguardentada en un cuarto de los fondos de casa Tibéria.

Si ni entonces fue capaz de constancia; si ni la dulzura ni la abnegación de Maria da Graça consiguieron cautivar su liviano corazón, si jamás mujer alguna mandó en él, ¿cómo iba a transformarse, así de súbito, hasta el punto de empezar a hablar de trabajo? No sería Tibéria, mujer mayor, experta, vivida, dueña de aquel negocio desde hacía más de veinte años, quien fuera a dar crédito a tales habladurías.

Jesus Bento de Sousa se encogía de hombros. ¿Por qué no podía ser? Todo hombre, por mujeriego que sea, acaba un día por caer, por sentir necesidad de anclar en una sola mujer, de crear un hogar, de arraigar en un suelo donde sus raíces crezcan en ramas y frutos. ¿Por qué había de ser Martim una excepción? Se había casado, se pondría a trabajar, nacerían niños, se había acabado el viejo Martim sin ley y sin patrón, el juerguista por excelencia, el gandul emérito, el tocador de guitarra, de birimbao y de atabal, el amo del gallinero, el Martim de las cartas marcadas y los dedos ágiles, el enamorado de todas las vulpejas, «el seductor». Le había llegado el tiempo de los hijos y el trabajo, al que nadie puede escapar. ¿No fue también en tiempos, él, Jesus Bento de Sousa, inveterado juerguista, hombre de muchas mujeres, mulato caboverdiano disputado?, preguntaba el sastre a Tibéria, sonriéndole. Los diarios de la época no lo habían calificado de «seductor», es verdad, pero fue más por falta de ocasión que porque le faltaran méritos. Y luego, al conocer a Tibéria, había cambiado por completo, se había entregado al trabajo, se llenó de ambición, se convirtió en otro hombre.

En lugar de conmoverse con el homenaje, replicaba Tibéria áspera:

—¿Y quieres ahora compararme con esa piojosa?

—Pero Madrecita, ¿por qué hablas así de ella, si ni siquiera la conoces?

—No la conozco yo ni la conoce nadie, pero solo oigo decir que si es guapa, si es una belleza, si no hay otra como ella, que si es formidable. ¡Qué sé yo! No la conozco, pero estoy segura de que no es para tanto…

Jesus se callaba, comprensivo. Tibéria, de tan amable natural, alegre siempre, se exaltaba con la simple mención del caso. Se ponía furiosa apenas alguien llegaba con un nuevo detalle o hacía cualquier mención que comprobara la verdad del caso. Para ella, Martim era como un hijo calavera y sin juicio, y por eso mismo más mimado. No les gusta a las madres ver a sus hijos casados, amarrados a otra mujer. En esos días difíciles su única distracción era cuidar de la recién llegada Otália, ingenua y novata, tan niña aún —¡imagínense!—, agarrada a sus muñecas todavía. Realmente, en el misterioso atadijo, mezclada con recortes de periódicos, se hallaba una vieja muñeca destrozada. Tibéria llevaba a Otália a pasear, le enseñaba la ciudad, los jardines, las plazas, los lugares bonitos.

Solo estos cuidados a Otália distraían su irritación creciente. Y la ira llegó al colmo cuando supo que Maria Clara, mujer de mestre Manuel, había alquilado para el cabo y su esposa una chabola en Vila América, en las proximidades del candomblé Engenho Velho. Para eso le había dado Martim instrucciones y dinero cuando el patache de Manuel estuvo cargando ladrillos en Maragogipe. Le pidió que alquilara la casa y comprara muebles: mesa y sillas, cama ancha y resistente, un espejo grande. Recomendación especial había merecido el espejo, encargo de Marialva; y Maria Clara anduvo media Bahia en su busca y pagó por él un dineral. Martim, sin embargo, andaba hecho un tórtolo, nada le parecía bastante para los merecimientos de su esposa. Tibéria, al enterarse de las andanzas de la mujer del patrón, renegó de ella una y mil veces. ¡Qué diablos tenía que andar alquilando casa y comprando muebles! Cuando la viera la iba a poner verde.

Reconsideró, sin embargo, su agresiva actitud al saber, muy confidencialmente, la opinión de Maria Clara sobre la tal Marialva. La del batel le dijo su opinión, en secreto, a ella y a las más allegadas: no le había gustado la mujer del cabo, le parecía pedantuela y soberbia. Bonita sí, ¿quién iba a negarlo? Pero metida en carnes, remilgada, desagradable en fin —y resumía en una palabra—, un desastre. Lo peor era que Martim parecía adorar todo aquello, la voz llorosa, los alifafes, los humos de la fulana. Agarrado a sus sayas, no tenía ojos para otra mujer. Podían pasar a su lado contoneándose todas las mulatas del Recôncavo, sonreírle en convites tentadores, el cabo ni se enteraba. Arrullándose con su Marialva, marido perfecto, era otro hombre. Ya vería Tibéria cuando llegase. Solo faltaban unos días.

Tibéria saltó como una fiera al oír los comentarios. Echaba pestes contra los correveidiles, como si ellos tuvieran la culpa de lo acontecido. Se negaba a creer. Podía meterle ante las narices las más concluyentes pruebas: se mantenía irreductible. Necesitaba ver para creer. Antes, no.

—Dentro de una semana estarán aquí, ya los verá… —Maria Clara encendía el fogón para hacer café, mestre Manuel escuchaba silencioso la conversación de las dos mujeres, no se movía, como una estatua. Fumaba su cachimba de barro en la popa del patache.

De todo aquel despelleje, de aquel chismorreo, solo interesaba a Tibéria el anuncio de la próxima llegada del cabo. Lo esperaba sin falta para su cumpleaños.

Fiesta muy animada, la del aniversario de Tibéria, acontecimiento importante en el mundo del mercado, de Rampa, del Pelourinho, de la feria de Água de Meninos, de las Sete Portas y de los Quinze Mistérios. Cada año la conmemoración ganaba nueva amplitud, sobrepujando la fiesta del año anterior. Comenzaba con misa en la iglesia de Bonfim, continuaba con una comida fenomenal, y por la noche se celebraba la fiesta propiamente dicha, que terminaba de madrugada.

Tibéria veía acercarse la fecha, y Martim, figura obligatoria e indispensable, aún de viaje por el Recôncavo, a vueltas con la mujer. Tibéria no podía admitir siquiera la idea de la ausencia de Martim en los festejos programados.

El interés por la llegada del cabo no se limitaba, sin embargo, a Tibéria. Diariamente crecía el número de curiosos dando vueltas por Vila América, como quien no quiere la cosa, con el único objetivo de comprobar si ya había movimiento en la casita alquilada por Maria Clara para albergar a los esposos. Se sentían defraudados al ver las ventanas cerradas, atrancada la puerta. El propio Jesuíno Galo Doido, evidentemente por encima de esas locuras, no podía ocultar su nerviosismo. Un día, discutiendo el asunto, perdió el tempero.

—Al fin y al cabo, ¿qué es lo que se cree Martim? ¿Que la gente no tiene más que hacer que andar hablando de él, esperando que se decida a aparecer con la fulana? Se está burlando de la gente…

El desahogo ocurrió a aquella hora indecisa en que ni es ya noche ni aún mañana. Habían estado en una fiesta de Ogum, santo de Massu. Los festejos habían durado la noche entera con gran entusiasmo. Del candomblé volvieron hacia el cafetín de Isidro do Batualê. Como siempre, la conversación giró de un asunto a otro hasta acabar recayendo en Martim y su boda.

A aquella misma hora de luz aún indefinida, Martim y Marialva, en el patache de mestre Manuel, se acercaban a Bahia. El barco avanzaba marinero, empujado por la brisa. Marialva dormía, la cabeza recostada en el brazo. Maria Clara preparaba agua para el café. Mestre Manuel andaba al timón, tirando de su pipa. Solo, a la proa del barquichuelo, el cabo Martim buscaba a lo lejos las luces de Bahia, desmayadas en la tibia claridad del alba. El rostro impasible, pero el corazón latiendo disparado.

Posó la mirada en la mujer adormecida y bella; el seno irguiéndose al ritmo de los sueños, semiabierta la boca sensual de besos y mordiscos, la cabellera suelta, en abanico, escotado el vestido mostrando el lunar negro en el hombro. Volviose nuevamente a la distancia: allí estaba la ciudad, masa negra en la montaña verde, sobre el mar. La ciudad y los amigos, la alegría y la vida. Las luces morían con la aurora. No tardaría la ciudad en despertar.

7

Negro Massu la vio antes que nadie, y jamás olvidaría la mañana en que se le ofreció por vez primera su perfil enmarcado en la puerta. Marialva parecía una visión de otro mundo, del mundo de los libros, de las historias del cine: una princesa de cuento de hadas. Y Massu adoraba las historias de hadas, gigantes, princesas y gnomos. Una artista de cine, de aquellas que aparecen en las películas y se reencuentran en los sueños, o una de las intangibles pensionistas de un discreto burdel, escondido entre palmeras, frecuentado por algunos millonarios y políticos, mujeres importadas de Río y de São Paulo, hasta de Europa. El non plus ultra. Massu a veces había visto de lejos mujeres así, cabellos rubios, piel finísima, suave perfume, envueltas siempre en pesados abrigos o en tejidos suavísimos, piernas largas, rostros divinos, siempre visión fugitiva entrando o saliendo de un automóvil lujoso. ¡Ay, quién derribara a una de ellas en la arena de la playa! Negro Massu se pasaba la mano por la barriga color carbón y sentía frío en el vientre solo con pensarlo. Pues Marialva podría ser una de ellas, con la gracia de Dios y el lunar en el hombro. La muchacha, realmente, le dejó sin habla cuando vio por primera vez su rostro, descubrió sus ojos, se abrió su sonrisa, y la deseó con un deseo sin medida porque era sin esperanza, con frío en el vientre. Le bastaría tocar la marca negra de su hombro, pensaba, y se quedó delante de ella como un esclavo, como un can humilde, como un gusanillo. Bajó su cabezota de buey y esperó sus órdenes para cumplirlas. Ella apenas sonreía, pero dulcemente, y lo encaraba con aquellos ojos medrosos pidiendo protección. El negro infló el pecho de luchador, los músculos se abombaron bajo la camiseta agujereada. La sonrisa de Marialva se dilató al contemplar la fuerza violenta del negro. Sus ojos le miraban, semicerrados.

Tras la presentación, abrió la boca para disculparse, para explicarle por qué no le invitaba a entrar: la casa aún desordenada, y ella misma, en aquella hora matutina, en un desaliño impropio de visitas. El cabo Martim miraba la escena, orgulloso, como preguntando a Massu si alguien en Bahia tenía mujer tan bella y tan perfecta ama de casa. Una señora, Marialva. Y a sus pies, humillándose en el polvo, Negro Massu.

Desembarcó Martim a las tres y media de la mañana, en Rampa do Mercado. En el bolsillo tintineaban las llaves de la casa alquilada por Maria Clara. Por primera vez, al llegar a Bahia desde fuera, no fue directamente al negocio de Tibéria. Antes, siempre, cuando volvía de una corta escapada a Porto Seguro o a Valença, a Cachoeira o a Santo Amaro, invitado por los patrones de pataches o barcazas, su primera visita era para Tibéria. Le traía un recuerdo, le hablaba de los sucesos del viaje. Bebían por el regreso, y cuando llegaba la medianoche o la madrugada, había siempre una muchacha para abrigarlo en su lecho, compartir la almohada con él y resguardarlo del frío al calor de su pecho. Pocas cosas había en el mundo que gustaran tanto al cabo Martim como llegar a Bahia, tras una semana o diez días de navegación, y encontrarse con la atmósfera cálida y afectuosa de la casa de Tibéria, verla en su mecedora, perezosa, las carnes rebosándole, maternal, conversadora, las chicas alrededor; Jesus al otro extremo de la mesa con sus cuadernos de cuentas, una familia, por así decir; la única que Martim reconocía y adoptaba.

Esta vez, sin embargo, no siguió sus rumbos hacia el Pelourinho, donde se hallaba el negocio de Tibéria. Tenía su casa, su hogar. Su destino fue el barracón de Vila América, adonde llegaron acompañados de un carretero con las maletas y unos cachivaches traídos del Recôncavo. Los vecinos madrugadores los vieron subiendo la ladera, el cabo curvado bajo el peso de un enorme baúl de cuero, la moza rodando una sombrillita en la mano y lanzando miradas curiosas en torno. El carretero conducía el resto del bagaje, jadeando en la subida empinada. La chabola, pintada de azul, con una ventana descoyuntada, dominaba desde la altura de la colina el verde paisaje del valle extendiéndose hacia abajo en campos de bananos y en altos mangueros y moráceas.

Martim dejó en el suelo el pesado baúl, abrió la puerta, y entraron él y el carretero con los trebejos. Marialva se quedó parada ante la casa y el paisaje, examinando las revueltas, dejándose ver y admirar por la vecindad reunida de urgencia, asomada a puertas y ventanas.

Fue uno de esos vecinos quien comunicó la noticia a Massu. Estaba el negro, hacia las ocho, haciendo su parada cotidiana para apostar al bicho, cuando un conocido, Robelino de nombre, le aconsejó:

—Si quiere ganar, juegue en el oso... Decena, noventa, descargue...

—¿Y por qué? ¿Ha tenido un sueño acaso? ¿O un presentimiento? —se informó Massu, cuyas preferencias aquella mañana iban por la cabra, por una serie de complicadas circunstancias.

—Es el número de casa de Martim, allá en el morro. Fue lo primero que vi hoy de madrugada. Había llegado a la puerta de mi chabola, estaba enjuagándome los dientes, cuando Martim abrió la puerta de la casa vecina y allí en medio estaba el número pintado con tinta roja: noventa. Lo curioso es que mi barraca, al lado de la suya, es el ciento veintiséis. Debía ser el noventa y dos, ¿no cree?

—¿Quieres decir que llegó Martim?

A Massu se le había cortado el aliento.

—Como te digo... Subió la ladera cargado con un baúl grande como el mundo. Venía sudando con el peso. Si todo aquello son vestidos de la doña, ni la mujer del gobernador tiene tal vestir..., sin hablar de la maleta que traía el carretero, ni el cajón...

—¿Qué doña?

—La que estaba con él. Por ahí dicen que se casó, ¿no lo sabías? ¡Cómo no lo vas a saber tú, tan amigo de él…! Llegó con ella, largó la maleta, abrió la puerta y entonces vi yo el número. Nunca me había fijado. Noventa, allí estallándome en la cara. Jugué todo lo que tenía, don Massu…

Sostuvo la voz como si su pensamiento estuviese en otra parte. Volviose más confidencial:

—¡Qué mujer, hermano! ¡Una santa de procesión! ¿Qué hizo Martim para merecer ese bien de Dios? Qué vista…

Massu, por si las moscas, se jugó los últimos cobres al oso y se fue para Vila América. Quería ser el primero en abrazar al cabo, contarle las novedades, saber de su vida, conocer a la doña que andaba en tantas lenguas.

De camino reparó en un cafetín, al pie de la ladera, con un buen surtido de cachaza. Se lo diría a Martim: allí podrían hacerse las celebraciones. Aquel era un día de mucho beber, de la mañana a la noche, reuniendo a todos los amigos para acabar en el muelle de los pataches a la hora del alba.

Encontró al cabo martillo en mano, desmontando la ventana para equilibrarla. Armado de puntas, alicates, trozos de madera, trabajando en firme. Todo lo soltó para abrazar al negro, para pedirle noticias de Galo Doido, de Pé-de-Vento, de Curió, de Ipicilone, de Alonso, de todos los demás, y antes que nadie, de Tibéria y de su marido, Jesus. Se limpiaba el sudor con la vuelta de la mano, volvía a coger el martillo. Massu miraba la casa, el paisaje desdoblándose morro abajo, el amigo trabajando. Pensaba en el cafetín al pie de la ladera. A Martim le tocaba convidar. Pero el cabo andaba tan entregado al trabajo, se le veía tan dispuesto a reparar la ventana, que Massu decidió esperar: «Cuando acabe le hablaré de la tasca, iremos a echarnos un copetín». Se sentó en una piedra, al lado de la puerta, sacó un palillo de detrás de la oreja y empezó a barrenarse los dientes, albos y perfectos.

Martim, mientras clavaba puntas arreglando la ventana, iba charlando de esto y de aquello, de las gentes de Cachoeira y de São Félix, de Maragogipe y Muritiba, de Cruz das Almas. Por todos los lugares que anduviera. También Massu le daba noticias, detalles de la fiesta de Ogum la noche pasada, contaba del febrón que tumbó a Ipicilone diez días en la cama, sin que de nada le valiera remedio de farmacia, y que desapareció milagrosamente cuando llamaron a Mocinha, la rezadora. Empezó a rezar a Ipicilone a las once de la mañana y a las cuatro de la tarde ya estaba este en pie, pidiendo comida. Rezadora como Mocinha no había otra en Bahia. Martim se mostró de acuerdo, y por un momento suspendió el arreglo de la ventana para alabar a Mocinha y sus poderes. ¿Qué edad tendría Mocinha? Pasaría de los ochenta, si no andaba en los noventa ya. Y, sin embargo, aún danzaba en la rueda del candomblé de Senhora y andaba kilómetros a pie, cargada con sus hojas sagradas, retiradas del altar de Ossani. ¡Vieja valiente la Mocinha!

Massu habló también de la maleta de Otália, de la broma de Cravo na Lapela que los había llevado hasta Caminho de Areia. Martim quiso entonces saber de Zico, de la familia y de los amigos de juego, de Lourival, de todos los de Água de Meninos. Massu le informó, pero volvió enseguida al tema Otália: guapa chica. Curió andaba enamoriscado, pero Otália era difícil, no ponía dificultades para acostarse con Curió, como no las ponía para acostarse con los demás, pero no quería saber nada de amores ni de arrimos largos, no quería sujetarse con él ni con ninguno. Cuando salían a bailar o a una juerga en un patache, daba el brazo al primero que se acercaba y con él se quedaba al acabar todo, entregándose con un ansia que el cofrade confundía con amor. Pero, pasada la noche, no ligaba más con el fulano, como si nada hubiera pasado entre ellos. Huía, sobre todo, de Curió, se burlaba de sus miradas melosas, se reía de sus suspiros, de su viejo levitón mugriento, de su cara pintada. De nada le valía lavarse la cara, guardar el levitón y ponerse un paletó desangelado, encharcar su pelambrera de mulato con latas enteras de brillantina. Nada la conmovía. Ni siquiera la compra de un nuevo paletó, ni siquiera un verso que le compuso, pieza maestra, rimando Otália con dalia, hablando de su amor y su dolor. Nada le hacía la menor impresión, pasaba en el negocio de Tibéria tarde y noche, salía después a pasear por los muelles, mirando los navíos. Un tanto extraña y hosca, desconcertante era Otália. Plantó a Jacinto por las malas. ¿Se acordaba de Jacinto? Un mulato metido a jugador, todo emperejilado. No salía sin corbata al pescuezo. Pues no se le ocurrió nada mejor que proponer a Otália un arrimo largo. Nada menos. Ella le contestó que ni de cliente lo quería, por ningún dinero del mundo, ni aunque lo mandara doña Tibéria. Prefería volverse a Bonfim. Así, por las buenas, sin pelos en la lengua; bonita sí, aunque no de esas bellezas deslumbrantes. Pero bien hecha, la verdad. Otália era ahora la atracción. Tibéria la apreciaba. También Jesuíno. Jesus hasta le compró una muñeca nueva, de esas grandes, de celuloide, para sustituir a la vieja y destrozada que trajo de Bonfim en el paquete de papel pardo. Sí, jugaba con muñecas, como una chiquilla. Una chiquilla, eso era, que hasta daba pena verla en el negocio de Tibéria, esperando macho. Cuando llegó se echó más años: dijo dieciocho. Pero Tibéria la llamó a solas y le sacó la verdad: ni los dieciséis había cumplido aún.

No era intención de Massu provocar a su amigo trayendo a colación tal retrato de Otália en mañana de sol. El negro no llegaba a esas sutilezas, hablaba de la moza porque le gustaba. Lamentaba verla en la vida tan niña aún. Pero no le faltaba a Massu observación hasta el punto de ignorar el silencio desinteresado del cabo, que seguía clavando puntas, ajustando tablas, escuchando con una sonrisa lejana las declaraciones del negro. Pero se veía claramente que era apenas educación y nada más —y ya se sabe cómo era el cabo de educado—. Realmente consideró Massu que Martim había cambiado. Tenían razón los chismorreos. Si fuese en otros tiempos, sus ojos echarían lumbre, empezaría a interrogar a Massu y no perdería el tiempo en ajustar ventanas: largaría tras Otália como un perro. En vez de eso, oía como desentendido, una oreja en las palabras del negro y la otra vuelta al interior de la casa, a la espera de cualquier ruido que de allí llegara.

Hasta aquel momento no había hecho la menor referencia a Marialva. No por falta de ganas en Massu, que estaba loco por oír algo sobre mujer tan comentada, capaz de hacer cambiar de vida al cabo. Pero no se sentía autorizado a llevar la charla hacia tan delicado asunto. A Martim le tocaba hacerlo, comunicarle oficialmente el casamiento, hablarle de la esposa o por lo menos decir algo, una referencia cualquiera, a la que pudiese agarrarse el negro para seguir de frente. Mientras Martim se mantuviese ajeno, hablando de esto y de aquello, de todo lo demás, menos de lo que realmente interesaba, Negro Massu no podía tocar el asunto sin romper los ritos inviolables de la gentileza.

Quién sabe, tal vez cuando el cabo acabase de arreglar la ventana y bajaran los dos al cafetín abandonaría la reserva, se abriría en confidencias. Reflexionaba Massu, metido en tales conjeturas, cuando vio que el rostro de Martim cambiaba de expresión. Estaba el negro de espaldas a la casa, sentado en una piedra, y volviose. Marialva estaba parada, como enmarcada por la puerta, mirándole con ojo crítico. Sin embargo, apenas se volvió el negro, desapareció de su mirada toda dureza, huyó todo recelo para transformarse en una tímida y mimada doncella en peligro que descubriera de repente al héroe capaz de salvarla. Tan rápida fue la mutación que Massu llegó a olvidarse de aquel primer instante de ojos fríos y desconfiados. La voz aumentó el encantamiento, melodiosa y amedrentada:

—Martim, ¿no me lo presentas?

Negro Massu se levantó tendiéndole la mano. Martim dijo:

—¿Sabías ya que me he casado? Pues esa es mi costilla —y dirigiéndose a Marialva—: Y este gigantón es Massu, mi íntimo amigo, mi hermano.

La manita de Marialva desapareció en la manaza del negro, que sonreía obsequioso, mostrando sus dientes recién escarbados.

—Encantado, señora. Ya había oído hablar de usted. Su fama llegó antes. Solo se hablaba de la boda de Martim.

—¿Se habló mucho por aquí?

—Se habló de más… No había otro tema.

—¿Y por qué tanto hablar?

—Martim, ya sabe usted, nadie esperaba verlo casado. No había manera de amarrarlo…

—Pues está casado y muy casado, por si no lo sabía. Y si alguien lo duda, que venga a verlo…

—¡Marialva! —cortó el cabo Martim con rostro hosco, bruscamente.

Por un segundo apenas la voz de la muchacha se hizo cortante como un cuchillo. Sus ojos se tiñeron de cólera, pero apenas Martim la interrumpió, volvió ella a su modesta postura de corza amedrentada, abandonada a los peligros del mundo, voz melodiosa, mirada tímida, necesitada de cariño y protección. Tan rápido fue el cambio que Negro Massu lo olvidó como olvidó su mirada primera. Quien tenía razón, pensaba el negro, era Robelino al comparar a Marialva con una santita en sus andas; y a Negro Massu le entraban ganas de arrodillarse y adorarla.

Volvió a la modesta pose de gentil ama de casa y explicó:

—Es una pena que esté todo así, tan desordenado. Por eso no le invito a entrar. Pero Martim me dijo que esta noche iba a invitar a los amigos a tomar un cafetito. Espero que usted venga… Le esperaremos.

—Vendré. Seguro.

Martim volvió a sonreír. Había fruncido el ceño cuando Marialva se excedió, impuso luego su voluntad con solo una palabra, mostró rudamente quién era el que mandaba. Tal vez por eso reafirmaba ahora la invitación de Marialva y pedía a Massu que la transmitiera a los amigos. Y completó, ampliando la sonrisa, dando cariñosamente con el martillo en la barriga del negro:

—Tienes que casarte, Massu. Ya verás lo que es bueno.

Modesta, Marialva bajó los ojos. Dio unos pasos en dirección a Martim; el cabo la vio, la abrazó contra su pecho, pegaron sus bocas, ella cerró los ojos. Massu quedó mirando como si no fuera de este mundo.

En aquel momento llegó volando un envoltorio, lanzado con fuerza desde lo alto de unos barrancos más allá de las cercas. Pasó sobre ellos y fue a caer un poco más lejos, ante la casa. Al caer en el suelo se rasgó el papel que lo envolvía y se soltó cl cordón. Dentro, una gallina negra, muerta, degollada: la cabeza sin duda había quedado a los pies de Exu. Hechizo maligno, de bruja. Un trozo del envoltorio era el resto de una camisa vieja de Martim. Algunas monedas. Martim salió corriendo hasta el barranco a tiempo de ver cómo desaparecía un bulto tras la colina.

Marialva miró el hechizo caído ante la casa. Massu se rascó la cabeza. Se inclinó luego hasta tocar la tierra con la mano, y, levantando la cabeza, murmuró: «Ogum es, Ogum es», pidiendo la protección de su santo. Luego dijo:

—Líbrenos Dios de todo mal; Dios y Xangô.

Nuevamente brotó de los ojos de Marialva aquella luz fría de cólera, aquella señal de cálculo meditado. Se inclinó sobre el hechizo para verlo de cerca, y declaró:

—Que hagan tantos hechizos como les dé la gana. Martim ahora es mío. Hago de él lo que quiero.

Martim llegó a tiempo justo de evitar que cometiera la locura de arrojar lejos, con sus propias manos, los restos del hechizo.

—¿Estás loca? ¿Quieres que muramos todos? Deja ahí. Llamaré a madre Doninha para que se lo lleve y limpie nuestros cuerpos. ¿Vas a llamarla, Massu?

—Yo iré. La traigo enseguida.

Pero antes de partir recordó el cafetín de la costanilla. Hacía calor y un trago le iría muy bien. Propuso:

—¿No vamos antes a echar unas copas? Hay una tasca aquí mismo…

Martim sonrió:

—Bien, hermano, vamos allá…

Cogió a Massu del brazo, un brazo gordo como un tronco, y se puso en marcha. Marialva, desde la puerta, les gritó:

—Esperad. Yo voy también…

Martim, contrariado, amainó el paso. Miró a la mujer que se acercaba, quiso decir algo, espió a Massu. El negro esperaba. Martim vaciló, pero el aire victorioso de Marialva le dio decisión al fin:

—No, no vengas. El sitio de la mujer está en casa, arreglándolo todo… Vuelvo enseguida…

Bajaron la ladera. Marialva oía las risas de Martim hablando con el negro. «Un día me las pagará», pensó, los ojos nuevamente empañados por aquella luz fría de meditado cálculo.

8

Bajó la santa de las andas. Por suerte no la vieron ni Massu, su reciente devoto, ni Robelino, autor de la comparación. Se cerró el rostro de Marialva. Ella ya había previsto dificultades en Bahia. No iba a ser allí todo tan fácil como en el viaje por el Recôncavo. Apenas desembarcados y ya osaba dar órdenes, decidir sobre sus actos, dejarla plantada en casa mientras él iba a beber su aguardiente a la taberna. La risa de Martim se perdía ladera abajo, con el contrapunto de las ruidosas carcajadas de Massu. Marialva sentía el peligro de aquellas risas, del aire de la ciudad, de la presencia sólida y tranquila de Massu, del verde paisaje de bananarcs donde irrumpía el caserío en manchas abigarradas, azules, amarillas, bermejas, rosadas. Tendría que acabar con todos ellos, los celebrados amigos de Martim, doblegarlos, ponerles el pie en la cabeza. Por dos veces aquella misma mañana el cabo le había alzado la voz imponiéndole su voluntad. El primer día ya, apenas llegados e instalados. ¿Dónde había quedado la pasión desmedida de aquel hombre incapaz de dejarla un momento, aquel hombre que parecía arrastrarse en el polvo de sus zapatos?

Ya era hora de hacerle sentir un tirón de riendas y si necesario fuera, espolearlo con los celos, arrancarle sangre del corazón. Poseía Marialva experiencia de tales situaciones, gustaba de mandar en los hombres, dominarlos, verlos rendidos a su encanto, suplicantes. Y cuanto mayor fuese el número, mayor el placer, la sensación de mando, la voluptuosidad de disponer de ellos a placer. Lo hacía todo por conquistarlos, se mostraba humilde y tímida, indefensa y tierna, se les hacía indispensable. Luego los aniquilaba, agotaba toda su voluntad y decisión y acababa tirándolos como estropajos cuando ya no valían nada, cuando le habían entregado todo, hasta su conciencia de hombres. Inútiles por completo, capaces apenas de recordarla, de desear una vez más acostarse en su lecho, de ceñir su cuerpo y odiarla, de soñar con ella. Había nacido para mandar en los hombres, para reina entre esclavos, para santa sobre unas andas de porteadores, con la procesión de adoradores postrados a su paso. Devoradora de hombres. Marialva.

Hasta allí sus proyectos habían marchado en orden perfecto. Hacía tiempo que quería abandonar las pequeñas ciudades del Recôncavo, partir a la conquista de la capital. No había pensado, sin embargo, que tuviera la suerte de llegar allí triunfante, de brazos del cabo Martim, llevándolo preso y dominado. Pero así había sido, y Marialva estaba dispuesta a mantenerlo en su poder cada vez más. Había desembarcado en Bahia llevando del collar a quien era considerado el más libre de los hombres, a aquel por quien suspiraban las mujeres, a aquel cuyo corazón jamás se había entregado. ¿Acaso no era la comidilla de todos? Ahora tenía que exhibir al cabo Martim doblegado ante ella, haciendo su voluntad. Para ello había que tenerle la rienda corta. Y si intentaba escapar, ella sabía cómo doblegarlo nuevamente: bastaba sonreír a otro. Había sabido conquistarlo y sabría también mantenerlo apasionado y suplicante, viviendo de los gestos y de las palabras, de la voluntad de Marialva. Para eso Dios le había dado belleza y astucia, y el placer de mandar.

Su fama de jugador, de bellaco, de conquistador sin rival, de inconstante corazón, había precedido a Martim por las ciudades del Recôncavo. Se hablaba de él en las calles de los prostíbulos, en los tabernuchos, en las ferias, antes de su desembarco en Cachoeira. De las ciudades por donde iba pasando llegaban sus noticias trazando su perfil, inquietando corazones. También Marialva, que ejercía en aquellos tiempos como pupila en la casa de Leonor Doce de Coco, oyó hablar de él, de las lágrimas derramadas por su causa, mujeres sin cuenta en su estela de seductor, suplicando una palabra, un gesto de cariño. Él dormía con unas y con otras, no anclaba con ninguna, corto era el tiempo de su interés. Juró Marialva tenerlo y dominarlo apenas apareciera por allí. Transformar a Martim en dócil instrumento de su voluntad, dejarlo luego, como había hecho con Duca, su marido, con Artur, con Tonho da Capela, con Juca Mineiro, sus amantes, con tantos otros en fugaces aventuras. Hacer aún más con este, tan famoso y seductor. Arrastrarlo en su cortejo, tras sus pasos, exhibirlo vencido, mostrar cuánto valía Marialva.

No fue muy difícil. Apenas el cabo apareció en la casa clavó en ella los ojos, tal vez pensando solamente en una noche de cama. Pero Marialva tenía sus planes. Pronto comprendió que andaba Martim roído de soledades, lejos de sus amigos, de su ambiente, de su ciudad. Y era el tiempo de las fiestas de junio. Intentaba ahogar en aguardiente y en el cuerpo de las mujeres su añoranza sin remedio. Ganaba dinero fácil en aquellos andurriales, y lo jugaba en los cafés y en las tabernas, tratando de olvidar Bahia, donde quedara su espíritu.

Marialva comprendió enseguida la soledad del cabo, tal vez

porque ella temía y odiaba la soledad. Lo envolvió en cariño, sabía ser maternal, cuerpo y corazón donde cabían y encontraban consuelo y medicina todas las penas del mundo. ¿No necesitaba ella también cariño y protección?, le decía con ojos de doncella amedrentada, víctima de la incomprensión y del destino. Martim se sintió envuelto en ternura, calor que aliviaba su soledad, brazo que sustentaba su tristeza. Y, confortado, se hundió en los misterios de aquel cuerpo cuya alma se había extendido sobre él.

¡Ah, pocas mujeres en la cama como Marialva! Felices o desgraciados los que con ella dormían aunque solo fuera una noche. Seres aparte, diferentes de todos. Habían sido elegidos en un momento determinado. Los que habían tenido tal suerte o tal desgracia deberían reunirse y constituirse en hermandad o cofradía, en orden benemérita y sacrosanta, para encontrarse en día y local determinado, al menos una vez al mes, y recordar entre lágrimas y rechinar de dientes la ventura de un día. Pocas mujeres como ella en la cama: tempestad violenta, perra en celo, yegua en furia, y luego remanso de aguas calmas, dulzura de caricia, tranquilo seno de descanso, y una vez más un mar en temporal y arrullo de palomas. Quien dormía una vez con Marialva no tenía descanso ni alegría hasta acostarse nuevamente con ella, comer en su hambre, beber en su sed. Un marinero durmió con ella y partió al día siguiente hacia Salvador, donde estaba su navío. En pleno océano sintió la añoranza de Marialva, dejó el barco en la primera escala y volvió a Bahia a buscarla suplicante. También con ella durmió un fraile, y loco quedó desde entonces para siempre.

También Martim sintió el poder de aquel cuerpo. El poder

del cuerpo, hecho de misterios, y el del corazón de bondad maternal que aliviaba su soledad, que le devolvía la alegría de vivir. Al encontrar a Marialva le pareció haber encontrado su otra mitad, el otro lado de su rostro, la mujer buscada en todas las anteriores, la suya, la única y para siempre.

Marialva, entregada, aduladora, apasionada. Martim se revolvía, se hundía en aquella devoción, en aquel halago, en aquella pasión desmedida. Tan ardiente, tan sensual, tan tímida y discreta al mismo tiempo, Marialva le hacía confidencias, le decía que hasta entonces no había vivido, que solo ahora, al conocerlo, aprendía con él la existencia y el significado del amor. Todo antes fuera vano y sin sentido. Así también para Martim la aventura se fue transformando en una exaltación que los llevó a las afueras del Recôncavo, en una auténtica luna de miel. Sentíase Martim como un caballero andante salvando de la prostitución a aquella pobre víctima de un destino injusto, nacida para amar y dedicarse a un solo hombre, ser su esclava, fiel y única, suya para siempre y hasta después de la muerte.

Sin contar con las noches de alucinación, de dentelladas y suspiros, carne más dorada no la había, ni mata de pelo más perfumada. Mil veces él moría en su seno, mil veces resucitaba glorioso, era su mayor gloria, con él llegaría a Bahia, su esposa, dueña de cada gesto suyo, de todos sus momentos. Jamás había subido tan alto la chiquilla de Feira de Santana, hija de una cocinera de los Falcão, pues no era la riqueza su tentación, ni ambicionaba fama, solo dominar a los hombres, verlos a sus pies, pendientes de su palabra o de su gesto. Era la esposa del cabo Martim, el rey de los vagabundos de Bahia, y lo tenía en su cortejo.

Pero apenas desembarcados en Rampa do Mercado sintió ya una sutil mudanza, como si al pisar las piedras de su ciudad algo creciera en lo íntimo de Martim. Marialva se puso en guardia. Y ya en la mañana misma de su llegada por dos veces le había alzado la voz, haciéndola callar una vez e impidiéndole seguirlos después. Era preciso volverlo a su lugar, a los pies de Marialva. A la puerta de la casa, oyendo a los amigos reír ladera abajo, ella se prepara y fortalece para cualquier situación. Mira el paisaje en torno, el caserío que trepa por la montaña, que se extiende hacia el mar: por allí arrastraría a Martim a sus pies.

Mientras iban ladera abajo en busca del cafetín, Martim hacía a Massu el elogio de la vida de casado. Nunca hubiera creído encontrar tanto encanto y diversión en el matrimonio. Pero ahora, aunque apasionado por Marialva, feliz de poseerla y de poseer su amor, comprendía que era preciso, poco a poco y suavemente, colocarla en su lugar. Se había acostumbrado mal en los meses de idilio en el Recôncavo, con él siempre tras ella, sin dejarla un momento. ¿Vio el chasco que le dio a la salida? Un golpe así, de vez en cuando, es saludable al matrimonio y hace que la esposa se sienta aún más dada a su marido. Y sobre todo la coloca donde debe estar, le da la medida justa de sus derechos. Massu tenía que ir aprendiendo todas esas cosas, pues desde luego, un día u otro, el negro acabaría casándose, construyendo su familia, entregándose a las delicias del hogar.

9

Sí, estaba el cabo entregado —y con absoluta convicción— a las delicias del hogar, los amigos pudieron comprobarlo aquella noche y lo envidiaron. Ese fue el sentimiento dominante: la envidia. Otros sentimientos existieron, es verdad, e incluso de los menos confesables. No vamos a esconderlos. De ellos hablaremos. Por ejemplo: brillaron los ojos de Cravo na Lapela en un arrebato de entusiasmo al ver la mesa puesta. E inconfesables, por malvados, eran los sentimientos de toda la asamblea (aparte Maria Clara, naturalmente), con referencia a la esposa de Martim. Marialva se deshacía en gentilezas, iba de uno a otro como afirmación de su felicidad matrimonial, aquella primera reunión fue un éxito completo para los dueños de la casa. Y para Marialva un doble éxito. ¿Quién de ellos no se rindió a su belleza y a su modestia? ¿Quién de ellos no se unió a la procesión de sus devotos, ella en sus andas, las andas un lecho con espejo?

Al salir, sin embargo, Jesuíno Galo Doido, cuya experiencia de la vida y capacidad de juicio nadie ponía en duda, movió la cabeza dubitativamente, torció la nariz y pronosticó pesimista:

—Demasiado bueno para durar…

Esta vez no le creyeron los amigos. Pensaban, al contrario, que la transformación del cabo era definitiva, y en el fondo todos le envidiaban. Aquella noche se encontraban todos dispuestos a casarse, incluso Cravo na Lapela, ya casado y padre de un rebaño de hijos. Pero ¡ay!, si encontrase a otra Marialva, y a pesar de sus parcas posibilidades, no dudaría en constituir otro hogar, haría nuevos hijos. No tenía prejuicios contra la poligamia.

Todos envidiaban al cabo, incluso Jesuíno, esa es la verdad. ¡Cómo estaba Martim, elegantón, casi solemnemente desparramado en la mecedora, de pantalón blanco, chaqueta de pijama listada, echando concienzudamente la ceniza del puro en el cenicero! Miraban al cabo, contemplaban aquella tranquilidad, hacían proyectos de matrimonio, vagos planes, diferentes en los detalles, pero todos con la misma esposa: Marialva.

Todos menos Jesuíno. Envidiar, envidiaba, deseaba realmente a Marialva, pero no en términos de casamiento. Aunque evitaba cualquier referencia al pasado, y jamás hablaba del asunto, en otros tiempos, hace ya muchos años Jesuíno Galo Doido había estado casado. No había sido feliz en su vida matrimonial, según cuchicheaban las historias, y se contaban de ello secretos tenebrosos. Lo único cierto es que desde que Jesuíno apareció por las calles de Bahia no había vuelto a tener ni hogar ni esposa. Del casamiento, según las malas lenguas, solo le quedaba un difunto a la espalda, el cadáver de un mozo, amante de su mujer. Si eso era verdad o invención, jamás se supo. Si verdadera la información, nunca sintió Galo Doido necesidad de alzar a su difunto del suelo ni por un momento, aunque solo fuese para respirar. No, jamás quiso dividir su carga con los amigos, si es que lo cargaba. Y sin embargo, un difunto pesa, es hecho comprobado, ¿quién no lo sabe? Hasta los que mueren de muerte natural y están en paz en su ataúd, cuanto más los que acaban cosidos a facazos, el puñal rebosando odio, como contaban del despachado por Jesuíno. Cada puñalada pesa más de

cien kilos. Siete veces cien son setecientos. Difícil debe ser cargar con un difunto así, a costillas, la vida entera. Todo el día los
brazos del finado en torno del pescuezo del viviente, las manos
sobre el pecho, abrazándolo, inclinándolo de fatiga, encane-
ciéndolo, oprimiéndole el corazón. Un día el desgraciado ya no
aguanta más, suelta al difunto en el suelo, en cualquier momento, en la hora menos pensada, en una mesa de un bar, en la cama
de una mujer desconocida, en el mercado rebosante de gente,
en medio de la calle. Incluso con peligro de cárcel o de vida, de
venganza de parientes.

Si Galo Doido cargaba con un apuñalado encima, le parecía
leve la carga; jamás la compartió con nadie, ni siquiera cuando
rodaba bebido bajo las mesas, en el tabernucho de Isidro do Batualê o al lado del mostrador, en el almacén de don Alonso. Tantos y tantos años ni siquiera Jesuíno Galo Doido sería capaz de
soportar tamaño peso, sintiendo el difunto encima día tras día,
soñando por las noches con él. Probablemente toda la historia
de las catorce puñaladas, siete al hombre, siete a la mujer, él dejando el alma allí mismo, ella consiguiendo escapar pero que-
dando en pura ruina, con el rostro cortado de arriba abajo, ciertamente todo aquello no pasaba de invención de la gente de
orillas del mar. Quién sabe si el tipo no murió ni cosa alguna, sino que se largó mundo adelante, muerto de miedo.

De cualquier modo, por haber sido casado y mal casado, Jesuíno participaba de la envidia pero no del entusiasmo general.
Y Tibéria, tampoco, desde luego.

Tibéria, por otra parte, había rechazado, abrupta e insolen-
te, la invitación del cabo transmitida por Massu. El negro había

oído una catilinaria, un rosario de bufidos, desafueros sin cuenta, al aparecer en el ninfeo con el mensaje del cabo.

Encontró a Tibéria sentada en su mecedora, en la placidez de la tarde, y, arrodillada a sus pies, Otália, a quien peinaba los finos cabellos sueltos. Tibéria le hacía trenzas, una cinta azul en las puntas. Otália parecía aún más niña, ¿quién la creería una pupila más de aquella casa? El negro entró, dio las buenas tardes, se quedó mirando para las dos mujeres, la gruesa ama del burdel y la mozuela prostituta. Parecían madre e hija, pensó Massu, y le pareció injusto que estuvieran allí las dos, en la sala de un prostíbulo. Por qué injusto, no lo sabría decir, era un sentimiento confuso, pero sin embargo lo bastante fuerte como para que Negro Massu, poco dado a cavilar en tales cosas, comprendiera que el mundo andaba errado y que era preciso cambiar algo. Incluso sería capaz, en aquel momento, de colaborar en ese urgente concierto si supiese cómo hacerlo. Parecían madre e hija. Otália descansaba el rostro en las gruesas rodillas de Tibéria, los ojos entornados bajo la caricia del peine y la rebusca de piojos inexistentes.

Tibéria sonrió hacia Massu. Apreciaba al negro. Lo invitó a sentarse.

Cumplió su encargo de pie:

—Me quedaré poco. Tengo que seguir. Solo he venido a traer un recado. ¿Sabe quién está aquí, Madrecita, y me manda a buscarla? Martim con su mujer…

Tibéria soltó bruscamente los cabellos de Otália, le apartó casi con violencia el rostro del regazo. Se irguió ante Massu:

—¿Llegó? ¿Cuándo?

—Esta madrugada. Me enteré temprano y fui allá. Martim estaba arreglando una ventana. Traigo un recado para usted, de su parte… Dijeron…

—¿Dijeron? ¿Quiénes?

—Martim y su mujer. Se llama Marialva. Parece una santita de procesión. Es bonita porque sí… Dijeron que le dijese que esta noche la esperan, que vaya a visitarlos…

Otália aún no había asistido nunca al espectáculo de Tibéria en furias. Tan celebradas como su bondad, su generoso corazón, eran sus cóleras, sus explosiones. Cuando se enfurecía perdía la cabeza y era capaz de las mayores violencias, de agredir, de ensañarse. Era raro sin embargo verla rabiosa, y poco le duraba, como si en su corazón no cupieran la ira y el despecho. Iba envejeciendo dulcemente, con la ternura distribuida, con solidaria comprensión.

Al oír el recado, sin embargo, se agitó su corpachón, liberado a aquella hora de corsés. Le temblaron las carnes, los senos como almohadones, monumentales, enrojeció, resopló por la nariz y por la boca, comenzó con voz casi normal para acabar a gritos:

—¿Quiere decir que llegó con esa vaca y que tengo que ir a verlos? ¿Y ese es el recado que tiene usted el atrevimiento de traerme, tío grosero? ¿No le salen los colores a la cara?

—Pero, yo…

—Y aun compara una puta descarada con una santa de procesión…

—Fue Robelino quien lo dijo…

Tibéria no aceptaba disculpas. Perdió el tino. Otália temblaba. Negro Massu sacudía los brazos: no era culpa suya. Entonces preguntaba Tibéria a gritos: ¿esa era la consideración que tenía Martim con sus viejos amigos? ¿Con viejos y probados amigos como ella y Jesus? ¡Tanto dárselas de educado, un puro merengue, hablando con estricto código de gentilezas, para ahora atreverse a mandarle un recado semejante! ¡Ir a visitarlo! ¡A él le tocaba venir, como siempre había venido, a saludarla, a contarle las noticias, a informarse de su salud, a abrazar a Jesus! Ella, Tibéria, jamás pisaría la casa donde él había metido a aquella descarada, recogida del fango, sifilítica de la mierda, pedazo de boñiga, pozo de bubas. Si querían verla que vinieran a su establecimiento, pero que se bañara la piojosa antes de pasar el umbral. Y lo mejor sería que no le trajera a aquella inmunda, que ninguna falta le hacía conocerla. Pero si quería traerla que la trajera, que ya sabía ella, Tibéria, que había perdido la vergüenza y el buen gusto al liarse con aquella podenca. Ella, Tibéria, estaba en su casa, y en ella los recibiría si aparecieran. Como persona educada, no le diría a la tiparraca la opinión que le merecía, la trataría bien, porque ella, Tibéria, no era una cualquiera. Pero no estaba dispuesta a salir a la calle, subir la ladera de Vila América tras Martim y esa leprosa que se las daba de mujer casada. ¿Qué se creía Martim? Ella, Tibéria, podía ser su madre, y merecía otro respeto…

Al fin, se detuvo, jadeante, el pecho hecho un volcán, el corazón disparado. Otália, afligida, llegó con un vaso de agua. Tibéria volvió a sentarse, con la mano sobre el corazón. Apartó el vaso, y ordenó con un hilo de voz:

—Traiga una cerveza y dos vasos, para mí y para ese negro recadero sinvergüenza…

Pasó la cólera. Ahora, abatida y triste, preguntaba:

—¿Tú crees, Massu, que Martim tiene derecho a hacer eso conmigo? ¿Conmigo y con Jesus? ¿No es él quien tiene primero que venir a verme?…

Y casi lloriqueando:

—El sábado de la semana que viene es mi cumpleaños… Si no viene Martim, juro que no vuelve a poner los pies en mi casa. No quiero volver a mirarle la cara. Mi cumpleaños. No se lo perdonaré.

Massu estaba de acuerdo. Otália llenaba los vasos de cerveza. En la tarde plácida trinaban los pajaritos en las jaulas, al fondo de la sala.

Negro Massu recordó los trinos y la cerveza, por la noche, en casa de Martim. También allí había un canario que trinaba excitado por la luz y los ruidos, desesperadamente, mientras Marialva servía primero café, luego aguardiente.

Hubo tres momentos de gran emoción durante la noche. El primero fue cuando ella cogió la cafetera de encima de un mueble, especie de pequeño vasar en cuyos estantes había pocillos, vasos, copas. Copas sí, y en ellas se sirvió repetidamente la cachaza, tras el café. Abrían las enormes copas su boca espantada, sorprendida quizá por tanto orden, tanta disposición, tanto confort. No importa que el vasar cojeara, que se inclinara hacia la izquierda. No importa que faltaran dos platillos y algunas asas a las tacitas de café, y que estuvieran las copas desparejadas. Copas y pocillos, un lujo, una delicia en el hogar. ¿Y la cafetera? Cuando ellos llegaron estaba aún encima del mueble, como un adorno. Alta, de loza, el trozo desportillado vuelto cara a la pared: una belleza. En el fogón, hervía el agua en una lata. Marialva preparaba el café.

—Un cafetito antes del alcohol, para calentar la boca… —anunció Marialva, y todos lo aceptaron, incluso Massu, cuyas preferencias iban por una inmediata cachaza.

El olor del café se apoderó de la sala. La veían de pie, pasando el líquido por el colador, hinchado como seno de mujer. En la mano, la cafetera, retirada encima del mueble. Los ojos de Ipicilone brillaban: el cabo vivía ahora como un señor, un príncipe, hasta cafetera tenía. Pé-de-Vento no pudo contener exclamaciones de admiración. Martim sonreía. Marialva bajaba, modesta, los ojos.

Marialva cogió la cafetera con toda naturalidad, vertiendo el café recién colado, negro y aromático. Vino luego con la cafetera en una mano y en la otra la bandeja de las tacitas y un platillo con el azúcar. Fue sirviendo uno a uno. Preguntaba: ¿mucho azúcar o poco? Servía según respuesta, juntaba una mirada, una sonrisa, un meneo de cuerpo. En la cafetera, en altorrelieve, rosas entrelazadas. ¡Una preciosidad!

En la mecedora, sorbiendo el café, Martim seguía los movimientos de Marialva con mirada tierna. Veía crecer la envidia en los ojos de los amigos, elevándose en la sala, dominándolos a todos: envolvíase el cabo en esa envidia como en una sábana, entregado por completo a las delicias del hogar. Volvía Marialva con la bandeja a recoger las tazas. Incansable volvía con la botella de aguardiente, puro de Santo Amaro, y las copas. Se paró ante Curió, escogió una copa y se la ofreció: era azul oscura, la más hermosa. La mirada del cabo la seguía embobada, buscaba a los amigos preguntándoles si habían visto en su vida ama de casa más bella y hacendosa. Parecía un señor, arrellanado en la mecedora, pantalón blanco, zapatillas y chaqueta listada de pijama, descansando en su confort, un príncipe en sus dominios.

Allí estaban los amigos, los invitados y dos o tres gorrones metomentodo:

Jesuíno Galo Doido, Pé-de-Vento, Curió, Massu, Ipicilone, Cravo na Lapela, Jacinto, Nelson Dentadura, un feriante de Água de Meninos, además de Manuel y Maria Clara. Todos con ojos como platos de admiración, hasta Jesuíno, aunque no lo demostrara tanto como los otros. Lo miraban y lo medían todo, pendientes de la casa y de los movimientos de Marialva con tanto interés que hasta les faltaba tema de conversación. La seguían con los ojos, atentos a cada gesto suyo, sonriendo con su sonrisa.

El segundo momento sensacional fue cuando ella, tras haber servido el aguardiente y colocado la botella sobre la mesa, a disposición de las visitas, se sentó en un taburete y cruzó las piernas. El vestido ceñido se le subió hasta más arriba de la rodilla, dejando ver un trozo de muslo. Martim notó el silencio ahogado y los ojos brillantes, húmedos de deseo. Tosió el cabo, Marialva se compuso, bajándose el vestido, irguiéndose en la silla. Los ojos de todos se desviaron también. Curió hasta se levantó del banco y se fue hacia la ventana, tembloroso. Solo Pé-de-Vento siguió mirando y sonriendo:

—Tiene usted que ir a la playa —dijo.

Marialva sonrió:

—Si él me deja —contestó señalando a Martim.

La charla ganó cierto interés. La botella de aguardiente fue sustituida por otra, y al fin el cabo no pudo resistir y los invitó a ver el dormitorio.

—Nuestro nido —dijo, ante la admiración de Ipicilone y el asco de Jesuíno. ¿Dónde se ha visto llamar «nido» al cuarto? Decididamente, Martim había perdido la cabeza, estaba insoportable. Pero los demás encontraban la expresión justa e inteligente. Era un dormitorio estrecho, donde mal cabía la cama con colchón de crin y colcha de trapos, pero en la pared estaba el espejo enorme, sobre una mesita. Y los cepillos, los peines, la brillantina de Martim, los perfumes de Marialva. Martim sonrió, señalando la mesita y el espejo.

—Aquí se peina la patrona, compone la fachada y se dispone para la cama, por la noche…

Marialva se había quedado en la sala. Andaba sirviendo unos trozos de bizcocho, pero todos la veían allí en el cuarto. Nadie dijo una palabra tras la frase de Martim. Solo la risa de Massu cortó el silencio. La evocación de Marialva disponiéndose a acostarse había emocionado tanto al negro que no pudo contener una risa restallante. Veía a Marialva en camisón, los cabellos cayéndole sobre los hombros, la boca entreabierta. Los otros la veían también, reflejada en el espejo, pero no reían, contenían la voz y la respiración tratando de esconder sus pensamientos. Curió cerró los ojos: la estaba viendo desnuda en el espejo, el lunar reproducido un poco encima del ombligo, los senos erguidos y el vello aterciopelado, del color de la copa, oscuro, de miel dorada. Cerró los ojos pero seguía viéndola. Salió del cuarto a toda prisa: quería respirar.

Pero en la sala estaba ella, como esperándolo, parada, de pie, alta y serena. Le sonreía. Los ojos clavados en los ojos de Curió, en una interrogación, como si adivinara todo lo que ocurría en su corazón. Y aquellos ojos lo miraron suplicantes, pidiendo protección y amistad. Pronto se veía que Marialva era la más pura de las mujeres, la más solitaria y abandonada, incomprendida. Víctima, ciertamente. ¿Acaso no le contó Massu cómo por la mañana, más de una vez y brutalmente, Martim había gritado a la pobre mujer? ¿Para eso había ido a buscarla al Recôncavo? ¿Para eso se había casado con ella? Los ojos tristes se clavaron en Curió como suplicando un poco de comprensión y de ternura. Solo amistad fraterna, platónica, tierno cariño del hermano, confianza pura. Pero los labios de Marialva se entreabrieron y vio los dientes albos, la punta bermeja de la lengua, los labios carnosos, buenos para besar y morder…

Curió se llevó la mano a la boca como para cubrir un mal pensamiento, pero no pudo contener un suspiro. Suspiró Marialva también, y los dos suspiros se encontraron en el aire, se mezclaron, murieron juntos. Los otros volvían del cuarto. ¡Ah, si Curió pudiese! ¡Se lanzaría al suelo como un idólatra ante su fetiche, para besar los pies de Marialva!

Se sentaron todos menos Curió; Martim en su mecedora, Pé-de-Vento preguntó:

—¿Sabían ustedes que en el fondo del mar hay un cielo igualito al otro? ¿Con estrellas y con todo? Pues lo hay, y un cielo con más estrellas, con sol y luna. Solo que en el fondo del mar hay luna llena siempre.

Marialva se acercó para servir el pastel. Curió llenó la copa verde oscuro y bebió de un trago.

10

«Martim es mi hermano, ¡ay, mi hermano! Y no solo mi hermano de santo, hijos los dos de Oxalá (Exê ê ê Babá) sino mi amigo más íntimo, mi amigo de siempre, de alegrías y de tristezas.
Por él soy capaz de dejarme matar, de cualquier cosa... ¿Cómo
puedo entonces poner los ojos en su mujer, su mujer verdadera,
señora de su casa? ¿Cómo puedo mirarla con ojos que no sean
los de amigo? ¿Cómo puedo sentir otros sentimientos que no
sean los de la más pura fraternidad? ¡Ay, Martim hermano, tu
hermano es un bellaco!» Así reflexionaba Curió aquellos días
desde la visita a la casa de Martim hasta la gran fiesta del cumpleaños de Tibéria.

Vivía el muchacho amargado, abrumado por pensamientos
oscuros, por ambiguos sentimientos. La última vez que la vio,
un domingo por la mañana, quedose ella en la ventana para des-
pedirlo, y, sin saber por qué le mostró la punta de la lengua. Un
frío recorrió el cuerpo de Curió, un estremecimiento. «¡Ay, hermano, no tengo fuerzas! Padre mío, Oxalá, sálvame, haré que
me recen, que bendigan mi cuerpo para librarme del hechizo,
dame fuerzas para resistir los encantamientos de esa mujer, el
embrujo de sus ojos.» A la puerta de la tienda Barateza do Mundo, perturbado en su trabajo, comprendía Curió que el gesto pí-
caro de Marialva, su febril estremecimiento, no tenían nada de
fraternal, nada de aquel aura de pureza que tienen las bromas
entre hermanos, y eran, al contrario, índices de equívocos sentimientos, de pecaminosas intenciones. «¡Ay, Martim! ¿Dónde se

vio a una hermana despidiéndose así del hermano, mostrándole la roja punta de la lengua, los labios entreabiertos en una espera ansiosa? ¿Y dónde se vio, Exê ê ê Babá, que el hermano se estremezca de frío, que sienta en el rostro calor de fiebre, al ver los labios carnosos de la hermana, la lengua móvil como un reptil?» Si eran hermanos, Curió y Marialva, según decían, hermanos protegidos por las mismas fuerzas misteriosas y ancestrales, colocados bajo los mismos signos mágicos, tales sentimientos solo podían ser considerados incestuosos. Curió enterraba la cabeza entre sus puños cerrados. ¿Qué hacer?

Ya se ha hablado del extremo romanticismo que marcaba el carácter de Curió, de sus incontables pasiones, de sus cartas de amor, centenares y centenares, de sus repetidos compromisos de noviazgo, siempre a los pies de una mujer, casi siempre abandonado, dolorido. Nada de extraño tenía que se hubiera acercado a Marialva. Más o menos apasionados por la mujer del cabo estaban todos ellos, incluso Pé-de-Vento. En materia de mujeres, Pé-de-Vento era un purista exigente. Demasiado clara sin duda aquel color quemado. Marialva se hallaba fuera del círculo restringido de la mulatería verdadera, círculo trazado por Pé-de-Vento, pero no obstante hizo una excepción precisamente con ella, le ofreció la ratita blanca y le prometió un lagarto verde.

Apasionados sí, pero platónicamente, sin pensar siquiera en la posibilidad de que pudiera ocurrir entre ellos nada malo. ¿No era Marialva la esposa de Martim? Muda adoración, sus devotos siervos obedeciendo órdenes, nada más. Venían a visitarla, a beber un vasito de aguardiente, a oír su charla, a ver el lunar negro en el hombro, sus contoneos, y no pasaban a más.

El caso de Curió fue diferente. La pasión rompió los límites de la lealtad debida al amigo. Curió notó que estaba atravesando peligrosamente la línea tras la que se hallaban la deslealtad, la ingratitud, la hipocresía. Vivía días dramáticos, la cabeza cargada de encontrados sentimientos, abrumado, doliente el corazón. Se veía como un ahogado, de ojos desorbitados observando cuanto pasaba consciente, pero incapaz de alzarse a la superficie, de nadar, implacablemente arrastrado hacia el fondo. ¿Dónde había quedado su honor? Juraba que iba a reaccionar. ¡Hay tantas mujeres en el mundo! Juraba ser digno de la amistad de Martim, pero bastaba una mirada de Marialva para acabar con toda su dignidad.

Tan desarbolado estaba que descuidaba su trabajo y Mamede tuvo que exigirle varias veces mayor diligencia en la propaganda:

—¡Eh, Curió! ¿Es que quiere ganarse el dinero sin dar golpe? ¿Qué negocio es ese? ¡A ver si me mueve la parroquia!

¡Ay, Mamede! ¡Qué sabe usted de los sufrimientos morales de un hombre! Curió siente de repente ganas de apoyar su frente pesada en el hombro del árabe, contarle todo, llorar sus penas.

Vocero profesional, o «jefe de propaganda comercial» como se titulaba, Curió era contratado de vez en cuando por el árabe Mamede para atraerle parroquianos. Se apostaba ante las puertas de la Barateza do Mundo, abierta a la Baixa do Sapateiro, y gritaba las excelencias de las calzas de mezcla miserable, del algodón ordinario, de la quincallería barata allí vendida por Mamede. Vestido con su levitón mugriento, la chistera en la cabeza, el rostro pintado como el de un payaso de circo, Curió gritaba a los cuatro vientos las ventajas innumerables de la tienda del árabe, sobre todo en ocasión de la sensacional liquidación por remate, anunciada en una franja de gigantescas letras rojas que cubrían la fachada de la casa:

LAS GANGAS DEL SIGLO - TODO GRATIS

Al menos dos veces al año Mamede utilizaba los más variados pretextos para saldar la mercancía y renovar las existencias. Curió era un elemento importante de esa maniobra comercial. Él tenía que participar a la parroquia la bondad del árabe, bondad tan grande que más parecía locura, para que adquirieran aquellos productos vendidos a precio irrisorio, casi de balde. La masa popular que pasaba indiferente por la Baixa do Sapateiro no parecía sensible y agradecida a la generosidad de Mamede. Por eso tenía Curió que desdoblarse en ruidosa propaganda, intentando detener a los apresurados transeúntes. A veces se excedía hasta el punto de agarrar a uno y arrastrarlo hasta la tienda. No era solo competente, era también consciente de su trabajo. Se ganaba su jornal.

Por eso ahora se asombraba Mamede al verlo en tal desánimo, perdida su gracia habitual, el extenso repertorio de dichos y chistes, las bromas, todo lo que hacía que la gente se parara a su alrededor, y acabaran algunos por cruzar las puertas de la tienda. Quien entraba, compraba. Mamede se encargaba de convencer al incauto. Pero aquella mañana le fallaba a Curió la vivacidad, el nervio; estaba apático, triste. Enfermo quizá, pensó el árabe:

—Qué es, ¿enfermedad o resaca?

No respondió Curió. Se lanzó a gritos por la acera adelante:

—¡Entren! ¡Entren todos! ¡El árabe Mamede se volvió loco y está tirando el género! ¡Vendió la casa! ¡Va a saldarlo todo! ¡Se marcha a Siria! ¡Entren todos! ¡Aprovechen la ocasión! Entren antes de que se queden sin nada…

¿Cómo iba a responder sin contárselo todo? La pasión lo devoraba. No podía estar un segundo sin pensar en ella, sin verla parada ante él, los ojos suplicantes, aquella pobre víctima de la vida y de Martim. ¿Víctima de Martim? Curió buscaba ansioso los indicios que le permitieran descubrir malos tratos y violencias y no los encontraba. Sería útil pretexto para calmar sus remordimientos.

El mensaje de los ojos dolientes de Marialva le parecía claro: era una víctima, estaba allí a la fuerza, quién sabe los recursos empleados por Martim, hombre de labia y malicia, para conquistarla. Nada le había dicho ella, eran apenas miradas. Curió había rehuido hasta entonces la conversación abierta, franca, la mutua confesión, aunque Marialva, más de una vez, había intentado quedarse a solas con él. Curió tenía miedo.

¿Contra quién podían los ojos de Marialva pedir protección sino contra Martim? Aunque Curió no había oído la menor palabra áspera del cabo, aunque lo veía meloso y apasionado siempre, satisfaciendo todos los caprichos de Marialva, no podía imaginar otra fuente de opresión y violencia.

Pero nada de esto justificaba la pasión de Curió. Aunque el cabo la tratara a puntapiés, la arrastrara por el pelo, le calentara las posaderas, ella era su mujer. Él tenía derecho a tratarla como mejor le pareciera. Y si ella no estaba de acuerdo que se largara, que abandonara esposo y hogar. Pasado algún tiempo del drama, tal vez Curió pudiese acercarse a ella y presentar su candidatura. Pero con ella en casa de Martim, hociqueándose con él, sentada en su regazo, toda dengosa, él con la mayor delicadeza colmando todos sus caprichos, como el mejor marido del mundo. ¿Cómo explicar miradas, estremecimientos, labios entreabiertos, puntas de lengua? Curió no tenía siquiera derecho a pensar en ella con deseo. Ni Marialva a pensar en él.

Curió se lanzó desesperadamente a la propaganda de los saldos de Mamede. Su voz cortante segaba la Baixa do Sapateiro, gritando sus habituales gracias, soltando los chistes de éxito infalible. Pero bajo el carmín y el albayalde que le cubrían el rostro, había un rojo de vergüenza al verse alimentando la traición al amigo. ¡Ay Martim, hermano, tu hermano es un malvado! Su voz no tiene ahora la gracia habitual, sus gestos son mecánicos, y no hay alegría en su corazón. El amor siempre le daba excitación y alegría. Ahora sin embargo, cuando se da cuenta de que ha encontrado el amor de su vida, el inconmensurable, total y eterno, siente el corazón lleno de tristeza y remordimiento. ¡Ah, si pudiese olvidarla, si pudiese arrancar del pecho su imagen de santa para poder volver a mirar de frente a Martim, ser digno de su amistad!

Sí, debía arrancarla de su corazón, expulsarla de sus pensamientos y para siempre. Aunque para ello fuera necesario no volver a verla, no volver por la casa del cabo, no asistir siquiera a la fiesta del aniversario de Tibéria, donde fatalmente tendría que encontrarla. Sin duda sería terrible faltar a esa fiesta.

Tibéria no se lo perdonaría. Pero tenía que hacerlo, debía hacerlo. Martim no obraría de otro modo si fuera él, Curió, el marido amenazado. Curió recordaba incluso un suceso que le obligaba aún más al cabo en materia de amor. Había andado haciéndole la rueda a una mulata de Gafieira do Barão, se habían los dos comprometido un poco, eran casi novios, cuando Martim, sin saber nada, inocente de todos los detalles, sacó a bailar a la fulana y se le insinuó. Ella, la descarada, se derretía toda. Se le arrimaba sin vergüenza, cuando ante Curió no se cansaba de decir que era doncella e hija de familia. Sin embargo, acabado el baile, le dijo a Martim que tendrían que evitar a Curió, que era ya casi su novio, y que podía desconfiar, que comprendiera…

No esperaba la pérfida la reacción de Martim: la dejó plantada allí mismo, en la sala, con los ojos como platos y la cara de idiota. ¿Así que comprometida con Curió y aceptando sus proposiciones para irse a la cama de buenas a primeras? Muy cínica y desvergonzada tenía que ser. ¿Acaso no sabía que él, Martim, era hermano de santo de Curió, su amigo de siempre? Apenas quince días antes habían ido juntos a la ceremonia, se habían lavado las cabezas, cumpliendo el rito, habían dormido, espalda con espalda, en la camarilla del santo, como duermen los hermanos de sangre en la misma cama. Si no fuera que estaban allí, en plena fiesta, iba a saber lo que eran unas tortas, para enseñarla a respetar a su hombre.

Y cuando llegó Curió, todo endomingado, con ropa nueva, Martim le contó los trucos de la miserable, que espiaba de lejos, recelosa. Curió quiso armar un escándalo, largarla inmediatamente, allí mismo, con el mayor desprecio, pero Martim no se lo permitió, más experto en esos asuntos. Primero, le dijo, había que arreglar el caso, buscar reconciliación, perdonar generoso, pero exigiendo en cambio que pasara con él aquella misma noche. Solo después, dormida la noche, debía escupirle todo su desprecio y largarla puertas afuera. Y así lo hizo Curió, aunque trabajo le costara representar la comedia primero y luego expulsarla del lecho. Jamás sería él un dominador de mujeres como Martim. Siempre sería un sentimental sin remedio.

Sí, tenía que abandonarla. Solo así dejaría de comportarse como el más indigno de los amigos. Tenía que arrancarse aquel amor del corazón, no posar jamás los ojos en Marialva, no dirigirle la palabra nunca más. Sabía, con un saber definitivo, que si la encontraba otra vez, si ella clavaba sus ojos en los suyos, sus ojos suplicantes, no resistiría, confesaría su pasión, traicionaría al amigo, al hermano de santo.

Dejó Curió de pregonar su propaganda. Estaba decidido: no volvería a verla, jamás le diría una palabra de los sentimientos que ardían en su pecho, sufriría el resto de su vida el mal de haberla perdido, ya no sería capaz de amar a otra mujer, desgraciado para siempre, pero digno de la amistad del cabo Martim, leal a su hermano.

¡Ay, Martim, hermano, por ti labraré mi desgracia! Pero así deben obrar los amigos. Sentíase Curió heroico y conmovido. Lanzó una mirada a su alrededor, y la vio: allí estaba, parada a la puerta del cine, cerrado a aquella hora de la mañana, y le sonreía. Alzó el brazo, le hizo un gesto con la mano. Curió creyó que veía visiones; cerró los ojos y los abrió de nuevo al cabo de un momento. Marialva extendió su sonrisa, amplió el gesto, Curió ya no vio nada más, se hundieron sus más firmes intenciones, sus decisiones heroicas. Allá en el fondo del recuerdo apareció la figura de Martim, pero Curió la apartó de sí. Al fin y al cabo, ¡qué había de condenable en saludar a la esposa de un amigo, hablar con ella un poco, de esto y de aquello! Hasta sería sospechoso que él la esquivara, que se negara a hablar con ella. Todo lo pensó en menos de un segundo, en un abrir y cerrar de ojos. Tiró el cartelón y se lanzó al otro lado de la calle, en un salto espectacular, sin reparar en el tranvía que llegaba a toda velocidad ni en el camión que se acercaba. Escapó de uno y otro, milagrosamente. Mamede hasta gritó creyéndolo aplastado. ¿Qué diablos le pasaba a Curió aquel día? ¿Un súbito ataque de locura precedido de una crisis de melancolía? El árabe, curioso, anduvo unos pasos, hasta ver a Curió al lado de una mujer, en animada conversación, doblando la esquina. Movió la cabeza: ese Curió no tenía remedio. No esperaba verlo de vuelta aquella mañana; y Mamede elevó la voz, con su característico deje levantino, y comenzó a anunciar él mismo las ventajas de los almacenes Barateza do Mundo, del saldo sensacional, con verdaderas gangas.

11

No había manera de acostumbrarse a la mudanza radical de la vida del cabo. Ahora, para verlo, era necesario buscarlo en casa. Ya no aparecía como antes, en cualquier momento, por el barrio. Ciertamente, había vuelto por el mercado y por Água de Meninos, a sus puntos preferidos para una rápida partida. Empezó de nuevo sus exhibiciones de baraja para ejemplo y gozo de las jóvenes generaciones. Lo necesario solo, sin embargo, para ganar las monedas de la carne seca y las habichuelas, el aceite. Fuera de eso estaba siempre en casa, entregado a las delicias del hogar.

Había quien lo consideraba definitivamente perdido, sin salvación posible. Aquella mujer lo había dominado por completo. Hacía de él mangas y capirotes, mandaba en Martim, lo ataba corto. Había tardado el cabo en enamorarse, pero, cuando lo hizo, lo hizo por completo. Los amigos, los conocidos, recordaban a aquel Martim libérrimo, bebedor, vagabundo, jugador de cartas, bailarín emérito, al frente de todas las parrandas. Pero aquel Martim había desaparecido para siempre, sustituido por un humillado esposo de horario estricto.

Y eso si no le ocurría algo peor, pues se empezaba a murmurar de la frecuencia con que veían todos a Marialva y Curió en charlas sin fin, con risitas y ojos en blanco. Verdad es que Martim y Curió eran amigos íntimos, fraternales, hasta hermanos de santo, y hacían juntos su ofrenda anual al protector. Tal vez aquella intimidad no pasara de simple cortesía. Pero incluso así daba que pensar. Solo Martim parecía no verlo, entregado a su pasión, a los encantos de su nueva vida.

Porque, también conviene aclararlo, las críticas a la conducta del cabo, y el coro de lamentaciones que se alzaba en torno de él, no excluían aquella referida envidia inicial.

No mantuvo esta envidia la intensidad de los primeros días,

cuando todos soñaban con el matrimonio. Decreció el entusiasmo ante las limitaciones aceptadas por Martim, pero aun así la visión del orden, del confort, del calor de hogar, perturbaba en ciertos momentos a Ipicilone y a Negro Massu, sin hablar, claro es, de Curió, pues este no soñaba otra cosa: casarse él también, entregarse a aquella dulce cadena, pero casarse, y, naturalmente, con Marialva.

Y en eso estaba la dificultad. El idilio iba creciendo, declarado aquella mañana del encuentro en la Baixa do Sapateiro, delante de la tienda Barateza do Mundo, cuando se fueron juntos, tímidos y un poco avergonzados, mudos durante un tiempo, sin saber cómo empezar.

Clavaban la vista en el suelo, iban uno al lado del otro, a veces sonrientes, otras serios y concentrados, con graves pensamientos. Por fin Marialva tomó la iniciativa, con voz casi susurrante:

—Yo quería decirle algo…, hablarle…

Curió alzó la vista hasta el rostro cándido y triste de la esposa de Martim:

—¿Hablarme? ¿Para qué?

—Para pedirle una cosa… No sé…

—Pues diga… Aquí estoy, para hacer por usted lo que sea…

—¿Me lo promete?

—Prometido…

—Pues yo quería… —Y su voz se hizo más tímida y más triste.

—¿Qué es? Vamos… diga…

—Quería pedirle que no vuelva más por nuestra casa…

Fue como si le hubiese dado un mazazo. Esperaba todo menos aquella súplica, aquel brusco corte en sus esperanzas. A pesar de que poco antes había decidido motu proprio no ir más a casa del cabo, la súplica de Marialva lo hirió hasta el fondo del alma. Puso cara de completa desgracia, por un momento no habló, parado en la calle. Ella se paró también mirándole con lástima. Luego lo cogió del brazo y le dijo:

—Porque si sigue yendo por allí, no sé lo que va a ocurrir…

—¿Y por qué?

Marialva bajó los ojos:

—¿No se da cuenta?… Martim acabará desconfiando. Ya anda con la mosca tras la oreja…

Otro golpe para Curió. ¡Qué horror si hasta ya Martim desconfiaba! ¡Ay hermano, qué horror!

—Pero… si no hay nada entre nosotros…

—Por eso mismo es mejor que no volvamos a vernos… Por ahora aún no hay nada… Luego sería peor…

Fue entonces cuando, loco de pasión, alucinado, sin reparar en la calle atestada de gente, cogió la mano de Marialva y preguntó con voz sofocada:

—¿Y tú crees que…?

Nuevamente ella bajó los ojos:

—Por su parte no sé… Por la mía…

—No puedo vivir sin ti…

Ella empezó a andar de nuevo:

—Sigamos, la gente nos mira…

Siguieron caminando. Ella le dijo que no podía ser. Estaba agradecida a Martim, le debía obligaciones, él la había traído, se lo daba todo, era de una bondad sin límites, de una dedicación completa, loco por ella, loco de verdad, capaz de hasta cometer un crimen. ¿Cómo dejarlo ahora, aunque no lo amara, aunque hubiera otro en su corazón? Los dos, ella y Curió, debían sacrificarlo todo para no herir a Martim, para no darle tal disgusto. Ella, por lo menos, estaba dispuesta a no volver a ver a Curió, por más que esa decisión la hiciera sufrir. Y él debía hacer lo mismo. Era amigo de Martim, aquel amor estaba condenado. Había venido a verlo para arrancarle la promesa de que no volvería a verla.

Juró Curió; estaba emocionado, Marialva era una santa y él completamente indigno de su amor. Ella volvía a colocarlo en el camino del honor, de la lealtad al amigo. Sí, sufriría como un condenado en los abismos del infierno, pero no volvería a buscarla, estrangularía su criminal amor, sería digno del amigo. Respiró hondo, Marialva lo espiaba con el rabillo del ojo. Juró, besando la cruz formada con sus dedos, y se fue bruscamente, en un giro inesperado, para no caer en la tentación. Ella lo vio partir, y una sonrisa brotó en sus labios. Se abrió camino entre la gente que abarrotaba la Baixa do Sapateiro, oyendo con satisfacción los piropos y los silbidos que saludaban su paso. No se volvía a mirar: apenas acentuaba su contoneo. Curió se perdió por las esquinas en busca de una taberna, sacudido por un temporal de emociones, como un barco a la deriva, las velas rotas, el timón partido.

Durante tres días vagó Curió por la ciudad de Bahia con su dolor, su sacrificio, su heroísmo, bebiendo siempre. Los amigos no conseguirían descubrir el motivo de aquella celebración, si comienzo o fin de noviazgo, si es que se había prometido o lo habían despedido de uno de sus fugaces arrimos. Confusas eran sus explicaciones, pero en medio de aquel sufrimiento se notaba cierto orgullo. Uno de aquellos días acudió Jesuíno a casa de Martim para tratar sobre unos gallos, y le contó la desesperación de Curió, cómo andaba arrastrándose borracho por las esquinas, con aire de mártir y hablando de suicidio. Martim declaró:

—Le convendría casarse…

Marialva oyó la conversación, de pie en la puerta de la sala, y sonrió. Martim continuó hablando:

—La mujer nació para servir al marido, en casa… —y, dirigiéndose a Marialva—: Vamos, hermosa, sírvenos aquí a Galo Doido y a tu moreno… Unas copitas del mejor.

Marialva atravesó la sala para llenar las copas.

Al día siguiente, cuando sentado en la taberna de Isidro do Batualê, barbudo y sucio, Curió pedía el aguardiente inicial de la jornada, un vagabundo del muelle se le acercó y le dijo al oído:

—Muchacho, ahí fuera hay una mujer que quiere hablar contigo. Me dijo que te llame…

—No quiero hablar con nadie… Largo de ahí…

Pero fue más fuerte la curiosidad, y se acercó a mirar por la rendija. Poco más allá estaba ella. Curió no pudo contenerse y se lanzó a la calle:

—¡Marialva!

—¡Ay, Dios mío, cómo está!… Nunca creí…

Según confesión posterior de Marialva, fue en esa hora, al verlo destrozado por la bebida, deshecho, cubierto de suciedad, cuando se dio cuenta cabal de aquel desgraciado amor. Comenzó a llorar y sus lágrimas lavaron el alma de Curió. Horas después la dejarían limpia y leve.

Fue ese el primer encuentro, y se sucedieron varios en pocos días. Marialva, apasionadísima. Curió, aún más. Se encontraban con prisas, en las naves de las iglesias, en los rincones solitarios de los muelles, conversaban arrebatadamente, con miedo de Martim. Habían decidido no verse más en casa de Marialva. Ella, cuando podía, lo buscaba allá donde él estuviera trabajando. Iban por la calle, bajaban el Tabuão, perdíanse entre las gentes. Dos almas hermanas, dos apasionados, loco uno por el otro, pero dos almas nobles.

Sí, porque habían decidido no traicionar a Martim. Aquel amor enorme, sin medida, marcado por un deseo brutal, sería dominado, lo mantendrían en un plano espiritual. Se amaban, es cierto, nada podían hacer por evitarlo. El amor era más poderoso que ellos. Pero no permitirían jamás que ese amor se convirtiera en algo pecaminoso: resistirían al deseo, jamás él la tocaría, jamás traicionarían a Martim. Vivía Curió en una exaltación casi salvaje, los amigos no sabían qué pensar.

Marialva le abrió su alma, llena de amargura. Siempre había sido así, desgraciada. Nada bueno le sucedía, marcada por el destino, perseguida por la desgracia. ¿No era aquel su caso, su amor compartido, la mejor prueba? Cuando ella encontraba el amor, cuando al fin, tras tantos años de duro sufrimiento, la vida le daba algo bello y bueno, se hallaba ligada por lazos de gratitud a un hombre a quien no amaba, pero a quien debía respeto y amistad. Y Curió era su amigo íntimo. El destino parecía no permitirle la menor posibilidad de dicha.

Le contaba, a su modo, la historia de su vida. Había que oírla para ver cómo interpretaba los hechos, cómo, en su narración, el carpintero Duca, un baldragas incapaz de alzar la voz a
nadie, se convertía en una fiera, sedienta de odio, capaz de mar-
tirizar a una pobre muchachita de quince años, Marialva, prácticamente vendida a aquel criminal por su malvada madrastra. Duca, un bandido; la bondadosa Ermelinda, amante del padre de
Marialva, llena de paciencia y capaz de soportar las maldades
de la hijastra, se convertía en madrastra de folletín, que perseguía, hasta finalmente venderla, a la huérfana infeliz, y así sucesivamente. Es evidente, según su versión, que no había existido
entre Duca y Martim ningún otro hombre en la vida sufrida y
clara de Marialva. Desaparecieron, borrados del mundo, el gordo Artur, Tonho da Capela, sacristán de oficio, Juca Mineiro,
dueño de la venta. Fueron sumariamente eliminados sus tiempos de burdel y los amores de una noche, los oportunistas de
una sola pernada. Al contrario, cuando Duca la abandonó en la
miseria, tras arrastrarla a una vida de sacrificios, cocinando y lavando para él, cuando, enteramente dominado por el alcohol, la
dejó en plena calle, ella empezó a trabajar de lavandera y planchadora por las casas con tal de no verse obligada a prostituirse.
En esa faena la había encontrado Martim, en una ocasión propicia para ganarse su afecto y gratitud. Enferma de tanto trabajar,
con fiebre que le roía el pecho, medio tísica. Así lo encontró
ella, y Martim se mostró bondadoso, la llevó al médico, compró
medicinas, y no le pidió nada a cambio. Cuando ella mejoró y
pudo salir de nuevo a la calle, pensando volver a su trabajo, él le
propuso que viniera a Bahia, para vivir juntos. Aceptó, aunque

no sentía por él nada profundo, aunque no lo amaba. Pero le estaba agradecida, lo estimaba, y además no podría soportar volver al lavadero y a la plancha. Si lo hiciera, no tardaría en verse en el hospital de indigentes con los pulmones rotos. Esa había sido su vida, rosario de tristezas, mar de lágrimas.

Curió sufría al oírla, crecía su ternura dentro de él. Cogidos de la mano (habían llegado al acuerdo de que este gesto no tenía ningún significado lujurioso, que era solo una forma de amistad, prueba de alianza espiritual de sus almas nobilísimas) andaban por el muelle y soñaban su dicha si pudieran unir su soledad, sus desilusiones anteriores, sus desgracias, e iniciar juntos una nueva vida. Apoyados uno en otro, sustentándose mutuamente. Pero no podían, entre ellos estaba Martim, el buen Martim, el amigo Martim, el admirable, el que ya una vez probó su lealtad de amigo, el fraternal Martim, Martim hermano de santo, cualidad tan sagrada como la fraternidad de sangre, Martim, ¡ay Martim! ¿Por qué ese hijo de puta de Martim había tenido que mezclarse en la vida de Marialva?

12

En aquellos días, vísperas del cumpleaños de Tibéria, las últimas noticias del frente matrimonial del cabo Martim testimoniaban la siguiente disposición de fuerzas: el cabo, arrellanado en su mecedora, daba la impresión de ser el más feliz de los esposos; Marialva, cuidando de su casa y de su marido, moviéndose a su alrededor, dando envidia a las comadres de la vecindad; Curió, amigo leal, suspirando de pasión y sacrificándose por su hermano de santo; los demás amigos, lamentando la pérdida de Martim, el gran animador de la noche, pero de acuerdo todos en dar por firme su tranquila felicidad, envidiándola todos un poco; Martim se había transformado en un señor y, si bien no había llegado al absurdo de buscar empleo y trabajo, había modificado su vida por completo. Solo Jesuíno se mantenía irreductible: aquella farsa iba a durar muy poco.

Tales informaciones, sin embargo, ¿revelaban toda la verdad? Cuando el cabo empezaba a tirar de su pipa, al volver de sus rápidas incursiones en busca de dinero, y se quedaba en silencio, reflexionando, ¿sería eso una reafirmación del acierto de su casamiento? Feliz, sin duda, lo era, demasiado feliz… Exactamente eso: demasiado feliz, feliz hasta el aburrimiento.

Con el rabillo del ojo veía a Marialva moviéndose por la casa, yendo y viniendo, limpiando el polvo, arreglando los vasares, la cafetera, lavando las copas, cuidando de todo, no tanto por tener la casa en orden y brillando de limpieza como por exhibir su perfección. Perfecta, hasta demasiado perfecta, hasta llegar a lo empalagoso.

A veces un pensamiento extraño se apoderaba de Martim. ¿Por qué se había metido en aquel lío de Marialva? Cosas que pasan en la vida, cosas imprevistas. Se crea una situación, un compromiso que se acepta de repente, empiezan los comentarios, vienen luego intereses, y cuando el sujeto se da cuenta, está liado, obligado a seguir la comedia y a representar su papel. No le desagradaba el papel de marido feliz: tenía una mujer bonita, con su lunar negro en el hombro izquierdo, fogosa en la cama como ninguna, buena ama de casa, todo ordenado y bien puesto, en la hora y en la medida justa. ¿Qué más podía desear Martim? Podría incluso decir que se había divertido durante largo tiempo. Ahora, sin embargo, empezaba a hartarse de tanto bienestar, de la casa siempre en orden, de la esposa modélica.

Cuando se tropezó con ella, en Cachoeira, en el burdel, necesitado de alguien que rompiera su soledad de exiliado con el calor de su ternura, pensaba vagamente, al verse en sus ojos, en unirse a ella. Y se lo propuso, así de paso, vagamente. Y ella le tomó la palabra, arrumbó con sus trebejos y se le pegó al instante. Él tenía tal necesidad de compañía y de cariño que decidió llevársela consigo durante unos días y dejarla luego, en cualquier ciudad, de camino, cuando pudiera volverse a Bahia. No contaba con la experiencia de Marialva, con su capacidad de hacerse indispensable. Martim se sintió envuelto en aquel amor, agradecido a aquella mujer para quien él era toda su vida, que se arrastraba a sus pies. Se fue liando, y cuando se dio cuenta era él, Martim, quien estaba amarrado a ella, con esposas en las muñecas y una cadena a los pies. ¿Quién decidió volver a Bahia?, se preguntaba Martim sentado en su mecedora, con una sombra de duda mientras movía su silla acompasadamente. ¿Quién decidió alquilar la casa, comprar muebles? ¿Quién divulgó a los cuatro vientos la noticia del casamiento, inventándose incluso los detalles? ¿Quién trazó los rumbos de la nueva vida del cabo Martim? Marialva, ella sola prácticamente, llevándolo, con el encanto de quien se deja amar, a consentir en todo, a apoyar sus decisiones y a ratificar sus propósitos. Así fue todo, y cuando el cabo se dio cuenta, estaba ya casado y establecido en un hogar, gozando de sus incontables venturas.

También se divirtió por su parte: con la sorpresa de los amigos, con su envidia, con la irritación de Tibéria, con las dudas de Jesuíno y las explicaciones de Jesus, con el ambiente formado en torno al asunto, con tanto chismorreo y comentarios, las apuestas, los hechizos lanzados a su puerta, todo aquello había contribuido a aumentar su bienestar real con la representación de una completa ventura. Pero se fue cansando poco a poco: la vida seguía desarrollándose ajena a él, sucedían las cosas más interesantes y Martim no participaba en ellas, ya no era el jefe, el portaestandarte, el hombre decisivo. Ya no venía nadie a buscarlo para las fiestas. Hasta se habían olvidado de llamarlo con ocasión de las elecciones para las parrandas de carnaval. Por eso precisamente no logró Camafeu la presidencia, y todos estaban de acuerdo en las graves consecuencias del error: su parranda no ganó aquel año el primer premio y perdió así el tricampeonato. Martim, antes de salir para el Recôncavo lo había dispuesto todo para la candidatura de Camafeu, y, con su prestigio, su experiencia, relaciones y amistades era el agente electoral que le garantizaba la victoria. Camafeu tenía un saldo positivo de realizaciones en favor del club, era activo y bienquisto de todos. Valdemar da Sogra, presidente casi vitalicio, ya no conseguía llevar adelante la parranda, había crecido mucho el número de socios y había aumentado también su importancia, y las manos de Valdemar no soportaban ya tal peso. Lo iban manteniendo, sin embargo, para no darle un disgusto y porque no había nadie con personalidad suficiente para ser candidato.

Fue entonces cuando el cabo se ocupó del asunto pensando en el tricampeonato, y propuso el nombre de Camafeu. Fue acogido con simpatía y apoyo, y todo iba viento en popa cuando se vio obligado a salir pitando para el Recôncavo. Volvió poco antes de las elecciones. La candidatura de Camafeu, sin el cabo al frente, fue perdiendo fuerza, hundiéndose, incapaz de impedir la reelección de Valdemar da Sogra. Pues bien: tan casado y apartado de todo estaba Martim, que nadie se acordó, ni el propio Camafeu de Oxóssi, de apelar a él, de convocarlo. Ni fue a votar, ni supo el resultado hasta varios días después.

Se iba cansando también de la perfección de Marialva, y empezó a darle un chasco de vez en cuando para que se fuera dando cuenta de que no era dueña absoluta. Evidentemente, no lo hizo a la vista de los amigos. Ante el público continuaba apareciendo como el más apasionado de los hombres, el más atento esposo, el marido modelo. Le gustaba ver y sentir la envidia en los ojos de los otros, envidia de su felicidad completa. Notaba como Curió se moría de envidia, hasta el punto de que parecía capaz de agarrar la primera trotona y casarse con ella solo para imitar a Martim…

Divertido sin duda, pero empezaba a hastiarse… Las salidas «para procurarse platita para los gastos» se iban haciendo más frecuentes y la permanencia en la calle cada vez más larga. Aunque protestaría si le hablasen en aquel momento de cansancio, si plantearan la hipótesis de un fin próximo de aquel casamiento tan celebrado. Protestaría e incluso con violencia, vehementemente. Porque no se le había ocurrido siquiera el rompimiento, abandonar a Marialva, deshacer el hogar. Nada de eso. Pero todo era tan bueno y tan perfecto que llegaba a cansar. ¿Cómo es posible que algo pueda resultar demasiado bueno?

Marialva se daba cuenta, no se le escapaba ni el más discreto bostezo de Martim, parecía adivinarle sus pensamientos como si leyese en su corazón: el cabo no era ya el mismo del Recôncavo. Se dio cuenta el mismo día de su llegada a Bahia, durante la visita matinal de Negro Massu, y fue viendo el lento crecimiento de aquel hastío: Martim empezaba a estar harto de aquella vida y de ella, de Marialva. Ella lo notaba en el aire, en cierta prisa de sus besos, en cierta demora en irse a la cama, pero aparentaba no darse cuenta. No es que le importara demasiado deshacerse del cabo y deshacer aquel hogar: ya había deshecho otros antes, y un amante más o un amante menos le traía sin cuidado. No admitía, eso no, que la iniciativa partiera de él, que fuera suyo el primer bostezo, que fuera el cabo Martim quien la largara por las calles de Bahia como a una cualquiera, como a las anteriores. Si alguien lo tenía que hacer era ella, Marialva, y en el momento en que ella decidiera.

Notaba que se iba apartando de ella poco a poco, lenta y suavemente. Otra, menos perspicaz, no se hubiera dado cuenta. Marialva, sin embargo no estaba dispuesta a permitir que Martim la largara como un paquete. No iba a dejar que creciera el cansancio, el hastío. No iba a permitir la repentina marcha de Martim, cualquier día, dejándola con la casa y los muebles, las copas y la cafetera… Había trazado su plan de ataque: iba a herir tan hondo su vanidad que lo arrastraría por el suelo, lo vería llorando a sus pies, pidiéndole perdón. Ella sabía dominar a los hombres. Y su arma mejor eran los celos. Marialva probaría su poder; para eso contaba con Curió, ¿quién mejor? Curió, el amigo íntimo, el hermano de santo, hijos los dos de Oxalá… Martim le pagaría la osadía de haberse cansado de su cuerpo y de su sonrisa, de hastiarse de ella. Nunca le había pasado tal cosa: siempre había sido ella quien rompió con el hombre apasionado, suplicante. Pero antes de que Martim acabara de cansarse y se decidiera a partir, iba a ser ella quien lo pisoteara, paseándose del brazo de su nuevo amante, y lo mandaría largar, volver al medio de la calle de donde había llegado. En su casa dormiría el hombre elegido por ella, en su cama, y para él se prepararía Marialva ante el gran espejo del cuarto.

Curió, ajeno a estas sutiles maquinaciones, al inicio de cansancio del cabo —a quien creía cada vez más loco de pasión, como por otra parte le aseguraba Marialva en las charlas apresuradas y escondidas de los rincones de los muelles—, a los proyectos de Marialva para vengarse, Curió sufría las penas del infierno y gozaba los placeres del paraíso, penas y gozos de quien vive un gran amor. Marialva, al encontrarlo, dramática y desarbolada, sin saber qué hacer, lo dejaba entre el pánico y el delirio. Iba ella temerosa, arriesgando su reputación y su vida para encontrarse con él, encuentro platónico, solo charlas atropelladas, planes sin consistencia, cogidos de la mano, clavados los ojos del uno en los del otro, sintiendo crecer su deseo, Curió a punto de enloquecer.

Ella le había hablado del amor de Martim, un amor desatinado. No podía pasar un momento sin ella, cuando salía a procurarse dinero (momento que ella aprovechaba para encontrarse con Curió) lo hacía aprisa, y volvía en cuanto podía, sin perder un instante. En las noches, los dos cuerpos despedazándose en la cama —Curió sentía rechinar sus dientes de odio—, él amenazaba con matarla si un día se le ocurría traicionarlo, abandonarlo, irse con otro. Juraba matarla a puñaladas, que es la peor de las muertes, estrangular al rival y suicidarse después para completar la tragedia. A todo eso se arriesgaba con solo hablar por un instante con Curió, con cogerle la mano, con mirarlo a los ojos. ¿Lo merecía él, Curió, la amaba verdaderamente, no quería abusar de ella, de su ingenuidad, de su inocencia? Llegaba Marialva como una perdida o como una loca, solo para verlo, para vivir aquel amor sin futuro, sin perspectiva. No podían pensar en seguir adelante, sería la muerte y la deshonra para todos. ¡Ah, si Martim llegara siquiera a desconfiar!

Así hablaba ella, exaltada. Al mismo tiempo, como si no pudiese contenerse, se lanzaba a los sueños más alucinantes: ¿imaginaba acaso Curió cuán bello sería, y cuán dulce, vivir los dos, para siempre juntos y libres, amándose sin amenazas, su casa aún más linda que ahora, con visillos en las ventanas y alfombrilla en la puerta? Ella cuidaría de él, podría vivir finalmente para el hombre amado, él progresaría en su trabajo, abandonaría aquel empleo en la tienda del sirio, se establecería por su cuenta, vendería remedios milagrosos o invenciones modernas para las amas de casa, saldría con ella y su mercadería de viajante por el interior… Soñaba así, sueño irrealizable, loco sueño, pero no podía aceptar su realidad terrible, la imposibilidad de que un día, costase lo que costase, pudiera ser de él, enteramente de él y solo de él…

Se marchaba de repente, temerosa de Martim, sería terrible

que llegara antes que ella y no la encontrara en casa, que exigiese saber dónde había estado, con quién, de qué habían hablado. Sería capaz de perder la cabeza y contarle todo, aquel todo que era nada, tan poco, pero suficiente, sin duda, para que Martim se creyera traicionado, cornudo, y allí mismo, con el cuchillo de la cocina, la despachara. Dejaba a Curió desesperado en un conflicto inmenso entre la lealtad al amigo y el amor exigente, el deseo rugiendo en su interior, y exaltado su romanticismo, su tendencia a los gestos nobles y trágicos. Marialva, para él, era la más pura, desgraciada de las mujeres. ¿Qué podría hacer él para libertarla, para arrancarla de la prisión donde Martim la guardaba, para traerla a sus brazos, para tumbarla en la cama?

Sí, para tumbarla en la cama; porque por más romántico que fuese, no excluía Curió de sus remotos e imposibles sueños el revolcarse con Marialva por el lecho ahora ocupado por Martim, abrazado a ella, hundido en sus pechos, envuelto en sus cabellos, atracando como un náufrago en su isla.

Incluso sin conocer todos esos detalles, no creía Jesuíno Galo Doido en las informaciones procedentes del frente de batalla. Dueño de una especie de sexto sentido, temía por la suerte del matrimonio del cabo. Y confiaba a Jesus sus dudas, ante la botella de cerveza bien helada, la espuma mojándole los bigotes:

—No durará, Jesus, no durará... Tibéria no tiene motivo para un berrinche así. Durará poco. Un día u otro se nos presenta Martim aquí como siempre...

Era una intuición, nada más. Jesuíno, sin embargo, raramente erraba en su diagnóstico cuando se trataba de líos de faldas, pasión o de amor. Para él el amor solo es eterno porque se renueva en los corazones de hombres y mujeres, y no porque haya amor que dure una vida entera, creciendo siempre. Chasqueaba la lengua, saboreaba la cerveza, movía dubitativamente la cabeza, revuelta su cabellera de plata.

—Conozco a ese tipo de mujeres, Jesus. Es una de esas que lo vuelven loco a uno, y no hay manera de parar hasta que se ha dormido con ella. Pero en cuanto se ha dormido, la gente se desentiende de ella… Porque siempre quiere mandar, ponerle el pie en el pescuezo a uno… ¿Y crees que lo va a soportar Martim?

Jesus no se comprometía. Para él, el corazón humano era misterio sin explicación, sorprendente. Bastaba, por ejemplo, considerar a esa pequeña Otália… Parecía apenas una chiquilla loca, sin nada especial, guapita y nada más, pues bien, va a resultar un pozo de complicaciones, llena de recovecos, de misterios por descifrar…

13

Complicada y sorprendente la pequeña Otália, tenía razón Jesus. Casi niña aún y, sin embargo, capaz de hacer frente a las situaciones más complicadas, como lo probó en la fiesta de Tibéria. Aún hoy resuenan por la orilla del mar de Bahia, en los muelles todos, en los mercados y adyacentes, los ecos de aquella fiesta, no solo por la alegría que allí reinó, por la cantidad de aguardiente y cerveza consumida, sino también por la fibra demostrada por Otália cuando los acontecimientos lo exigieron.

En horas así, de grave decisión, se puede medir en su justa medida a un hombre o a una mujer, se puede contemplar su verdadera faz. A veces uno cree conocer a una persona, saber de su
intimidad completa, y de súbito, cuando llega la ocasión, se nos
muestra totalmente distinta, el tímido se vuelve audaz; el cobarde, temerario.

Tal vez porque se hallaba rabiosa desde el regreso del cabo,
consumida de preocupaciones, resolvió dar Tibéria un relieve
especialísimo aquel año a la conmemoración de su natalicio. Se
había creado una situación aparentemente sin salida entre ella y
Martim tras la invitación traída por Negro Massu y tan acre-
mente rechazada. ¿Conque no quería venir a su casa?, se exaltaba Martim. ¡Pues tampoco él iría a su castillo! Argumentaba el
cabo, entendido en esos protocolos y etiquetas, que a Tibéria le
tocaba visitarlo primero, pues él volvía de viaje y además casado. Eran los amigos quienes tenían que ir a conocer, cumpli-
mentar y dar la bienvenida a Marialva. En fin, naderías, tonta-
das, idioteces que separaban a dos amigos de tantos años,
bobadas que iban creciendo luego en boca de los correveidiles y
arruinando una sólida amistad. Nada en el mundo vale lo que
una buena amistad, sal de la vida. Y es triste ver cómo se iba destruyendo una amistad antigua como la de Tibéria y Martim. Tibéria, al saber la interpretación del cabo en lo que a precedencia
en las visitas se refiere, declaró para quien quisiera oírlo, que
Marialva iba a esperar sentada, pues la espera duraría toda la vida; no sería ella, Tibéria, mujer honrada y respetada, quien fuera a abandonar sus dominios para dar la bienvenida a una puta
miserable del interior, pozo de sífilis.

No hablaba Tibéria del cabo, ni lo mencionaba. Evitaba referirse a él y a Marialva. Aparentaba la misma acostumbrada alegría, pero los íntimos la sabían herida y lastimada, y por eso mismo intentaron rodearla de cariño en el día de su fiesta. Desde la mañana temprano, en la misa de cinco en la iglesia de Bonfim. Mucha gente estaba invitada a la comilona del mediodía, muchos llegarían por la noche a beber y danzar. Pero en la misa apenas estaban los íntimos: las chicas del negocio (que habían hecho una colecta para la paga del cura y la propina del sacristán, para las velas y las flores del altar del santo milagroso), los amigos de todos los días. Para evitar la asistencia de extraños, de curiosos, Tibéria encargaba la misa para aquella hora de madrugada.

Llegó del brazo de Jesus, en el taxi de Hilário, su compadre. Encontró a los amigos en la escalera, Galo Doido al frente. Las chicas formaban un coro risueño a su alrededor para entrar con ella.

Era para Tibéria el momento de mayor emoción. Mantilla negra cubriéndole el pelo y parte del rostro, un misal encuadernado en nácar completando su aire devoto, el vestido negro y cerrado. Se arrodillaba en el primer banco, Jesus a su lado. Las pupilas se distribuían por los otros bancos; los amigos se quedaban al fondo, junto a la pila del agua bendita.

Se arrodillaba, juntaba las manos, inclinaba el rostro, se movían sus labios. No abría el libro de oraciones, como si no lo necesitase para recordar los rezos aprendidos en su infancia. Jesus, de pie, casi hombre de Iglesia, pues de sus manos, de su tijera y de su aguja, habían salido las sotanas sacerdotales allí usadas; íntimo de aquellos sacros objetos, esperaba impasible el momento de las lágrimas. Porque las lágrimas estallaban infaliblemente, todos los años, durante la misa, y los sollozos mal contenidos sacudían el pecho de Tibéria, amplio como un sofá. ¿Qué emociones vibrarían dentro de ella en esta hora solemne de su misa de cumpleaños? ¿Qué recuerdos, acontecimientos, rostros, lugares, muertos, llenarían aquella media hora cuando quedaba sola consigo misma, los labios rezando sus plegarias, el pensamiento perdido tal vez en los días de infancia y adolescencia? Cuando las lágrimas saltaban y el pecho era sacudido, conmovido, Jesus extendía la mano, la posaba en los hombros de la esposa, sintiéndose solidario de su emoción. Tibéria tomaba entonces la mano del consuelo y se la llevaba a los labios, agradecida. Alzaba los ojos, sonreía al esposo. El momento de las lágrimas había pasado.

Aquel año, al salir del taxi de Hilário y al subir las escaleras de la iglesia, Tibéria repasó de una ojeada a los presentes. Las muchachas reían a carcajadas, excitadas por la mañana de fiesta, venciendo los restos de sueño con la visión matinal del mundo. Acostumbradas a levantarse tarde, nada sabían de la vida ciudadana a aquellas horas de la madrugada. Cuando por casualidad se hallaban despiertas al clarear el día era por no haberse acostado aún, y estaban en general trabajando, envueltas en el humazo de los cigarros, en aliento de alcohol, cansadas de trasnochar y de reír por obligación. Era diferente la mañana de la fiesta de Tibéria, parecían familiares, hijas o sobrinas que festejaban a su madre o a su amada tía.

La esperaban todas en la escalera, y la rodearon con un rumor de risas que estallaban con cualquier pretexto. Pero Tibéria, tras recibir los abrazos de los amigos, penetró apresurada en la iglesia, buscando en la penumbra del atrio la figura de Martim. Nunca había faltado en años anteriores. Era el primero en abrazarla, en besar filialmente su rostro. Venía endomingado: la ropa blanca crujiendo de tan almidonada, los zapatos de punta fina recién lustrados. Al comprobar su falta, Tibéria bajó la cabeza. Triste comenzaba su fiesta.

Se arrodilló como hacía todos los años, en el mismo lugar, cruzó los dedos, sus labios comenzaron a murmurar las viejas oraciones. Pero su pensamiento no seguía el curso habitual, no penetraba memoria adentro hasta los distantes estratos de su mocedad, trayendo a la superficie a la mocita regordeta y animada del pueblecillo del interior, en la época de los primeros amoríos. No conseguía siquiera recordar las figuras de papá y mamá, tan pronto perdidos y para siempre. Martim no había venido; jamás se viera semejante ingratitud, amigo tan falso, de tan frágiles sentimientos. Bastaba que apareciera una mujerzuela en su vida, y él abandonaba amistades antiguas y probadas. Tibéria bajó la cabeza sobre las manos cruzadas, aquel año las lágrimas amenazaban con llegar antes de la hora habitual.

Sintió la presión de los dedos de Jesus en su hombro. Jesus comprendía, sabía de su estima abnegada por Martim, sabía que lo quería como un hijo: el hijo tanto tiempo esperado, el gran vacío de su vida. Había deseado tanto un hijo que hasta se había sometido a un largo tratamiento médico, aunque sin ningún resultado. Martim heredó toda esa ternura acumulada en el correr de los años.

Jesus le acariciaba el hombro. Ella iba a tomarle la mano y besársela cuando él le cuchicheó:

—Mira...

Volvió la cabeza. Martim estaba en la puerta de la iglesia, la luz caía sobre él, su camisa relumbraba, resplandecían sus zapatos negros, de punta fina. Sonreía hacia ella. Tibéria quería no sonreír, mostrar cara huraña, tal como había estado pensando hacerlo durante todas aquellas semanas, pero ¿cómo resistir? Martim le sonreía, le guiñaba el ojo. Ella sonrió también. Se inclinó nuevamente, volvió a encontrar sus antiguas imágenes, la juventud, papá, mamá. Las lágrimas, calientes y consoladoras, le surcaron el rostro, agitose su pecho. Jesus le posó la mano en el hombro.

Para contarlo todo, hay que explicar que el gesto de Martim no fue tan espontáneo como sería de desear. La noche anterior había ido Jesuíno Galo Doido por casa del cabo y estuvo allí charlando largo rato. Marialva sirvió el aguardiente y se quedó rondando por el cuarto. Jesuíno saltaba de un asunto a otro. Marialva notaba que toda aquella charla era apenas un introito, y que Galo Doido aún no había empezado a tratar en serio de lo que hasta allí le llevaba. Pero después de tomar su aguardiente, Jesuíno dijo:

—¿Recuerdas, Martim, que mañana es la fiesta de Tibéria?

El cabo movió la cabeza, una sombra en sus ojos. Jesuíno prosiguió:

—La misa es a las cinco de la mañana, en Bonfim, ya sabes...

Marialva pasaba su mirada de uno a otro. Aquel asunto le

interesaba particularmente. Hubo un breve silencio. Martim miraba por la ventana, calle afuera, pero sin ver nada, ni a los golfillos que jugaban al fútbol con su pelota de trapo, ni el tranvía rechinante. Jesuíno estuvo a punto de soltar un taco. Al fin, Martim habló:

—Ya sabes, Galo Doido, que no pienso ir.

—¿Y por qué?

—Tibéria no se portó bien con nosotros. Me ofendió.

Jesuíno tomó la copa vacía, miró dentro de ella. Marialva se levantó para servirle más.

—Gracias —dijo él—. Bien, es cosa tuya. Si no quieres ir, no vayas. ¡Allá tú! Solo una cosa quiero decirte: cuando uno discute con su madre, quien tiene razón es ella, y nadie más.

—¿Con su madre?

—Pues sí…

Se bebió el aguardiente. Marialva se acercó.

—Por mí, que vaya. Doña Tibéria me tiene rabia, no sé por qué, deben ser intrigas… Pero no por eso ha de faltar Martim… Ya se lo dije…

—Si fuese yo —concluyó Jesuíno— iría solo a la misa, que es reservada para los amigos. Luego, los dos, a la comida… Sería el mejor regalo para Tibéria…

Martim no contestó. Jesuíno Galo Doido cambió de tema, bebió un trago y se marchó luego. Cuando empezaba a bajar la ladera oyó una voz que lo llamaba en la oscuridad. Era Marialva, que había dado la vuelta por detrás para decirle:

—Ya me cuidaré yo de que vaya… No quiere ir por mí, pero lo arreglaré… Él hace lo que yo quiero… —rió.

Martim fue a la misa solo. A la comida fue con Marialva. La inmensa calderada hervía en dos recipientes de queroseno: kilos y kilos de habichuelas, longanizas, carne de buey y cerdo, rabada, pie de cerdo, costillas, tocino. Sin hablar del arroz, de los jamones, de los lomos, de las gallinas, del gofio. Había allí comida para todo un ejército.

Tantos como un ejército no eran los invitados, pero comían por un batallón, fauces dignas del mayor respeto. Aguardiente, vermut y cerveza a discreción. Algunos invitados ciertamente no llegarían a la fiesta de la noche, vararían allí mismo, en el almuerzo. Curió, por ejemplo, no tocaba la comida, vaciaba las copas de aguardiente unas tras otra, sin intervalo.

Sentada en su mecedora, restablecida en su equilibrio tras las contradictorias emociones de la misa, Tibéria recibía felicitaciones y regalos, abrazos y besos; serena, alegre, dirigiendo la fiesta. De vez en cuando llamaba a una de las chicas y le ordenaba que sirviera a uno u otro, atenta a que nada faltara a los invitados. Jesus iba y venía por la sala sin apartarse mucho del trono de Tibéria, preparándole él mismo el plato, sirviéndole vermut, bebida de su predilección, acariciándole el pelo. Como regalo le había dado unos pendientes hermosos que ahora exhibía ella en las orejas con un aire de escultura oriental, enorme.

Al llegar, Marialva fue directamente hacia Tibéria, doblándose en reverencia y finuras, en palabras de adulación. Deseaba ganarse la gracia del ama de la casa, figura importante en su ambiente, porque un día quizá necesitara de ella. Tibéria aceptó sus homenajes sin alterarse, moviendo la cabeza, como aprobando los términos laudatorios, interrumpiendo a la oradora para dar órdenes al mulato empleado, mandándola seguir después, con un gesto condescendiente. Cuando acabó Marialva, Tibéria le sonrió, tratándola con gentileza pero con distancia, sin demostrar contento por tenerla en la fiesta, sin felicitarla por su boda, como si no supiese que era la mujer del cabo, sin elogiar siquiera su belleza. No podía evitar la admiración ante la evidente hermosura de Marialva, pero se guardaba muy bien de confesarla. La trató cordialmente, la invitó a sentarse, ordenó que le sirviera una de las chicas. Como si fuese una visita ceremoniosa, sin aludir en ningún momento a su relación con Martim, al comentado casamiento, al hogar erguido en Vila América. Ni con Marialva ni con Martim, a quien trató con la misma amistad antigua como si nada hubiera ocurrido, como si ni siquiera hubiera andado por el Recôncavo. Martim intentó forzar la situación, romper la equívoca barrera erguida por Tibéria. Deliberadamente le preguntó:

—¿Qué te parece mi mujer, Madrecita? ¿No es bonita?

Tibéria hizo como si no lo hubiera oído, dirigiéndose hacia un invitado cualquiera; Martim repitió la pregunta, tocándole en el brazo.

—Cada cual come en el plato que prefiere… —rezongó ella.

Respuesta poco adecuada como se ve. Martim intentó hallarle la gracia, la ironía, el significado. Acabó por encogerse de hombros y dirigirse hacia Marialva, sentada allí cerca: evidentemente, Tibéria no estaba dispuesta a una declaración de simpatía. Aún estaba dolida, se negaba a acoger a Marialva en su ternura. ¿Cuánto tiempo resistiría? Martim la conocía bien, ella era incapaz de odios prolongados, de antipatías, incapaz de guardar rencor. Por ahora se mantenía en los límites estrictos de la buena crianza, hasta exagerando ciertos cuidados, la atención debida a una invitada, mandando abarrotar plato y copas de Marialva, mandando servirle a cada instante. Menos con la intención de serle agradable que para mostrarle la hartura de su casa, tirarle al rostro la generosidad de la fiesta, el despilfarro de comida y bebidas.

Las otras mujeres, las pupilas del negocio y las invitadas, no escondían su curiosidad y se arremolinaban para ver a Marialva, para examinar su vestido, sus zapatos, el peinado, y comentaban entre risitas. Podía considerarse aquella primera aparición en público de Marialva como su presentación a la sociedad local. Y si en aquel territorio nocturno, de alegría barata, existiese cronista social, ciertamente registraría el hecho rodeándolo de adjetivos y exclamaciones. Marialva se sentía el centro de las miradas y se mostraba tan superior y distante de aquel mujerío indiscreto como se había mostrado servil y humilde ante Tibéria. Cogida del brazo de Martim, muy su enamorada, exhibiendo sus derechos de propiedad sobre el cabo, miraba a las demás desde su alta posición. Cuchicheaba al oído de Martim, le pellizcaba la oreja, cambiaban besos, la voz derrumbándose en remilgos. Las mujeres la criticaban, pero lo hacían, en verdad, de pura envidia.

Porque los hombres no tenían ojos para otra, incluso los que ya la conocían y con ella habían estado en casa de Martim, en las tertulias en que ella servía café y aguardiente. Marialva se había preparado para la fiesta, vestía trapos nuevos, falda ajustada valorando cada curva, altos y bajos, y, al sentarse, exhibía piernas y rodillas. Buena costurera, ella misma se cortaba y cosía sus vestidos. El único que la evitaba, que se mantenía distante, era Curió. Apenas había probado la comida. Había estado encharcándose de aguardiente.

El incidente con Otália pasó durante la noche, cuando la fiesta estaba en su apogeo. Muchos ni siquiera habían vuelto a casa y enlazaron la comida con las danzas nocturnas. Marialva sin embargo había vuelto a Vila América para cambiarse de vestido, y volvió de azul, escotadísima, el pelo suelto. Entró con Martim cuando ya danzaban algunas parejas en la sala del frente, donde en los días laborables las pupilas esperaban a los clientes. Cuando entró, la música casi se aturulla. Tibúrcio abrió unos ojos como platos y soltó la bandurria. El tal Tibúrcio era un estudiante de Derecho, bohemio afamado, amigo de Tibéria y gran tocador de bandurria. Había reunido a los miembros de su conjunto: dos violines, armónicas y flauta, todos íntimos de la casa. Marialva, siempre del brazo de Martim, atravesó la sala hasta la mecedora desde donde, como en un trono, la festejada, rodeada por sus pupilas, recibía nuevos homenajes. Le traían un regalo, un corte de paño; se lo dieron y salieron a bailar.

Todos conocían la pericia del cabo como bailarín. Pasista habituado a exhibirse en la Gafieira do Barão, le gustaba bailar y lo hacía admirablemente. Era todo un espectáculo. Hacía mucho que no mostraba en Bahia sus habilidades, pero aquel día se empeñó en hacerlo. Marialva no era bailarina de su altura, pero compensaba los posibles fallos con contoneos del cuerpo, un entregarse y huir, un abandonarse pidiendo cama y hombre. No era la pura danza de Martim, aquella levedad de pájaro, casi etérea de tan ágil y graciosa. Pero ¿a quién no le gustaba ver aquellas caderas sueltas al ritmo de la música?

Acabado el baile, el cabo dejó a Marialva en la sala para ir a echar un trago al fondo de la casa, con los amigos. Allá estaban todos, solo faltaba Curió, que se había rendido tras el almuerzo y tuvieron que llevárselo. Jesuíno, Negro Massu, Pé-de-Vento, Ipicilone, Cravo na Lapela, Isidro, Alonso y tantos otros. Bailaban poco, pero en compensación bebían mucho. El cabo se unió a sus amigos, se sentía contento, la riña con Tibéria era una espina en su vida. Por primera vez después de su regreso bebía como en los viejos tiempos, desde por la mañana, y sentía ganas de reír.

En la sala, arrellanada en una butaca, Marialva se dejaba admirar. Paseaba los ojos a su alrededor buscando a Curió. Cuando volvió de casa, tras la comida, el mozo ya había terminado su jornada entre palabras incoherentes. Se lo habían tenido que llevar. Una pena. A Marialva le hubiera gustado verlo así, en plena entrega por ella, bebiendo por su amor, de tanto desearla, un andrajo de hombre, un residuo. Así le gustaba ver a los hombres: a sus pies, arrastrándose. Sentía todos los ojos clavados en ella, fijos en sus piernas, en su escote. Cruzaba las piernas mostrando y escondiendo sabiamente pedazos de muslo.

La música iniciaba una samba irresistible. A Marialva le hubiera gustado bailarla, ¿por qué no volvía Martim? Estaba encharcándose de aguardiente. Marialva nunca lo había visto beber tanto. La sala se llenó muy pronto de parejas animadas. Era una samba buena para balancear las caderas encendiendo el deseo en los ojos de los hombres, una luz amarilla y hosca. ¿Por qué no venía Martim a sacarla? Los otros no se atrevían: era la esposa del cabo y no estaría bien. Nadie danzaba como él, con su gracia y picardía, y era solo suyo, exclusivamente de ella... No, no era exclusivamente de ella, comprobó Marialva al verlo de súbito en la sala. Otália en sus brazos, remolineando. No los había visto pasar. No había asistido al comienzo de aquella vergüenza. ¿Adónde había ido él a desenjaular a aquella soplagaitas, desgalichada, flacucha como un estornudo, con trenzas y lazo en el vestido? Otália llevaba el mismo vestido que de mañana en misa, parecía realmente una mocita del interior, apenas púber, las trenzas colgándole pescuezo abajo.

Al girar en los brazos de Martim, sonreía. También el cabo sonreía rebosante de contento. Quien no lo conociera en la intimidad no se daría cuenta de su borrachera, que solo se mostraba en el exceso de euforia y en el brillo de los ojos, en la risa que se abría incontenible. Había estado bebiendo desde la salida de misa. Allí mismo, en las inmediaciones de la iglesia, él, Jesuíno y Massu tomaron unas copas para empezar la conmemoración. Ahora sonreía a Otália, como animándola. No danzaba ella con los quiebros de cuerpo de Marialva, era apenas una hoja leve revoloteando al viento, sus pies no parecían tocar el suelo, dulce niña encontrada, nacida de la música, bailarina, ella sí, a la altura del cabo.

Era tan pura danza, tan pura y bella, que las demás parejas fueron abandonando la pista, una tras otra, prefiriendo asistir al espectáculo, dejando solos a los verdaderos danzarines.

Entonces Martim soltó a Otália y empezó a danzar ante ella, con una variedad de pasos y una rapidez enloquecedora mientras la moza volteaba sobre sí misma, completando la danza del hombre. Tras la demostración siguieron bailando por la sala como pájaros libres, portadores de la gracia y la alegría. Antes los hombres habían mirado a Marialva al danzar, con los ojos inflamados de deseo. Ahora hombres y mujeres miraban a Otália penetrados de ternura. Martim reía, cada vez más rápido en su danza.

Jamás en su vida se había sentido Marialva tan insultada y agredida. Cerraba los ojos para no ver, apretaba los dientes para no gritar. Pálida, con un sudor frío en la frente y en las manos.

Los veía, sonriente Otália, brillantes los ojos de Martim. Una nube pasó sobre ella cubriéndole la visión y el entendimiento. Cuando se dio cuenta estaba en medio de la sala, avanzando hacia Otália, gritando:

—Sal de ahí, raspa de sardina. ¡Deja a mi hombre!

Todo fue rápido e inesperado. Hubo quien no llegó a tiempo de asistir al espectáculo, como los bebedores de la sala del fondo, que se perdieron lo mejor de la fiesta. Avanzó Marialva hacia Otália y con un empujón intentó apartarla de Martim.

Otália sin embargo no perdió paso y continuó bailando. Martim riendo, se exhibía entre las dos mujeres, abriendo los brazos para ambas, satisfecho de verse disputado así. Otália sonreía y danzaba como si nada pasara. En la sala había un entusiasmo general. ¿Hay cosa más sensacional que una riña entre mujeres?

Marialva se quedó parada, con la boca entreabierta, la respiración jadeante. Cuando reaccionó, avanzó nuevamente hacia Otália, insultándola:

—¡Puta! ¡Pedazo de tísica!

Pero Otália estaba atenta y, con el mismo ritmo de la danza, le aplicó un puntapié en el tobillo cuando Marialva tendía las manos para cogerla de las trenzas. Retrocedió la esposa del cabo agarrándose la pierna dolorida, gimiendo. Ante sus gritos, algunas mujeres se dirigieron a la pista para contener a Otália, pero la moza hacía frente a todas, sin dejar la danza, y aún consiguió darle dos bofetadas más a Marialva. Solo entonces Tibéria exigió respeto a su casa y a su fiesta. Jesuíno opinaba que debía haberlo hecho antes. Incluso, y también en opinión de Jesuíno, había impedido la proyectada intervención de Jesus cuando Otália levantó la mano contra el rostro de Marialva. Finalmente, majestuosa, descendió de su trono y fue a buscar a Otália, incontrolable:

—Ven, hija mía, no te rebajes…

Marialva fue retirada entre gritos. Martim reía, reía cada vez más, mientras, ayudado por Negro Massu y por Pé-de-Vento, se llevaba a Marialva deshecha en lágrimas. El cabo no sabía exactamente si, llegado a casa, aplicaría una buena tunda a su mujer o si le iba a dar la razón y consolarla. No conseguía enfadarse con nadie aquella noche. Ni con Tibéria, a pesar de haberle dicho, al pasar a su lado, silabeando:

—Llévate a tu condenada fiera, hijo mío. Y cuando te cases de nuevo consúltame para escoger mejor…

No estaba enfadado tampoco con Otália, por las bofetadas dadas a Marialva. Era una chiquilla decidida, voluntariosa. Ni con Marialva estaba enfadado: ¿no había sido arrastrada por los celos? No estaba disgustado con nadie. Al contrario, iba alegre por la calle, reconciliado con Tibéria, con su madrecita Tibéria, amiga incomparable. Mientras obligaba a Marialva a subir al tranvía, el cabo Martim pareció reencontrar su ciudad, como si hubiese desembarcado aquel día, como si las semanas anteriores hubiesen sido un sueño.

Negro Massu y Pé-de-Vento le ayudaban. Marialva no quería ir, se debatía, mordió en la mano a Pé-de-Vento. Intentaba arañar el rostro del cabo, gritaba, para diversión de los raros pasajeros del tranvía:

—¡Golfo! ¡Liarse con ese palillo de tambor! ¡Cerdo! ¡Canalla!

Martim se reía a carcajadas. Negro Massu reía también. Pé-de-Vento abrió los brazos equilibrándose con cierta dificultad, y explicó a los pasajeros, al cobrador, al conductor:

—No hay fiesta como la de Tibéria… Ni en Alemania en tiempos del emperador del mundo. ¿Es verdad o no?

Arrancó el tranvía llevándose a Marialva entre chillidos, mientras las carcajadas del cabo se dilataban en la madrugada reciente.

14

A partir de la fiesta de Tibéria los acontecimientos se precipitaron.

Hay siempre un momento en cualquier historia, en que «los acontecimientos se precipitan», y es, en general, un momento emocionante. Hace tiempo que deseaba que ocurriera algo semejante en esta historia del casamiento del cabo, donde en verdad poca cosa acontece y todo a ritmo lento. Aun ahora, el anuncio de la precipitación de los acontecimientos no significa que hubieran avanzado con rapidez, aunque sí que entraron en ebullición. Preparándose para el desenlace del amor de Curió y Marialva.

Cuando se calmó la crisis, y los nervios le permitieron razonar, Marialva empezó a vivir para su venganza. El escándalo que perturbó la fiesta de Tibéria había venido a concretar sus peores recelos, aquella sensación de peligro que la perseguía desde su llegada a Bahia.

O tomaba medidas inmediatamente o el cabo acabaría por meterle el cabestro y clavarle las espuelas. Y un día, inesperadamente, tranquilamente, podía marcharse dejándola como si fuera un trapo sucio. Pues ella no lo iba a permitir. Aprovecharía mientras él aún estaba enamorado, mostraría el valor de Marialva y lo colocaría de rodillas a sus pies. Para eso contaba con Curió y su pasión desesperada. Porque es curioso comprobar que Marialva no guardaba rencor ni a Tibéria ni a Otália por los ruidosos acontecimientos de la fiesta de cumpleaños. Deseaba, claro, demostrarles, a ellas y a las demás mujeres del negocio y adyacentes, su poder sobre Martim, cómo podía hacerlo llorar, cómo podía reírse de él. El rencor se lo tenía a Martim, a su risa, para ser más exactos, por la manera como se divirtió a su costa. En lugar de abandonar inmediatamente a aquel palillo de tambor, de volverse hacia ella, Marialva, humilde y arrepentido, explicando la poca importancia que tenía que estuviera bailando con otra, se había quedado entre las dos, casi incitándolas a la pelea, satisfecho de verse objeto de disputa y bofetadas y patadas en los tobillos. ¡Pero esto no iba a quedar así! ¡Se vengaría! Y pronto, cuanto más pronto mejor, antes incluso de que se apagaran los ecos del barullo y de la fiesta. Verían todos la humillación de Martim, se reiría en su cara, lo convertiría en motivo de burla, en el hazmerreír de todos. Lo señalarían con el dedo, todo su orgullo iba a acabarse de una vez para siempre.

Sin embargo, sus planes estuvieron a punto de fracasar, amenazados por la inicial falta de colaboración de Curió. Marialva había planeado la manera de arrojar al rostro del cabo sus amores con Curió, arrastrar los cuernos de Martim por la vía pública. Para ello era preciso colocárselos inmediatamente, convertirse en la amante de Curió. No le parecía difícil. Al contrario. ¿No se estaba consumiendo Curió en el deseo de dormir con ella? Bastaría una palabra o un gesto para que se acercara a ella delirante.

Pero no sucedió lo que pensaba. Aunque cada vez más apasionado y desvariante, Curió poseía reservas morales prácticamente inagotables. Le era imposible traicionar al amigo. Moriría de amor y de deseo pero no se iría a la cama con la esposa de su hermano (de santo).

Todo ocurrió dos días después del suceso, cuando aún hervían los comentarios. Martim, que aparentemente había regresado a la misma vida sosegada de marido casero, tenía que salir para conseguir dinero. Había gastado mucho en la fiesta de Tibéria: regalo para la festejada, ropas para Marialva, zapatos y medias, pulseras y pendientes. La caja estaba a cero. Martim se metió la baraja en el bolsillo y zarpó en busca de alguien con quien armar la timba. Marialva mandó corriendo a un pilluelo del muelle para que avisara a Curió. Mientras tanto se arregló, con un peinado caprichoso, perfumándose, escogiendo un vestido capaz de resaltar aún más los encantos de su cuerpo. Bajó hacia el Unhão, y lo esperó en el puente desierto.

Curió aquellos días no trabajaba. Su desesperación le había llevado a abandonar la tarea para entregarse a la bebida por completo, y si aún le fiaban era por la pena que daba a todos. Jamás le habían visto en tal estado, pobre Curió, siempre apasionado y siempre abandonado. Esta vez, no obstante, la cosa parecía más seria y duraba más de lo habitual: dos, tres días de aguardiente era la medida necesaria para curar las anteriores pasiones de Curió. Esta última, sin embargo, sobrepasaba todas las previsiones, y hasta llegaba a hablar de suicidio. El pillete lo encontró en un tabernucho, en las inmediaciones del mercado, solo ante una copa de cachaza.

Cuando llegó al Unhão ya lo estaba esperando ella, melancólica y bella, sentada en el puente, mirando el mar con la vista perdida. Curió suspiró. Hombre más desgraciado no lo había en el mundo. Por muchas desgracias que le sucedieran vida adelante, jamás sería tan marcado y perseguido por la suerte como ahora. Amaba y era correspondido —¡no podía creer que mereciera tanto!— por aquella bellísima mujer, pero ¡ay, Dios!, tan leal como bella, tan decente como encantadora. Ligada como estaba por lazos de gratitud a un hombre a quien no amaba, le era fiel, contenía deseo y pasión, limitando su amor a un ansia sin salida, a un deseo irrealizable, a un amor platónico. ¿Había mayor desgracia? ¡Imposible!

Más infeliz saldría de la entrevista, más infeliz y desgraciado.

Contento sin embargo de sí mismo, orgulloso de haber encontrado fuerzas para resistir cuando ella, vencida en la batalla, se entregaba. Por muy poco no ornamentaron entre los dos la testa de Martim. Pero Curió había demostrado ser un amigo digno y leal.

Porque apenas llegado, y cambiadas las primeras frases de exaltación, ella dijo:

—Querido, no lo soporto más... Pase lo que pase, suceda lo que suceda, quiero ser tuya... Sé que es un error, pero ¿qué puedo hacer?

Curió abrió desorbitadamente los ojos. No estaba seguro de haber entendido bien. Le pidió que se lo repitiera, y ella lo repitió con una voz cada vez más exaltada, una llama devoradora, a punto de colgarse allí mismo de su cuello y besarlo, con aquel primer beso siempre rehuido.

Vaciló Curió. Mucho la deseaba. Había soñado con ella en todas sus noches mal dormidas; a las mesas del bar ella llegaba, andando de su brazo, con la cabeza apoyada en su hombro; a través de la niebla de aguardiente se había desnudado ante él una y mil veces; su cuerpo esplendoroso, cubierto todo de lunares negros, el vello perlado de rocío, su aterciopelada flor. Mucho la había deseado, sí, y mucho había sufrido por su amor, pero, por otra parte, tranquilo en su drama, pues Marialva había levantado desde el principio la barrera de la imposible realización de aquel amor. No había tenido, en verdad, en ningún momento que decidir entre el amor a Marialva y la lealtad a Martim, amigo, hermano, hermano de santo. Y ahora venía ella, así de repente, y se le ofrecía. Dispuesta a hacer cuanto él quisiera y deseara, a irse para siempre con él o apenas dormir en su lecho para volver luego a su casa.

Se hundió Curió en su tragedia. Era un arbusto al viento, un navío arrastrado por el temporal. Ante él, Marialva, todo cuanto aspiraba a poseer. Pero entre él y Marialva se alzaba Martim, ¿qué hacer? No, no podía levantar el puñal de la traición contra un hermano, y mucho menos por la espalda. No. No podía.

—No. No podemos… —sollozó desesperado—. ¡No! ¡Es imposible!

Grito desgarrador, decisión suicida pero irreductible. Se cubrió el rostro con las manos y acabó de destruir su vida, de cortarle toda perspectiva. Pero seguía siendo un amigo fiel y leal.

No era aquello lo que Marialva había esperado. Ni siquiera se había preparado para tal respuesta. Había creído que se lanzaría delirante, arrebatado, que la llevaría a su cuarto del Pelourinho, en la pendiente de un sobradón antiguo. Había imaginado incluso cómo contener su entusiasmo, cómo irse entregando poco a poco, en aquel primer día los besos, los abrazos, elevando el deseo, hablándole de otra cita. Y sin embargo… Quería hacer de él su amante para vengarse de Martim y tropezaba ahora con las reservas morales de Curió, invencibles.

No, le explicaba Curió agarrándola de las manos, no podía ser. Entre ellos no podía haber nada sucio, su amor era un amor de renuncia y sacrificio. Para que un día pudiesen ser el uno del otro, era necesario que dejara de haber entre ella y Martim cualquier lazo, cualquier compromiso. Ella misma lo había dicho muchas veces, estaba obligada a Martim, le estaba agradecida, no podía. No tenía derecho a perder la cabeza como sucedía ahora. Ni ella ni, mucho menos él. Su amistad con Martim venía de años, de cuando Curió, niño aún, pedía limosna en la calle y andaba con los golfillos de las playas. Martim ocupaba un puesto destacado entre estos pilluelos vagabundos, y había extendido su mano protectora sobre el novato, impidiendo las persecuciones y abusos de los más viejos. Después, mozos ya, cuando se iniciaban en los ritos del candomblé, habían descubierto que ambos eran de Oxalá, Martim de Oxalufã, Oxalá viejo, y Curió de Oxaguiã, Oxalá mozo. Juntos se sometieron al rito más de una vez, la madre de santo derramó sobre sus cabezas la sangre de los animales sacrificados, para que la misma sangre los limpiara a ambos. Juntos ofrecieron sacrificio, pagando a medias los gastos. ¿Cómo podía acostarse con la mujer de Martim, por muy delirante que fuera su pasión? No. Martim era sagrado para él. Prefería matarse y matar a Marialva.

Eso no. No estaba en los planes de Marialva dejar que la mataran ni suicidarse. Andaba corroída por el odio desde la fiesta de Tibéria, pero la idea de la muerte quedaba muy lejos de sus propósitos. Quería, eso sí, vengarse del cabo, tenerlo a sus pies, humillado, destrozado.

En medio de aquel festival de desespero y lágrimas, de juramentos de amor y amenazas de muerte en el que Curió mezclaba frases extraídas del *Secretario de los amantes* con sus palabras más sinceras, una frase llamó la atención de Marialva y le dio la clave para la mejor solución, desde su punto de vista.

Fue cuando ella, tratando de levantarle los bríos y también porque estaba furiosa, herida en su vanidad —por primera vez era rechazada por un hombre, ella, que había venido a ofrecerse, cuando ordinariamente era perseguida por todos—, le escupió su desprecio:

—Eres un cobarde. Tienes miedo de Martim…

Curió se estremeció. ¿Miedo? No tenía miedo de nadie ni de nada, ni siquiera de Martim. Lo respetaba, sí; sentía por él una honda amistad. ¿Cómo entonces traicionarlo, apuñalarlo por la espalda, engañarlo a escondidas? Si aún fuese con su conocimiento…, con franqueza, de frente…

Con conocimiento de Martim… Marialva volvió a la dulce voz de miel, a mostrarse apasionada. Volvió a ser la buena y leal Marialva de antes.

—¿Y si se lo contásemos? ¿Y si tú fueses a decírselo? ¿Decirle que nos queremos y que queremos vivir juntos?

Era una idea nueva. La verdad es que no se puede decir que entusiasmara a Curió desde el primer momento. Pero ¿cómo negarse a hacerlo? Marialva estaba en la cumbre de su entusiasmo. Era exactamente lo que más podía desear: Curió diciéndole a Martim que la amaba; ella asistiría a la escena, Martim se arrojaría a sus pies, tal vez se alzara furioso contra Curió, los dos hombres disputarían por ella. Hasta es posible que se mataran, que murieran por ella… Quedaría así vengada de Martim, y podría decidir con cuál de los dos habría de vivir, con cuál de los dos dormir. Tal vez se quedara con Martim ya que estaba instalada con él, pero poniéndole los cuernos con Curió. O se marcharía con Curió, heredando muebles y casa, y se acostaría de vez en cuando con Martim. Al fin y al cabo también le gustaba acostarse con él y no quería perderlo. Sería su día de gloria cuando Curió atravesase el umbral de su puerta para hacer la comunicación oficial.

Curió movía la cabeza dubitativamente: no, no estaba bien ir a Martim para contarle todo. ¿Para qué? ¿Imaginaba Marialva lo que podía ocurrir? ¿Imaginaba cuál sería el sufrimiento de Martim? ¿Qué especie de locuras podía hacer? Marialva sonreía. La idea iba madurando en su cabeza, era su venganza, su día de gloria, su triunfo. No cedería. Curió no tenía escapatoria. Tenía que presentarse ante Martim y decírselo todo, contárselo todo, disputarle su mujer.

Sus manos tocaron el pelo de Curió.

—No has entendido lo que te he dicho al llegar. Creías que quería acostarme contigo, engañar a Martim sin que él lo supiera…

—¿Y no…?

—Pero ¿qué es lo que piensas de mí? ¿Me crees capaz de una cosa semejante? Lo que yo quería es que fueras a hablar con Martim. Estoy segura de que comprenderá… Será un trago amargo porque está loco por mí, pero lo comprenderá. Y aunque no lo acepte, con eso termina la obligación que teníamos y podremos seguir libres nuestro camino… ¿No crees?

—¿Quieres decir que si voy a hablar con él, aunque él no esté de acuerdo, quedamos libres para marcharnos…?

—Claro…

—Pero él jamás estará de acuerdo.

—Bueno…, pero ya habremos cumplido nuestra obligación ante él. Si no lo crees, pregunta a Jesuíno… No lo puedes traicionar por la espalda, desde luego, y yo tampoco puedo. Pero si se lo dices… Entonces podremos hacer lo que nos parezca…

Todo le pareció muy claro a Curió.

—Creo que tienes razón…

—Claro que la tengo…

Y por primera vez le dio un beso. Un beso largo, de aquellos que solo ella sabía dar, con los labios y la lengua. Él tuvo que forcejear para desprenderse.

—Aún no. Solo después de hablar con él.

—¿Y cuándo irás a verle?

Pero Curió pedía un plazo. Quería acostumbrarse a la idea. No era tan fácil como parecía.

15

Al contrario: era muy difícil. Múltiples complicaciones circundaban el problema, y Curió no soportó el peso de tanta preocupación y resolvió compartirlo con los amigos. Con voz entrecortada por la vergüenza, gestos exaltados, frases aprendidas en los libros, vomitó toda la historia a los oídos fraternos y curiosos de Jesuíno Galo Doido. Le vomitó también el aguardiente y unos trozos de mortadela estropeada. Su único alimento del día. Andaba magro y pálido, con ojeras, desgreñado. Luego fueron Negro Massu e Ipicilone los que quedaron enterados del asunto, y Pé-de-Vento más o menos también. Pé-de-Vento no llegaba a entender toda aquella confusión —vamos a ver: al fin qué había pasado, ¿se había acostado o no se había acostado Curió con la chica de Martim?—, pero tampoco faltaba con su silenciosa solidaridad en momentos tan difíciles y dramáticos.

Fueron días agitados, de confabulaciones, demorados exámenes de los diversos ángulos de la situación, previsiones, consejos, planes y el correspondiente derrame de aguardiente. Parecían una asamblea internacional en funcionamiento: discutían y discutían toda la noche, en un debate a veces exaltado, para comprobar al amanecer los escasos progresos de las negociaciones. Según Jesuíno, el asunto requería tacto y experiencia, consejo de hombres competentes y paciente examen, dada su delicadeza: estaba en juego la amistad antigua de dos compañeros, de dos hermanos de santo, sin hablar de valores menores, como la honra, los cuernos morales, la vida en peligro. Así pues, solicitaron consejo a algunos venerables expertos, técnicos especializados, para aclarar determinados detalles, y el caso se extendió como deseaba Marialva, alegre y sonriente por los rincones de la casa. Por la noche despertaba para reírse sola.

Las opiniones se dividían. Negro Massu encontraba equivocado todo aquello; para él eran proyectos locos de Curió, cabeza de viento, completamente desajustada cuando había una mujer de por medio. En su opinión Curió solo tenía dos caminos, y ninguno de ellos pasaba por la puerta del cabo.

Cuáles eran esos dos caminos es lo que todos querían saber. Negro Massu empezaba por el más práctico: Curió se largaba de Bahia, y se iba a pasar una temporada en Alagoinhas o a Sergipe. Sergipe era tierra de buenos aguardientes y lugar de futuro para un charlatán. Fuera de esto, Massu conocía a un tipo que necesitaba un viajante que recorriera el interior haciendo propaganda y vendiendo un remedio inventado por él, verdaderamente milagroso. Se trataba de un tipo muy metido en hierbas, que había vivido mucho tiempo entre los indios aprendiendo de ellos mucho sobre las plantas. Había descubierto un preparado contra la blenorragia que era mano de santo. Hecho de corteza de árboles y raíces de plantas salvajes. No había gonorrea que se resistiera.

Necesitaba a alguien para vender el producto por el interior, por ferias y mercados. Curió no aceptaba el ofrecimiento: en su experiencia de charlatán había evitado siempre la venta de esos remedios infalibles que le echaban encima a médicos, farmacéuticos y policías. Eso, replicó Massu, era en la capital, donde los de las farmacias untaban a la policía. Precisamente por eso su amigo quería conquistar los mercados del interior. No podía introducirlo en la capital, donde incluso lo habían amenazado con meterlo en la cárcel. Solo porque no tenía título de doctor se negaban a aprobar su fórmula. Los médicos envidiaban su saber y temían su competencia, por eso habían declarado unánimes tras el análisis de un frasco del LEVANTAPICHAS (¡curioso nombre, en verdad!) que se trataba de charlatanismo criminal. El remedio, según ellos, hacía que los gonococos se retiraran y se extendieran por la sangre, con imprevisibles consecuencias futuras. En cuanto al autor de la fórmula, era, según ellos, un charlatán que necesitaba una larga temporada a la sombra.

Todo infamia, envidia, temor, pues el remedio era de eficacia probada. Con tres o cuatro dosis no había gonorrea que se resistiera, desaparecía el dolor, y todo por un precio irrisorio y sin aquel desespero de los lavajes con permanganato. El benemérito inventor de la fórmula, el antiguo huésped de los indios, había experimentado ya el remedio en más de un enfermo con resultados positivos en todos los casos. Verdad es que a estas experiencias atribuían los médicos el que Arlindo Bom Moço estuviera a los veintiocho años paralizado en su cama. Había agarrado una blenorragia resistente, anduvo a vueltas con los médicos, pero sin mejorar. Para orinar era un infierno, sin hablar del mal olor. Acabó, aconsejado por los amigos, por probar el LEVANTAPICHAS y fue remedio de santo: en menos de dos frascos quedó nuevo de trinque. Es verdad que pocos meses después cayó paralizado en el lecho, como si nervios y músculos estuviesen embotados. Pero ¿cómo relacionar esos reumatismos bravos de Arlindo Bom Moço —así llamado por su bella apariencia anterior, hoy un tanto comprometida— con el remedio de Osório Redondo? Solo la mala fe de los médicos. Por culpa de esa persecución infame no podía Osório vender su fórmula bienhechora en la capital, y solo podía hacerlo en el interior, por donde andaba de feria en feria curando destripaterrones. Pero como el interior era grande, buscaba quien estuviera dispuesto, a base de una buena comisión, a ayudarlo en su cruzada contra las molestias venéreas. Si Curió quería, Negro Massu lo presentaría a Osório, que vivía por la banda de Corta Braço y tenía en casa un aguardiente especial tratado con hierbas solo conocidas por los indios, que dejaba a un hombre más fogoso que un semental o gato vagabundo en noche de celo. Tenía una clientela de viejos que daba gusto verla.

Rechazó Curió sugestión tan tentadora. No quería ganarse la vida en el interior ni dejar a Marialva, pero Jesuíno Galo Doido se interesó por el benemérito ciudadano y consideró indispensable una visita a su casa para mostrar su solidaridad al filántropo perseguido. Jesuíno era también entendido en yerbas y sabía mucho de los secretos de las hojas. Era hombre de Ossani.

Pidió Curió que le mostrara el segundo camino. ¿Quién sabe si no sería este mejor consejo? Negro Massu no se hizo rogar: si Curió no tenía fuerzas para largar a la chica y salir al mundo para curar a los desgraciados portadores de la molestia antedicha, entonces solo le quedaba una cosa. ¿Cuál? Coger a la chica una noche sin luna, largarse con ella y meterse donde Martim no los pudiera encontrar nunca, no volver jamás a Bahia. Adentrarse en el sertón, internarse en la selva, desaparecer en los caminos de Piauí o de Maranhão, lugares de cuya existencia había oído hablar Massu, lejanos países en los límites del fin del mundo. Porque Curió no debía hacerse ilusiones: Martim se pondría hecho una fiera cuando llegase a casa y no encontrara a la beldad del lunar en el hombro, su excelentísima esposa. Y si daba con Curió, el raptor, no habría después LEVANTAPICHAS capaz de ponerlo en forma.

Esas eran las dos sugerencias de Negro Massu. No veía tercer camino, porque la idea de que fueran Curió y Marialva ante Martim a contarle su desvergüenza, a reírse del cabo, a confirmarle la cornamenta, era…

Curió gritaba, exaltado; no había desvergüenza ninguna, ni cornamenta que confirmar. Massu injuriaba un puro amor platónico e insultaba la dignidad de Curió. Él y Marialva se habían comportado con la mayor lealtad. Todo su caso no había pasado hasta ahora de charlas líricas, proyectos y sueños, sin una caricia mínimamente audaz. ¿Y por qué deseaban ir a Martim si no era para mantenerse en esa línea de absoluta lealtad? Por eso no se largaban en las sombras de la noche, como fugitivos, para no apuñalar por la espalda a un amigo. Quería ir a él, contarle cómo habían sido dominados por el amor, por una pasión avasalladora, incontrolable. Incontrolable, sí, pero ellos la habían controlado, leales a la amistad y a la gratitud, leales a Martim, y la habían mantenido en un plano de absoluto platonismo. Y allí irían para decirle, leal y honradamente, que no podían vivir el uno sin el otro, por eso le pedían que les dejara vivir su vida, que abandonara la casa de Marialva y a la propia Marialva...

¿La casa de Marialva? Ipicilone se asombraba de tan apresurada y definitiva posesión de la casa y los objetos correspondientes que guarnecían sala y cuarto: desde la cama a la cafetera, del gran espejo a las copas. ¿No era todo aquello de Martim, comprado con su dinero, ganado con el sudor de su rostro y el peligro de perder la libertad en el carteo ilegal? ¿No se contentaba Curió con el dolor que iba a causar al amigo llevándose a la esposa, y aun quería llevarse sus muebles y heredar su casa? ¿Dónde se había visto cosa semejante?

Curió se defendía. No quería nada para él. Teniendo a Marialva ya tenía todos bienes del mundo, con ella le bastaba. En cuanto a la casa y los muebles, bien mirado, no estaba tan claro el asunto de la propiedad. ¿Cuándo había tenido Martim en su vida casa montada y morada conocida? De vez en cuando, es bien verdad, alquilaba un cuarto para colgar sus ropas y llevarse a las chicas. Pero ¿podían llamarse casas, en el sentido exacto de la palabra, tales habitaciones provisorias, abandonadas apenas se liaba con una pupila de Tibéria y se iba a establecer a su cuarto, llevando a sus armarios sus ternos blancos? ¿Cuántas veces había dejado Martim sus trebejos en el cuarto de Curió, en el

Pelourinho, en el de Jesuíno, en el Tabuão, en la distante barraca donde Massu vivía con su abuela, incluso en la chabola levantada por Pé-de-Vento en la playa? Y todo porque no tenía dónde dejarlos cuando acababa uno de sus arrimos pasajeros. No los llevaba a casa de Ipicilone porque este jamás había tenido cuarto alquilado, y mucho menos barraca o casa, que vivía a salto de mata, durmiendo por las tabernas o en el almacén de Alonso, encima del mostrador, o transformando un fardo de cecina en oloroso colchón.

Casa y muebles, si ahora de tales cosas disfrutaba Martim, se las debía a Marialva. Había exigido ella casa alquilada, muebles decentes, y el cabo, para conquistarla (pues ella había hecho lo posible para no venir con él, se había resistido lo más posible, y solo aceptó por gratitud, cosa que era necesario que supieran todos para poder juzgarla con justicia), todo le había dado, y más le daría si fuera ella una explotadora, una aprovechona. Para ella, Marialva, y no para sí mismo, había alquilado Martim la casa de Vila América; era moralmente de ella. ¿Podían acaso imaginar a Martim viviendo solo en una casa? En cuanto a los muebles, la cuestión era aún más clara y cristalina. Los había comprado para Marialva, para proporcionarle confort, como le había hecho regalos para garantizar su afecto. Eran, pues, bienes de Marialva, y, además, eran cuanto poseía la pobre. Fuera de la ropa y algunos collares y pendientes, cosa de poca monta. ¿No fue Martim quien le dio también collares y pendientes, vestidos y zapatos? ¿Iría Martim ahora a quedarse los zapatos y vestidos, a dejarla desnuda, cuando ella se negara a seguir viviendo con él? Ciertamente no. ¿Por qué entonces iba a apropiarse de los muebles, si muebles y vestidos estaban en idéntica situación. Y la casa también. Curió confiaba en Martim; no iba a vengarse con tales maquinaciones, que era hombre de corazón generoso. Curió no conocía otro tan franco y desinteresado como el cabo.

No se convenció Ipicilone con la especiosa argumentación, y como mientras tanto se había unido a la docta asamblea el alegre Cravo na Lapela, reconocida autoridad en asuntos de propiedad ajena y en contratos de alquiler, fue requerida su opinión, y juzgó contra Curió. El dueño de la casa, su real propietario, era el que la alquiló, el responsable del alquiler aunque no lo pagase puntualmente. ¿No fue Martim quien apalabró la casa, quien firmó el papel o bien dio su palabra de pagar el alquiler? Entonces la casa era suya. Marialva estaba allí de huésped, de invitada, para embellecer el ambiente. Y hasta tal punto era eso verdad que él, Cravo na Lapela, hacía más de seis meses que no pagaba el alquiler de la casa donde vivía, y ni así lograba echarlo el español amo de aquellas ruinas, a pesar de tener abogado contratado. Prueba mejor no la había. En cuanto a muebles y demás, bien claro estaba que pertenecían a Martim, pues él los había comprado y pagado. Curió, no contento con destrozar la vida de su amigo, incluso quería robarle casa y muebles. Cravo na Lapela estaba asombrado. Solo faltaba que reclamara Curió las elegantísimas ropas del cabo, los ternos blancos de pantalón ceñido y chaqueta ancha, las camisas listadas de cuello alto, los zapatos de punta fina…

Curió echaba chispas. No lo entendían… Si Martim lo quería, que se quedara con casa y muebles, hasta con los vestidos y pendientes de su mujer. Lo único que deseaba y reclamaba era la persona de Marialva. Se amaban, no podían vivir el uno sin el otro, tampoco podían continuar como hasta ahora, ahogando en sus pechos doloridos el deseo terrible, huérfanos de todo cariño, de la más simple caricia, distantes uno del otro para no caer en la tentación cuando andaban por los muelles discutiendo su problema... Uno a cada extremo del paseo...

—Déjate de cuentos... Bien cogidos de la mano andáis los dos... Te han visto... —cortó Jesuíno, cuya voz no se había levantado hasta entonces para dar su opinión.

Y antes de hacerlo tuvo que oír las explicaciones de Curió. Cogidos de las manos solo habían ido alguna vez últimamente, viéndose cercados por la imposibilidad, cubiertos por «las nubes negras del temporal de la existencia» (frase del *Secretario de los amantes*, bien encajada por Curió en su discurso de defensa). Con la cabeza hirviendo, febril, el corazón brincando de ansiedad, es posible que se hubieran cogido de la mano para sustentarse mejor en su dolor, en su amor maldito, «ese amor de maldición que siembra borrascas en mi pecho»... Y, a propósito, ¿sabe alguien lo que quiere decir «borrascas»? Rara palabra, muy usada en el *Secretario de los amantes*. Tal vez Jesuíno o Ipicilone conozcan el significado...

—Quiere decir tempestad, pedazo de bestia —explicó Jesuíno, exigiendo al mismo tiempo más detalles—. Dime con toda sinceridad si no pasó la cosa de hacer manitas. Si no hubo más...

Bien desearía Curió negar los besos, aquel primero en las ruinas de Unhão, cuando decidieron hablar con Martim. Y los otros que siguieron aquel mismo día y durante la semana, cuando discutían los detalles de la visita al cabo. Marialva exponía, a propósito de los besos, dos consideraciones. Primero: ¿no iban a vivir juntos después de habérselo contado todo a Martim? Entonces, ¿qué importaba un beso? No era nada grave. No era como dormir juntos. Explicación esta que los absolvía del pecado y del remordimiento. Por otra parte, siempre un poco contradictoria, ella se afligía tras los besos y argumentaba sobre ellos para darle urgencias al paso decisivo, a la entrevista con el cabo. Antes del beso decía que no tenía ninguna importancia. Después del beso lo consideraba como el propio camino del abismo. En ese ir y venir los besos crecían en número y ardor, algunos eran como para dejar a un vivo sin respiración, largos como la vida y la muerte.

No podían retrasar más la entrevista. Estaban apuñalando por la espalda a Martim. Marialva se estremecía en sus brazos; si Curió era realmente amigo de su amigo, debía visitar al cabo cuanto antes. Agarrada a Curió, entre besos y mordiscos, suspiraba de remordimiento: debía gratitud a Martim, ¿cómo podía atreverse a aquello? Aquel amor de desvarío la arrastraba por los caminos de la deshonra... Curió debía darse prisa, antes de que sucediera lo irremediable.

A Curió le hubiera gustado no tener que hablar de los besos, o por lo menos evitar ciertos detalles, pero sabía que no había forma de mentir a Jesuíno. Tenía Galo Doido fama de adivino, de vidente capaz de leer en los ojos y en el pensamiento de las personas. Era casi un brujo. Inútil intentar esconderle la verdad, porque al fin acabaría por descubrirla...

—Bueno... Una vez, a veces..., un beso... Nada serio...

—¿Beso? ¿Dónde? ¿En la cabeza, en la mano, en la cara, en la boca?

Para diversión de los demás detalló Jesuíno el interrogatorio, acosando a Curió, haciéndole vomitar cada beso, y los lengüetazos y dentelladas y el camino por el hombro con el pretexto del lunarcito, rondando ya las alturas del pecho.

—Mejor será que hables con Martim antes de que esto acabe mal. Si vas a hablarle, al fin y al cabo obrarás noblemente, como hombre de bien, y si se cabrea quien pierde la razón es él…

Ipicilone encontraba que la empresa era peligrosa y le parecía imposible determinar la reacción del cabo, capaz de perder la cabeza y matar a Marialva y a Curió. Este se encogía de hombros, heroico y resignado: no le importaba la vida sin Marialva. Si el cabo lo mataba, estaba en su derecho: él había puesto sus ojos en la mujer del amigo, lo reconocía lealmente.

—¿Solo los ojos? ¿Y los besos, y los lengüetazos?

A eso, a los besos, se refería Curió al hablar de ojos puestos en la prohibida mujer del amigo. De otras cosas no se acusaba, por otras cosas no era culpable ante el amigo. Si merecía la muerte era por esos pocos besos, pero valía la pena morir por el sabor de la boca de Marialva.

Solo entonces se interesó verdaderamente Pé-de-Vento en el asunto. ¿Sabor? ¿Qué sabor? ¿Cuál era el sabor de la boca de esa mujer? Él, Pé-de-Vento, había conocido a una mujer, en otros tiempos, cuyo beso tenía sabor de carne de camarón; cosa sensacional. Se había liado con ella una temporada, pero al fin se fue y no volvió a encontrar el mismo gusto en la boca de otra. ¿Cómo era el gusto del beso de Marialva?

No respondió Curió, interesado en la opinión de Jesuíno. Galo Doido se quedó pensativo un momento. La luz caía sobre su cabello. Estaban todos pendientes de sus palabras. Él no creía que Martim se liara a tiros, que atacara a Curió. ¿Por qué había de hacerlo si el amigo se portaba decentemente, fiel a los ritos sagrados de la amistad? Podía la entrevista ser dolorosa, eso sí. Si era verdad que el cabo amaba tanto a aquella mujer, que la quería hasta el punto de no poder vivir sin ella, la noticia sería un golpe para él, un golpe terrible, capaz de trastornarlo. Y trastornado, entonces era imprevisible cualquier reacción.

Massu, pensando en el sufrimiento y en el aguardiente del cabo, propuso que fueran todos acompañando a Curió el día señalado. Así asistirían a la escena y podrían impedir cualquier locura de Martim. La propuesta provocó el entusiasmo de los presentes, pero Jesuíno se opuso a ella, firmemente y con argumentos. Se trataba de un asunto delicado, en el que se mezclaba la honra de los interesados, y nadie debía inmiscuirse en él, fuera de sus protagonistas naturales. No debían ir con Curió. Como mucho, acompañarlo hasta el principio de la cuesta. Se quedarían en el cafetín, tomando una cerveza. Y así, cuando Martim saliese de casa furioso, iracundo, saldrían ellos y, en compañía, le hablarían todos, solidarios de su dolor. O correrían hacia la casa si de allí llegase barullo sospechoso que indicara violencia o desespero.

Quedaron de acuerdo, y Curió marcó la fecha para la mañana del día siguiente, antes de comer, cuando la presencia de Martim era segura. Jesuíno le daba prisa: cualquier demora podía ser fatal. ¿Hasta cuándo podría soportar Curió los besos de Marialva? Estaba al borde del abismo. En cualquier instante podía despeñarse monte abajo…

Otra cosa no repetía Marialva cuando se abrazaban y besaban, ella y Curió, en los yermos del Unhão. Aquella tarde no necesitó hacerlo. Curió llegó exaltado, anunciando la decisión para el día siguiente. Combinó la hora con ella: las diez de la mañana. En general, a aquella hora Martim se dedicaba a tocar la guitarra, tras haber pasado un rato con sus pájaros.

Curió estaba con el rostro dramático: al día siguiente iría a clavar un puñal en el pecho de su amigo dilecto. No podría quejarse si Martim le mataba. Tal vez fuese incluso mejor así. Que los matase a él y a ella, a los dos amantes (platónicos); quedarían tendidos, juntos, en el depósito de cadáveres, juntos serían conducidos, por los amigos, a la tumba. Se veía muerto, con una flor en el pecho, Marialva a su lado, los cabellos sueltos, la garganta rebanada.

16

O muerto, extendido, frío y ensangrentado; Marialva con un puñal en el pecho; o vivo, asistiendo a la desesperación de Martim. En ciertos momentos llegaba a preferir la primera hipótesis, tanto le horrorizaba la segunda, la visión de hombre tan macho como Martim, hundido, abatido, liquidado para siempre. Sí, porque sin Marialva la vida es triste e inútil.

Curió imaginaba la escena: llegaría, miraría al amigo, se lo diría todo. Todo, no. No hablaría de los besos, de los mordiscos, de la mano que bajaba por el camino de las delicias en busca de los pechos. Hablaría, sí, de aquel amor de locura y perdición, surgido de repente, a primera vista, y del inmenso sufrimiento, la batalla sin cuartel para contener y arrancar del corazón aquel amor condenado. Se habían mantenido en un plano de pura amistad, como hermanos. Pero ¿quién puede resistir al amor, «cuando dos corazones entonan unísonos la canción de las nupcias sagradas» y «ni los vientos de la tempestad, ni las amenazas de la muerte pueden separarlos», como bien decía el *Secretario de los amantes?* No habían podido reprimir los sentimientos, cada vez más violentos, pero, haciendo de tripas corazón, habían conseguido, durante todo aquel tiempo, respetar la honra de Martim, inmaculada e intacta hasta el momento, a costa del inmenso sacrificio de los dos enamorados. Marialva lo hacía por gratitud, para no lastimar a Martim, tan loco por ella y tan abnegado siempre. Curió, por amistad lo hacía, por lealtad al hermano de santo, tan sagrado como si fuera hermano de sangre. Intacta, inmaculada, impoluta, la honra de Martim. Ni una sola mancha por mínima que fuera (¡ah, los besos, no podría hacer ninguna alusión a ellos, ni siquiera a sus paseos agarraditos de la mano!), pero el amor seguía devorándolos como las llamas del infierno. No conseguían, él y Marialva, soportar por más tiempo aquella situación equívoca y terrible. Por eso estaba allí, solemne y grave, delante de Martim. Para colocar en sus manos la decisión, el destino de ellos tres. Sin Marialva no podía vivir, prefería la muerte. Sabía cuán doloroso sería para Martim, pero…

Veía al amigo ante él, sufriendo. Humillado en su orgullo de hombre, de conquistador famoso; una vez el diario le había llamado «seductor», y la policía había andado tras él. Preterido por Curió, ese Curió sin suerte, tantas veces abandonado, antes despreciado por sus enamoradas, novias y amantes. Herido en su vanidad… Eso no era nada, sin embargo comparado con el dolor más hondo de perder a Marialva. Por ella había cambiado su vida el cabo. Quien antes era bohemio inveterado, se había transformado en un pacato ciudadano meticuloso, en marido ejemplar, casero, diligente, atento y tierno. El vagabundo se había transformado en un señor, casi en un aristócrata. Su hogar era la envidia de los amigos… Y allí estaba Curió, su hermano de santo, su íntimo, para destruir toda esa felicidad, para llevarse a su esposa, para ocupar el hogar del hermano como un soldado enemigo ocupa tierras y ciudades de un país invadido, viola esposas, novias y hermanas, arrebata los bienes más preciosos, destroza las vidas. ¡Tarea siniestra, trágico amor!

Desarbolado andaba Curió por las calles, rumiando esos horrores, conmovido y un tanto heroico. Heroico porque no dejaba de haber cierto peligro. Era la hipótesis de la muerte: difunto extendido al lado de Marialva. Pesando luego la desgracia de Martim vida adelante. Curió sentía ganas de llorar sobre su propio destino y el de Martim. A veces hasta se olvidaba de Marialva. Por la noche le vieron en una taberna, recitando frases y párrafos del *Secretario de los amantes*, los más intensos y emotivos.

Los amigos se preparaban también para los acontecimientos del día siguiente, acontecimientos que exigían un ánimo fuerte.

Nada mejor para templar los nervios y restablecer el equilibrio emocional que unas copitas de aguardiente bien medidas y pesadas, ingeridas la víspera. Así lo hacían en el cafetín de Isidro do Batualê, donde los curiosos señalaban a Curió con el dedo. Porque no se sabe cómo, la noticia había rebasado el grupo cerrado de los amigos y circulaba por distintos ambientes. Ciertas cosas no necesitaban ser contadas o reveladas, son adivinadas, percibidas por el sexto sentido de la gente, sin explicación y repentinamente. Pues así ocurrió con la proyectada visita de Curió a Martim. Hasta apuestas se cruzaron sobre la reacción del cabo. La mayoría de los apostantes jugaban por la paliza que iba a recibir Curió a manos de Martim, con unas bofetadas supernumerarias para la esposa abnegada y casi infiel. Al saber la tendencia de la bolsa, Curió se estremeció: aquella amenaza de paliza no era perspectiva agradable ni digna. No tenía el heroísmo de la muerte, era humillante y lamentable. Pero estaba decidido: no retrocedería.

Marialva andaba exultante. Cantaba al arreglar la casa, risueña, jovial, olvidada por completo —o así lo parecía— del desagradable incidente de casa de Tibéria, días antes. Martim, arrellanado en la mecedora, organizando su complicada lista de juego, se entregaba también a la delicada tarea de verla ir y venir en una agitación juvenil, riendo sola por los rincones de la casa.

Riendo sola, anticipando las emociones del día siguiente, cuando Curió entrase en casa y ella viera a los dos hombres frente a frente, erguidos el uno ante el otro, armados de odio, capaces de todo, desde la agresión al asesinato, y solo por su causa. Los dos, amigos íntimos desde los tiempos de su niñez vagabunda de pilluelos, ambos hermanos de santo, ambos dados a Oxalá, juntos habían hecho su ofrenda, juntos habían derramado la sangre del gallo y del macho cabrío sobre sus cabezas, jurándose lealtad mutua, y, por amor, por amor a ella, a Marialva, se enfrentaban ahora tras una muralla de odio, los ojos pidiendo sangre y muerte. Tal vez no llegasen a tanto, quizá apenas rodasen por el suelo en lucha corporal; en esto el cabo llevaba ventaja, era luchador famoso en las capoeiras. Curió no podría con él. Ventaja física en la lucha, pero quedaría la espina clavada en su corazón, porque Marialva había puesto sus ojos en el charlatán, había cambiado con él palabras de amor, había provocado su locura hasta el punto de llevarlo a enfrentarse con Martim.

Vería al cabo humillado ante ella, pidiéndole que se quedara, arrastrándose a sus pies. Victorioso en la lucha, pero herido para siempre, y nunca más sería el mismo Martim de antes.

Podría entonces Marialva decidir como mejor le pareciera. Continuar con Martim, un Martim definitivamente doblegado ante su voluntad, y se encontraría con Curió —para curarle las heridas con el bálsamo de sus promesas y de sus besos, y, quién sabe—… O bien quedarse a cama y mesa con Curió, ideal para marido, tan dócil y romántico, pero acostándose de vez en cuando con Martim. Disfrutaba acostándose con él, no podía negarlo. De cualquier manera, sería ella quien decidiera, y lo haría llegado el momento, dejándose llevar por la inspiración del instante, dictada por los rumbos de la entrevista. Reía por la casa Marialva, sin motivo aparente, reía tanto y tan satisfecha, que Martim quiso saber el motivo de tanta satisfacción.

—¿Se puede saber qué mosca te ha picado?

Ella se acercó y se sentó a sus pies, le cogió las manos, volvió hacia él aquellos ojos antiguos de súplica y miedo, ojos de víctima. Pidiendo, suplicando una caricia. Maquinalmente extendió Martim su mano sobre el pelo de Marialva. ¿Qué estaría maquinando? Cuando ponía aquellos ojos, cuando se vestía de humildad y dulzura, algo tenía entre manos, algún proyecto en marcha. Martim observó a aquella mujer encontrada en Cachoeira, en un día de soledad, cuando el hombre teme morir solo como un perro. Desde entonces había vivido con ella a trancas y barrancas, había transformado su vida. Si alguien se lo hubiera dicho antes, no lo hubiese creído…

—¿Me quieres, mi amor?

Martim acentuó la caricia de los cabellos como respondiendo a la pregunta. Pero su pensamiento estaba lejos de ella y veía el rostro adolescente de Otália. Era graciosa aquella chiquilla… Movió la cabeza, retiró la mano del pelo de Marialva queriéndose librar de todas ellas, de todas las mujeres. No era posible para un hombre solo dormir con todas las mujeres del mundo, pero había que hacer un esfuerzo para conseguirlo, así decían los viejos marineros. Martim se esforzaba, pero era imposible, el número de mujeres era excesivo, no había ni fuerza ni tiempo de hombre capaz de tal empresa. Quería volver a su lista de juego; el trabajo exigía tranquila reflexión, calma, cálculos difíciles y conocimientos especializados, capacidad de interpretar los sueños. Pero Marialva forzaba su atención, reclamando cariño, pruebas de amor. Bostezó Martim, no era hora, estaba estudiando las figuras del pavo y el elefante para el juego del bicho, había soñado con Pé-de-Vento cabalgando una nube de plumas de pavo real.

—Ahora no…

Se levantó brusca, salió entre un remolino de faldas y enaguas. Mañana vería, mañana pagaría caro ese despego de hoy, mañana por la mañana, hacia las diez.

¿Y si Curió no fuera? ¿No sería mejor enviarle recado por un chiquillo? Pero ¿por qué había de fallar? Estaba loco por ella, se arrastraba a sus pies. Como volvería a arrastrarse Martim cuando Curió llegase y le contase todo. Ella los veía, erguidos el uno contra el otro como enemigos mortales, los dos amigos íntimos hermanos de santo, blandiendo los puñales del deseo, de los celos, del odio, erguidos el uno contra el otro por amor a Marialva; sin ella no podían vivir; sin ella, sin su presencia, no quería vivir.

17

Los amigos se quedaron abajo, al pie de la ladera, en el tabernucho. El grupo había aumentado con algún metomentodo, gente con intereses en la bolsa de apuestas, cuyo movimiento en la noche pasada había sido razonable. Desde allí, desde el bar, a pesar de la ladera que los separaba de la casa de Martim, podían, en cierto modo, seguir los acontecimientos: oirían cualquier grito, cualquier ruido de lucha o tiro de revólver, alteraciones en el ritmo de la tranquila vida conyugal del cabo. Estaban excitados y algunos daban palmaditas a Curió, en los hombros o en la espalda, para animarlo. Sobre todo los que habían puesto dinero en la reacción violenta del cabo y preveían como mínimo una paliza, tal vez puñaladas en la barriga de Curió. En la taberna pidieron la primera ronda, para animarse. Quisieron ofrecer un trago a Curió antes de que el enamorado amigo iniciara la subida, pero él lo rechazó. Había bebido demasiado la noche antes, sentía la boca amarga, la lengua pastosa y la cabeza pesada exactamente cuando más necesitaba la cabeza fría y la lengua suelta. Alzaron todos las copas de aguardiente en su honor, en un brindis mudo, pero significativo. Él observó lentamente a los amigos, uno tras otro, conmovido y grave. Al fin estrechó la mano de Jesuíno y echó a andar cuesta arriba. Todos los presentes se mantenían graves también y conmovidos, con clara conciencia de estar viviendo un momento histórico. Curió desaparecía en un recodo del camino embarrado. Las acacias se dejaban azotar por el viento y alfombraban el camino de hojas amarillentas.

Iba Curió muy puesto para la ocasión. Había dejado la ropa de trabajo, el levitón mugriento y los calzones listados, la vieja camisa de pechera almidonada, la cal y el albayalde. Se había puesto la ropa de fiesta, corbata y paleto, se había afeitado; estaba flaco, la cara pálida, negras ojeras… Subía con paso medido, el rostro melancólico, grave la mirada. Aparte de cierta severidad, rodeaba su figura una gravedad un tanto lúgubre que daba un aire de funeral a aquella caminata ladera arriba. Curió se había preparado, vistiéndose como solo lo hacía en raras ocasiones solemnes, para que, inmediatamente, apenas entrado, se diera cuenta Martim de lo excepcional de su visita, de su importancia. He ahí por qué, antes de un recodo de la ladera desde el que se veía la barraca de Martim, paró Curió su marcha para acomodarse la ropa y dar aún mayor solemnidad a su andar. En la puerta, Marialva aguardando, impaciente. Los relojes acababan de dar las diez. Hizo un gesto hacia Curió como diciéndole que se diera prisa, pero él mantuvo el ritmo de su marcha. No era momento de carreras, de liviana impaciencia. Iba a destrozar la vida de un amigo, sangraba el corazón de Curió. ¿No hubiera sido mejor aceptar el consejo de Negro Massu, coger las botellas del misterioso preparado contra la blenorragia y largarse a Sergipe, a llorar allí la ausencia de la amada? Apenas atravesara la puerta, Martim se daría cuenta del carácter funesto de la visita; apenas posase la mirada sobre el rostro dramático de Curió.

Pero al llegar al umbral de la casa del amigo —donde iba a penetrar bellaco y vil, peor que un ladrón o un asesino, llevando desolación y tristeza sin consuelo— oyó las exclamaciones de Marialva susurradas entre dientes:

—¡Creía que ya no vendrías, que te habías asustado…!

Injusticia flagrante, pues había llegado a la hora exacta, a las diez, como habían quedado. Nunca, en toda su vida de compromisos asumidos y cumplidos, había sido tan puntual. Los amigos, tan solidarios en aquella encrucijada trágica de su existencia, y también tan interesados en los resultados de las apuestas, se habían encargado de despertarlo, y lo habían despertado mucho antes de la hora.

El rostro de Marialva estaba ansioso, sus ojos brillaban inquietos con una luz extraña; toda ella parecía distinta, como si se sostuviese en el aire, bella como un hada, pero llevando en su hermosura cierta marca cruel, una expresión satánica, tal vez debido al peinado formado con dos rulos en la cabeza, como si fuesen dos diabólicos cuernos. Jamás Curió la había visto así. Parecía otra, no la reconocía, aquella su dulce Marialva, que desfallecía de amor.

—Vamos. Está en la sala…

Y, apresurada, entró anunciando:

—Cariño, aquí está Curió que quiere hablar contigo…

—¿Y por qué diablos no entra?

La voz de Martim llegó de dentro, un tanto confusa, como si hablase con la boca llena.

Era preciso, se animaba Curió, revelar a Martim con los primeros gestos, desde las palabras iniciales, la gravedad de la visita, su excepcionalidad. Así lo hizo, y antes de entrar se anunció:

—Con permiso…

Jamás ningún amigo había pedido licencia para entrar en casa del cabo. Tenía Martim que darse cuenta del carácter trágico de los acontecimientos apenas Curió entrase en la sala con paso rígido, y luego se parase, más rígido aún, pálido, casi lívido. Pero, para desilusión y desespero del apasionado amante, el cabo nada notó. No reparó en nada. Entregado por completo al espectáculo de la melosa y rojiza visión de una sandía troceada, extendida en la mesa. Acababa de cortarla, y los gajos se abrían aromáticos, el jugo escurría por un periódico puesto en la mesa como mantel para proteger las tablas; todo el aspecto de la fruta daba gula y deseo. Martim ni se volvió. Curió perdía todo el esfuerzo de la pose difícil. Además, por las venas le entraba el perfume poderoso de la fruta y le llegaba al estómago. Curió estaba en ayunas. No había comido nada aquella mañana de traición y muerte.

La voz fraternal de Martim envolvió al amigo:

—Siéntate ahí. Coge unos trozos. Está buenísima…

Curió se acercó con el mismo paso medido, el rostro fúnebre, la postura enfática, casi majestuosa. Marialva se había apoyado en el quicio de la puerta dispuesta a no perder detalle de la escena que iba a desarrollarse. Martim mordía un trozo y el perfume de la fruta henchía la sala. ¿Quién podría resistir ese olor? Curió resistía impávido. Martim se volvió hacia él, finalmente, sorprendido de tanta seriedad.

—¿Pasa algo?

—Nada… Quería hablarte. Para resolver un asunto…

—Pues siéntate y habla, que si de mí depende no hay más que decir…

—Es muy serio. Mejor es esperar que acabes…

Martim se volvió hacia su amigo, examinándolo.

—Parece que te hayas tragado una escoba… Pero tienes razón, primero vamos a dar cuenta de esto. Luego hablaremos… Siéntate ahí, vamos a meterle mano…

Por entre los dedos del cabo escurría el jugo, los granos oscuros, el perfume. Nada había comido Curió por la mañana, no era ocasión de comer y sí de llorar y de hacer de tripas corazón. No había sentido hambre, solo un nudo en la garganta. Pero ahora pasaba de las diez, los amigos le habían hecho levantarse tempranísimo, mucho antes de la hora. Sentía el estómago vacío; un hambre súbita le dominaba, reclamaba, exigía la aceptación del convite reiterado.

—Vamos, muchacho… ¿Qué esperas?

La sandía se mostraba irresistible. Era la fruta predilecta de Curió. El jugo escurría por los dedos y por los labios de Martim. Se estancaba en el aire aquel perfume embriagador. ¿Qué importaban unos minutos más o menos?

Curió se quitó la chaqueta, aflojó la corbata. No se puede comer sandía vestido de etiqueta. Se sentó, alargó la mano, cogió un pedazo, le dio un mordisco, escupió los granos.

—¡Está buena!

—¡Que si está! ¡Es de ahí al lado! —asintió Martim—. Hay a montones…

El diálogo fue interrumpido por un portazo. Marialva llamaba la atención de los amigos, sus ojos echaban lumbre y los rulos del peinado se parecían cada vez más a los cuernos del demonio.

—¿No decías que tenías que hablar con Martim de un asunto urgente? —preguntó Marialva con voz dura.

Estaba furiosa. No esperaba aquel comienzo. ¿Ese era el amor tan pregonado, loco, sin medida, de Curió? ¿Y ni siquiera podía resistir una sandía madura?

—Cuando acabemos… Un momentito…

—Para todo hay tiempo y hora —sentenció Martim.

Con un bufido, Marialva se volvió al cuarto, furiosa.

—No le gusta la sandía. La única fruta para ella es la pera o la manzana…

—No me digas…

Curió se lamía los dedos. La fruta es buena, y más la sandía por la mañana, en ayunas. ¿Cómo es posible que no le guste la sandía y se pirre por las manzanas y las peras, frutas sosas? ¿Qué gusto tiene la manzana? Hasta la batata es más sabrosa. Exponiendo sus opiniones, Martim se dio por satisfecho y se limpió los dedos en el periódico. Curió saboreó aún dos trozos más; rió contento. Buena fruta aquella. Y estaba en su punto. Martim usaba un fósforo como mondadientes.

—Bueno, vamos a ver. Qué asunto es ese…

Curió casi se había olvidado del motivo y la solemnidad de la visita. La sandía lo había dejado en paz con la vida, dispuesto a una charla amena, demorada, sobre los más diversos asuntos, como siempre ocurría cuando ellos, los amigos, se encontraban. Martim le empujaba ahora de nuevo por aquel túnel sin luz y sin aire. Tenía que atravesarlo. Se levantó.

Reapareció Marialva en la puerta del cuarto, los ojos brillantes, las narices olfateando, como una yegua de competición que espera la señal de partida. Curió se ajustó la corbata, se puso la chaqueta y recobró su aire solemne, la grave expresión funeraria, conseguida ahora con mucho mayor esfuerzo. Ya no estaba en ayunas, en vez de la boca amarga tenía la boca perfumada por la fruta. Las ideas de suicidio y muerte se habían distanciado. Aun así obtuvo apreciable resultado, hasta el punto de que Martim, al dar la vuelta a la mecedora para oír mejor, se asombró de su expresión y de sus maneras.

—Parece que vengas de un velatorio…

Curió extendió el brazo en un gesto de orador, con la voz quebrada por la emoción. Así, de pie, parecía exactamente una de esas estatuas de gente importante plantadas en las plazas públicas por la admiración de sus conciudadanos. Tan atento estaba a los gestos y a la pose de Curió, que Martim apenas oyó las primeras palabras de su pieza retórica.

Que Martim hiciera un esfuerzo por comprender —Curió empezaba su discurso— era difícil sin duda. Pero ¿qué hacer? Curió seguía desarrollando su discurso, estudiado días antes con la eficiente ayuda del *Secretario de los amantes* y de Jesuíno Galo Doido. Tan leal como él es posible que existiera algún amigo, pero más leal, imposible. Leal hasta el punto de sentirse morir a cada instante de amores por Marialva, aquella santa y pura «casta e impoluta doncella», la esposa más fiel. Eran dos vidas que se rompían en el juego terrible del destino, marcadas por la suerte adversa, maldición extraña, destino infernal. Juguetes de la desgracia, abandonados por la suerte.

En la puerta del cuarto Marialva no podía dominarse. Le era difícil en aquella hora gloriosa representar el papel de pobre víctima, doncella perseguida. Un aura de triunfo circundaba su rostro. Sus ojos iban de Curió a Martim, se preparaba para dominarlos a los dos, para ser disputada por ellos a hierro y fuego.

Martim se esforzaba en comprender la complicada explicación de su amigo, tan atestada de palabras difíciles, aquella manía de Curió de comprar y leer folletos y libros. Crispaba el rostro en su esfuerzo. Desesperación, imaginaba Marialva. Horror ante la traición del amigo, pensaba Curió. Y la verdad es que era puro esfuerzo para seguir el palabreo de Curió abarrotado de términos de sermón o diccionario. Allí estaba la razón de la desgracia de Curió con las mujeres: no había quien pudiera soportar aquel palabreo libresco. Aunque a costa de gran esfuerzo, Martim fue comprendiendo, cogiendo una palabra de aquí, otra de allá, a veces una frase entera, y mirando con el rabillo del ojo el teatro de Marialva, de pie en la puerta del cuarto con aquel aire sublime reflejado en la cara. Comprendía ahora el porqué de aquellos modos y ropas y melancolías de Curió: estaba enamorado de Marialva, loco por ella... ¿Sería posible, mi Señor de Bonfim, Oxalá, padre mío (Exê ê ê Babá)? ¿Sería posible? Y ella también lo estaba... ¿No era a eso a lo que se refería Curió con la comparación de las almas gemelas, unión platónica, vidas partidas? Ahora iba entendiendo: Curió, loco por Marialva; pero conteniéndose porque era su amigo, para no colocarle los cuernos, respetando la honrada testa del amigo. Curioso tipo este Curió.

Lo mejor, sin embargo, era aclararlo de una vez. Interrumpió el discurso en un párrafo particularmente emocionante, y preguntó:

—Conque has andado acostándote con ella, ¿eh?

Curió se estremeció. En vano había gastado sus talentos y su erudición. No le había comprendido. No reconocía Martim la pureza de sus intenciones. Respondió definitivo:

—No lo he hecho. Y no ha sido por falta de ganas...

—Conque había ganas, ¿eh? ¿Y ella de ti también?

Aprovechó Curió la pausa y volvió a su discurso. No iba a abandonarlo para entregarse a aquel diálogo rastrero y no previsto. Sí, era correspondido; pero ella, ínclita matrona, había sido la primera en alzar la barrera de la imposibilidad...

Sonrió conmovido el cabo Martim. Tanta lealtad de parte de Curió le hacía saltar las lágrimas, ablandaba su corazón. Sabía de los insoportables sufrimientos de Curió enamorado. Podía

ahora imaginar cuáles serían estando Martim por medio; sufriendo como un can leproso solo por lealtad a su hermano de
santo. Tanta abnegación exigía un premio adecuado, y él, el cabo Martim, hombre de educación y de palabra, no podía ser
menos en pruebas de abnegación y amistad. Eran hermanos de
santo, Curió acababa de recordarlo. Habían hecho juntos su *bori*,
le era leal por eso, sufría por no traicionarlo, sufría como perro
rabioso, sufría las penas del infierno... Merecía una compensación. Martim no había de quedar vencido en esa competición de
amistad amenazada y victoriosa.

—Te gusta, ¿no? ¿Y de verdad?

En el silencio enorme y solemne, Marialva llegó incluso a
perder la respiración, había sonado su hora de triunfo. Curió
bajó la cabeza y, tras un segundo de titubeo, reafirmó su amor.

Martim miró hacia la puerta del cuarto. Marialva crecía, ra-
diante, princesa a cuyos pies los hombres se arrastraban deposi-
tando sus corazones enloquecidos, hermosura sin rival, capaz de
humillar a los machos más fuertes, mujer fatal y definitiva. Pronta
a responder, cruel y sabia, a las ineludibles preguntas de Martim.

El cabo, sin embargo, nada le preguntó. Apenas la miraba,
con ojo calculador, mujer fatal y definitiva, definitivamente fatal, nacida para avasallar a los hombres, así era ella. Marialva, la
hermosa del lunar en el hombro izquierdo. Era fatal. ¿Quién
podía escapar a su fascinación? A veces realmente un poco cargante. Incluso muy cargante. Curió la había merecido. Martim
se sentía generoso y bueno como un caballero antiguo. Sentía
crecer en su pecho los mejores sentimientos. En su pecho, un
tanto pesado ya por la sandía que acababa de comerse.

Su voz resonó en el silencio de solemnidad y brisa:

—Pues hermano, ahora lo comprendo todo. Tú enamorado y sufriendo. Cosa digna de verse, Curió. Tú, hermano de tu hermano. Y te lo digo, Curió: eres tú quien la merece. Puedes llevártela. Es tuya.

Se volvió hacia la puerta del cuarto:

—Marialva, arregla tus cosas. Te vas con Curió —y sonriendo al amigo—: Te la llevarás ahora mismo. No está bien que dejes a tu mujer aquí, en mi casa, con la mala fama que tengo…

Curió abrió la boca y quedó con ella abierta, embobado. Esperaba cualquier cosa: gritos, maldiciones, desesperación, puñal en alto, revólver, ¿quién sabe? Estacazos, lloros, horror, suicidio, asesinato, tragedia con noticia en los diarios, todo menos aquello, aquella solución completamente inesperada. Cuando logró hablar, lo hizo como un borracho.

—¿Llevármela? ¿Ahora mismo? ¿Y para qué?

Marialva, pálida, en la puerta, inmóvil.

—Ahora mismo. Porque desde ahora es tuya. Y no está bien…

Pero Curió aún intentaba llamarlo a razones.

—Pero vas a sufrir mucho, solo… Prefiero…

Marialva crispada, con los dientes apretados, los ojos fuera de las órbitas. Martim, generoso y lógico.

—También tú sufriste por mí…, para ser noble conmigo. Ahora me toca a mí… También tengo derecho a sufrir por un amigo. No solo vas a hacerlo tú…

Tanta capacidad de renuncia llevaba aquella amistad a la cumbre de la gloria universal. Los dos se sentían conmovidísimos. En la puerta del cuarto, Marialva comenzaba a hundirse.

—Pero… tú eres su marido. Tal vez lo mejor es que siga yo sufriendo. Iré a Sergipe, a vender el remedio, un remedio bueno, me lo han ofrecido. No volveré más… Para que tú no sufras… Quédate con ella. Yo me voy solo ahora mismo. Adiós para siempre…

Dio media vuelta. El grito áspero de Martim lo contuvo. El cabo estaba irritado.

—Calma, hermano. ¿Adónde vas? Paciencia. Tú te vas, pero con ella. Ella te gusta, ¿no? A ella le gustas tú. ¿Qué pinto yo entre los dos? ¿Comer comida deseada por otro? Tú te la llevas ahora mismo… Por mi parte, se acabó… No quiero verla más…

Curió alzó los brazos, desconcertado.

—Pero no tengo dónde llevármela…

Martim resolvió, cada vez más generoso y decidido:

—Por eso no queda, hermano… Tú sigues aquí con ella y yo me largo… Voy a olvidar a casa de Tibéria. A ver si tiene alguna morena gordita y agradable… Ya le diré que no te espere tan pronto, que te has casado y un casado no debe andar metiendo las narices por los burdeles… Quédate con todo. Solo me llevaré mi ropa.

—¿Con todo? Yo…

—Con todo… Mesa y sillas, cama y espejo. Te doy hasta la cafetera, cosa fina…

—¿Y qué voy a hacer yo con todo eso? No. No puedo aceptarlo. Mucha bondad la tuya, pero…

Marialva había perdido ya las ganas de gritar, de arañarlos. Ya no tenía cara febril ni ojos airados. Había pasado por todo aquello y ahora iba disminuyendo su figura en la puerta, los pelos cayéndole, desmelenada. Martim le sonrió. Estaba muy furiosa, eso sí. Curió no tardaría en arrepentirse.

Ya estaba arrepentido.

—¿Quieres saber una cosa, hermano?

Martim se levantaba un tanto ceremonioso, con aire de quien recibe a una visita.

—Tú dirás…

—De lo dicho, nada. Todo queda como antes. A decir verdad, ya no me gusta…

—¡Ah! ¡Eso sí que no, hermano! Tú has venido a buscarla y te la llevas. Yo no la quiero ya, ni de mujer ni de criada. No la conoces cuando se pone furiosa…

—No. Yo no me la llevo. Ya andaba yo con la mosca tras la oreja. Tanta pasión alguna razón tendría… Y te digo más: no es mujer decente. Si fuese por ella, ya tenías tú más cuernos que la luna…

Martim rió, señaló a Marialva, en la puerta, desmadejada.

—Y ese trasto pensó que nos iba a enemistar. A nosotros, que somos que ni hermanos… De risa, vamos…

Y rió a gusto, con su antigua y libre carcajada, recuperada para siempre.

Curió rió también, y la alegre risa de los amigos rodaba pendiente abajo. En el cafetucho los apostadores intentaban catalogar, explicarse, aquel extraño son que venía de la casa, ladera arriba.

Martim fue por la botella.

—¿Un trago? ¿Para celebrarlo?

Curió lo hubiera tomado a gusto, pero se acordó a tiempo:

—Hemos comido sandía. Nos haría daño…

—Es igual. Aguardiente con sandía, congestión segura.

—Es una pena… —se dolió Curió.

Las miradas de los dos amigos se encontraron sobre el resto de la fruta. Brillaban sus granos, su pulpa, como una invitación.

—Hay que acabarla. Por la noche lo celebraremos…

Curió se quitó el levitón y la corbata. Desapareció su aire fúnebre. Se lanzaron de nuevo a la mesa.

Marialva, en el cuarto, arreglaba sus cosas. Los dos amigos parecían haberla olvidado. Reían y comían. Ella atravesó la sala. Ellos ni se dieron cuenta.

—No ganó nadie las apuestas… —consideró Curió—. La gente guardará el dinero para la noche… Podemos hacer una parrillada en el pesquero de Manuel…

—Y nos llevaremos a las chicas de casa Tibéria. Dime una cosa, Curió; aquella chiquilla del pelo liso, una que bailó conmigo en la fiesta de Tibéria, ¿está aún allá?

—¿Otália? Está, sí…

Marialva iba ladera abajo. La pandilla seguía bebiendo en el cafetín y la vio pasar. Se miraron unos a otros. De la casa de lo alto de la colina llegaba un restallar de carcajadas. No había duda, Martim y Curió estaban riendo. Decidieron subir todos a ver por qué terminaba con aquellas carcajadas la historia del casamiento del cabo Martim.

En la calle, con el fardel descansando en el suelo, Marialva, una pobre y solitaria muchachita, casi tímida y medrosa, esperaba el tranvía que había de llevarla a casa de Tibéria.

Intervalo para el bautizo de Felício,
hijo de Massu y Benedita

o

El compadre de Ogum

El niño era rubio, de cabello liso y ojos azulados. Azules propiamente, no. «Tiene ojos de color de cielo», decían las malas lenguas, pero no era verdad. Azulados, y no azules; las insinuaciones respecto a la paternidad del Gringo no pasaban de baja exploración de gentes malvadas, prontas a sacarle punta al caso más inocente.

Era fácil además desenmascarar el chismorreo, exhibir su falsedad: el Gringo era completamente desconocido en la costa de Bahia, no había desembarcado, nadie sabe de dónde, con su persistente y silencioso aguardiente y sus ojos azul celeste, cuando Benedita parió al pequeño y lo anduvo exhibiendo por la vecindad. Por otra parte, e incluso después, nunca se vio al Gringo y a Benedita juntos, siendo probable que ni siquiera se conocieran, pues la embustera, tras la inolvidable aparición y la perturbadora permanencia de unos meses entre ellos, había partido a su vez, y había reaparecido apenas cuando vino a dejar al chiquillo. Y aun así, su permanencia fue muy breve, apenas tiempo de largar al pobrecillo, avisar que aún no estaba bautizado, que ni para eso había tenido medios ni condiciones, y se hundió nuevamente sin dejar dirección ni rastro ni indicar su destino. Algunos anunciaban su definitivo retorno al estado de Alagoas, de donde era originaria, y su muerte por allá, pero tales informaciones carecían de pruebas concretas.

Basábanse en el lastimoso estado físico de Benedita al volver. Una ruina, magra, descarnada, los ojos hundidos, tos constante. ¿Por qué diablos iba a traer al crío y dejarlo allí en manos del negro, a no ser por la certeza de que estaba condenada? Porque según las informaciones de las vecinas, de Benedita podíase decir cualquier cosa: ligera de cascos, inconstante, mentirosa, borracha, cínica, pero había algo de lo que nadie podía acusarla: de madre desnaturalizada, capaz de abandonar a un hijo aún no cumplido el año. ¡Ah, es posible que hubiera madres buenas y abnegadas como Benedita, pero mejores no! Entregada a su hijo, con un amor casi exagerado, con una abnegación sin límites. Cuando el pobrecito tuvo una infección terrible de intestino, Benedita pasó noches y noches sin dormir, llorando y velando el sueño del hijo enfermo. Y se renovó su sobresalto con cada resfriado, con cada dolor de barriga del pequeño.

Al nacer el hijo había pensado incluso en dejar la vida y meterse de camarera o de planchadora. Hasta hambre pasaba para que nada faltara a su niñito. Lo vestía con bordados y ropas caras, lo llevaba siempre tan bien vestido, que parecía hijo de capitalista.

Si había entregado a su hijo, si se había separado de él —concluían unos y otros— era porque presentía que estaba próximo su fin, la fiebre sin darle descanso, el gusto de la sangre en la garganta, escupiendo rojo. Y como había hablado con una conocida, en el zarandeo de aquella rápida visita, de su deseo de no morir sin ver por última vez los campos donde había nacido, todos habían acabado por creer lo de su fallecimiento en Alagoas, en los alrededores de un poblachón llamado Pilar.

Quién sabe, quizá, sin embargo, murió en Bahia, en el hospital de indigentes, como aseguraba una tal Ernestina, antigua camarada suya, cuya madre también penaba allí. Según ella, yendo a visitarla, había visto allí a la Benedita, en la sala de las desahuciadas. Tan esquelética, que Ernestina no la reconoció, tosiendo, tendida en la cama, si cama puede llamarse a los catres del hospital. Había pedido noticias del niño y le dijo que guardara el secreto de su situación. No quería que la visitara nadie para que no la vieran así, tan acabada, e hizo que su amiga le jurara que no se lo contaría a nadie.

Ernestina rumía el juramento unas tres noches, pero la víspera del día de la visita no resistió, rompió la promesa, contó el secreto a Tibéria y al Negro Massu.

Al día siguiente se dirigieron los tres al hospital. Llevaban frutas, pan, unos pasteles y remedios del doctor Filinto, amigo de Tibéria, médico oficial de su burdel, hombre bueno donde los haya. Habían discutido si debían o no llevarle el niño, y se decidieron por la negativa: era mejor dejarlo para luego. Podía ser un golpe excesivo para la enferma. Así, tan flaca y debilitada, hasta podía morirse de emoción.

Pero allí no dieron con Benedita ni nadie supo dar razón de lo que le había pasado. Enfermeras apresuradas, funcionarios malhumorados, nadie sabía nada en concreto. Aquello era un hospital de indigentes y nadie iba a esperar que hubiera allí el orden y la organización de una clínica particular. Así, quedaron sin saber si la habían dado de alta (y el alta allí no significaba cura, sino imposibilidad de cura) o si estaba entre los tres indigentes fallecidos en los últimos días.

Después no hubo más noticias de la alegre Benedita, tan simpática y tarambana. Podía estar muerta o viva, el caso es que ningún vecino la acompañó en su entierro. Quién sabe, quizá apareciera cuando menos se esperara reclamando el niño, aunque lo más seguro, según Tibéria, era que estuviera muerta y enterrada, y el niño huérfano de madre. Ella misma, Tibéria, de acuerdo con Jesus, había querido, a la vuelta del hospital, llevarse al niño de Massu para criarlo. Pero el negro ni siquiera admitía discusión sobre el asunto: se puso hecho una fiera. Él y su abuela, la negra Veveva, casi centenaria, que si aún era capaz de danzar en la rueda del candomblé, cuanto más de cuidar a un chiquillo. También ella se enfureció: ¡llevarse al chiquillo, al hijo de Massu, eso jamás!

Así pues, si Benedita solo había podido quedar preñada del Gringo cuando volvió, ya enferma, para traer al chiquillo y dejarlo con Massu, ¿cómo atribuir al rubio marinero tan imposible paternidad? Ganas de meterte en la vida de los demás, de inventar maledicencias. Ojos azulados los puede tener cualquier chiquillo, aunque sea negro su padre, pues es imposible separar y catalogar todas las sangres de una criatura nacida en Bahía. De repente sale un rubio entre mulatos o un negrito entre blancos. Así somos nosotros y alabado sea Dios…

Benedita decía que el niño había nacido así, blanco, porque salió a su abuelo materno, hombretón rubio y extranjero, bebedor de cerveza, hércules de feria que levantaba pesos y bolas para espanto de palurdos. Explicación como se ve, muy razonable, y solo las malas lenguas seguían empeñadas en no aceptarla y vivían atribuyendo padres al pequeño como si no le bastase Massu, un padrazo, ciudadano honesto y respetado, de quien nadie tenía nada que decir, y que estaba loco por su pequeño. Sin hablar de la abuela, la vieja Veveva, siempre con el chiquillo en brazos. La propia Tibéria, mujer de juicio severo y definitivo, había pronunciado su sentencia cuando desistió de prohijar a la criatura: quedaba en buenas manos, no podía haberlas mejores, padre más amantísimo, más dulce abuela.

En cuanto a la paternidad, nadie mejor situado para juzgar y decidir sobre ella que Benedita y Massu. Cuando tuvo que separarse del chiquillo para morir en paz, no deseó la muchacha otro padre para su hijo. Y ella sabría lo que hacía. Massu jamás había demostrado la menor duda, la menor desconfianza, la sombra siquiera de una sospecha en relación con la conducta de Benedita en todo aquel asunto. Cuando se largó del barrio ya había anunciado el embarazo a sus amigas. ¿Por qué no iba a ser de él el niño, si habían rodado los dos por el arenal en noche de parranda?

Benedita andaba con ellos de un lado a otro. Bastaba llamarla y ella venía, bebía, cantaba, danzaba, dormía a veces con uno de ellos. Hablaban de un amor suyo, un tal Otoniel, empleado de comercio, blancuzco, con cara de majadero. No había nada seguro, sin embargo. Ella era libre de hacer con su tiempo lo que mejor quisiera, y el tal Otoniel sin voz ni voto.

Fue así como una noche de mucho aguardiente, cuando ya todos dormían la mona —hasta Jesuíno Galo Doido, que tan pocas veces abandonaba la vertical—, quedó solo Negro Massu,

que jamás perdía conciencia y fuerza. Con él fue al arenal la moza Benedita, y para él se abrió. Sin saber nada la pobre, pues
¿cómo iba a adivinar la antigua y encubierta pasión de Massu,
muerto de amor por ella? Se revolcaron en la arena, el negro bufando como un toro lanceado. Benedita lo recibía alegre, siempre alegre y satisfecha de la vida.

Los otros pasaban por ella, por su cuerpo y su alegría, sin
dejar huella. Pero no Negro Massu. No solo le señaló todo el
cuerpo con puños y dientes, dejándola roja como después de
una paliza, sino que incluso quiso imponerle ciertas normas dic-
tadas por su ansia y sus celos.

Le exigió que volviera al arenal al día siguiente, y al no encontrarla, volvió furioso, amenazó con echar abajo el cafetín de
Isidro do Batualê, y trabajos hubo para contenerlo. Al comprobar después que ella se había entrevistado con un tal Otoniel,
dependiente de una tienda en São Pedro, hacia allá se fue como
un desatinado. Agarró al individuo por encima del mostrador,
lo tiró contra las baterías de cocina —era una casa donde ven-
dían sartenes, ollas, cacerolas—, tumbó patas arriba a dos de-
pendientes más y al gerente, y acabó poniendo en fuga al patrón. Se necesitaron cuatro soldados para llevárselo, arrastrado
por las calles, maldiciendo y jurando que le iba a hundir a alguien un cuchillo en las mantecas.

Benedita aprovechó que Massu estaba enjaulado, días de
calma tras los sucesos violentos, y tras anunciar su gravidez desapareció. También desapareció Otoniel, pero no con la chica,
que no era tan loco como para jugarse la vida, y Massu había
amenazado con matarlo como volviera a verse con ella. Obtuvo

del patrón una carta de recomendación y se fue a Río de Janeiro, con intención de abrirse camino allá. Massu, puesto al fin en libertad, por intervención del mayor Cosme de Faria, no encontró ni rastro de Benedita. Anduvo un tiempo con cara hosca, refunfuñando por cualquier cosa, pero al fin se recuperó, olvidó el rostro de la muchacha y la noche del arenal. Volvió a ser el bueno y cordial Massu de las Sete Portas, y ni se acordó más de Benedita.

Y así hubiera seguido si no fuera porque una noche apareció en su casa con el chiquillo y allí lo dejó, a trompicones en sus primeros pasos, cayendo y levantándose, agarrándose a las piernas de Veveva, riendo con su carita graciosa. Era el hijo puesto por Massu en su vientre cuando habían sido amantes los dos, meses antes, tal vez Veveva tuviera noticias del caso. ¿No se lo había dicho? Pues Massu la había preñado, a ella, a Benedita, y después la abandonó. Ella había tenido el niño, aquella belleza de chiquillo, y por nada del mundo se separaría de él si no fuera porque estaba enferma y tenía que ir al hospital, a internarse. ¿Qué mejor sitio para dejar al pequeño que en casa de su padre? Una cosa sabía: que Massu era bueno y que no iba a dejar que el pequeño pasara necesidad.

Aquel momento, cuando Benedita estaba pronunciando aquellas palabras, fue el que eligió Massu para llegar. Venía a traer unas monedas para que la vieja comprara de comer. Oyó las palabras de Benedita, vio al chiquillo a gatas por la casa, levantándose y cayendo. En una de esas caídas el pequeñín miró a Massu y sonrió. El negro se estremeció: ¿por dónde había andado Benedita para volver tan flaca y fea, tan acabada, con unos bracitos de esqueleto? Pero el pequeño era fuerte, robusto, brazos y piernas recios, era su hijo. Mejor hubiera sido que fuera un poco menos blanco, de pelo más crespo, pero en el fondo, ¡qué más daba!

—Salió a mi abuelo materno que era blanco de ojos azules y hablaba una lengua rara. Salió blanco como podía haber salido negro. Valió mi sangre, pero el cuerpo es tuyo, clavado. Y la sonrisa…

La sonrisa. No había nada más hermoso. El negro se puso en cuclillas y el niño vino y se levantó entre sus piernas. Y dijo «papá», y lo repitió. La risa de Massu resonó haciendo temblar las paredes. Entonces Benedita sonrió también y se fue, ahora más tranquila. Las lágrimas serían de añoranza, pero no de temor y desesperación.

Por lo demás, jamás vio nadie padre e hijo tan unidos, tan amigos. El niño cabalgaba por la sala a espaldas del negro. Reían juntos los dos, y también la abuela.

Solo faltaba bautizarlo. ¿Dónde se ha visto cosa semejante, decía la vieja Veveva, un niño de once meses cumplidos y aún pagano?

2

El bautizo de un chiquillo parece cosa muy sencilla, pero bien mirado no lo es, e implica todo un complicado proceso. No se trata solo de agarrar al chiquillo, juntar a unos conocidos, ponerse en marcha hacia la primera iglesia, hablar con el cura y ya está. Es preciso escoger previamente cura e iglesia, teniendo en cuenta las devociones y obligaciones de los padres y del propio chiquillo, los encantamientos y los santos a que está ligado, hay que preparar la ropa para el día, escoger padrinos, dar una fiesta a los amigos, buscar dinero para los gastos indispensables. Se trata de una ardua tarea, de una pesada responsabilidad.

La vieja Veveva no quería disculpas, pese a todo: el niño no podía cumplir el año en estado de pagano, como un animalito. Veveva se escandalizaba con el descuido de Benedita. Era una atolondrada, una necia... Se conformó con ponerle nombre al chiquillo: Felício, nadie sabía por qué. No era un nombre feo, pero de haber escogido ella, hubiera preferido Asdrúbal o Alcebíades. Pero Felício también servía. Cualquier nombre servía con tal de que la criatura estuviese bautizada y no corriese el riesgo de morir sin sacramento, condenada a no gozar jamás de las bellezas del paraíso, a pasarse la eternidad en el limbo, un lugar húmedo y lluvioso según Veveva.

Massu le prometió tomar las medidas necesarias. Pero no se haría nada con prisas. El niño no estaba amenazado de muerte y un bautizo apresurado podía complicar toda la vida de la criatura. Iba a consultar con los amigos, iniciar los preparativos. Veveva le dio un plazo estricto: quince días.

Al negro quince días le pareció un plazo demasiado corto, pero Jesuíno Galo Doido, pronto consultado, lo consideró razonable teniendo en cuenta la proximidad del cumpleaños del chiquillo, al que no debía llegar sin estar bautizado. Y se tomó una primera decisión: bautizo y aniversario habían de constituir una única celebración, así sería mayor la fiesta y menores los gastos. La sabia solución encontrada por Galo Doido para aquel problema dejó a Negro Massu embobado y admirativo: Jesuíno era algo serio, para todo tenía solución. Iniciáronse entonces, y prolongáronse en muchas rondas de aguardiente, las conferencias entre los amigos para resolver sobre los diferentes problemas planteados por el bautizo de Felício.

De comienzo no hubo grandes dificultades. Jesuíno iba resolviendo cada cuestión, siempre con argumentos razonables, y si no resolvieron todo en una sola noche fue porque sería excesivo trabajo, labor fatigosa para hombres ya mayores algunos de ellos, como era el caso de Jesuíno y de Cravo na Lapela. Ellos y Eduardo Ipicilone habían sido de gran ayuda en la discusión, en la que participaron también Pé-de-Vento, el cabo Martim y Curió. Pé-de-Vento había dado el golpe inicial y luego se calló:

—Si fuese hijo mío, yo lo bautizaba en todas las religiones que hay: con el cura, con los baptistas, con los testigos de Jehová, con los protestantes todos y con los espiritistas. Así la cosa quedaba completamente amarrada. No había manera de quedarse sin cielo.

Pero esta curiosa tesis no fue considerada. Pé-de-Vento tampoco luchó por ella. No traía a la mesa de las discusiones sugerencias y planteamientos para verlos debatidos, elogiados, atacados, para brillar en suma. Su intención era solo ayudar, y su contribución, gratuita. Además, aquella primera noche, fue él quien pagó el aguardiente, porque los demás estaban sin blanca, hasta el mismo Martim, que, en general, siempre tenía unos billetes, ganancia del juego. Pero aquella tarde había salido con

Otália y le compró montones de revistas, y además la llevó a ver una boda. Otália se volvía loca por las bodas.

En la primera noche esbozaron la mayor parte de las materias en debate. El ajuar del bautizo lo ofrecería Tibéria. Para el dinero de la fiesta se apañaría Massu con la ayuda de los amigos. La iglesia sería la del Rosário dos Negros, en el Pelourinho, no solo porque allí habían bautizado a Massu treinta años antes, sino también porque conocían al sacristán, Inocêncio do Espírito Santo, mulato atento, y en sus horas muertas agente de apuestas de Martim. Llevaba gafas oscuras y cargaba siempre con un viejo breviario, regalo de un cura de la Conceição da Praia, entre cuyas páginas escondía las listas de las apuestas. Era tipo de confianza, que escapaba siempre a todas las batidas de los guardias. Y además era sacristán de primera, con más de veinte años de práctica, de vez en cuando, en la conversación, metía un *Deo gratias* o un *Per omnia saecula saeculorum*, latinajos que acrecentaban la admiración de los presentes. A él iban muchos a pedirle consejo y se decía incluso que poseía el don de la videncia, extremo este no confirmado. Con su aire de santurrón, las gafas oscuras y el libro bendito, era buen compañero en una fiesta de cumpleaños, bautizo o casamiento; respetable comilón, no despreciaba tampoco una muchacha si la cosa no era demasiado a la vista, pues tenía que conservar su reputación a salvo de malas lenguas. En este particular concordaba con Martim cuando el cabo vinculaba su honor al honor de todo el glorioso ejército nacional. Inocêncio consideraba su reputación como parte de la reputación de la propia Iglesia universal. Cualquier mancha que cayera sobre el sacristán manchaba a toda la cristiandad. Por eso era cuidadoso y no se liaba con cualquiera.

Aunque no hubiera otros motivos, ese sería suficiente para que se fijaran en la iglesia del Rosário dos Negros: Inocêncio le estaba muy obligado a Curió y en cierta manera a Massu, que habían contribuido a salvarle la reputación.

Massu había presentado Curió a un amigo suyo, Osório Redondo, farmacéutico aficionado, entendido en hierbas, fabricante de un medicamento milagroso para la cura de la blenorragia. Curió se llevó unas botellas del producto para vender en los arrabales y entregó un frasco a Inocêncio.

El sacristán había sido engañado en su respetabilidad por una de esas trotonas metidas a puritanas. A la condenada le había dado por aparecer por la sacristía todas las mañanas, con los ojos vueltos hacia Inocêncio con un candor conmovedor. El sacristán arriesgó la mano muslo arriba, ella se dejó. Él se atrevió a más y ella se hizo un poco la remilgosa para hacerse valer. Inocêncio se precipitó, ocupó las posiciones. Encantado con la aventura: no era precisamente jovencita aquella salida, pero en compensación era moza fina, de familia, y tan vanidoso quedó Inocêncio que al día siguiente no fue a visitar a la mulata Cremildes, a quien desde hacía mucho tiempo venía rindiendo viriles homenajes todos los martes. Resultado: tres días después sintió en la carne la dolorosa decepción, le había pegado una enfermedad fea. Grave dilema para el sacristán: exponerse a las críticas del pueblo yendo a uno de los numerosos médicos con consultorio en el Terreiro y en la Sé, especialistas en tales enfermedades, o pudrirse en silencio. Bastaría que las comadres lo vieran subiendo la escalera de uno de aquellos consultorios para que su mal estuviera en boca de todas. Podía hasta perder el empleo.

Fue entonces cuando oyó, en la tienda de don Alonso, que alguien comentaba las virtudes milagrosas del remedio vendido por Curió. Conocía al muchacho, mantenían los dos relaciones cordiales, se encontraban repetidamente en el Pelourinho. Inocêncio se iluminó por dentro. Al fin entreveía una salida a su desgracia.

Buscó a Curió, le contó una historia complicada. Un amigo suyo, pariente de la familia, había agarrado la maldita enfermedad y no conseguía curarse. Le daba vergüenza ir a Curió personalmente para adquirir la medicina y le había pedido que lo hiciera por él. Aun así, Inocêncio deseaba conservar su caritativa intervención en el más absoluto secreto, para que no empezaran las malas lenguas a inventar miserias: hasta eran capaces de decir que el remedio era para el mismo Inocêncio. Curió no solo le prometió secreto absoluto, sino que incluso le hizo una rebaja en el precio. E Inocêncio, una semana después, ya pudo volver, arrepentido y humilde, a la casa y a las limpias sábanas de la despreciada Cremildes.

Ligado al grupo como estaba, no hay duda de que Inocêncio haría lo posible para el mayor brillo del bautizo del hijo de Massu. Tomaría personalmente las providencias necesarias para la ceremonia, y hablaría con el padre Gomes recomendándole al chiquillo, a su padre y a los amigos de su padre. Felício sería bautizado con toda perfección y detalle.

Escogida ya la iglesia, el sacristán y el cura, faltaba ahora lo más difícil: los padrinos. Decidieron dejarlo para otra noche: era asunto extremadamente delicado.

Jesuíno, llegado el capítulo de los padrinos, se lavó las manos y se mantuvo aparte de la discusión. Se veía bien claro por su actitud que daba por cierta su elección para tan honrosa encomienda. Al fin y al cabo, era íntimo de Massu, amigo de muchos y muchos años, lo había ayudado muchas veces, sin hablar de su contribución al asunto del bautizo.

Dijo que no quería influir ni presionar sobre Massu y que por eso se abstenía de participar en el debate. Padrino y madrina debían ser elección exclusiva de padre y madre. Nadie debía meter allí las narices. Habían de buscarse y encontrarse entre los más íntimos amigos, entre los más estimados, entre aquellos a quienes más gentilezas y favores se debían. Los compadres eran como parientes próximos, una especie de hermanos. Nadie debía meterse en el asunto, y, tomada la resolución, tampoco se debía criticarla o alzarse contra ella. Por todas esas causas, y dando una vez más el buen ejemplo, Jesuíno Galo Doido se retiraba de la discusión y aconsejaba a los demás que hicieran como él, con la misma nobleza. Esa era la única actitud digna, la que todos y cada uno debían asumir: dejar a padre y madre la libertad y la responsabilidad de tan grave decisión. Pero en este caso, sin embargo, solo sobre el padre recaía tamaña responsabilidad, pues por desgracia faltaba corporalmente la madre, la añorada Benedita. Si ella estuviese viva, él, Galo Doido, sabía con certeza quién sería el elegido. Pero…

Retirarse, abandonar por completo la discusión, nadie lo hizo, ni siquiera el mismo Jesuíno a pesar de su elocuente perorata. Se perdieron todos en insinuaciones veladas, en frases de medio tono, y hasta Ipicilone se atrevió a mascullar algo relativo a su costumbre de hacer generosos y casi regios regalos a sus ahijados. Afirmación recibida con general e hilarante escepticismo: Ipicilone no tenía donde caerse muerto y no poseía tampoco ahijado a quien hacer regalos. De cualquier modo, Jesuíno consideró de muy mal gusto y extremadamente incorrecta tal insinuación e hizo constar su protesta, con apoyo de los demás.

Se dio cuenta así Negro Massu de que todos estaban, sin excepción —Jesuíno, Martim, Pé-de-Vento, Curió, Ipicilone, Cravo na Lapela y hasta el español Alonso—, a la espera cada uno de ser invitado al padrinazgo del chiquillo. Eran siete en aquel momento. Al día siguiente podían ser diez o quince los candidatos. La primera reacción de Massu fue de vanidad satisfecha. Todos deseaban la honra de llamarle compadre, como si fuese un político o un comerciante de Cidade Baixa. Por su gusto lo serían todos, el niño tendría padrinos innumerables, los siete presentes y muchos más, los amigos todos, los del muelle, los de las lanchas, los de los mercados, de las ferias, de las Sete Portas y de Água de Meninos, de las casas de santo y de los corros de las capoeiras. Pero, si los candidatos eran muchos, el padrino tenía que ser solo uno, escogido entre ellos, y de repente se daba cuenta Massu de las dimensiones del problema, y no le hallaba salida. La única manera era dar largas al asunto, dejarlo de lado momentáneamente, aplazar la decisión para el día siguiente. ¿Cómo iban si no a seguir bebiendo en paz y camaradería? Miradas atravesadas, palabras de doble sentido, frases avinagradas comenzaban ya a entrecruzarse…

Para terminar la noche en perfecta amistad se pusieron de acuerdo sobre la madrina: sería Tibéria. Tibéria había escapado de ser madre de Felício, había querido adoptarlo, iba a darle la ropa del bautizo. Se imponía su nombre, sin discusión. Martim llegó a proponer a Otália, e Ipicilone a la negra Sebastiana, su lío del momento, pero apenas se citó a Tibéria, fueron retiradas las demás candidaturas. Tenían ahora que ir a su establecimiento, a comunicarle la buena nueva. ¿Quién sabe si quizá eufórica, emocionada, con la alegría de la noticia abriría una botella de cachaza o unas cervezas heladas para saludar al compadre?

Salieron de la tienda de Alonso de nuevo en fraternal camaradería. Pero entre ellos, como invisible lámina que los separara, como motivo de discordia permanente, iba el problema de la elección del padrino. Massu balanceaba la cabezota como si quisiera librarse de la preocupación: decidiría durante la semana. Al fin y al cabo no había tanta prisa. Veveva había dado un plazo de quince días y ya en el primero había resuelto la mayor parte de los problemas.

3

La mayor parte sí, pero no la más difícil. Lo más difícil era elegir padrino, y de ello se convenció Massu cuando, tres días después del feliz inicio de las conversaciones, la situación seguía sin modificación y el niño sin padrino.

Lo de que no había modificación es un modo de hablar: la verdad es que la situación había empeorado. No habían adelantado un paso cara a la solución del problema, y en compensación pesaba sobre el grupo la amenaza de serias disensiones. Aparentemente aquella antigua y exaltada amistad seguía perfecta, no había sufrido en apariencia el menor desgarrón. Pero un observador atento podría sentir al correr de las noches y los tragos, una tensión creciente, manifiesta en palabras y gestos, que ponían pesados silencios en medio de la discusión, como si tuvieran miedo de ofenderse unos a otros. Andaban todos educados y ceremoniosos, sin aquella amplia intimidad de tantos años y tanto aguardiente.

Todos, sin embargo, muy atentos con Massu, llevándolo en palmitas. No podía quejarse el negro, y, si no fuera tan estricto y riguroso el plazo establecido por la vieja Veveva, no desearía él otra vida que la de padre rodeado de generosos pretendientes a compadre.

Cravo na Lapela le había ofrecido unos puros, negros y fuertes, de Cruz das Almas, de primerísima. Curió había traído un amuleto para proteger al niño contra las fiebres, las mordeduras de serpiente y la mala suerte. También unas cintas de Bonfim. Ipicilone había invitado a Massu a un zarapatel en casa de la negra Sebastiana, regado con aguardiente de Santo Amaro, y había intentado emborracharlo, tal vez con la intención de arrastrarlo a una decisión favorable a sus pretensiones. Massu comió y bebió a tripa tendida, pero quien primero la agarró y soltó la vomitona fue Ipicilone. Massu aprovechó la ocasión para darle unos tientos a la negra Sebastiana, y si no pasó a mayores fue por consideración a Ipicilone, borracho pero presente. No quedaba bien beneficiársela con el amigo allí.

Y por lo que al cabo Martim se refiere, se mostró de una solicitud ejemplar. Habiendo encontrado al negro sudando en el camino de la Barra, en la cabeza un enorme cesto repleto de compras, debajo del brazo un cántaro de barro grande e incómodo, bajo el sol de las once, se acercó a él y se dispuso a ayudarle. Otro cualquiera le hubiera dado el esquinazo para evitar el encuentro. Pero Martim se acercó a él, le cogió el cántaro, aliviando así al negro de parte de su pesada carga, y siguió con él Barra adelante, haciéndole compañía, disminuyendo la distancia con su prosa siempre agradable e instructiva. Massu se sentía agradecido, no solo por la disminución de la carga —un cántaro de los grandes es un cacharro difícil de llevar, no cabe debajo del brazo, y en la cabeza ya llevaba el cesto—, sino también por la charla que le conservaba el buen humor, pues antes del encuentro con el cabo iba el negro maldiciendo de la vida, renegando del diablo: había aceptado aquella chapuza que le propuso una dama elegante de la Barra. Eran compras hechas en el mercado de las Sete Portas, provisiones para una semana, porque estaba sin blanca y Veveva le pedía dinero para las papillas del chiquillo. Al pequeñajo le gustaba con delirio la papilla de banana y harina, comía como un hombrón, y él, Massu, llevaba una temporada de malas, y no daba con la ocasión de hacerse con unos cuartos.

Martim, agarrando el cántaro, intentó ajustarlo bajo el brazo —se negaba a llevarlo en la cabeza— e iba contando las novedades. No apareció la víspera por el cafetín porque fue la gran fiesta de Oxumaré en el candomblé de Arminda de Euá. ¡Qué fiesta, hermano, imposible mejor! El cabo, en su vida entera de devoto, jamás había visto bajar tanto santo de una vez. Solo de Ogum vio siete, y a cual mejor…

Paró Negro Massu su caminata. Era hijo de Ogum y también ogã suyo. Martim hablaba de la fiesta, del baile y de los cánticos. Massu, a pesar del cesto en la cabeza, en equilibrio inestable, lleno de cosas quebradizas, inició unos pasos de danza. Martim hizo también sus quiebros y empezó la cantiga del orixá de los metales.

—¡Ogum ê ê! —cantó Massu.

Y tuvo una iluminación. Como si el sol explotara en amarillos, aquel sol cruel y castigón, y de repente le vino una visión: en unas matas próximas apareció Ogum, y le sonreía, todo adornado, con sus herramientas, diciéndole que no se preocupara, que él, Ogum, su padre, resolvería por él el asunto del padrinazgo de la criatura. Massu debía ir a verlo. Dicho esto desapareció el santo como había venido, y de todo aquello quedó solo un punto de luz en la retina del negro, prueba indudable de lo acontecido.

Volviose Massu hacia el cabo y le dijo:

—¿Lo viste?

Martim estaba de nuevo en marcha:

—Para volverse loco, ¿eh? ¡Qué andares…! —Y sonreía siguiendo con la mirada a la majestuosa mulata que doblaba la esquina.

Massu no obstante estaba muy lejos de esas lucubraciones, aún dominado por su visión.

—Estoy hablando de otra cosa… De cosas serias…

—¿De qué, hermano? ¿Hay algo más serio que el trasero de una mulata?

Negro Massu le explicó la visión, la promesa de Ogum de

que resolvería el problema, y la orden de que fuera a verlo. Martim quedó impresionado:

—¿Y tú lo viste en persona, negro? ¿No me tomas el pelo?

—Te lo juro… Aún me queda un bultito como de fuego dentro del ojo…

Martim consideró el asunto y se sintió esperanzado. Fue él quien llevó la charla hacia el tema de la fiesta de Ogum, del candomblé de la noche antes. Fue él quien habló de los varios Ogum que bailaron en la campa de Arminda. Si Ogum iba a decir algún nombre, ¿por qué no el suyo?

—¡Ay, hermano, tienes que ir ahora mismo…! ¿A quién vas a consultar?

—Pues… a madre Doninha, claro…

—Pues lo más pronto…

—Hoy mismo…

Pero aquel día la madre de santo Doninha, ialorixá del Axé da Meia Porta, donde Massu era ogã confirmado y donde Jesuíno tenía un puesto importante, de los de mayor honra, aquel día no pudo atender al negro, ni siquiera verlo ni decirle una palabra. Estaba en la cámara de los iaôs ocupada en una pesada obligación, trabajo para una hija de santo suya, llegada de fuera. Le mandó recado de que volviese al día siguiente a cualquier hora de la tarde.

Por la noche, reunidos en la taberna de Isidro do Batualê, oyeron los amigos de boca del negro la versión exacta de lo acontecido. Martim ya les había adelantado algunas informaciones pero querían escuchar, con todos los detalles, la narración de Massu.

El negro les contó: iba con Martim por el camino de la Barra, cargado con cestos y cántaros, cuando empezó a oír música de tambores y cantares de santo. Al principio muy bajo, como en sordina, después fue creciendo y se convirtió en un son como de fiesta. Allí estaba Martim para confirmarlo, que no le dejaría mentir.

Martim confirmó lo dicho por Massu y añadió un detalle: antes habían estado hablando de la fiesta de Oxumaré en el candomblé de Arminda de Euá, y cuando citó el nombre de Ogum, Massu y él sintieron el golpetazo del santo encima, y una debilidad de cuerpo como si estuvieran en la rueda del baile de Ogum. Como si fuesen a entrar en trance. Él, Martim, hasta llegó a sentir un temblequeo en las piernas.

Luego creció la música y apareció Ogum, saliendo entre las matas, a orillas del camino. Era un Ogum enorme, de más de tres metros, todo adornado con sus insignias y atributos, la voz dominándolo todo. Llegó y abrazó a Massu, su ogâ, y le dijo que no se preocupara con la historia del padrino, que él, Ogum, iba a decidir, liberando así a Negro Massu de tanta preocupación, de tan terrible dificultad, sin saber a quién escoger entre amigos igualmente queridos. ¿No fue exactamente así, Martim?

Martim confirmó nuevamente lo dicho por Massu, aunque sin garantizar la medida exacta del Ogum, tanto podía ser tres metros como un poco más. En su opinión eran tres metros y medio tal vez. ¿Y el vozarrón? Un vozarrón de vendaval, un estruendo feroz. Los demás miraban al cabo con el rabillo del ojo: bien se veía que estaba adulando a Ogum, haciendo méritos.

Massu concluía su narración satisfecho: Ogum decidiría sobre el padrino para el chico, y, quien quisiera, que fuera a discutir la elección hecha por el poderoso orixá, y que se las arreglara con él, que Ogum no es santo de admitir réplicas.

Hubo un silencio pleno de concordancia y respeto, pero de mudas interrogantes. ¿No estaría todo aquello preparado por el cabo Martim? ¿No habría convencido él al buenazo de Massu de que habían tenido aquella extraña visión al mediodía, con música de macumba y el santo danzando en plena vía pública? Martim era un tipo lleno de malicia y picardía, todo aquello podía ser un plan muy bien tramado: en la primera visión, Ogum prometía resolver el problema, en la segunda visión, y de nuevo sin nadie de los otros delante, Ogum, un Ogum de pega, existente solo en la imaginación del negro excitada por el cabo, declararía que el escogido para padrino era Martim. Las miradas iban de Massu a Martim; miradas inquietas, que no ocultaban sus sospechas. Por fin, Jesuíno tomó la palabra:

—Bien, Ogum escogerá, pero ¿cómo va a hacerlo? Él te dijo que fueras a verlo. ¿Adónde? ¿Cómo vas a hacerlo?

—Consultaré a quien puede iluminarme. Ya fui hoy mismo.

—¿Que ya fuiste? —En la voz de Galo Doido se notaba la alarma—. ¿A quién fuiste a consultar?

¿Habría ido al cabo Martim o a cualquiera preparado por este?

—Fui a ver a Doninha, pero estaba ocupada. No pudo atenderme. Mañana lo hará.

Jesuíno suspiró, aliviado. Los demás también. Madre Doninha estaba por encima de cualquier sospecha y merecía absoluta confianza, ¿quién se atrevería siquiera a levantar la menor duda respecto a su honorabilidad? Sin hablar de sus poderes, de su intimidad con los orixás.

—¿Madre Doninha? Hiciste bien. Para una cosa tan seria, solo ella. ¿Cuándo volverás a verla?

—Mañana sin falta.

Solo Pé-de-Vento se obstinaba en su posición inicial:

—Yo que tú bautizaba al pequeñajo con el cura y en las iglesias de todas las religiones, que hay un montón, más de veinte de todas clases, y en cada una un bautizo distinto. Para cada bautizo un padrino…

Solución tal vez práctica y radical, pero inaceptable. ¿Qué diablo iba a hacer el chiquillo por el mundo con todas esas religiones? No iba a tener tiempo de nada, siempre corriendo de iglesia en iglesia. Bastaba con el católico y el del candomblé, que, como todos saben, católico y candomblé se entienden y se mezclan… Lo bautizaba en el cura y luego lo amarraba al santo del *terreiro*. ¿Para qué más?

Al día siguiente, por la tarde, Massu se puso en camino hacia los altos del Retiro, donde vivía Doninha. Era uno de los mayores santuarios del culto gegenagô, un axé, recinto inmenso con varias casas de santo, casas para las chicas y para las hermanas de santo, para los huéspedes, un gran barracón para las fiestas, las casas de los santones y la pequeña casa de Exu, próxima a la entrada.

Doninha estaba en casa de Xangô, divinidad de las más importantes y santo ilustre, dueño de aquel axé, y allí conversó con Massu. Le dio la mano a besar, lo invitó a sentarse, y, antes de llegar al asunto, platicaron sobre cosas diversas, como deben hacer las personas bien educadas. Finalmente Doninha hizo una pausa en la entrevista, reclamó un café a una de las sirvientas, cruzó las manos, inclinó ligeramente la cabeza hacia Massu, como diciéndole que estaba pronta a escucharlo, que había llegado la hora de la consulta.

Massu empezó entonces por el principio, explicando la llegada de Benedita con el chiquillo, bien cuidado, gordo, pero sin bautismo. Benedita nunca había sido de mucha religión. La pobre había muerto en el hospital, o al menos eso se suponía, pues nadie la había visto o acompañado el entierro.

Escuchaba la madre de santo en silencio, aprobando con la cabeza, murmurando palabras en nagô de vez en cuando. Era una negra de unos setenta años, gorda y pausada, pechos inmensos, ojos vivos. Vestía falda amplia y bata blanca, calzaba chinelas de cuero y llevaba un cordón de cuentas amarrado a la cintura, el cuello y las muñecas pesados de collares y pulseras, el aire majestuoso y seguro de quien tiene plena conciencia de su poder y sabiduría.

Massu hablaba sin temor ni vacilaciones, con confianza. Había entre él y Doninha, así como entre ella y las demás personas del axé, una íntima vinculación, casi parentesco. Contaba él de la aflicción de Veveva con el pequeño sin bautizar, y Doninha aprobó esta preocupación. Veveva era su hermana de santo, una de las más antiguas devotas de la casa. Cuando Doninha se había iniciado, Veveva ya había cumplido las obligaciones de los siete años. Veveva le había dado un plazo de quince días para bautizar al chiquillo, porque no quería verle completar el año aún pagano. Todo había ido bien en la discusión de los preparativos, incluso la elección de madrina. Todos de acuerdo habían elegido a Tibéria, pero habían encallado definitivamente al tratar del padrino. Massu era de natural amistoso, y sin contar con los conocidos, que los tenía a montones, eran tantos sus amigos fraternales que era imposible elegir entre ellos uno solo para padrino. Sobre todo tratándose de los cinco o seis que se juntaban todas las noches, que ni siendo hermanos serían tan inseparables. Massu ya no dormía, pasaba las noches comparando las virtudes de los amigos y no lograba decidir. En toda su vida no había sabido lo que era dolor de cabeza, y ahora sufría de apreturas en las sienes, de zumbido en los oídos, como si le fuera a estallar la cabeza. Ya se veía reñido con los amigos, apartado de su trato. ¿Y cómo vivir entonces sin el calor de la convivencia humana, desterrado en su propia tierra?

Doninha comprendía el drama. Movía la cabeza, como indicándole su asentimiento. Llegó entonces Massu a la intervención de Ogum:

—Iba por el camino, cargado como un burro, Martim a mi lado, charlando, cuando, sin aviso de nada, mi padre Ogum se apareció a mi lado, como un gigante de más de cinco metros, más alto que un poste. Lo conocí porque venía con todas sus insignias, y por su risa. Llegó y se puso a decirme que viniera a verla a usted, mi madre, que él le diría lo que había decidido sobre el padrino del chiquillo. Que dejase el caso en él, que él resolvería. Por eso vine ayer, y he venido hoy, para saber la respuesta. Cuando Ogum acabó de hablar, se rió de nuevo, y desapareció por el lado del sol, entró por él adentro, hizo como una explosión y quedó todo amarillo como una lluvia de oro.

Terminó Massu su relato. Doninha le comunicó que estaba más o menos informada del asunto. Que no había sido sorpresa para ella, pues la víspera, cuando el negro fue a verla y no lo pudo recibir por estar ocupada con trabajos dificultosos y delicados, había pasado algo realmente increíble. A aquella hora exacta de la llegada de Massu estaba ella empezando a tocar la trompeta para pedir respuesta a Xangô sobre las afligidas interrogaciones de la devota, una hija de santo suya, apartada muchos años de Bahia, que vivía ahora en São Paulo, envuelta en una complicación como Massu no podía ni imaginar, bastábale saber que había venido del sur a la carrera para rendir aquel homenaje a Xangô y colocarse bajo su protección. Pues como iba diciendo, Doninha tocó para Xangô, invocó a Xangô, pero en vez de Xangô, quien apareció y habló un buen rato a trompicones —o al menos eso le había parecido entonces a ella— fue Ogum. Ella tocaba la trompeta, clamaba por Xangô, y se presentaba Ogum frente a ella, para marcharse luego con una confusión inaudita. Y Doninha sin saber nada, ignorante de las historias de Massu, despidiendo a Ogum y reclamando la presencia de Xangô. Llegó a pensar que todo aquello era arte de Exu maligno, muy capaz de ponerse a imitar a Ogum solo para fastidiar. Doninha ya se estaba impacientando, y la hija de santo con los pelos de punta, pues teniendo sus asuntos tan liados, aquella confusión la dejaba aterrorizada. ¿Cómo soportar un desasosiego más, si ya con el suyo tenía de sobras?

Fue entonces cuando Doninha, desconfiando de la influencia extraña, mandó una iaô para ver quién estaba en el patio a aquella hora, y la iaô vino con el recado de que estaba Massu. Doninha no había relacionado entonces la llegada de Massu con la aparición de Ogum, y le mandó decir al negro que volviera al día siguiente. ¿Cómo iba a recibirlo en medio de todo aquel barullo?

Pero apenas Massu había atravesado la puerta del recinto cuando se retiró también Ogum, y todo volvió a la normalidad. Llegó Xangô con toda su majestad y respondió a la consulta de la moza. Resolvió sus problemas a pedir de boca y la pobre quedó con una alegría que había que verla…

Después, pensando en los sucesos, Doninha empezó a atar cabos, a sacar conclusiones: Ogum había venido porque tenía algo que ver con Massu. Había quedado entonces ella a la espera, y aún ahora, mientras charlaban, notaba algo raro en el aire hasta el punto de que juraría que Ogum andaba por allí oyendo su conversación.

Se levantó con esfuerzo de la silla, puso las manos en las caderas, anchas como ondas del mar revuelto, y le dijo a Massu que esperara. Iba a aclarar las cosas inmediatamente. Y se dirigió a la morada de Ogum en una pequeña pendiente detrás del barracón. Una hija de santo apareció trayendo una bandeja con tazas y cafetera, le besó la mano a Massu antes de ofrecerle el café caliente y aromático. El negro se sentía confortado y casi tranquilo por primera vez en varios días.

No tardó Doninha. Volvió andando con su paso menudo y apresurado. Se sentó, explicó a Massu las determinaciones de Ogum. Tenía el negro que traer dos gallos y cinco palomos, un saquito de puré de mandioca y masa de judías para dar comida a su cabeza. Respondería él entonces sobre el padrino. El jueves, de allí a dos días, al caer el sol.

Doninha se encargó de preparar el acarajé, pastel de frijoles, y de freír la masa. Massu adelantó el dinero necesario. Los gallos y los palomos los traería al día siguiente. El jueves vendría con los amigos, comerían con Doninha y las devotas, si es que estaban presentes, la comida del santo.

Vivieron todos en tensión aquellos dos días, preguntándose quién sería el recibido por Ogum como más digno de ser padrino del niño. El problema había adquirido nueva dimensión. Una cosa era la elección hecha por Negro Massu, que podía fácilmente engañarse, cometer una injusticia, pero Ogum no se engañaría, no cometería injusticias. Quien él escogiese quedaría consagrado como el mejor, el más digno, el amigo ejemplar. Todos se sentían un poco asustados. Ahora estaban en juego fuerzas incontrolables más allá de todo acomodo, trampa o sabiduría. Ni el mismo Jesuíno, tan altamente situado en la jerarquía de los candomblés, podía influir en la elección. Ogum, es divinidad de los metales, y sus decisiones son inflexibles, su espada es de fuego.

4

A lo lejos, las luces de la ciudad se habían encendido. El crepúsculo creció entre los matojos del camino del axé. Iban silenciosos, pensativos; Tibéria venía con ellos. Para ella era cuestión de honor estar presente. Por ser madrina se consideraba directamente interesada en el asunto. Cabras y cabritos corrían por los ribazos, recogiéndose con la llegada de la noche. Las sombras iban cayendo por encima de los árboles y de las gentes; más adelante la oscuridad se levantaba como un muro.

En el axé había un silencio de luces apagadas y discretos pasos en las casas habitadas por las hijas de santo, sacerdotisas de la macumba. Luz bermeja de candiles se filtraba por las rendijas de puertas y ventanas. En la casa de Ogum había velas encendidas. Cuando atravesaron la puerta y saludaron a Exu, surgió de la sombra una hija de Oxalá, toda de blanco como es de ritual, y murmuró:

—Madre Doninha está esperando. En la casa de Ogum.

Una cortina cubría la puerta, tapando la entrada. Entraron uno a uno, curvándose ante el ara del santo y arrimándose después a la pared. La madre de santo estaba sentada en un taburete y les dio la mano a besar. La oscuridad iba bajando sobre los campos, lentamente. Como la salita era pequeña no cupieron todos: solo Massu, Tibéria y Jesuíno se quedaron dentro, con Doninha. Los demás y las hijas de santo se agruparon fuera, tras la cortina colgada.

Vino una devota y, arrodillándose ante madre Doninha le entregó un plato de barro con dos grandes cuchillos afilados. Otra trajo los dos gallos. La madre de santo empezó un canto ritual que siguieron las muchachas. Había empezado la ceremonia. Cogió Doninha el primer gallo bajo sus pies y entre ellos colocó una especie de jofaina de barro. Sujetó al animal por la cabeza, agarró el cuchillo y lo degolló. Corrió la sangre. Luego arrancó unas plumas y las unió a la sangre.

El segundo gallo fue sacrificado. Los cánticos sesgaban la noche, descendían por las laderas hacia la ciudad de Bahia, en honor de Ogum.

Una ayudante trajo los palomos blancos, asustados. En otro recipiente fue recogida la sangre y juntadas las plumas escogidas.

Doninha se levantó y dirigió la música un momento. Luego pronunció las palabras de la ofrenda, entregando a Ogum los animales muertos. Massu estaba inclinado, Jesuíno también. Con los dedos mojados en sangre Doninha tocó sus cabezas, las de los que estaban dentro de la cámara y las de los que se habían quedado fuera. Cualquiera podía ser el escogido. Las hijas de santo se llevaron los animales muertos para preparar la comida de santo.

Salieron todos entonces hacia el patio y allí se quedaron conversando mientras crecía el bullicio en la cocina de la casa mayor. La noche había caído por entero, las estrellas eran innumerables en aquel cielo sin lámparas eléctricas. Nadie hablaba del asunto que hasta allí los había llevado. Era como una reunión social, los amigos de charla. Doninha contaba cosas de su infancia lejana, recordaba gente ya desaparecida. Tibéria contaba cosas que habían ocurrido en otros tiempos. Así estuvieron hasta que la iaô de Oxalá anunció que la comida estaba preparada.

Vinieron las devotas en fila trayendo los cuencos de comida, el pastel de frijoles, la pasta de poroto frita y picante. Los animales sacrificados eran ahora comida olorosa y llena de color. Doninha escogió los pedazos rituales, los de santo, añadiéndoles un poco de la pasta preparada. Los platos fueron colocados en el ara. Las devotas cantaban. Doninha marcaba el ritmo de los cánticos.

Tomó entonces la trompeta y empezó a tocar. Los amigos metían la cabeza por la puerta para no perder detalle. Tras haber tocado unos momentos invocó a Ogum. Este estaba satisfecho, se veía inmediatamente, pues vino riendo y saltando y saludó a todos, muy particularmente a madre Doninha y a Massu.

Doninha le dio las gracias y le preguntó si era verdad que estaba dispuesto a ayudar a Massu en aquel difícil trance de escoger padrino para el pequeño. Él respondió que para eso había venido, para agradecer la comida ofrecida por Massu, la sangre de los gallos y palomos, y para conversar con ellos y darles la solución tan esperada.

Entonces fue Massu quien agradeció su presencia y le transmitió sus más efusivas demostraciones de saludo. Pues allí estaba él con aquel condenado problema del bautizo del hijo, pequeño, bonito y despierto, tan bullicioso y lleno de travesura, que era tremendo, hasta parecía de Exu. Y Massu, teniendo que escoger padrino entre los amigos, y teniendo tantos y tan buenos, solo podía escoger uno. Quería saber lo que debía hacer para no ofender a los otros. Para eso había venido y traído los gallos y palomos, como Ogum había ordenado. ¿No había dicho eso?

Exactamente, asintió Ogum. Todo era absoluta verdad. Había visto a su hijo Massu tan preocupado que había decidido venir en su socorro. ¿Así que Massu no quería disgustar a ninguno de sus amigos y no encontraba la manera? ¿No era eso?

Todos asistían a la escena a través del juego de collares en movimiento. Doninha crecía ante ellos, señora de las fuerzas desconocidas, de la magia y de la lengua iorubá, de las palabras decisivas y de las hierbas misteriosas.

¿Y cuál era la solución?, preguntaba Massu al encantado, a Ogum, su padre, y todos ellos, incluso madre de santo Doninha, esperaban la respuesta en un silencio tenso. ¿Cuál era la solución? Ellos no veían ninguna.

Se oyó entonces en la cámara un tintinear de hierros, acero contra acero, el ruido de espadas que topaban una con otra, pues Ogum es señor de la guerra. Se oyó una risa alegre y divertida, y era Ogum, cansado del lento diálogo a través del juego de cuentas, queriendo estar con ellos más directamente, era Ogum, cabalgando a una de las devotas, hija suya. Ella entró por la puerta bruscamente, saludó a Doninha, y se apostó en el ara. Elevó la voz:

—He decidido ya. Nadie va a ser el padrino del pequeño. El padrino seré yo, Ogum. —Y se rió.

En el silencio del espanto, Doninha quiso confirmación de estas palabras:

—¿Vos, padre mío? ¿Vos seréis el padrino?

—Yo mismo y nadie más. Massu de ahora en adelante será mi compadre. Adiós a todos, me voy. Preparen la fiesta. Volveré para el bautizo.

Y se fue inmediatamente sin esperar siquiera los cánticos de despedida. Madre Doninha dijo:

—Nunca había ocurrido tal cosa… Es la primera vez… Orixá padrino de un pequeño… El santo tomar compadre, nunca tal se había visto…

Massu estaba hinchado de vanidad. Compadre de Ogum jamás lo había habido. Él era el primero.

5

Sí, solución perfecta, admirable. Todos quedaron satisfechos. Ninguno fue escogido. Nadie se encontró colocado más alto que los otros en la escala de la amistad de Massu. Encima de ellos solo Ogum, divinidad de los metales, hermano de Oxóssi y de Xangô. La solución había contentado a todos. Pero no por eso podía considerarse totalmente resuelto el problema del bautizo.

Al contrario, la decisión de Ogum, que había puesto fin al callejón sin salida de escoger padrino, había planteado un problema nuevo e imprevisible: ¿cómo hacer ir a Ogum a la iglesia del Rosário dos Negros y allí ser testigo de un acto católico? El orixá no era un ser humano, no podía delegar sus funciones en uno de los amigos para que lo representara. Esta solución, insinuada por Curió, volvía a plantear el problema anterior: ¿quién sería el elegido para representar a Ogum? Fuese quien fuese sería en cierto modo el padrino del pequeño. No. Tal idea tenía que ser apartada por completo.

La propia madre Doninha se confesó en dificultades. ¿Cómo resolver el caso? Ogum, tranquilamente, se había declarado padrino del niño, compadre de Massu. Y la noticia no tardaría en extenderse por toda la ciudad, en ser comentada por todos. Nunca se había visto tal cosa: un orixá bautizando a un niño, mucho se iba a comentar el asunto. Negro Massu crecido en importancia social, todos queriendo asistir al bautizo. Para ver cómo se las arreglaban el padre y sus amigos, cómo iban a hacer para tener a Ogum presente en la ceremonia. El orixá se había proclamado padrino, muy bien. Pero había dejado en sus manos —de Massu, de Doninha, de Jesuíno, de Tibéria, de Martim y de los otros— aquel problema insoluble: ¿cómo iba Ogum a testimoniar en el acto?

Madre Doninha se cansó de llamar a Ogum, de tocar en los tambores el toque de santo, de cantar sus cánticos, de pedirle que viniera. ¿No había prometido, entre risas alegres, que volvería el día del bautizo? Pues parecía dispuesto a cumplir su palabra. Doninha tenía fuerza como los santos. Nadie en los candomblés de Bahia sabía tanto como ella. Sus poderes eran mayores que los de cualquier otra madre de santo. Pero aunque estaba tan bien vista por los orixás, e incluso echando mano de todos los recursos, apelando a Ossani y usando hierbas secretísimas, ofreciendo por su propia cuenta un sacrificio a Ogum, ni siquiera así consiguió hacerlo volver, cambiar con él unas palabras, oír una explicación sobre cómo debían obrar. Ogum había desaparecido y no solo de su santuario, del Axé da Meia Porta, sino de todos los santuarios de Bahia. No bajaba a ninguno, llevando el pánico a sus hijas y a sus siervos. No contestaba al llamamiento de ninguno; no bajaba en busca de la comida para él preparada ni de los animales sacrificados en su honor.

Batían los atabales, corría la sangre de gallo, de palomo, de carneros y cabritos. Las sacerdotisas danzaban en corro, se elevaban los cánticos. Sonaban los collares y las trompetas. Los más altos iniciados y las iniciadas más antiguas y sabias clamaban a Ogum y Ogum no respondía. Por los cuatro rincones de Bahia corría la noticia, llevada de boca en boca, cuchicheada de oído a oído: Ogum había decidido apadrinar al hijo de Massu y de la fallecida Benedita, había apartado a todos los candidatos y, decidido esto, se había ido para no volver hasta el día del bautizo. El bautizo sería dentro de una semana, en el primer aniversario del pequeño, en la iglesia del Rosário dos Negros, en el Pelorinho, con doña Tibéria de madrina. Estaba ella preparando el ajuar del pequeño, una riqueza en linos y algodones, en los que dominaba el azul oscuro, el color de Ogum. Todas las pupilas de su casa querían colaborar al menos con un regalo, y el bautizo empezaba a asumir proporciones grandiosas. Y la curiosidad a aumentar. Desde la noticia del casamiento del cabo Martim con la bella Marialva, hoy estrella de cabaret en la ladera de Praça, donde exhibía sus remilgos y su lunar diciéndose cantora, desde entonces no había habido noticia capaz de excitar tanto la curiosidad de la gente.

Había conmovido incluso a respetables y considerados intelectuales, todos ellos importantes estudiosos de los cultos afrobrasileños, cada uno con su teoría personal sobre los diversos aspectos del candomblé. Discordando mucho entre sí, pero todos unánimes en considerar verdadero absurdo aquella historia de un orixá, una divinidad, apadrinando el bautizo de un chiquillo. Citando autores ingleses, americanos, cubanos y hasta alemanes, probaban que no existía la categoría de compadre en el candomblé, ni en Brasil, ni en África. Estaban todos ellos, eminentes etnólogos o simples charlatanes, empeñados en saber si «compadre de santo» estaba por encima de ogã y por debajo de obá, siervos o devotos, y a qué reverencias tenía derecho y si sería o no saludado antes o después de madre-pequeña.

Porque si bien discordaban de aquella innovación que rompía la pureza del ritual, nada podían contra ella pues había sido obra del propio orixá. Deseaban, eso sí, estar presentes en el bautizo, y se comprometían con las gentes de la secta, prometiendo convites.

Andaba Massu con todo esto inflado de vanidad. Nadie podía con él los primeros días, tan orgulloso estaba, tan lleno de sí. Pero Jesuíno, Martim, Tibéria e Ipicilone lo llamaron a la amarga realidad, Doninha sobre todo. ¿Cómo iban a salir de aquel embrollo?

Para ser padrino de bautizo es preciso ir a la iglesia, estar presente en el acto, aguantar la vela, rezar el Credo. ¿Cómo iba a hacerlo Ogum? Massu sacudía su cabezota de buey, levantaba los ojos de uno a otro, esperando de alguno de los amigos la idea salvadora: a él, Massu, no se le ocurría nada, no sabía cómo salir del lío.

Doninha lo intentó todo, pero tuvo que declararse vencida. No conseguía comunicarse con Ogum. Todos sus esfuerzos habían sido vanos. Solo el mismo santo podía arreglarlo. Que la disculpara Massu, nada podía hacer ella.

Pero una vez más brilló el talento de Jesuíno Galo Doido, que abrió la boca y dio la solución. No había dos como Galo Doido, vamos a dejarnos de tapujos y revelar la verdad. Con eso nadie se puede molestar, a nadie se ofende, pues con el correr del tiempo todos estaban de acuerdo en reconocer la comprobada superioridad de Jesuíno, aunque por aquel entonces aún no se había elevado Galo Doido en toda su altura, como aconteció después, si bien ya le rendían homenaje y no se comparaban con él. Solución tan simple la de Jesuíno, y sin embargo a nadie se le había ocurrido.

Massu volvió del axé después de oír la desalentadora declaración de madre Doninha: no había nada que hacer. El negro resolvió aplazar el bautizo hasta que Ogum se decidiera a cooperar. El aplazamiento iba a ser un golpe para la negra Veveva, tan empeñada en ver al chico bautizado, pero a Massu no se le ocurría otra solución. Y así lo dijo a los amigos en el almacén de Alonso:

—Me parece que he dado con la solución… —anunció Jesuíno.

Pero no quiso revelar su idea sin antes oír la opinión de Doninha, pues de su acuerdo dependía la ejecución y el éxito del plan. Excitadísimos resolvieron ir inmediatamente al terreiro del santo.

En presencia de Doninha, Jesuíno expuso su pensamiento. Comenzó preguntando: ¿no les había extrañado el comportamiento de Ogum el día de la consulta? Estaba respondiendo a través del juego de abalorios, y de repente se había presentado en persona, sobre una de las devotas, ¿verdad? Y luego, por boca de la muchacha había tomado para sí la carga del padrinazgo y había dicho que no volvería hasta el día del bautizo, ¿no era así? ¿Y no estaban todos admirados de la falta de cooperación de Ogum, desaparecido, dejándolos a todos sufriendo, con semejante problema por resolver? Y sin embargo ya aquel día Ogum lo había resuelto todo, les había indicado qué debían hacer, había dado la solución.

Se miraron todos con aire de idiotas. Pé-de-Vento fue el portavoz de todos cuando dijo:

—Para mí como si hablaras alemán. No te entiendo nada…

Jesuíno hizo un ademán como mostrando qué fácil era. Bastaba pensar un poco. Pero ellos no veían tal facilidad. Solo madre Doninha, cerrando los ojos y concentrándose, vio la solución. Acomodando el corpachón en la silla de enea, volvió a abrir los ojos y sonrió a Galo Doido:

—Quieres decir…

—Eso es…

—… que Ogum va a bajar en forma de muchacha el día del bautizo, y que va a hacer de padrino, pero ella no será ella, que ella será él…

—¡Pues claro! ¿No es sencillo?

Tan sencillo que nadie le entendió y Jesuíno tuvo que volver a explicarlo: quien iría a la iglesia sería una de las devotas del servicio de Ogum, pero cabalgada por el santo, o sea, que no sería ella, sino una personificación del orixá que tomaría su cuerpo. ¿Comprendían?

Se iluminaron los rostros de todos con sonrisas de comprensión satisfecha. Sí, señor: Jesuíno era algo serio. Había dado con la salida. La sierva de Ogum llegaría a la iglesia como santo, cabalgada por Ogum, y este sería el padrino…

—Pero una mujer no puede ser padrino… —observó Curió. Padrino no, desde luego, no podía ser… Tenía que ser madrina.

—Madrina ya tiene; es Tibéria —recordó Massu.

—A Ogum tampoco le va a gustar ir de madrina —protestó Doninha—. Es santo hombre; no va a querer puesto de mujer. Madrina no puede ser…

De repente parecían haber vuelto al principio. Pero Jesuíno no se dejó impresionar.

—Basta buscar un hijo de santo.

¡Claro está! Tan sencillo y andaban todos abrumados, sin poder pensar siquiera, dándolo ya todo por perdido. No había dudas, el problema estaba resuelto.

Pero en el santuario de Doninha no había ningún hijo de santo, ningún hijo de Ogum. Había gente de santo, como Massu, pero esos no servían, no recibían al orixá. Los dos únicos hijos de santo de Doninha se habían marchado de Bahía, uno vivía en Ilhéus, otro en Maceió, donde se había establecido con una casa de santo propia.

—Hablemos con uno de otro santuario… —propuso Curió.

Propuesta aparentemente aceptable, pero contra ella argumentó Doninha con una serie de dudas. ¿Daría resultado? ¿Estaría Ogum de acuerdo con que buscaran gente de otra casa? Porque Massu era cofrade del candomblé de Meia Porta y no de ningún otro. Fue allí, por boca de Doninha primero, luego por medio de una devota, donde se manifestó la voluntad de Ogum.

Estaban en estas consideraciones, nuevamente perdidos, cuando se oyó del lado de fuera de la casa de Xangô, donde estaban conversando, un son de palmadas y una voz que preguntaba por madre Doninha.

—Yo conozco esa voz —dijo la ialorixá—. ¿Quién es?

—Gente de paz, mi madre…

Y apareció por la puerta el viejo Artur da Guima, artesano establecido en la ladera del Tabuão, buen amigo de todos ellos. Fue una alegría verlo por allí, y, si no estuviesen todos tan desanimados, hubiera sido motivo su presencia de grandes abrazos y palmadas en la espalda.

—Pues aquí estoy —dijo—, trepando por esas laderas para venir a besar la mano de madre Doninha y preguntarle qué hay de verdad en toda esa historia que anda corriendo por ahí, que no se habla de otra cosa, de que mi padre Ogum ha sido elegido como padrino de bautizo, y ahora me encuentro aquí a toda esta compaña. Salve, mi madre; salve, hermanos…

Inclinose para besar la mano de Doninha, esta miró a Jesuíno, Martim sonrió. Martim era íntimo del artesano, su compañero de juego. Artur apostaba a los dados, viciadísimo. Y Martim comenzó a decir, con voz trémula, tan extraordinaria le parecía la llegada del amigo:

—Artur es hijo de Ogum, hecho en esta casa…

Primero se quedaron todos boquiabiertos, dándose perfecta cuenta de lo ocurrido. Luego empezaron los abrazos, los apretones de mano, la alegría general…

Porque Artur da Guima no solo era hijo de santo, de Ogum, de aquel santuario, aunque no había sido Doninha quien puso la mano en su cabeza haciéndolo santo. Llevaba más de cuarenta años de consagrado, la ceremonia se había realizado cuando aún el santuario estaba en manos de la finada Dodó, de siempre feliz y recordada memoria. Ese era el motivo de que al recordar a los hijos de Ogum, Doninha no hubiera pensado en Artur da Guima, su hermano de santo y no su hijo. Artur da Guima ciertamente había sido conducido hasta allí, en aquel momento por el mismo Ogum, ¿quién podría dudarlo? Nadie lo dudaba, ni el propio Artur cuando Jesuíno se lo explicó todo, sin olvidar detalle.

Viejo en el santuario, donde tenía un puesto elevado, Artur solo aparecía allí con ocasión de las grandes fiestas o en las épocas de indispensables obligaciones. Y nunca, o casi nunca, era visto en el corro, danzando. Se sentaba, cuando allí llegaba, en una silla, tras la madre de santo, y generalmente ella le pedía que iniciara dos o tres cánticos del orixá. Él lo hacía discretamente, no le gustaba exhibirse, mostrar su importancia, imponer su antigüedad. Una vez en la vida, otra en la muerte, Ogum descendía y él bailaba en el corro. Pero su Ogum no acostumbraba a descender, era un Ogum difícil que raramente se manifestaba. El mismo Ogum de Massu, aunque el negro no había sido consagrado, no era hermano de santo.

Se miraban Doninha y Jesuíno, la madre de santo en la cumbre de la admiración, a pesar de haber visto tantas cosas en su vida. Jesuíno, un tanto vanidoso porque por así decir él había colaborado con Ogum, había participado en sus planes, había ayudado a su realización.

—Hijo de Ogum, y de aquí, del axé… —repetía Doninha.

—Y pronto hará cuarenta años… —confirmaba Artur da Guima, orgulloso—. Pronto hará cuarenta años de la fiesta… Pocos tienen tanta antigüedad…

—Era yo una chiquilla de trece años —recordó Doninha—. Dos años después entré yo, para cuidar al santo…

—¡Gran santo es Ogum! —comprobó Negro Massu.

Artur da Guima asintió. Con cierta reserva, pues como queda dicho era hombre discreto y tímido, vivía en su rincón y de él solo salía para jugar, incorregible, a los dados, perdiendo casi siempre, pero incapaz de refrenarse. Su Ogum venía pocas veces, llevaba meses sin manifestarse, apenas reclamaba una ofrenda de vez en cuando, comida para su cabeza. Pero en compensación, cuando bajaba era el más alegre, lleno de gracias, de natural muy amistoso, saludando y abrazando a los conocidos, a sus ogãs y a las figuras del candomblé, lleno de risas, de quiebros con el cuerpo, danzando como los grandes, en fin, era un Ogum de primera, no un santo vulgar, una gloria de santo. Y cuando él descendía, todo el terreiro lo saludaba con entusiasmo. Artur da Guima exigía la presencia de Doninha en la ceremonia: solo ella, con sus poderes, sería capaz de controlar a ese Ogum juguetón y ruidoso, suelto de repente en las calles de Bahia, pisando las losas de una iglesia, sirviendo de padrino en un bautizo. Él, Artur da Guima, no se responsabilizaba. Bastaba recordar aquella vez, hacía ya años: estaba él a la espera de un autobús para Feira de Santana, en tarde de domingo, un asunto serio que exigía su presencia en la ciudad vecina, tan serio que hasta había decidido faltar a la fiesta de Ogum aquella noche. Pues bien, Ogum bajó allí mismo, en la parada, y allí mismo lo agarró, y cuando él se dio cuenta estaba en el santuario de Dodó, había atravesado toda la ciudad con el santo encima. Pero para empezar Ogum le había dado una buena tunda, para que aprendiera a respetar los días de su fiesta, lo había tirado al suelo, le dio con la cabeza contra el bordillo. Después, entre gritos y carcajadas, tomó el camino del santuario. Llegaron allá con una pequeña multitud acompañándolos. Artur da Guima se enteró de todo después, cuando se lo contaron.

Tenía pues experiencia de que su Ogum era un juerguista y que había que controlarlo. Artur da Guima no respondía de lo que pudiera acontecer.

Pero nadie le hizo mucho caso. Estaban todos entusiasmados con la última solución al problema del bautizo. La noticia iba a ale--grar a la vieja Veveva. La fiesta iba a ser de las que hacen época.

6

El abuelo del padre Gomes había sido esclavo, de los últimos que hicieron el viaje en un barco negrero. Había tenido la espalda señalada por el vergajo; se llamaba Ojuaruá, y había sido jefe allá en su tierra. Escapó luego de un ingenio de azúcar de Pernambuco, dejando al capataz envuelto en sangre. Estuvo en un campamento de cimarrones, anduvo luego errante por la selva hasta que llegó a Bahia, donde se amigó con una mulata clara y virgen, y acabó su vida con tres hijas y una abacería.

Su hija mayor, Josefa, se había casado, ya después de la abolición, con un dependiente de comercio, lusitano, blanco y bonito, loco por la mulata de altas caderas y dientes limados. El viejo Ojuaruá un día los encontró acostados, aún era fuerte como un toro de fuerte, agarró al muchacho por el gaznate y solo lo soltó cuando quedó fijada la fecha del casamiento.

Para el portugués aquel matrimonio podía significar el fin de sus mejores esperanzas, pues su patrón y compatriota, amo del almacén donde trabajaba, portugués viudo y sin hijos, lo tenía destinado a una prima suya, lo único que quedaba de su familia, allá en una aldea de Trás-os-Montes. El patrón apreciaba al dependiente, pero se sentía también obligado para con su prima distante, a quien enviaba de cuando en cuando unos dineros. El ideal era casar a aquel fiel empleado con la parienta y dejarles, cuando muriese, el próspero almacén. Josefa acabó con tal combinación. Fulo, el portugués, amenazó con mandar por su prima y casarse él mismo —aún era un lusíada válido, a sus sesenta y cuatro años, de fuertes músculos— y dejárselo todo a la parienta.

Josefa, sin embargo, no estaba dispuesta a dejar perder el almacén ni la estima del patrón. Sabía caer bien e invitó al portugués como padrino de casamiento, vivía rondándolo, picardeando con él, llamándole suegro, rascándole la cabeza. La verdad es que el tendero se había olvidado de escribir la carta de la amenaza, llamando a la prima, cuyo retrato, mostrado a la mulata, la hizo revolcarse de risa: el padrino merecía novia mejor, aquello era un esqueleto cubierto de piel pachucha. El patrón, aún de buen ver, podía buscarse algo mejor... El portugués se derretía por Josefa, por sus carnes recias, por sus pechos firmes, por sus caderas de vaivén, y asentía.

Así Josefa ayudó al marido, bueno en el trabajo y en la cama, un tesoro de hombre, pero corto de sesera, a convertirse en socio del patrón, y dueño único del almacén tras la muerte del viejo.

Cuando Josefa tuvo su primer hijo, un niño, el portugués quedó como embobado, enternecido por el mulatito, agarrado siempre a él como un padre. Por otra parte, las malas lenguas estaban de acuerdo en que si el viejo portugués no era el padre, había al menos colaborado en la hechura y remate del chiquillo. ¿No se los había llevado, al dependiente y a su mujer, a su amplio caserón, para que vivieran en aquella amplia casa de viudo y allá pasarse horas y horas solo con Josefa mientras el marido sudaba en la tienda? Josefa se encogía de hombros cuando alguien le venía con esos chismorreos: se había convertido en una mulata gorda y tranquila, capaz de dar perfecta cuenta de dos lusitanos, de lidiar con los dos, dejando contentos a ambos, al joven impaciente, como un garañón debutante, y al viejo libidinoso, como un macho cabrío.

El viejo, en sus tiempos de casado, había deseado tener un hijo, y lo deseó hasta el punto de hacer una promesa: si naciera varón, lo metería en el seminario y lo haría cura. Pero su mujer no le dio esa alegría, no aseguraba criatura en sus bajíos, perdió cuatro o cinco y en ese quedarse embarazada y abortar envejeció en un instante y se la llevó una gripe. Ahora cumplía su promesa el portugués, destinando al mulatito al seminario. En cuanto a Josefa, era de Omolu, iniciada de niña. Su padre Ojuaruá era obá de Xangô y había frecuentado el candomblé del Engenho Velho, escondido bajo tierra, perseguido en los tiempos más duros. Por eso el futuro cura en su primera infancia había asistido muchas veces a ofrendas y fiestas de los orixás, y, si no hubiera ingresado en el seminario, seguro que hubiera quedado como devoto o servidor del santo, como voz de Ogum, tal como había prometido Josefa apenas nació.

En el seminario olvidó el mulatito la visión colorida de los ritos macumbas, de los corros armoniosos de iaôs al son de los atabales en las fiestas del santo, la presencia de los orixás en las danzas rituales. Olvidó el nombre de su abuelo Ojuaruá. Su abuelo, para él, era el portugués del almacén, padrino de casamiento de sus padres, su padrino de bautismo y protector de la familia.

También Josefa dejó de frecuentar el terreiro del candomblé, y solo muy de escondidas cumplía sus obligaciones con Omolu, el viejo (¡atotô, padre mío, dame salud!). No estaba bien visto que la madre de un seminarista apareciera entre las gentes del candomblé, y mucho menos frecuentando los campos de santo.

Aun antes de que el muchachito se transformara en padre Gomes, ordenado y con primera misa celebrada, ella abandonó completamente al viejo Omolu, dejó de llevarle de comer, de cumplir con sus obligaciones y de aparecer por el candomblé del Engenho Velho.

Aparte del seminarista tuvo solo una hija, Teresa, fallecida a los once años, de viruela. Y de viruela negra murió la propia Josefa. Las comadres dijeron luego que había sido castigada por Omolu, orixá de la salud y la enfermedad, señor de la viruela y de la peste como todo el mundo sabe. ¿No pertenecían ambas, madre e hija, a Omolu, y no había venido el viejo dios más de una vez a reclamar su joven caballo, a exigir que fuera al camarín para rasparle la cabeza y recibir su voz? Pero Josefa, por respeto al joven seminarista que estaba ya a punto de ser cura, no quiso que la muchacha se iniciara y se rebeló contra el precepto. Tampoco ella, antes tan llena de celo para con su orixá, cuidaba de él, ya por completo olvidada de sus obligaciones. Había dejado de hacer ofrendas y hacía años que no danzaba en las fiestas del santo. Así decían las viejas tías, depositarias de los secretos, íntimas de los orixás y de los eguns.

Fallecieron también los dos portugueses, socios de comercio y de cama, padres del recién ordenado. Gomes vendió el almacén y adquirió dos casas en Santo Antônio, más allá del Carmo, una para vivir, otra para alquilar. Sin embargo, mientras el padre Gomes ejerció su ministerio en el interior, durante años, en São Gonçalo dos Campos y Conceição da Feira, estuvieron las dos alquiladas. El padre Gomes, vuelto a Bahia, iba envejeciendo en la iglesia de Rosário dos Negros, estimado por los fieles, ayudado por Inocêncio do Espírito Santo, diciendo sus misas, realizando bautizos y casamientos, moviéndose tranquilo en medio de aquella multitud variada y activa de artesanos, portuarios, mujeres de la vida, vagabundos, empleados de comercio y gente sin profesión o de profesión inconfesable. Se llevaba bien con todos, era un bahiano cordial, lejos de cualquier dogmatismo.

Si alguien le recordara que su abuelo materno había sido un devoto de Xangô y su madre de Omolu, de un Omolu famoso por el colorido de sus hábitos de paja y por la violencia de sus danzas, ni siquiera lo creería, hasta tal punto se habían esfumado de su memoria las escenas de una primera infancia ya disuelta en el tiempo. Guardaba de su madre el recuerdo de una gorda y simpática señora, muy devota, que no se perdía misa, madre buenísima. No le gustaba recordar sus días últimos, hinchada en la cama, el rostro, los brazos y las piernas en una pura llaga, envuelta en un hedor insoportable, comida por la viruela negra, murmurando frases ininteligibles, palabras extrañas. Se escandalizaría si apareciera una vieja tía de aquellos tiempos para decirle que todo aquello había sido obra de un Omolu irritado, cabalgando en su caballo el último viaje.

Bien sabía el padre Gomes (¿cómo ignorarlo?) que estaba la ciudad llena de candomblés de distinta especie, jejes-nagôs, congo, angola, candomblés de caboclo en profusión, casas de santo que funcionaban todo el año, terreiros donde se cantaban los rituales todas las noches, llenos de creyentes. De los mismos creyentes que llenaban la iglesia en la misa dominical, fervorosos también de los santos cristianos.

La mayoría de sus feligreses asiduos, los que cargaban con las andas en las procesiones, los dirigentes de las cofradías, eran también del candomblé, mezclaban el santoral romano con los orixás africanos, confundiéndolos en una única divinidad. También en los camarines de los candomblés, según le habían dicho, había imágenes de santos católicos colgadas junto a los fetiches, al lado de las esculturas negras. San Jerónimo en el camarín de Xangô, san Jorge en el de Oxóssi, santa Bárbara en el ara de Iansã, san Antonio en la de Ogum.

Para su rebaño de creyentes, la iglesia era una continuación del terreiro del santo y él, el padre Gomes, sacerdote de los «orixás de blanco», como llamaban a los santos católicos. Con tal designación indicaban su comunidad con sus orixás africanos y al mismo tiempo su diferencia. Eran los mismos, pero los blancos y los ricos los adoraban en otras formas. Por eso también estaba el padre Gomes más distante de ellos, de su respeto y de su estima, que las madres y los padres de santo, los babalâos, los viejos y las viejas de la secta. De todo ello se daba cuenta vagamente el padre Gomes, pero el asunto no le preocupaba demasiado no siendo él un sectario. Al fin y al cabo, aquella gente del Pelourinho era buena gente, católicos todos. Aunque mezclaran santos y orixás.

Una vez se asombró el padre Gomes de encontrar su iglesia llena de gente vestida de blanco, tanto ellos como ellas, hasta los niños, todos de blanco. Preguntó a Inocêncio si había un motivo para aquello o era simple coincidencia el que todos se presentaran en sus impecables trajes albos. El sacristán le explicó que aquel era el primer domingo de Bonfim, día de Oxalá, cuando por obligación para con su santo todos deben vestir de blanco, color este del mayor de los orixás, padre de los otros santos, señor de Bonfim para ser más claro.

Con el rabillo del ojo y con cierta sorpresa, el padre Gomes comprobó la inmaculada blancura del terno de Inocêncio, calzones del blanco más lustroso, camisa blanca, chaqueta brillando de almidón. ¿Sería posible? ¿Hasta su sacristán? El padre Gomes prefirió no profundizar en la cuestión.

A pesar de su discreción no pudo dejar de observar la afluencia extraordinaria a la misa de siete aquel día marcado para el bautizo del hijo de Massu. Eso en un día que no era de precepto ni domingo. La iglesia estaba llena, o mejor dicho, empezó a llenarse desde muy temprano, y cuando llegó el padre Gomes, a las seis y media, ya una pequeña multitud lo esperaba charlando en las escaleras. El reverendo atravesó entre los saludos de negros, mulatos y blancos, entre conversaciones y carcajadas, pues el ambiente era de fiesta. Curioso: la mayoría de las mujeres vestían trajes de bahianas, abigarrados, y algunos de los hombres, según podía ver, llevaban cintas de un color azul oscuro sujetas a la chaqueta.

El interior de la iglesia se encontraba igualmente repleto, y las faldas amplias de las bahianas se arrastraban por la nave, donde un sinnúmero de iniciados y devotas se deslizaban con sus chinelas con ligereza de danza. Gordas y antiguas ialorixás, magras y ascéticas viejas de pelo cano, sentadas en los bancos, los brazos adornados de pulseras y cuentas de vidrio, pesados collares al pescuezo. Se iluminaba la iglesia más con los colores de esos collares y de las ropas abigarradas que con la luz mortecina de las velas de los altares. El padre Gomes frunció el entrecejo. Seguro que había novedad.

Inocêncio, interrogado, lo tranquilizó. Nada extraordinario: un bautizo. Toda aquella gente había venido a verlo.

¿Un simple bautizo? Debían de ser muy ricos los padres. Gente alta. ¿Era político el padre? ¿Banquero? Los hijos de los banqueros no acostumbraban a bautizarse allí, en la iglesia del Rosário dos Negros, en el Pelourinho. Se bautizaban en la Graça, o en la Piedade, o en São Francisco o también en la catedral. Podía ser un político que llevara al hijo, por demagogia, a aquella humilde pila bautismal.

Ni político ni banquero, ni comerciante ni siquiera estibador del muelle. Negro Massu, padre del chiquillo, hacía chapuzas, en general encargos de recadero, cuando realmente necesitaba dinero. Fuera de eso, le gustaba pescar con Pé-de-Vento, echar una partidita de cartas o dados, charlar pausadamente entre tragos de cachaza. En cuanto a la madre, había sido alegre y bonita, buena moza, atolondrada, había vivido como un pajarito, sin preocupaciones, hasta morir tísica en el hospital.

¿Y por qué tanta gente para asistir al bautizo?, se admiró el cura cuando fue informado de estos detalles. ¿Qué interés los llevaba allí, si Massu era un pobre infeliz que nada les podía ofrecer, ni puesto público, ni gloria literaria, ni siquiera prestarles dinero?

No podía imaginar el padre Gomes cuán popular era Massu, cuánto le querían todos, y en cierto modo qué importante era entre aquella gente. Sin ser político ni banquero había hecho favores a medio mundo. ¿Qué clase de favores? Pues, por ejemplo, cierta vez un señoritingo, uno de esos pinchauvas del Corredor da Vitória, creyéndose el dueño del mundo a causa del dinero de papá, cogió a una chiquilla de dieciséis años, hija de Cravo na Lapela…

—¿De quién?

—Se llama así… Seguro que lo conoce. Anda por el Pelourinho. Lleva siempre una flor en el ojal…

Como iba contando, el botarate encontró a la chiquilla sola de noche, que iba a buscar a su padre con un recado de su mamá, cosa urgente, de enfermedad. La chiquilla iba deprisa, el padre estaba trabajando, era…, bueno, una especie de guarda nocturno en una tienda. El señoritín vio venir a una chica sola, la agarró y empezó a sacudirle… Si no llega gente la desgracia a la pobrecita. Apareció gente, él escapó, pero lo reconocieron porque no era la primera vez que hacía de las suyas. Tipo sucio, que no se contentaba con las pendejas de su clase y venía a revolcarse con las hijas de los pobres… La chica apareció llorando, con la ropa destrozada en el corro de los…, es decir, donde el padre trabajaba. Y allí estaba Negro Massu y lo oyó todo.

Mientras Cravo na Lapela iba con la chica a ver qué le pasaba a su mujer, Massu salió por el terreiro de Jesus e inmediaciones a ver si cazaba al mozo, puntal de la sociedad y futuro benemérito de la patria. Lo encontró bebiendo en el Tabaris, un cabaret de la praça do Teatro, y no querían dejar entrar al negro porque iba en chancletas y sin corbata. Massu, sin embargo, en-

tró a empujones, tiró a un guardia patas arriba y agarró al botarate con tanta rabia que a uno de los músicos se le atragantó una
nota. ¡Qué paliza, padre! ¡Qué zurra más gloriosa! Nunca un
señorito recibió tantas en Bahia. Y cuando el negro acabó, puede creerlo, las chicas que estaban allí para los hombres, se pusieron a aplaudir. El tipo no era popular, las usaba y luego no
quería pagar. Y aplaudieron también los músicos, y todos los que
había. Cuando llegó la policía, llamada con retraso, ya se había
largado Massu, después de tomar una cerveza. Los maderos solo pudieron recoger al vaina y llevarlo a casa, donde los padres
llamaron al médico y berrearon contra esta ciudad sin policía
y llena de vagabundos, donde un muchacho de buena familia y
buenas costumbres como su hijito de puta (perdone la palabra,
señor reverendo) no podía ir a dar una vuelta por la noche. Por
esas y por otras era Massu popular y le sobraban amigos. También era popular la madrina, persona de las más bondadosas y
de mayor generosidad, con amplísimo círculo de relaciones, incluso gente importante, doctores, jueces, diputados. Era doña
Tibéria, propietaria…, es decir, casada con un sastre de sotanas,
llamado Jesus, dueño de La Tijera de Dios, a quien conocería
sin duda el reverendo. Sí, el padre Gomes sabía quién era el tal
sastre, de joven había gastado una sotana cortada por él, la primera y la última, sastrería cara, buena para monseñores y canó-
nigos, no para un modesto párroco de barrio pobre. También
sabía quién era doña Tibéria, que acudía frecuentemente a las
celebraciones de la iglesia. Tal vez así obtuviese perdón por su
comercio inmoral. Inocêncio asintió con la cabeza. Jamás disentía del cura.

Y para cambiar de asunto habló de la negra Veveva, abuela de Massu, respetada por su edad y saber.

—¿Qué es lo que puede saber una negra ignorante? ¿Y el padrino quién es? ¿Es también popular?

Pues bien…, sí… Inocêncio tartamudeaba. Ese asunto del padrino no le parecía de los más cómodos. En fin, tenía que abordarlo. El padre Gomes no conocía al padrino, era un industrial del Tabuão, con tienda puesta, capaz de hacer milagros con las manos, tallista en piedra, en madera, en marfil…

—En el Tabuão; quizá lo conozca… ¿Cómo dice que se llama?

—Antônio de Ogum.

—¿Cómo? ¿De Ogum? ¿Qué es eso de Ogum? Nombre más raro…

—Es un milmañas, un tipo hábil. Sabe hacer mil cosas, casi todos los dados que hay en la ciudad los hace él. Quiero decir…, trabaja muy bien…

Pero el padre rebuscaba en la memoria aquel nombre distante:

—¿Ogum? ¿Dónde lo he oído?

—Cosas de negros —explicaba Inocêncio—. Son así, se ponen nombres raros, africanos. ¿No conoce el reverendo a Isidro do Batualê, dueño de una taberna en las Sete Portas?

No, no lo conocía. ¿Cómo iba a conocerlo? Es igual. La gente se pone los nombres más disparatados. Pero el padrino no era negro, un poco mulato, de lejos podía pasar por blanco fino. Y tenía ese nombre tan raro, Antônio de Ogum. Inocêncio conocía una Maria de Oxum, que vendía gachas en la ladera de Praça.

El padre Gomes se acercó a la puerta que separaba la sacristía de la nave de la iglesia y espió. Iba creciendo la afluencia de gente. Ahora juntábanse bahianas de falda rodada, mujeres de la vida de rostro contrito. El padre tuvo la corazonada de que allí había gato encerrado, que algo ocurría, indefinido e impreciso. El nombre del padrino le recordaba algo distante en su memoria, algo que no conseguía localizar. Pero se tranquilizó al ver a Inocêncio tan sin recelos. No sabía él que la procesión iba por dentro. El sacristán se moría de miedo bajo su calma aparente. ¿Y si el padre Gomes conociese a Artur da Guima? Preguntaría la razón del cambio de nombre. Por qué había pasado de llamarse Artur da Guima a llamarse Antônio de Ogum.

Fue Ipicilone el primero que lo exigió. Estaba muy susceptible. No quería que lo engañaran y exigía la mayor corrección en todos los detalles del asunto... Y cuando expuso sus dudas tuvo el apoyo general. Según él, si el nombre dado por el padrino fuese Artur da Guima, ese sería para siempre oficialmente el padrino de la criatura, aunque no lo fuera en verdad, pues iba allí apenas como caballo de Ogum. Pero eso eran pocos los que lo sabían, y pasado el tiempo, el hecho sería olvidado, y el niño crecería y para él su padrino sería Artur da Guima. ¿No era verdad?

El propio Artur da Guima se mostró de acuerdo. Debían dar el nombre de Ogum, desde luego, pero ¿cómo hacerlo? Una vez más, Jesuíno Galo Doido solucionó la cuestión. ¿Ogum no era san Antonio? Pues entonces todo consistía en dar el nombre completo, Antônio de Ogum. El único pero, era que Inocêncio conocía el nombre de Artur da Guima. Curió, a quien el sacristán debía la salud y su inmaculada reputación, quedó encargado de exponerle el asunto.

Vaciló Inocêncio, pero acabó por aceptar su complicidad. ¿Cómo iba a negarle colaboración a Curió, a quien tanto debía? Había, no obstante, un problema: que el padre Gomes conociera a Artur da Guima. Consultado Artur, declaró que no estaba seguro… No sabía si el padre se había fijado en él alguna vez. Él sí conocía, y mucho, al reverendo. Había que correr el riesgo. Inocêncio, por si acaso, preparó el certificado de bautismo. Y en él figuraba: Padrino, Antônio de Ogum.

Desde la puerta que comunicaba la sacristía con la iglesia, el padre Gomes veía cómo iba creciendo la afluencia de gente. Seguían llegando constantemente, y entre los presentes incluso le pareció reconocer al doctor Antonino Barreiros Lima, del Instituto Histórico, nombre ilustre de la Facultad de Medicina. ¿Habría venido también para el bautizo del hijo de Negro Massu?

Estaba preparándose para la misa, tras la cual tendría lugar el bautizo. En la plaza, visto a través de la puerta de la iglesia, había como una pequeña procesión. Bahianas, hombres y mujeres, ruido de voces. Debía de ser gente del bautizo. Venían lentamente. El padre se dio prisa, llevaba retraso.

Inocêncio, mientras le ayudaba, le dijo:

—Va a ser una fiesta sonada…

—¿Cuál? ¿Qué fiesta?

—La del bautizo. Es doña Tibéria quien paga los gastos. Ella, Alonso del almacén, Isidro y otros amigos de Massu. Será una fiesta de las que hacen época. Yo quería hablar con el reverendo: hoy por la tarde no voy a poder estar aquí, estoy invitado al almuerzo.

—¿Hay algo que hacer? ¿Algo previsto?

—No. No, señor.

—Entonces puede ir. Solo querría saber qué es lo que me recuerda el nombre de ese padrino…

Quedose un momento pensando antes de tomar el cáliz y dirigirse al altar. Murmuró bajito:

—Ogum… Ogum.

Ogum venía atravesando la plaza, a paso de danza, estaba en su máxima actividad, dispuesto como nunca, soltó un grito que sacudió las ventanas de los viejos caserones e hizo que se estremecieran todas las bahianas concentradas en la iglesia. El niño sonreía en brazos de Tibéria. La negra Veveva venía al lado de Ogum. Massu, vestido con un terno abrasador de lana azul, resplandecía de vanidad y de sudor. Ogum se soltó de las manos de Doninha y se lanzó hacia la escalera de la iglesia.

7

La víspera del bautizo, Tibéria, Massu y Artur da Guima durmieron en el axé. Madre Doninha había advertido previamente la necesidad de que los tres —la madrina, el padre y el caballo de Ogum— siguieran las prescripciones rituales limpiando su cuerpo y dando de comer a la cabeza de santo.

Llegaron al caer la noche; las sombras se dilataban por el camino de São Gonçalo, bajando por las laderas del misterio, escondrijos de Exu. Exu se hacía ver entre los espesos matorrales a veces como un negro adolescente y fascinante, otras como un viejo mendigo con bordón. Su risa astuta y gozadora resonaba en los tallos sarmentosos y en las ramas de los arbustos, en el viento fino del crepúsculo.

No llegaron solos los tres convocados. Con ellos vinieron los amigos; todo el rancho deseaba asistir a la ceremonia. Madre Doninha había invitado a algunas de las devotas de la casa, escogidas a dedo, para que ayudaran en la ceremonia, y ellas se distribuían por el campo, preparaban los baños de hoja, encendían la gran hoguera, afilaban los cuchillos, extendían hojas de pitanga por los pisos de los cuartos y salas recién barridas. Todo lo disponían para la solemne obligación: el bori.

Pero, aparte de esas escogidas, aparecieron también otras, atraídas por la curiosidad, y un rumor de charlas y risas llenaba el terreiro como si fuera la víspera de la gran fiesta anual, obligatoria del calendario del axé, fiesta fundamental de Xangô, de Oxalá, de Oxóssi y de Iemanjá.

Poco después de las siete de la noche, madre Doninha, renegando sobre la necesidad de madrugar al día siguiente, empezó a convocar a los oficiantes. Se reunieron todos en casa de Ogum. Los que no cabían se quedaron fuera. Había demasiada gente.

La madre de santo se abrió paso entre los visitantes:

—Nadie los llamó. Vinieron porque les dio la gana. Ahora que aguanten…

Artur da Guima y Massu ya esperaban en el camarín propiamente dicho, cuarto donde eran depositados los fetiches del santo, sus adornos e insignias, su comida, todo cuanto le pertenecía. El negro y el artesano habían tomado el baño de hojas, una primera limpieza corporal contra el mal de ojo, la envidia o cualquier otra carga molesta. Vestían ropa limpia y blanca: Artur, de pijama; Massu, pantalón y camisa. Estaban sentados en las esteras colocadas ante el ara.

Tibéria, también recién salida del baño de hojas, atravesaba tras la gran sacerdotisa envuelta en una bata amplia como la cubierta de un circo, reluciente de blancor, oliendo a hierbas aromáticas y a jabón de coco. Quedó en una salita al lado del camarín, donde un arca antigua y bella guardaba las ropas del santo. Se sentó en la estera. Sus grasas se extendieron libres de cualquier cinta o ceñidor. Era como un monumento, plácida y placentera. Jesus, su esposo, confundiéndose discretamente con los demás espectadores, sonrió con la satisfacción de verla así, tan segura y reposada.

Resonó el adjá. Madre Doninha tomó dos sábanas, una tras otra. Primero cubrió a los dos hombres con las sábanas, desde los hombros hasta los pies. Después a la mujer. Estaban los tres sentados en la posición ritual, las plantas de los pies vueltas hacia la madre de santo, y las palmas de las manos también. Doninha se acomodó en un taburete y suspiró; mucho trabajo le esperaba. Inició un cántico, las hijas de santo respondían a coro, casi en sordina. El canto nagô saludaba a Ogum.

Se ocupó entonces del agua. Agua pura en cantarillos de barro. Derramó un poco en el suelo, mojó los dedos, tocó los pies, las manos y la cabeza de los hombres primero, luego de la mujer. Cortó entonces los obis y los orobôs, un obi y dos orobôs por persona, y separó ciertos pedazos para la llamada, otros se los dio a los tres para que fueran masticándolos.

Ogum respondió a la llamada y declaró estar dispuesto para el día siguiente. Doninha podía estar tranquila, todo iba a salir bien. Él la notaba inquieta, quería tranquilizarla. Recomendó solo, pero lo hizo seria e insistentemente, que no dejaran de hacer bien temprano de madrugada, al salir el sol, los conjuros de Exu, su enemigo, para que no viniera a perturbar la fiesta. Andaba Exu suelto por la vecindad aquella noche, asustando a las gentes de los caminos. Había que tomar precauciones. Pero, precavida y experta, ya madre Doninha había separado una gallina de Angola para sacrificarla a Exu antes del conjuro, apenas rompiera el alba del día del bautizo. El propio Exu había escogido el animal días antes. Ogum deseó felicidad a todos, especialmente a su compadre Massu, y se retiró para volver cuando la comida estuviera dispuesta.

Fueron entonces sacrificadas las gallinas, la sangre de los animales limpió la cabeza de los hombres y de la mujer. Estaban preparados para el día siguiente, aliviados de todo mal.

En el intervalo, mientras las hijas de santo cocinaban la comida del orixá, habían charlado todos de cosas diversas, evitando aludir a la ceremonia. Finalmente fue servida la comida —menudos de gallina, puré de mandioca, pasta de porotos frita y picante—, primero al santo, sus pedazos preferidos, luego a Massu, Artur y Tibéria; finalmente, en el comedor, a todos los demás. Había comida a discreción, y Jesus había traído cerveza, refrescos y unas botellas de vino dulce. Pasaron aún un tiempo conversando, hasta que madre Doninha les recordó que al día siguiente le esperaba un mar de trabajo desde muy temprano.

En el camarín y en la salita, a los pies de Ogum, envueltos en las sábanas, marcados con la sangre de los animales sacrificados, con plumas de gallina sujetas con sangre a los dedos de los pies, de las manos y a la cabeza, y la comida de santo mezclada entre el cabello, todo sujeto con un pañuelo blanco amarrado, estaban tendidos Massu, Artur y Tibéria. Artur resoplaba, Massu roncaba, Tibéria aún se mantenía medio despierta. Cubierta con la sábana, con aquel extraño albornoz en la cabeza, los collares sobre el pecho inmenso, con la sonrisa en los labios.

Los amigos quisieron quedarse a dormir en el santuario, pero madre Doninha no lo permitió. Nada de gran acompañamiento en la caminata hacia la iglesia. Cuanta menos gente fuera con Ogum, mejor; menos llamaría la atención. Hizo una excepción solo con Jesuíno: mandó extender para él una estera en el comedor. Era hombre de saber y experiencia, y podía serle útil si pasaba algo inesperado. Se despidió apresuradamente de Martim y Pé-de-Vento, de Ipicilone y de Curió. Martim quedaba encargado de conducir, con ayuda de Otália, a la vieja negra Veveva y al niño hasta la iglesia. Quedaron para el día siguiente, a las siete de la mañana, en la plaza do Pelourinho.

De nada sirvieron, sin embargo, las previsiones adoptadas por la madre de santo. Al día siguiente, de madrugada, aun antes de salir el sol, ya los caminos del axé estaban abarrotados de hijas de santo, siervos, devotos, iniciados, negros, mulatos y blancos, todos con el deseo de no perderse nada de la ceremonia. No solo los del terreiro de Meia Porta, iniciados allí; no solo los del rito jeje-nagô, del axé. Venían de todas las casas de santo, de los queto y los congo, de los terreiros de angola y de los candomblés de caboclo. Gente de todas las sectas, sin distinción. Nadie quería perderse el espectáculo inédito de un orixá entrando en la iglesia para bautizar a un pequeño. Nunca se había oído cosa semejante. Subían con prisa por las laderas de rocío y sombras por donde vagabundeaba Exu, chiquillo burlón y desgraciado, a la espera de su conjuro.

Las hijas de santo preparaban sus recipientes de comida: acarajé, abará, latas de gachas de tapioca, sartenes de aratu. Desertaban de las esquinas de la ciudad, faltaban al trabajo. Otras abandonaban sin encender las cocinas de las casas ricas donde ejercían el arte supremo de los guisos. Olvidaban deberes y compromisos familiares. Se iban, ladera arriba, con sus más abigarrados trajes de bahiana, las iniciadas en Ogum particularmente ataviadas. A veces con los hijos pequeños enganchados en la cintura.

Llegaron también personalidades importantes. El babalaô Nezinho, de Maragogipe, tan consultado por madres y padres de santo. Llegó especialmente para contemplar el insólito acontecimiento. Apareció en un taxi, en compañía del no menos conocido padre Ariano da Estrela-Dalva, en cuya cofradía no gustaba demasiado toda aquella historia. Vino también Agripina de Oxumarê, vendedora de gachas en la ladera de Praça, grande y hermosa mujer color de cobre, perfecta de cuerpo. Su santo descendía en cualquier terreiro desde que había desaparecido el candomblé de Baixada, donde su Oxumarê gritó su nombre doce años antes, siendo ella una niña. Era la hermosa Agripina un portento en la danza, era un gusto verla con el santo, bailando con el vientre, arrastrándose por el suelo, convertida en serpiente sagrada. Una bailarina de un teatro de Río había copiado sus danzas y con ellas obtuvo éxito y elogios de la crítica.

Muy temprano se levantó Doninha, aún era de noche. Llamó a Stela, su madre-ayudante. Después se despertaron algunas hijas de santo que tenían que hacer el conjuro de Exu. El ronquido de Massu en el camarín era como el pito de una caldera. Doninha, acompañada de Stela y de las hijas, se dirigió a la casa de Exu. Una iniciada fue a buscar la ofrenda.

Volvió alarmada: la gallina de Angola había huido. Consiguió, Dios sabe cómo, desprenderse del cordón que la amarraba a una guayabera, y desapareció entre las matas.

En aquel momento, mientras relataban a Doninha la desaparición de la gallina, resonó en la espesura una carcajada burlesca, larga y cínica. La madre de santo y Stela cambiaron una mirada, las hijas se estremecieron. ¿Quién podía reírse así, descaradamente, sino el propio Exu, el orixá más temido, muchachote sin juicio, burlón, aficionado a hacer jugarretas a la gente? Había hecho ya tantas, que llegaban a confundirlo con el diablo. Los otros orixás eran todos santos de Dios —Xangô, san Jerónimo; Oxóssi, san Jorge; Iansã, santa Bárbara; Omolu, san Lázaro; Oxalá, señor de Bonfim, y así sucesivamente—. Pero Exu no tenía santo con quien identificarse, y algunos de la secta, gente con grandes conocimientos, lo identificaban con el diablo. Y todos le temían. Para él era siempre la primera ceremonia en todas las fiestas, y las primeras canciones. Había pedido una gallina de Angola, ¿se contentaría ahora con otro animal? ¿Quedaría contrariado?

Madre Doninha mandó traer tres palomas blancas guardadas en una jaula. Esperaba aplacar con ellas a Exu. Las sacrificó pidiéndole que las aceptase en vez de la ofrenda exigida. Exu pareció de acuerdo, pues no volvió a oírse su carcajada y el ambiente quedó tranquilo. Hecho el conjuro, Doninha volvió al camarín de Ogum para la última parte de la ofrenda, para retirar los lienzos de las cabezas, las plumas de los pies y de las manos, la comida de santo del cabello de los tres huéspedes.

Cuando, acompañada por Massu, Tibéria y Artur da Guima entró Doninha en el barracón, aún en las nieblas de la noche, vio el barracón abarrotado de gente. Parecía día de gran fiesta, de las señaladas de rojo en el calendario del axé. La madre de santo frunció el ceño. Aquello no le gustaba nada. Había previsto llevar a Ogum acompañado por cuatro o cinco iniciadas, aparte de ella misma, y ahora se encontraba con aquella multitud ruidosa, excitada. Sin hablar del ave huida por la noche, entre las risas de Exu. Movió la cabeza, preocupada. Sabía de los comentarios en los medios del rito: muchos la criticaban por haber asumido responsabilidad en tan discutible empresa. Quizá tenían razón. Pero ahora era ya tarde: había empezado y llegaría hasta el fin. Además, estaba obedeciendo órdenes del santo. Ogum la ayudaría.

Atravesó el barracón con la cabeza erguida y se dirigió directamente a la silla a cuyo respaldo estaba atado el lazo de cinta roja, color de Xangô, silla donde solo ella podía sentarse, símbolo de su puesto y de su calidad. Allí recibió los cumplimientos de Nezinho y de Ariano, y los invitó a sentarse a su lado. Las hijas vinieron a arrojarse en el suelo y a besarle la mano.

Sonaron los atabales y se formó el corro. Y como si hubiese una decisión anterior, un acuerdo general, las hijas de santo de los otros santuarios formaron en la rueda al lado de las iniciadas y de las iaôs de la casa. Todo era distinto aquel día, observó Nezinho impresionado, pero los cambios en el ritual conservaban un ritmo perfecto, como si obedeciesen a un orden anteriormente establecido por la madre de santo. Solo Doninha se sentía inquieta. Tales cambios no respondían a ninguna decisión suya.

Empezó Doninha el cántico. Respondieron las hijas. En medio del corro comenzó su danza Artur da Guima. Había una excitación general, las iniciadas se empujaban, reían por nada, y apenas empezó a moverse el corro fueron abandonadas las primeras canciones y descendió una Iansã dando saltos, tirando a una iaô violentamente contra la pared. Su grito de guerra despertó a los pájaros aún dormidos, y disipó el resto de la noche. Las hijas de santo aplaudían, la danza crecía en rapidez. Había en el aire, y la madre de santo lo sentía, una excitación poco común; podía ocurrir cualquier cosa.

Madre Doninha despachó a Iansã. Nadie la había llamado allí. No era su fiesta. Iansã tenía que perdonarla, pero no podía estar allí. Iansã no quería, sin embargo, obedecer, e iba de un lado a otro gritando exaltada. Intentaba entrar de nuevo en la danza, dispuesta a acompañar a Ogum a la iglesia e incluso sustituir a Tibéria en el cargo de madrina. Madre Doninha tuvo que usar de toda su sabiduría y de todo su poder para convencer a aquella orixá inoportuna.

Al fin se despidió Iansã, pero apenas había salido, protestando, empezaron a caer en trance otras dos hijas: una de Nanã Burucu, la segunda de Xangô. Para evitar complicaciones, Doninha les permitió una danza, una sola, y les ordenó que se recogieran en el camarín. Deprisa, pues Iansã amenazaba con volver. Fue preciso retirar a las tres del barracón y llevarlas a la casa de las orixás hembras, las iabás.

La animación aumentaba. Las hijas de santo danzaban con entusiasmo, la orquesta intensificaba sus sones. Agripina giraba leve y hermosa. Madre Doninha se sentía un poco nerviosa. Todo habría tenido que transcurrir en calma y casi en secreto, y no con aquel desespero de danza, con la casa abarrotada de gente. Todo iba al contrario de lo acordado con Ogum. El santo no quería barullo, ni mucha gente, ni rebullicio. ¿Por qué tardaba tanto en descender? Si tardaba más comenzarían a bajar otros santos y cuando hubiese seis u ocho en el barracón, ¿cómo iba ella, Doninha, a poder controlar tanto orixá, a dominarlos, a mandar que se volvieran? Imposible. Ni siquiera con ayuda de Nezinho y de Jesuíno, ni con la colaboración de Saturnina de Iá, la madre de Bate Martelo, que llegaba en aquel momento con tres hijas de santo.

En medio del corro danzaba Artur da Guima. La edad ya no le permitía grandes arrojos, pero su danza estaba llena de dignidad. Doninha se decidió: abandonó su silla y se puso a danzar al lado de Artur.

Todos los presentes se pusieron de pie, y dando palmadas saludaban a la madre del santuario. Todas las iniciadas se incorporaron a la rueda, danzando. Incluso Saturnina de Iá y sus tres hijas de santo.

Doninha sostenía los atributos de Ogum, y con ellos tocó levemente la cabeza de Artur. Este se estremeció de repente. Volvió a tocarle, esta vez en medio de la cabeza, y Artur da Guima vaciló como sacudido por un vendaval.

Siempre danzando en torno al hijo de santo, Doninha desató de la cintura su pañuelo, enlazó a Artur y le obligó a danzar a su lado, preso por ella, a su ritmo. Artur temblaba, se agitaba como si recibiese descargas eléctricas. Mientras danzaba, la madre del axé le iba tocando la cabeza, el cuello y el pecho con los atributos de Ogum. La orquesta se desgañitaba en el toque de santo.

De repente, Artur da Guima se apartó de los brazos de Doninha y se fue a trompicones hacia el barracón. El santo llegaba. Venía exaltado y terrible, jugaba con su encarnación, con su caballo, arrojándolo de un lado a otro. Artur gemía y reía a carcajadas, se daba contra las paredes, rodaba por el suelo. Jamás se había visto a Ogum tan tremendo, tan devastador. Madre Doninha acudió al lado de Artur le ayudó a levantarse.

Entre una tempestad de carcajadas el santo tiró a lo lejos los zapatos de Artur. Fue luego hacia la espesura, atravesó el cobertizo para saludar a la orquesta, al otro extremo. Como un tifón.

Y danzó. Danzó como quien es. Una danza festiva, floreada, danza guerrera de Ogum, pero modificada, llena de picardía y virtuosismo. Artur da Guima estaba liberado del peso de la edad y de las noches insomnes en las mesas de juego, era un joven en pleno vigor, golpeando con los pies en el suelo, girando rápido y rápido en una danza de combate y de saludo. Se acercó a madre Doninha y la abrazó, apretándose contra su pecho. Ella se desprendió, admirada de tanto entusiasmo por parte de Ogum. Estaba él emocionado con la historia del padrinazgo del pequeño, se veía inmediatamente. Abrazó a Massu, danzó ante él en prueba de amistad. Abrazó a Nezinho, a Ariano da Estrela-Dalva, a Saturnina de Iá, a Jesuíno Galo Doido, a Tibéria. Fue hasta el corro y allí danzó ante Agripina, la tomó consigo y la pellizcó en las posaderas. La muchacha rió nerviosa. Doninha se espantó; nunca había visto aquello: un orixá pellizcando a una devota.

Cuando calló la orquesta, el orixá anduvo de un lado a otro y acabó por colocarse ante la madre de santo y exigir sus vestiduras de fiesta. Quería las prendas más ricas y hermosas. Sus atributos —sus herramientas— también.

¿Vestimentas de fiesta? ¿Atributos? ¿Estaba loco? Madre Doninha se ponía en jarras, preguntando. ¿No sabía que es imposible entrar en una iglesia con ropa de fiesta, blandiendo sus herrajes?

El santo daba con el pie en el suelo, obstinado, crispaba la boca, reclamaba su ropa. Con paciencia y firmeza, la sacerdotisa le iba explicando. Él bien sabía para qué había bajado aquella mañana rompiendo el calendario. Fue él mismo, Ogum, quien decidió sobre el bautizo del hijo de Massu, quien se nombró padrino. ¿Por qué empezaba entonces con aquella estupidez de ropa de fiesta y herramientas? Tenían que salir para la iglesia; ya era hora de que empezara a comportarse correctamente para que el padre Gomes, el sacristán y todo el personal de la misa no desconfiaran de la tramoya y desenmascarasen a Artur da Guima. Tenía que entrar bien erguido, lo más discreto posible, sin armar barullo, sin dejar que se trasluciera su presencia. Solo así sería posible el bautizo del pequeño. ¿Qué creía que diría el padre Gomes si llegaba a desconfiar de la identidad del verdadero padrino? Se acabaría el bautizo antes de empezar. El niño seguiría pagano, sin padrino que lo presentara.

El orixá pareció asentir. En la iglesia, cuando llegasen, dijo, su comportamiento sería ejemplar. Nadie sospecharía que era él y no Artur da Guima quien sostenía la vela y tomara la cabeza del ahijado. Pero allí, en el cobertizo, quería divertirse, correría con sus hijos e hijas, con los amigos presentes, con su compadre Massu. Quería bailar. Doninha debía ordenar que siguieran los cánticos, los sones de la orquesta. Deprisa.

Pero Doninha ni eso concedió. Se hacía tarde. Tenían que salir. Ni una danza más, ni siquiera un canto. El tiempo se echaba encima y tenían que andar un buen trecho, mitad a pie, mitad en tranvía. El santo, sin embargo, pateaba, iba de un lado a otro, amenazaba.

Doninha se enfadó: que hiciera lo que quisiera. Pero luego que no echara a nadie la culpa de las consecuencias. Que bailara cuanto quisiera, que se pusiera las ropas de fiesta, siguiera perdiendo el tiempo. Pero entonces que no contara más con ella: que fuera solo hasta la iglesia y que se las arreglase…

Ante tales amenazas el orixá transigió, aunque de mala gana. Trabajo costó convencerle para que se pusiera los zapatos. No quería de ninguna manera. ¿Dónde se había visto tal cosa? ¿Un orixá con zapatos? Llegaron a un acuerdo: se los pondría al coger el tranvía.

De camino hasta la parada fue necesario ir a buscarlo tres ve-

ces a la espesura. Se separaba del grupo y escapaba. Madre Doninha, cada vez más inquieta, hacía promesas al señor de Bonfim
para que todo acabara bien. Nunca había visto a Ogum así, tan
absurdo, haciendo el granuja. Incluso teniendo en cuenta las circunstancias, el hecho de que por primera vez un orixá se dirigie-
ra a una iglesia católica para bautizar a un chiquillo; incluso así.

8

Tranvía tan colorista y animado como aquel llegado de la banda
de Cabula a eso de las seis y pico de la mañana, jamás corrió sobre
raíles en la ciudad de Salvador de Bahia de Todos os Santos. Se dirigía a la Baixa do Sapateiro, abarrotado de hijas de santo con sus
sayas abigarradas, sus enaguas almidonadas, sus corpiños, collares y pulseras. Como si fuesen a una fiesta de candomblé.

En medio de ellas un sujeto turbulento, inquieto, con pinta
de borracho, que quería bailar encima del banco. Una mujerona
gorda intentaba controlar al impulsivo y divertido bohemio.
Los transeúntes la reconocían: la madre de santo Doninha.

El conductor, negro, fuerte y joven, perdió el control del vehículo, aunque eso apenas le preocupaba. Iba ahora el tranvía
con lentitud de babosa, como si no existiesen horarios que cumplir, como si el tiempo le perteneciera por entero. Otras veces
aceleraba y se lanzaba a toda marcha comiendo los raíles, que-
brantando las leyes del tráfico, en urgencia por llegar. El cobrador, mulato bisojo de cabello estirado, tocaba la campanilla sin
ton ni son siguiendo el ritmo de la música de santo. Colgado

del estribo se negaba a cobrar a los viajeros. Nezinho quiso pagar por todos, pero el cobrador le rechazó el dinero. «Todos gratis, por cuenta de la compañía», decía riendo, como si hubiesen tomado el poder, asumido el control de la compañía Circular, los cobradores y conductores, los operarios de las oficinas. Como si aquella mañana se hubiera decretado el estado de alegría general y de franca cordialidad.

Los acontecimientos iniciados en el axé se estaban precipitando. Una atmósfera azul cubría la ciudad. La madrugada permanecía en el aire, la gente reía en las calzadas.

Bajaron del tranvía en la Baixa do Sapateiro, y se internaron en la ladera del Pelourinho. Era una aglomeración de colores chillones, pronto aumentada por curiosos y paseantes.

El tranvía quedó vacío, anclado en los raíles, pues también el conductor y el cobrador, en un mismo impulso, abandonaron el vehículo y se sumaron al cortejo. Con eso se inició la congestión del tráfico que tanta confusión había de crear en la ciudad, perturbando el comercio y la industria. Algunos conductores que pasaban por allí dejaron a la misma hora y sin previo acuerdo sus pesados vehículos en las Sete Portas, frente al elevador Lacerda, en las Docas, en la estación de Calçada, en la parada del tranvía en Amaralina, en las Pitangueiras y en Brotas, y se dirigían todos a la iglesia del Rosário dos Negros. Tres autobuses llenos de operarios se decidieron por las vacaciones, en rápida asamblea, y se unieron a la fiesta.

El orixá subió el Pelourinho en medio de la mayor agitación. Revoltoso, intentando huir de las manos de Doninha, probando en plena calle nuevos pasos de danza. De vez en cuando soltaba su carcajada burlona, a la que nadie resistía, y todos reían con él. «¿Dónde están sus solemnes promesas?», le preguntaba madre Doninha; pero él no le hacía caso. Era el dueño de la ciudad.

En el paseo se encontraron los dos cortejos; venía el de Ogum de la Baixa do Sapateiro, llegaba el de Veveva del terreiro de Jesus.

El del santo, con madres e hijas de santo, babalaôs y ogãs, con tres obás de Xangô, con el conductor, el cobrador, los camioneros, dos guardias civiles y un soldado del ejército, Jesuíno Galo Doido, el escultor Mirabeau Sampaio, y doña Norma, su esposa; él, de blanco y concentrado como un buen hijo de Oxalá; ella, muy animada, abrazando a sus conocidas —y conocía a todo el mundo—, queriendo trenzar sus pasos de danza ante al orixá. Y el pueblo en general, sin contar la chiquillería.

Y el cortejo de la negra vieja Veveva y el pequeño. Al frente una carroza con la negra, el chiquillo y Otália. Atrás, Martim, Curió, Pé-de-Vento, Ipicilone, todos los vecinos del Negro Massu, el personal habitual de las ruedas de luchadores de Valdemar, gente del mercado Modelo, Didi y Camafeu, Mário Cravo con maestro Traíra, pescadores y putas, una orquesta entera de bandurrias y acordeones, Cuíca de Santo Amaro y la célebre echadora de cartas madame Beatriz, recién llegada a la ciudad y recomendada a Curió.

El encuentro tuvo lugar frente a la Escuela de Capoeira de Angola, y mestre Pastinha y Carybé ayudaron a la vieja Veveva a apearse de la carroza. Tibéria, vestida de seda y encajes, kilómetros de randa sergipana, tomó al niño en brazos. Era la madrina.

Martim ofreció la mano a Otália, y la moza saltó en un elegante impulso, muy aplaudido por algunos muchachos. El orixá se reía con carcajadas divertidas.

Se adelantó, llegó danzando, una danza de saludo y amistad. Siguió danzando; se colocó casi enfrente de la negra vieja Veveva como si fuese a abrazarla, pero ella allí en la calle, se tumbó en el suelo, dio con la cabeza en las piedras, en homenaje al santo. Él extendió la mano, la levantó y la abrazó contra su pecho tres veces. Doninha suspiró aliviada: era Ogum, sí, había tratado a la anciana negra con respeto y cariño. Ahora bien, ¿cómo se comportaría en la iglesia? Nunca hubiera pensado esto de Ogum. La habían engañado.

Vino el orixá danzando y giró en torno a Tibéria, se acercó más, soltó un grito ronco, sacó de debajo de la camisa una herramienta oxidada —no era herramienta ritual de Ogum— y con ella tocó la cabeza del chiquillo. El cortejo avanzó hacia la escalera de la iglesia. Nuevas dudas perturbaron a Doninha. ¿Por qué Ogum pellizcaba a Tibéria en el trasero?, ¿por qué esa falta de respeto? En un esfuerzo, se adelantó la madre de santo dispuesta a todo para evitar el escándalo. Jesuíno iba a su lado y participaba de sus presentimientos.

En lo alto de la escalera, pasando entre las gentes que le saludaban con las manos extendidas y las palmas vueltas hacia delante, el orixá soltó otra carcajada, tan grotesca y cínica, tan desvergonzada y pueril que no solo Doninha, sino también Nezinho, Ariano —cuya cofradía no gustaba de aquel asunto y temía por el éxito—, Vivaldo, Valdeloir Rego y otros importantes de la secta, comprendieron la verdad. Los pechos se colmaron

de temor. Solo el chiquillo, en los fuertes brazos de Tibéria, sonreía con encanto al atolondrado orixá.

9

Cuando el orixá atravesó con su cortejo la puerta de la iglesia
del Rosário dos Negros, el padre Gomes, en la sacristía, terminada la misa, retiraba los paramentos y preguntaba a Inocêncio
si estaba ya dispuesta la gente del bautizo. Deseaba terminar
cuanto antes. Tenía una úlcera y no podía quedarse tanto rato
sin comer.

Inocêncio, un tanto alarmado con aquel inusitado movimiento en la iglesia, con el barullo multitudinario que llegaba de
la plaza, salió a disponerlo todo. En ese momento exacto el órgano dejó escapar un son ronco, a pesar de estar cerrado y de no
haber nadie en el coro.

Intrigado, el padre Gomes se acercó hasta la puerta y miró
hacia los altos de la iglesia: el coro vacío, el órgano cerrado.
Aparentemente todo estaba en calma, pero la iglesia, ahora que
la misa había terminado, seguía llena de gente, abarrotada. Con la
edad, pensó el padre Gomes, empezaba a oír ya sonidos inexistentes. Movió la cabeza en una melancólica comprobación, pero luego interesose por los fieles. Bahianas con sus trajes festivos
en un abigarramiento de color que rompía la media luz del templo; hombres vestidos con ternos azules o con cintas azul oscuro en el ojal de la solapa, mucha gente. El padre Gomes pensó
meditativo que valía más la buena amistad que la riqueza y la

posición social. Iba a bautizar al hijo de un negro pobre, de un vagabundo, y la concurrencia era de bautizo de hijo de banquero o de político gobernante, incluso más nutrida y, desde luego, más sincera.

En torno a la pila bautismal se había reunido un pequeño grupo compuesto por el orixá y Tibéria, Massu, Veveva, Doninha, Otália, Jesuíno Galo Doido, el cabo Martim, Pé-de-Vento, Curió y algunos más.

· En las inmediaciones, el populacho estiraba el pescuezo para ver. En la playa se apiñaban muchos sin conseguir entrar en la iglesia, y cada vez llegaba más gente; venían de toda la ciudad, traían instrumentos de música y ganas de brincar. El orixá ejecutaba unos pasos, reía con su risita de mofa, amenazaba con salir bailando por la nave. Doninha temblaba. Y lo mismo los padres y madres de santo, al corriente de lo que ocurría. Ellos y Galo Doido. Desde el momento de la entrada en la iglesia sabían la terrible verdad.

El padre Gomes se dirigió a la pila. Inocêncio entregó la vela con adornos azules al padrino. El sacerdote hizo una caricia al rostro del chiquillo, que lo miraba encantado y sonreía. Contempló al grupo que se abría ante él.

—¿Quién es el padre?

Compareció Negro Massu, modesto.

—Por aquí estamos, padre…

—¿Y la madre?

—Se la llevó Dios…

—¿Ah, sí?… Perdone… ¿La madrina?

Puso los ojos en Tibéria. La conocía de algo. ¿De dónde?

Con aquel rostro bondadoso, reflejando un alma pura y generosa, solo podía conocerla de la iglesia. Le sonrió con aprobación, y de repente se acordó de quién era. Pero no le retiró la sonrisa, tan cándida y devota era la faz de Tibéria.

—¿Y el padrino?

El padrino estaba evidentemente borracho, pensó el padre Gomes. Le brillaban los ojos, balanceaba el cuerpo a un lado y otro, reía entre dientes, con carcajadas cortas y enervantes.

Aquel era el hombre de nombre estrambótico, el artesano de la ladera del Tabuão. Muchas veces lo había visto el sacerdote a la puerta de su tenducho, pero nunca había imaginado que tuviera un nombre tan extravagante. ¿Cómo era? Un nombre de negro esclavo. Con grave mirada de censura, le preguntó:

—¿Cuál es su nombre?

El sujeto parecía no estar esperando otra cosa. La carcajada más fuerte y cínica, más burlona, resonó por la nave, atravesó la iglesia, se partió en mil ecos sobre la plaza, se extendió sobre la ciudad entera de Bahia quebrando vidrios, despertando al viento, levantando polvaredas, asustando a los animales.

El orixá dio tres brincos y gritó su nombre:

—Soy Exu; yo seré el padrino. ¡Soy Exu!

Jamás hubo antes, ni habrá después, un silencio parecido. En la iglesia, en la calle, en el terreiro de Jesus, en la ladera de Montanha, en Rio Vermelho, en Itapagipe, en la carretera da Liberdade, en el faro da Barra, en la Lapinha, en los Quinze Mistérios, en toda la ciudad.

Se quedaron todos parados, allí y en todas partes. Solo

Ogum erraba por la iglesia, desesperado. Y el silencio y la inmovilidad.

Fue entonces cuando se vio lo más inesperado y extraordinario. El padre Gomes se estremeció en su sotana, saltó de sus zapatos, vaciló, remolineó en redondo, semicerró los ojos.

Jesuíno Galo Doido prestó atención. ¿Sería verdad lo que sus ojos estaban viendo? Doninha, Saturnina, Nezinho, Ariano, Jesuíno, algunos otros, se daban cuenta, pero no se asustaron; vivían en la intimidad de los orixás.

El padre murmuraba algo. Madre Doninha respetuosamente se colocó a su lado y pronunció un saludo en nagô.

Ogum se había retrasado aquella mañana del bautizo. Había tenido otras obligaciones ineludibles en Nigeria, y una fiesta muy animada en Santiago de Cuba. Cuando llegó a toda prisa al cobertizo del axé de Meia Porta encontró a su caballo, Artur da Guima, ya montado por Exu, su hermano irresponsable. Exu se reía de él y lo imitaba, se quejaba de que no le habían dado lo prometido, una gallina de Angola. Y se disponía a provocar el escándalo y acabar con el bautizo.

Como un loco, Ogum atravesó la ciudad de Bahia en busca de un hijo de santo en quien descender para arreglar el desaguisado, expulsar a Exu y bautizar al chiquillo. Primero anduvo buscando en el axé. No había ninguno. Hijas de santo sí, muchas había por allá, pero él necesitaba un hombre. Fue a Opô Afonjá en busca de Moacir de Ogum, pero este andaba por la banda de los Ilhéus. Fue a otros terreiros santos, pero no encontró a nadie. Salió desesperado por la ciudad, mientras Exu hacía sus tropelías en el tranvía. El cobrador era de Omolu, el conductor de Oxóssi. El soldado de Oxalá, Mário Cravo, también de Omolu, nadie era de Ogum. Ahora, en la plaza asistía a las barbaridades de Exu. Vio cómo engañaba a todos, cómo aplacó las desconfianzas de Doninha al levantar a Veveva del suelo con delicadeza y con respeto.

Entró con la mayor aflicción en la iglesia, tras él. Quería hablar, desenmascarar a Exu, ocupar su lugar, pero ¿cómo hacerlo si no había nadie que pudiera ser su caballo, nadie a quien poder cabalgar?

Rodó por todos los rincones del templo mientras el padre Gomes iniciaba el interrogatorio. Y, de súbito, al ver al sacerdote, lo reconoció: era su hijo Antônio, nacido de Josefa de Omolu, nieto de Ojuaruá, obá de Xangô. En él podía descender, estaba destinado a ser su caballo. No había cumplido, es verdad, sus ritos y obligaciones en los tiempos fijados, pero en situación de emergencia también servía. Era ahora un padre, de sotana, pero no por ello menos su hijo. Además, ahora no cabía otra solución, no tenía donde escoger: Ogum entró en la cabeza del padre Gomes.

Y con mano fuerte y decidida aplicó dos bofetadas a Exu para enseñarle a comportarse. El rostro de Artur da Guima quedó rojo con la marca de los dos tortazos. Exu comprendió que había llegado su hermano, que se habían acabado las bromas. Lo había pasado bien. Se había vengado porque no le dieron su gallina de Angola. Rápidamente abandonó a Artur, con una última carcajada, y se fue a esconder tras el altar de san Benedito, santo de su color.

En cuanto a Ogum, tan aprisa como entró volvió a salir. Dejó al cura y cabalgó a su antiguo y conocido caballo, en el que hubiera debido llegar a la iglesia si Exu no se hubiera metido a complicarlo todo. Montó, pues, en Artur da Guima. Fue todo tan rápido, que solo los más entendidos se dieron cuenta. El etnógrafo Barreiros, por ejemplo, nada notó, apenas vio cómo el padre le sacudía dos tortazos a Artur de Guima creyéndolo borracho.

—Se acabó el bautizo... El cura va a echar al padrino fuera... —concluyó.

Pero el padre volvía a su expresión natural. Nada sabía de los bofetones. No recordaba cosa alguna. Abrió los ojos:

—Me distraje un momento... Como un vahído...

Inocêncio acudió, servicial, afligido:

—¿Quiere un vaso de agua?

—No es necesario. Ya ha pasado.

Y volviéndose al padrino:

—¿Cómo ha dicho que se llama?

¿No estaba el hombre borracho poco antes? Pues se había curado de repente. Ahora se aguantaba firme sobre sus piernas, erguido, parecía un guerrero, sonriente...

—Mi nombre es Antônio de Ogum.

El padre tomó la sal y los santos óleos.

En la sacristía, después, a la hora de firmar la certificación, ya al final de la historia, el padre cumplimentó a Negro Massu, a la madrina, a la vieja bisabuela, la negra Veveva, casi centenaria, y también al padrino.

Cuando le llegó el turno al padrino, Ogum dio tres pasos hacia atrás y tres hacia adelante y en un quiebro de danza abrazó tres veces al padre Gomes. También él era Antônio de Ogum. No importaba que el padre no lo supiese. Era hijo de Ogum, de Ogum de las minas, de Ogum del hierro y el acero, de las armas de fuego, de Ogum guerrero. El orixá lo apretó contra su pecho y juntó su rostro al rostro del padre, su hijo dilecto, digno.

10

Así fue el bautizo del hijo de Negro Massu. Complicado y difícil, lleno de problemas, pero a todos encontraron solución, primero Galo Doido, hombre de mucha sabiduría, luego madre Doninha y, por fin, el propio Ogum.

La fiesta fue de las mayores, en casa del negro y en toda Bahía.

En cualquier lugar donde hubiera una hija de Ogum hubo danzas aquel día hasta la madrugada. Solo en plaza del Pelourinho, cuando salía de la iglesia, Galo Doido reconoció más de cincuenta Ogum danzando victoriosos. Sin hablar de otros orixás. Todos habían bajado, sin excepción, para festejar el bautizo del hijo de Massu y Benedita.

Escondido en el altar de san Benedito, Exu aún estuvo riéndose un buen rato recordando sus tropelías. Después se quedó dormido, y durmiendo parecía un niño igual que los demás. Quien lo viera así, no imaginaría jamás que aquel era Exu de los caminos, el orixá del movimiento, tan revoltoso y travieso que hay quien le confunde con el diablo.

Así es pues como Negro Massu se hizo de compadre de Ogum, y obtuvo gran prestigio e importancia. Pero él continuó siendo el mismo de siempre, el buen negro, ahora con su abuela centenaria y su pequeño.

Mucha gente invitó después de este suceso a diversos orixás para que fuesen padrinos o madrinas de sus hijos. Oxalá, Xangô, Oxóssi, Omolu son muy solicitados para padrinos. Iemanjá, Oxum, Iansã, Euá lo son para madrinas, y Oxumaré, que es al mismo tiempo macho y hembra, para una y otra cosa. Pero hasta ahora ningún orixá ha aceptado, tal vez por miedo a las travesuras de Exu. Compadre de orixá solo hay uno: Negro Massu, compadre de Ogum.

La invasión del morro de Mata Gato

o

Los amigos del pueblo

1

No los vamos a clasificar en héroes y villanos, ¿quién somos nosotros, sospechosos vagabundos de Rampa do Mercado, para decidir sobre asuntos tan trascendentales? La discusión está en las gacetas, se acusan entre sí los del gobierno y los de la oposición, se vilipendian, se elogian, cada cual quiere sacar el mejor provecho de la invasión de las tierras del Mata Gato, más allá de Amaralina, por detrás de Pituba. Por lo visto hubo desde el principio, e incluso antes de iniciarse la invasión, una completa y total solidaridad para con los invasores. Nadie se colocó en contra de ellos, y algunos, como el diputado Ramos da Cunha, de la oposición, y el periodista Galub, corrieron serios peligros por defenderlos.

No culparemos a nadie. No somos un tribunal, y nadie procuró saber si había un responsable o varios, de la muerte de Jesuíno Galo Doido. Estaban todos muy ocupados en las celebraciones. Pero tampoco formaremos parte del coro de elogios al gobernador o a los diputados, tanto del gobierno como de la oposición, ni al español dueño de los terrenos, el viejo Pepe Ochocientos, como era llamado el conocido millonario José Pérez, dueño de una red de panaderías, haciendas de ganado, y le-

guas y leguas de terreno, sin hablar de sus campos arrendados.
Sí, porque también él fue elogiado en los versos de Cuíca, tratado como hombre generoso, de corazón de tórtola, capaz de sa-
crificar sus intereses por el bien del pueblo. Imagínense... Bien
que debieron untar al poetastro, buen sujeto, querido por todos, pero siempre dispuesto a elogiar o a atacar según se le soltaran unos cobres. También, pobre, con enorme familia y necesitado de ganarse la vida adecuada para la hora de la muerte, y
Cuíca vivía exclusivamente de su intelecto. Escribía sus historias en verso, algunas muy bonitas, y él mismo las componía e
imprimía, dibujaba la cubierta y salía a venderlas por el mercado y por los muelles, junto al elevador o en Água de Meninos,
gritando sus títulos y méritos.

Elogió al español Pepe Ochocientos, y se olvidó de decir la
razón del apellido —los kilos de ochocientos gramos por él uti-
lizados en sus almacenes y panaderías, base de su fortuna—,
elogió al gobernador, al vicegobernador, diputados y ediles en
general, a la imprenta toda, y, en particular a Jacó Galub, el reportero intrépido:

> *Héroe de Mata Gato*
> *el periodista Jacó*
> *amenazado de asalto*
> *y bravo como un león.*
> *Fue amigo del pueblo*
> *el muy bravo campeón*
> *dándole pan a las gentes*
> *y, con pan, habitación*

por eso le llaman todos
de los pobres campeón.

Elogió a todos o a casi todos, arrancando cien de uno, doscientos de otro, y mucho más del español Ochocientos, pero fue el único en todo aquel lío que citó a Jesuíno Galo Doido y recordó su figura. Los diarios y las radios lo ignoraron. Hartos de elogios al gobernador y al diputado Ramos da Cunha, a los valientes policías, al jefe de policía, cuya prudencia aliada a la decisión de no ceder, etc., de Jesuíno, ni una palabra. Solo Cuíca en su folleto «La invasión de los terrenos de Mata Gato donde el pueblo levantó un barrio en 48 horas», tuvo un verso sencillo para recordarlo. Porque Cuíca, incluso retorciendo la verdad, sabía cómo habían sido las cosas, sin arreglos ni embellecimientos posteriores. El pobre necesitaba dinero y vendía la verdad de las cosas.

No seremos nosotros quienes lo critiquemos, ¿por qué habríamos de hacerlo? Era un poeta popular del mercado, con sus versos de pie quebrado, de rima pobre, paupérrima a veces, con sus invenciones de verdadera poesía de cuando en cuando, para compensar. Mudaba de juicio y de prejuicio en sus versos conforme al lado de donde venían los dineros. Pero ¿no hacen así ahora, aquí y en el extranjero, los grandes poetas, poetas de nombre en los diarios y estatua en los jardines? ¿No se adaptan a los intereses de los dueños del poder, por ahí fuera, y son así o asá según les piden, mandan u ordenan? Como les paguen, conforme les paguen, que esa es la verdad y ahora queda dicha con todas sus letras. ¿No cambian de escuela, de tendencia, de rótulo, de opinión, por el mismo dinero que cambió las ideas de Cuíca? Dinero o poder, lujo o importancia, premios, nombre en los periódicos y discursos de elogio. ¿Qué más da?

No culpemos a nadie. No estamos aquí para eso, sino para contar la historia de la invasión del morro de Mata Gato, pues la historia tiene su lado gracioso y su lado triste como toda historia digna de contarse. No vamos a arrimar la sardina al ascua de nadie, pero allí estábamos nosotros, y por eso lo sabemos todo.

Fue entonces lo del lío —¿llegaron de verdad tan lejos como decía la gente?— del cabo Martim con Otália, y la lacrimosa pasión de Curió por madame Beatriz, la célebre faquir hindú (nacida en Niterói), y vamos a contar esos amores. Iremos así arreglando la cosa de manera que vengan mezclados los hechos, los románticos y los heroicos, los que hablan de las pasiones del cabo y de los amores del charlatán, junto con los de la invasión de los terrenos, antes propiedad del comendador José Pérez, ilustre baluarte de la colonia española, benemérito de la Iglesia, influyente en los diversos sectores de la vida bahiana, conspicuo ciudadano. Perdonen si aparecen aquí mezclados el gobernador y doña Tibéria, propietaria esta de una casa barata de lenocinio, si se mezclan diputados y vagabundos, políticos solemnes y picaros mulatillos, golfos de la playa, el diputado Ramos da Cunha y Pé-de-Vento, el periodista Galub y el cabo Martim, en aquella ocasión por otra parte ascendido a sargento Porciúncula. No puedo hacerlo de otro modo, mezclados estuvieron pobres y ricos, libres y solemnes, el pueblo y aquellos descritos en los periódicos como «amigos del pueblo». Pero, repito, no culparemos a nadie.

No culparemos a nadie porque nadie se interesó en saber si había un responsable a quien castigar por la muerte de Jesuíno Galo Doido. Estaban todos muy ocupados en las celebraciones. Dicen que el gobernador, alma sensible a las manifestaciones emotivas, lloró conmovido al abrazar al diputado Ramos da Cunha, su adversario político, autor del proyecto de expropiación. Pero sonreía cuando apareció en el balcón para agradecer los aplausos de la multitud reunida en la plaza.

2

Exageró Cuíca, en el cumplido título de su folleto, habló de un barrio construido por el pueblo en cuarenta y ocho horas. Se tardó exactamente una semana en dar aspecto de barrio a aquella invasión, la primera que tuvo lugar en Bahia. Hoy el Mata Gato es un verdadero barrio, y hasta se levanta allá la fachada decorada de una de las panaderías Madrid, de la red de Pepe Ochocientos, frente con frente a la casa de Negro Massu. Otras invasiones se realizaron después con éxito, crecieron barrios enteros por el lado de la Libertade, en el noroeste de Amaralina; hubo la invasión de Chimbo en Rio Vermelho, y los Alagados, con su ciudad sobre las aguas. Los pobres tienen que vivir, han de tener su hogar en algún lado, nadie puede permanecer toda su vida a la intemperie, se necesita un techo, pero ¿quién tiene dinero para pagar el alquiler?

Incluso nosotros, noctívagos empedernidos, precisamos de cuando en cuando reposar la cabeza e ir a casa. Vivir sin casa es imposible, y el propio Pé-de-Vento, hombre sin horario y sin empleo fijo, cazador de sapos y ratas, serpientes, lagartazos verdes y otros bichos para los laboratorios de análisis e investigación, habituado al viento y a la lluvia, aficionado a dormir en las arenas de la playa y revolcarse allí con las mulatas (que le vuelven loco), incluso Pé-de Vento, decimos, cuya naturaleza se adapta a todo, igual que sus animales, sintió la necesidad de tener un abrigo donde meterse. Fue él el precursor de la invasión por así llamarle.

En aquellos terrenos de Mata Gato construyó con palmas de cocoteros, con pedazos de listón, con tablas de cajones y otros materiales gratuitos una especie de choza donde vivía. Se movía por las inmediaciones en busca de bichos. No faltaban sapos y culebras en el barranco próximo, solo había que andar un poco hacia Boca do Rio. Ratas de todas clases y tamaños sobraban en las proximidades, sobre todo en unas alquerías próximas, en los caminos de Brotas. En los matorrales de las colinas de alrededor había de todo: lagartos, serpientes venenosas y no venenosas, saurios diversos, a veces hasta una liebre o una raposa. Y los peces del río y del mar para alimentarse. Aparte de cangrejos y mariscos.

Levantó su choza y la habitó largo tiempo sin ser perturbado. Distante del centro de la ciudad, allí casi no se acercaba nadie a visitarle; solo a veces, cuando invitaba a un amigo a probar sus parrilladas de pescado, o se llevaba una mulata joven para ver la luna. Nunca se había preocupado Pé-de-Vento por averiguar si aquellos terrenos, tan vastos y tan abandonados, tenían amo, si estaba él cometiendo un acto ilegal al levantar allí su mísera barraca.

Así mismo se lo dijo a Massu cuando llegó el negro cierto día invitado, para comer unos pescados asados en las brasas. Pé-de-Vento cocinaba bien, era experto en una calderada de pescado, con peces todos de Bahia, sabrosos y frescos, pescados por él mismo. ¿Cuántas veces no había llevado de regalo a Tibéria o a mestre Manuel peces de cuatro o cinco kilos, o enfiladas de sardinas, rayas y pulpos? Preparaba sus calderadas en la lancha de Manuel, sonriendo para Maria Clara o rodeado por las chicas en la gran cocina del burdel de Tibéria. Aquellas calderadas que preparaba Pé-de-Vento eran, todos lo sabían, cosa de relamerse.

Muy de tarde en tarde cocinaba en su choza de Mata Gato e invitaba a un amigo. Su comida diaria era un pedazo de cecina, un poco de harina y cualquier pequeñez, Pé-de-Vento se contentaba con poco, y hubo un tiempo en su vida en que no tuvo ni carne seca, solo restos amañados con harina. En esos tiempos andaba aún por el interior y ejercía la devota profesión de ayudar a morir a los moribundos.

Ya saben lo que es: esos moribundos obstinados, rápidos a enflaquecer pero resistentes para la marcha, sin querer estirar la pata, resistiéndose días y días a la muerte, amargando la vida a parientes y amigos. Tal vez porque aún tenían pecados que pagar en la tierra y necesitaban oraciones. Pé-de-Vento se había especializado en ayudar a tales obstinados a atravesar la puerta del otro mundo dejando en paz a la familia, con las lágrimas de protocolo y los preparativos del funeral, con la comida y los tragos del velatorio. Unos velatorios espléndidos, con aguardiente de sobras y comilonas de fiesta.

Quien tenía un pariente tozudo, difícil de morir, agarrado a sus andrajos de vida y sin querer largarlos, ya se sabía: mandaba buscar a Pé-de-Vento, acordaba las condiciones de pago, que él nunca fue carero, y se encargaba del enfermo. Sentado al lado de la cama iniciaba las oraciones, animaba al pariente:

—Vamos, que Dios está esperando. Dios y toda la corte celestial.

Con su voz profunda cantaba:

Ora pro nobis...

Había otros rezadores y rezadoras por la vecindad, pero ninguno tan rápido y seguro como Pé-de-Vento. Al cabo de media hora, máximo una hora, el moribundo apagaba velas y se largaba a gozar de las delicias del paraíso prometido por Pé-de-Vento. Una sola condición ponía este a la familia próxima a enlutarse: dejarlo solito con el camarada, no andar estorbando con su presencia. Salían todos; desde fuera se oía la voz de Pé-de-Vento, sus rezos y consejos:

—Muere en paz, hermano, con Jesús y con María...

Una vez, un pariente curioso abrió de súbito la puerta y comprobó la seriedad de la ayuda de Pé-de-Vento. Iba esta ayuda mucho más allá de las plegarias. Ayudaba también al moribundo con el codo, metiéndoselo en la barriga, cortándole la poca respiración que le quedaba.

El pariente se fue de la lengua y allí acabó la carrera de Pé-de-Vento como rezador de moribundos. Las amenazas de venganza le obligaron a volverse a la capital. Construyó entonces su barraca en Mata Gato y conoció a Jesuíno Galo Doido cuando ofrecía sus servicios de rezador en casa de una comadre del viejo vagabundo cuyo marido no quería abandonar su terrestre envoltura. Por aquel entonces Pé-de-Vento no se había dedicado aún a la ciencia como importante colaborador de los laboratorios de investigación.

Pero todo ese curioso y rico pasado de Pé-de-Vento poco tiene que ver con la historia de la invasión de Mata Gato. Hablamos de él apenas para comprobar la presencia de al menos un morador en aquellas tierras, bastante antes de la venida de Massu.

Negro Massu, tendido en la arena, bebiendo a sorbos su aguardiente, el olfato gozando en el deleite de un puro apetitoso, miró el paisaje, el mar azul, la playa blanca, los cocoteros, la brisa, y se preguntó a sí mismo por qué no vivir allí. Era la morada ideal. No podía haberla mejor.

Atravesaba Negro Massu una crisis por aquel entonces. El amo del cobertizo donde se alojaba desde hacía años, en compañía de su abuela centenaria y de su hijo, se había cansado al fin de no cobrar el alquiler. Massu ya llevaba en el pago cuatro años y siete meses de retraso, el tiempo exacto que llevaba allí viviendo. Jamás había pagado un céntimo. Y no porque fuese de natural mal pagador; al contrario, pocas personas tan serias y cumplidoras como él. No pagaba porque siempre a fin de mes le faltaba el dinero del alquiler. A veces Massu hacía un esfuerzo, juntaba unos cobres ganados aquí y allá, en una chapuza o en las apuestas al bicho, pensando en el alquiler, en el compromiso asumido. Pero siempre acontecía algo inesperado, una conmemoración importante, una fiesta imprescindible y allá se iban sus reservas, las precarias economías.

Una vez, el dueño del cobertizo, propietario de una carnicería en la vecindad, fue personalmente a cobrar. Solo encontró a la negra Veveva y no tuvo valor para echarla a la calle. Dejó un recado para Massu. Otra vez encontró a Massu arreglando el tejado lleno de goteras. El negro estaba bravo, mierda de tejado, una barraca asquerosa que no servía para nada, el alquiler carísimo y el carnicero berreando por su dinero, queriendo el alquiler, así, de repente. Resopló el negro, bajó del tejado, los músculos le brillaban al sol. Gritó más aún. El propietario se largó en hora buena sin más charla, y aun prometió mandar a alguien que arreglara los agujeros.

Pero últimamente una compañía compró cobertizo y terreno. Los vendió el carnicero relativamente baratos porque no veía posibilidad de renta ni de que Massu se mudase tan pronto.

La compañía iba a construir allí una fábrica, compró una extensión grandísima y estaba derribando casas y barracas; daba un plazo corto, un mes solo, para que se largaran. Y ofrecía empleo, primero en la construcción, después en la fábrica. Negro Massu comprendió que no había más remedio que buscar una casa nueva.

Y allí, tumbado en la arena, comiendo excelente pescado, preguntó a Pé-de-Vento:

—¿De quién es todo esto?

Pé-de-Vento estudió la pregunta, pensativo:

—No sé… No tiene amo…

—Será del gobierno…

—Bueno, si es del gobierno es de todos…

—¿Es lo mismo?

—¿Tú no sabes que el gobierno es el pueblo?

—¿Tú crees? El gobierno es de la policía, eso sí…

—Tú no entiendes. Yo lo sé: hasta lo oí decir en la asamblea. Tú no vas a la asamblea, y por eso no lo sabes…

—¿Y qué gana uno con saberlo?

Negro Massu dejaba que el aceite se escurriera por las comisuras de los labios. ¡Qué pescado más bueno! Y no había sitio como aquel para vivir.

—¿Sabes una cosa? Voy a ser tu vecino… Me haré aquí una barraca. Vendré con la vieja y el chiquillo…

Pé-de-Vento hizo un gesto amplio con la mano:

—Lugar no falta hermano. Ni palmas para el tejado…

Días después volvió Negro Massu con Martim, Ipicilone, Cravo na Lapela y Jesuíno Galo Doido. En un carretón traía algunos materiales, un serrucho, martillo y clavos. Pé-de-Vento colaboraba ofreciendo una nueva calderada de pescado. Solo faltaba Curió, que andaba ocupado con madame Beatriz.

Massu levantó su choza; hasta quedó bonita. Cravo na Lapela, que había trabajado de pintor en su juventud, escogió los colores para puertas y ventanas, azul y rosa, y agarró la brocha. Solo lo hacía como aficionado, para servir a los amigos. En el fondo aquel trabajo le daba horror.

Sentado, Ipicilone, con la panza llena de pescado, veía a Cravo na Lapela pintando puertas y ventanas mientras Massu, Martim y Jesuíno levantaban las paredes de adobe. Suspiró:

—Quedo tan cansado de ver como trabajan…

Así era Ipicilone: muy amigo de sus amigos, allá iba con ellos adondequiera que fuesen. Pronto a colaborar con consejos e ideas, muy entendido en todo, un intelectual, hasta leía revistas. Pero delicado de cuerpo: se cansaba fácilmente.

Mientras los otros construían, gozaba él de las delicias del lugar. Por la noche, Jesuíno hizo a Tibéria el elogio de Mata Gato mientras comía en la casa.

Massu se mudó. Tibéria fue a visitarlo para ver a su ahijado, y ella y Jesus quedaron enamorados del paisaje.

En tantos años de arduo trabajo, ella llevando el burdel, él cortando y cosiendo sotanas, no habían conseguido juntar bastante para comprar una casa donde pasar su vejez. ¿Por qué no levantarla allí, poco a poco, comprando ladrillos y cal, unos metros de piedra, unas tejas para cubrirla?

Con estas dos casas, la de Massu de adobe y tablas, la de Tibéria y Jesus de ladrillo, se inició la invasión.

No se sabe cómo llegó la noticia a tanta gente. Pero una semana después de haber comenzado Jesus su casa, ya se elevaban en Mata Gato cerca de treinta barracas, construidas con una increíble variedad de materiales, y correteaba por allá una multitud de chiquillos de todos los colores y edades. Cada día llegaban nuevos carretones trayendo gente y tablas, cajones, latas, bidones, todo lo que sirviera para construir.

Hay que decir que Pé-de-Vento se cambió de casa. Se fue más allá, dejó su barraca de paja, pronto ocupada por doña Filó, negociante muy perseguida por la policía, especialmente por el juzgado de menores. Comerciaba con chiquillos, pero con los suyos. Tenía siete, el mayor de nueve años, el último de cinco meses, y los alquilaba por días a las mendigas conocidas para ayudarlas a recoger limosna. Con un chiquillo es más fácil conmover a los transeúntes. Filó tenía un hijo por año, era acostarse con un hombre y quedarse embarazada; no había manera de impedirlo. Cada hijo tenía un padre distinto pero ella no molestaba a nadie. Con sus propios chiquillos se ganaba la vida, y el mayor ya estaba bien encaminado entre los golfos del puerto. Hasta había estado preso ya, por asalto a una confitería.

Así empezó la invasión de Mata Gato.

3

Crecía la animación. Todo el mundo construía chabolas en los terrenos de Mata Gato, colina bonita con una vista magnífica sobre el mar, y brisa constante, jamás se sentía calor. Solo el cabo Martim no se cambió. Sus amigos se afanaban, cada cual eligiendo el lugar donde alzar casa, levantar paredes y tejados. Él los ayudaba cuanto podía, pero no pasaba de esto. Desde su fracasado casamiento con la hermosa Marialva, no había vuelto a pensar en tener casa, y aún menos en construirla. Quedó harto para siempre de la vida de familia, y se contentaba con un cuartucho ruin en un desván del Pelourinho.

Pese a todo, estaba enamorado, enamorado como nunca. Una pasión que lo roía por dentro, que lo dejaba entontecido, como un bobo, igual que Curió, aquel Curió enloquecido por Marialva. ¿Se acuerdan? Pues así andaba el cabo Martim, con toda su picardía, su comentada prosopopeya. El objeto de su pasión, ya todos lo habrán notado con certeza: Otália, aquella muchachita llegada de Bonfim para darse a la vida en Bahia.

Martim no podía pensar en otra desde el día del cumpleaños de Tibéria, cuando se enfrentó con Marialva mientras bailaba con él. Pasó tiempo sin verla, pero guardó su recuerdo en la memoria, seguro de encontrarla un día y arreglarse con ella. Cuando Marialva se decidió finalmente a desocupar la plaza y largarse de la casita de Vila América, Martim, pasados unos días, se arregló, se puso su mejor traje, se limpió los zapatos con crema, gastó brillantina en su cabellera y salió en busca de Otália.

La tal Otália era de novela: chiquilla más atolondrada… Hacía la vida en el burdel de Tibéria, tenía su clientela segura, gustaba mucho a los señores de edad pues era delicada y gentil, con aires de niña mimada; y Tibéria la quería como a una hija.

Fuera de sus obligaciones no se liaba con nadie. Había muchos, amigos de la casa, gente como Martim, que se metían con las pupilas, se enredaban con ellas en pasiones a veces terribles y dramáticas. Terêncio, una vez, entró con un cuchillo en el burdel y acabó a puñaladas con Mimi, la de la cara de gato. Y todo por unos celos idiotas.

Otália no se ligó a ninguno. Si no estaba cansada dormía contenta con quien se lo pidiera. Y si había que ir a una fiesta, se colgaba del brazo de quien más le gustara. Era dulce en amores, dejábase envolver y poseer, como una jovencita desamparada. No como Marialva, que era puro teatro. Era una chiquilla, tal vez no hubiera cumplido los dieciséis años.

El cabo Martim no tuvo dificultades para abordarla. Otália parecía estarlo esperando cuando él llegó, con rostro melancólico para impresionarla, representando el papel de marido abandonado por la esposa, corazón lacerado en espera de consuelo. Ella lo acogió sin sorpresa, como si su venida y su encuentro fueran fatales. Martim llegó a encontrar todo aquello demasiado fácil, y se sentía un poco molesto.

Evidentemente no deseaba pasar semanas en enamorarla, tener que convencerla, diciéndole cosas. Eso era algo que no sabía hacer. No era Curió. Pero tampoco le gustaba acostarse con ella apenas le tendiera la mano y le dijera que no le importaba la defección de Marialva, pues desde aquel día del baile solo para ella eran sus pensamientos, y no veía más mujer que Otália. Él mismo despachó a Marialva, ¿sabía ya la historia? Y lo había hecho para quedar libre y venir en su busca.

Otália sonrió, dijo que sí, que lo sabía todo. Sabía de la pasión de Curió —¿quién la ignoraba en la ciudad?—, de su desesperación, de los planes de venganza de Marialva, de la entrevista de los dos amigos. Sabía mucho y adivinó el resto. Vio a Marialva llegar al burdel, cara de burro apaleado, sin hablar con nadie. Se encerró con Tibéria en la sala, para charlar. Fue después a ocupar el cuartito del fondo, vacío por el viaje de Mercedes a Recife. Quedó entonces Otália esperando a Martim, segura de su venida. También ella lo esperaba desde hacía tiempo. Incluso antes de conocerlo, cuando apenas había oído hablar de él, comentar su casamiento en el Recôncavo. El día mismo de su llegada a Bahia, sin saber nada de la capital, huyendo de la persecución del juez de Bonfim por lo del hijo. El chico se enredó con ella, la madre torció el hocico, el padre igual. Y apenas desembarcada en Bahia le robaron la maleta... Bueno... Después ya vio que era una broma de Cravo na Lapela, como le explicó Jesuíno. Pues aquel día nadie hablaba de otra cosa que de Martim y su matrimonio con Marialva. Que por otra parte no podía ver a Otália ni en pintura, y al entrar en el burdel aún le echó una mirada de través… Pero ella, Otália, no le tenía rabia, no le guardaba rencor. Ella estaba segura de que Martim la abandonaría, con toda certeza, que dejaría a aquel mamarracho de costurera y vendría a buscarla. ¿Que por qué lo sabía? Que no se lo preguntase. Son cosas sin explicación. Hay tantas en la vida, ¿no?

Extendía las manos, ofrecía los labios, sonreía con su sonrisa de chiquilla. Demasiado fácil, pensó Martim. Así, hasta molesta.

Pero ahí precisamente se engañó el cabo, tan experto en materia de amor. Otália lo cogió del brazo y le propuso ir a dar una vuelta. Se volvía loca por pasear. El cabo lo prefirió así. La cama quedaba para luego, cuando ella acabara el trabajo. Él llegaría a casa de Tibéria a medianoche, comería algo con Jesus, echarían una cerveza, una parrafada, charlarían de esto y de aquello. Y cuando Otália despachara al último cliente, se diera un baño y se pusiera el vestido de casa, recobrado su rostro de chiquilla, entonces celebrarían su primera noche de amor. Era un poco demasiado rápido. Generalmente la ronda duraba tres o cuatro días. Pero peor hubiera sido que lo invitara a la cama aquella misma tarde, cuando apenas Martim había empezado a hablar. Y, la verdad, es que él pensó que iba a ocurrir así, tan fácil vio que lo aceptaba, sin hacerse la difícil ni la rogada. Nada de remilgos, inmediatamente le dijo que le gustaba desde mucho antes, que estaba esperándolo.

Pasearon por la Barra, anduvieron por las playas, cogieron

conchas; el viento jugaba con los cabellos finos de Otália, ella corría por la arena, él la perseguía, la cogía en brazos, aplastaba sus labios contra ella.

Volvieron al caer la tarde. Tibéria era estricta en los horarios. Otália no había trabajado aquella tarde y tendría que hacerlo por la noche. Martim se las arregló para encontrarse con ella, en la casa, después de medianoche.

Fue en busca de compinches para echar una partida. Así pasaría fácil el tiempo y ganaría algún dinero para los primeros gastos con Otália; algún regalo.

Había entonces un jefe nuevo en la policía, sujeto de mala sangre, metido a sistemático, que decidió acabar con el juego en Bahia. Persiguió las apuestas al bicho, metió a un buen número de bicheros en la cárcel, invadió con los maderos los locales donde se jugaba a baraja o dados, armó las del diablo. Pero el juego de gente rica lo dejó. En los cuartos de los hoteles se jugaba a la ruleta y al bacará, y lo mismo en las casas elegantes de la Graça y de la Barra. Cuando se trataba de los ricos hacía la vista gorda. Solo consideraba juego lo que hacían los pobres.

Tuvo así Martim alguna dificultad para encontrar compadre aquella noche. Al fin consiguió armar un corro de dados y ganó unas perras. El mayor perdedor fue Artur da Guima. No tenía este suerte en el juego. Hasta su santo le había ordenado más de una vez que dejara los dados, pero él no lo conseguía, era incorregible.

Ya pasaba de medianoche cuando Martim volvió a casa de Tibéria. Otália lo esperaba en la sala, con Tibéria y Jesus, alrededor de la mesa. Martim había comprado un paquete de caramelos y ofreció a los presentes. Jesus le llenó el cuerpo de cerveza, brindaron. Luego Jesus se fue a dormir. Tibéria marchó a dar la última ronda por el local.

—¿Vámonos nosotros también, preciosa? —propuso Martim.

—Sí, vamos… Daremos un paseo. Hay una luna preciosa.

No se refería Martim precisamente a un paseo. Para él era hora de irse a la cama, no de andar por la calle. Pero no le dijo nada: toda mujer tiene derecho a sus caprichos. Él se dispuso a satisfacerla. Y allá se fueron, calle adelante, a admirar la luna, cambiando juramentos de amor, promesas de fidelidad eterna. Como enamorados, charlando. Mujer así, tan dulce y sencilla, el cabo jamás la había encontrado. Martim se fue enredando en la dulzura de aquel andar sin tino, bajo la luna, parando en los portales, robando besos.

Volvieron finalmente a casa de Tibéria. En la puerta, Otália tendió la mano, despidiéndose:

—Hasta mañana, mi negro.

—¿Qué? —Martim no comprendía.

Se hizo el desentendido y entró tras ella. Pero Otália se mantuvo inflexible. Dormir con él, aún no. Quién sabe, quizá algún día…, más tarde. Aquella noche estaba cansada, quería reposar, quedarse sola, recordar las horas pasadas con él, un día completo, feliz. Le tendió los labios en un beso. Se agarró a él, cuerpo contra cuerpo. Salió luego corriendo hacia su cuarto. Se cerró por dentro. Martim quedó como atontado, con el gusto de los labios de Otália en los suyos, y el calor de su cuerpo, y su ausencia.

De dentro llegó la voz autoritaria de Tibéria:

—¿Quién anda por ahí?

Se marchó. Furioso. Dispuesto a no volver a ver a aquel loco; con su cara de chiquilla queriendo burlarse de él. Salió echando pestes.

En contradicción con sus sentimientos anteriores, como se ve fácilmente. Antes le molestaba la idea de que iba a ser fácil acostarse con ella, tan fácil que perdía poesía. Y ahora, cuando la veía no tan fácil, cuando se daba cuenta de que iba a haber algún retraso, de que la moza quería un tiempo de rondas y enamoros, se irritaba, se ponía como una fiera, daba patadones a las piedras de la calle, truculento.

Renegando se fue en busca de los amigos, pero solo encontró a Jesuíno Galo Doido en un cafetín de São Miguel, de charla con un padre de santo. Se sentó a la mesa, pidió bebida. Pero ni el aguardiente tenía sabor aquella noche. Traía el gusto de Otália en la punta de la lengua, en los dedos, en las narices su olor. Nada tenía gusto ni sentido.

Jesuíno, desconocedor de la evolución de los acontecimientos desde la partida de Marialva de la casa de Vila América, donde había dejado a Martim y a Curió comiéndose una sandía madura, se asustó: ¿habría afectado al cabo aquella historia de Marialva hasta el punto de quitarle el buen humor y el gusto por la bebida? Martim le dijo que ni siquiera pensaba ya en Marialva, podenco de mujer, ¡que se fuera a estallar en los infiernos! En cuanto a Curió, era su hermano, y si hubiesen nacido de la misma madre, en la misma camada, no estarían tan unidos ni sería mayor su intimidad. Si estaba fastidiado era por otras cosas.

No insistió Jesuíno. No forzaba confidencias. Si le confiaban amarguras y planes, dificultades y sueños, él los escuchaba, dispuesto a ayudar. Pero no forzaba a nadie, por curiosidad que tuviera. Además, su conversación con el padre de santo era muy interesante y de mucha instrucción: misterios de los eguns. Aquel viejo de Amoreira lo sabía todo sobre el asunto.

Martim decidió no volver a buscar a Otália, pero su decisión se disolvió en el sueño. Al caer la tarde estaba allí, en la casa. Tibéria se rió al verlo:

—¿Estás enamorado? De la chiquilla, ¿no?

Sentía la aprobación en su voz. Le gustaba proteger los líos de Martim, sus enredos. Y para ella Otália era como una hija. Era distinto del casamiento con Marialva, hecho a contrapelo, el cabo poniendo casa, apartándose de los amigos.

Otália lo recibió con la misma tierna sonrisa y la misma confianza, entusiasmada, feliz de ser amada y amar.

—¿Por qué no has venido antes? ¿Adónde iremos?

Él había llegado dispuesto a liquidar rápidamente el caso, llevándosela a la cama fuera como fuera. Pero, ante ella, ante su candor, perdió toda su rabia, nada le decía, desarmado. Y salieron a pasear. Aquel segundo día fueron a una fiesta en la plaza, con kermés y música de banda. Cuando volvieron al establecimiento de Tibéria, de nuevo se despidió Otália con un beso ardiente.

Martim estaba desconcertado: ¿cuánto iba a durar aquello? Más, sin duda, de lo que había imaginado. Pasaron los días, se alargaban los paseos, iban de un lado a otro de la ciudad, frecuentaban fiestas, candomblés, iban a comer pescado, a bailar, siempre de la mano, mirándose a los ojos, enamorados. En casa de Tibéria se despedían. No se acostaba con el cabo, pero tampoco, desde luego, había vuelto a aceptar un arrimo de ocasión. Hacía su trabajo y se acabó. No había hombre en su vida, fuera de Martim.

Ni con moza doncella había tenido el cabo relación más decente. ¿No era asombroso?, Saliendo con la prostituta del castillo, con una mujer de la vida, cuerpo abierto a cualquiera, bastaba con pagar.

Noviazgo cada día más decente con las otras, incluso con las más testarudas, las caricias iban en un crescendo hasta su último fin. Hasta dormir con ellas. Con Otália era al contrario. Cuando más suya la tuvo fue el primer día, con caricias osadas. Ella seguía entregándole la boca con avidez, apretándose contra él a la hora de las despedidas. Pero eso era todo.

Cuanto más pasaba el tiempo, sin embargo, más retraída la encontraba en los asuntos de cama. Crecía la confianza entre ellos, el dulce amor, la intimidad de sentimientos, pero no avanzaba hacia el lecho de Otália, en marcha hacia su cuerpo deseado. Como mucho, en los largos paseos o en la alegría de las fiestas, en los bailes de la Gafieira do Barão, lograba Martim robarle un beso, hundir el rostro en su cabello, rozarle levemente el seno, juguetear con sus cabellos lisos.

Y eso duraba desde hacía más de un mes, con escándalo de los amigos. Otália hacía a Tibéria confidente de su felicidad, de su amor por Martim, de su infinita ternura. Decíase su novia.

Novio o no, la verdad es que el cabo no se interesó lo más mínimo por alzar casa en Mata Gato. De casa quedara harto de una vez para todas.

Solo, o en compañía de Otália, aparecía para ayudar a los amigos. La casa que Tibéria estaba construyendo era, con mucho, la mejor del lugar: de ladrillos, con tejas de verdad y enjalbegada. También Curió levantaba su barraca, preparándose para el futuro; sin hablar de Massu, ya establecido, con sus trastos, su abuela y el pequeño. A veces Martim traía la guitarra y sentábase en un corro a tocar.

Crecían las chabolas, hijas de la más extremada pobreza. No tenían para pagar casa o cuarto, ni siquiera en los más inmundos patizuelos, en las casas ruinosas, en los hediondos tugurios de la ciudad vieja donde se amontonaban familias y familias en cubículos tenebrosos y misérrimos. Allí por lo menos tenían el mar y el arenal, el paisaje de cocoteros. Eran gente necesitada, los más pobres entre los pobres, un pueblo que no tenía donde caerse muerto, viviendo de chapuzas y de pesados trabajos, pero ni aun así se dejaban vencer por la pobreza. Se imponían a su miseria, no se entregaban a la desesperación, no estaban tristes y sin esperanza. Al contrario, superaban su mísera condición y sabían reír y divertirse. Alzaban las paredes de sus chozas, paredes de adobe, de tablas, de latas, de bidones, minúsculas chozas, ínfimas barracas. La vida se animaba, intensa y apasionada. El bateo de la samba gemía en las noches de tambores. Los atabales llamaban para la fiesta de los orixás, los birimbaos para las danzas angoleñas, la capoeira.

Solo al cabo de una semana, cuando ya se erguían allí unas veinte chozas, un sábado, supo Pepe Ochocientos por un adlátere de la invasión de aquellas tierras suyas, una parte de sus posesiones que se extendían por todo aquel camino marítimo hasta los límites de las tierras de la Marinha, y en medio la colina de Mata Gato.

Pepe había comprado aquellos terrenos por un puñado de calderilla, hacía muchos años. No solo la colina de Mata Gato sino grandes extensiones, a veces ni las recordaba durante meses, pero tenía un plan: dividirlas en lotes, construir un barrio residencial cuando la ciudad avanzase hacia el mar. Su plan era un plan vago, a largo plazo, no fácil de realizar de inmediato, pues la gente rica aún tenía mucho terreno baldío en la Barra, en morro do Ipiranga, en la Graça, en la Barra Avenida, antes de buscar los caminos del aeropuerto. No sería tan rápida la revalorización de aquella área.

Pero así y todo, no podía tolerar construcciones en sus terrenos, ni la presencia de extraños, sobre todo aquella banda de vagabundos. Mandaría arrasar las chozas, aquella inmundicia que ensuciaba la belleza de la playa.

Un día se alzarían allí construcciones, sí. Pero no aquellas barracas miserables. Serían casas amplias, de grandes terrazas, edificios de apartamentos proyectados por arquitectos famosos, con todas las exigencias del buen gusto y el material más caro. Casas y apartamentos de gente rica, capaces de pagar los terrenos de Ochocientos y de construir con belleza y confort. En cuanto a la colina de Mata Gato, pensaba reservarla para sus nietos, el muchacho y la chica, Afonso y Kátia, él, estudiante de primero de derecho, ella preparándose para ingresar en filosofía. Una gloria de chiquillos, metidos a izquierdistas como exigía la edad y el tiempo, pero independientes, con sus automóviles y sus canoas en el club náutico.

Crecerían allí jardines. Mujeres de belleza perfecta pasearían entre las flores, en traje de baño, quemando sus cuerpos en la playa, haciéndolos más deseables y más ágiles para las noches de amor.

4

Dagmar era una mulata bella, de cuerpo flexible; su aparición los sábados en la Gafieira do Barão provocaba siempre un renovado entusiasmo. Vivía últimamente con Lindo Cabelo, maestro de capoeira y albañil en sus ratos libres. Dagmar, antes de amancebarse con el albañil, había tenido empleos de clase: camarera en casas de la Graça, ama seca de hijos de gente bien. Pero cuando Lindo Cabelo asumió la responsabilidad de cuidarse de aquella apoteosis de mujer, no quiso admitir que ella siguiera estropeándose la línea y elegancia sacando polvo de los muebles en casa de cualquier puerco, o soportando los abusos de criaturas maleducadas, lloricas, inaguantables. No quería ver a su preciosa con los nervios deshechos.

Por amor a Dagmar agarró las herramientas y se puso a alzar una casa de adobe o en Mata Gato. Y, una vez construida la suya, ayudó a los otros, cobrando un parco sueldo a quien le podía pagar, ayudando gratis a los otros. Era hábil en su oficio y le gustaba tender la mano a los amigos necesitados. Aún ahora, aquella mañana de domingo, mientras Dagmar, cansada de esperarle se dirigía a la playa, Lindo Capelo colaboraba en la construcción de una chabola para Edgard Chevrolet, ex chófer, retirado tras un accidente en el que perdió el brazo derecho y el ojo izquierdo. ·

Por la playa andaba también doña Filó, con cinco de sus siete hijos. Los domingos no alquilaba ninguno, por más dinero que le ofreciesen. El domingo era su día maternal, pasaba todo su tiempo con los chiquillos, los bañaba, los peinaba, les quitaba los piojos, los vestía de limpio que daban gusto, almorzaba con ellos una comida mejor, preparada por ella, les contaba historias. Se resarcía de la semana entera sin los niños: durante el día los pequeños andaban ayudando a los mendigos, en las puertas de las iglesias o por las calles, entrando en los restaurantes o en los bares, sucios y rotos, con aire de hambre. Los dos mayores andaban por el morro jugando al fútbol en un campo improvisado tras de las barracas. El segundo tenía madera de buen portero, no dejaba pasar balón. Dios mediante un día sería profesional y ganaría un montón de dinero.

Era una plácida mañana de sol, no muy caliente, la brisa en los cocoteros, el mar tranquilo, andrajos de nubes blancas en el cielo. Los automóviles cortaban el asfalto camino del aeropuerto. Doña Filó cruzó la carretera con sus cinco hijos. Unos jóvenes, en su coche a toda velocidad, se volvieron para admirar el negro cuerpo de Dagmar. Por los lados de Amaralina se oía el rumor de las sirenas de la policía. En el morro y en la playa nadie le dio importancia. Irían sin duda hacia Itapoá.

Tanto Jesuíno como Martim e Ipicilone habían venido de mañana, a pasar al día con Massu. Solo faltaba Curió, pues su casa aún no estaba lista y él andaba ocupado en los asuntos de madame Beatriz. La cartomántica se disponía a presentarse al público de Bahia enterrada viva, un mes entero en un ataúd sin alimentos, sin bebida. Sensacional.

Martim rascaba su guitarra sentado en un cajón de queroseno, con la cabeza de Otália apoyada en sus rodillas, la moza tendida en la arena. Más allá de la casa de Edgard Chevrolet había otras tres o cuatro en construcción, pero solo Edgard trabajaba aquel domingo. Los demás habitantes descansaban, tendidos en el suelo o en el interior de las barracas.

Las tres grandes camionetas de la policía, con más de treinta guardias, no siguieron hacia Itapoã. Frente al Mata Gato abandonaron el asfalto, entraron en el camino de barro apisonado y se pararon al pie de la colina. Los nuevos moradores habían abierto unos senderos entre las matas.

Fue todo inesperado y rápido. Los policías subieron armados de picachos y hachas, algunos llevaban latas de gasolina. Uno de ellos, el jefe, tocó un pito. Iba a hacerse famoso el tal a cuento de la historia de Mata Gato. Se llamaba Chico Bruto y era un perfecto bruto para con la gente, como veremos.

Avanzaron hacia los barracones sin pedir permiso a nadie. Decir que sin pedir permiso, es una exageración, pues la banda, armada de metralletas, se colocó ante los barracones. Chico avisó:

—Al que intente impedir el trabajo le meto una bala en la barriga… Quien quiera vivir que se lo piense…

Los otros se fueron hacia las chabolas y golpe de hacha, golpe de pico, el caso es que empezaron a derribarlo todo, destruyendo casas y muebles, si es que pueden llamarse muebles a aquellos cajones, mesas y sillas cojas, viejos colchones y viejísimos bancos. Pero era todo lo que aquella gente poseía.

Otro grupo llegó con latas de queroseno, echó gasolina en las maderas, sobre la paja, sobre las telas. Uno rascó un fósforo. Las llamas se elevaron en una sucesión de hogueras. Los moradores salían corriendo, sin entender nada de lo que pasaba, pero dispuestos a defender sus bienes. Y al ver las metralletas tenían que desistir y se juntaban en grupo clamando su odio y su protesta.

Pero Negro Massu quedó tan ciego de rabia que sin ver las metralletas, apenas reparando en Chico Bruto y en su pito, se lanzó contra él. Pero fue agarrado por cinco maderos y aun así dio y recibió lo suyo.

—Denle una buena a ese negro salvaje —ordenó Chico Bruto.

De la playa llegaban corriendo Dagmar, doña Filó y sus cinco hijos. Nada pudieron hacer. Los policías habían cumplido su gloriosa tarea. De las veintitantas barracas con su variado mobiliario quedaban solo unos puñados de ceniza dispersa por la brisa constante de la colina. Filó aún pudo gritar:

—¡Miserables! ¡Perros del infierno!

Chico Bruto ordenó:

—¡Embarcadme a esa también…!

Dos maderos se la llevaron a la camioneta, donde entre varios sujetaban a Massu. Pero cuando quisieron marcharse les fue imposible: los neumáticos estaban agujereados, todos, sin faltar uno. Colaboración gratuita de los golfillos de la playa. Desde lo alto de la colina en llamas los moradores expoliados vieron a los policías furiosos, alrededor de sus inútiles camionetas. Chico Bruto en medio de la carretera pidiendo ayuda. Ante la amenaza de tener que volver a pie hasta la ciudad, los maderos acabaron por requisar un camión vacío de vuelta del aeropuerto. Con tanto barullo soltaron a Massu y a doña Filó. No faltaría ocasión para agarrarlos de nuevo. Se apretaron en el camión, guardias y municipales; unos pocos se quedaron cuidando de las camionetas y esperando neumáticos nuevos.

Desde lo alto de la colina, los moradores observaban sin saber qué hacer. El fuego, tras destruir las chabolas, prendió en los matorrales, quemó unos arbustos y al fin se extinguió por sí solo. Un silencio pesado, de rabia impotente, cortado por los sollozos de una mujer. La desgraciada había tenido casa por primera vez en su vida, y le había durado dos días…

Fue entonces cuando Jesuíno Galo Doido salió de su rincón, dio unos pasos hacia el centro del terreno requemado y dijo:

—Amigos, no hay que desanimarse. Han tirado las casas, pues bien: las haremos de nuevo…

La gente escuchó con atención. La mujer cesó de llorar.

—Y si de nuevo las derriban, las haremos de nuevo. Vamos a ver quién es más testarudo.

Negro Massu, aún sangrando, rugió:

—Tienes razón. Siempre tienes razón. Voy a ponerme a construir mi casa otra vez, pero ahora estaré prevenido: me gustaría ver quién se atreve a echarla abajo. Haré una desgracia…

Marchose a donde estaba la negra Veveva sosteniendo al niño. La decisión se marcaba en su rostro. Era uno solo, pero parecía un ejército.

Poco después estaban todos otra vez levantando sus barracones con la mayor animación. Era por necesidad. No tenían donde vivir. Trabajaban todos, incluso la bella Dagmar, Otália, doña Filó y sus hijos, los chiquillos todos. Hasta Ipicilone, cansado de nacimiento, trabajó aquel domingo. Martim tocaba la guitarra. La gente trabajaba cantando. Una fiesta que acabó en baile por la noche.

Desde la falda de la colina, junto a las camionetas paradas, los guardias espiaban la animación de los de arriba. Visto desde abajo era curioso el espectáculo. Despertó la curiosidad del periodista Jacó Galub, redactor jefe de un diario de la oposición. Volvía del aeropuerto, adonde había acompañado a un amigo, cuando le llamó la atención aquella humareda y aquella gente yendo de un lado a otro. Paró su automóvil y se acercó a ver lo que pasaba. En nombre de los moradores habló con él Jesuíno Galo Doido y relató lo que había hecho la policía.

5

El martes apareció el reportaje del año, a ocho columnas, en las páginas sensacionalistas de la *Gazeta de Salvador*, diario de la oposición, necesitado entonces de dinero y público, y amargado por la derrota electoral. El director del diario, Airton Melo, se había presentado como candidato a diputado, enterró en la campaña mucho dinero, de los otros principalmente pero también de las reservas del periódico. No fue elegido. Había quedado en una distante cuarta suplencia y decentemente no podía adherirse al gobierno. Mirando las fotografías hechas en el morro de Mata Gato (adonde volvió el lunes Jacó con el fotógrafo) y poniendo una carantoña de repulsa ante la visión de doña Filó, de boca desdentada abierta hacia la cámara en una sonrisa inmensa, con los hijos colgándole de caderas y brazos, Airton Melo, el probo periodista, «el guarda nocturno del dinero público» (como le había llamado su propio diario durante la campaña) explicó a Jacó:

—Un poco de palo a la colonia española no vendría mal. Estos gallegos son cada vez más agarrados, no sueltan un cobre por nada. Vamos a retorcer un poco a ese Pérez, divulgue la historia del kilo de ochocientos gramos. Con eso el diario no calumniará demasiado. Hay honrosas excepciones, claro. Ya verá como inmediatamente aflojan el dinero que necesitamos. Las cosas andan mal, amigo Jacó…

—¿Y el gobierno?

Airton Melo sonrió. Se consideraba un político de altura, sutilísimo, heredero de todas las mañas de los viejos bonzos de Bahia:

—Palo al gobierno, querido. Recio y fuerte. Que quede callo. Pero —bajó la voz en confidencia— no al gobernador. Para él, llamamientos a su conciencia de hombre público, a su corazón. Desde luego, él no sabe lo que está pasando, etcétera. Ya sabe usted cómo se hace… Ahora, porrazo al jefe de policía. Él es el hombre de la campaña contra el juego. Dice que va a acabar con el juego del bicho. El periódico, desgraciadamente, no puede salir en defensa de los bicheros, pero con esa historia de la invasión del morro la gente se le va a echar encima a Albuquerque (el jefe de policía se llamaba Nestor Albuquerque) y hasta derribarlo. Y tendremos financiada la campaña… Las gentes del bicho…

Encendió el puro, subió el humo. Miró a Jacó cariñosamente: Si la cosa sale bien, amigo, no lo olvidaré. Ya sabe usted que yo no soy ingrato…

Se sentía generoso viendo la posibilidad de ganar dinero en cantidad. Su tren de vida era caro, dos familias, casa civil y casa militar, y aquella emulación entre su esposa Rita y su amante Rosa para ver quién gastaba más. La doble RR, las ratas roedoras, como él mismo decía con cierto cinismo y gracia, acababan con sus finanzas. Jacó Galub miró a su director arrellanado en la poltrona. A su manera era un gran hombre. Pero si él, Galub, fuese a confiar en sus promesas y esperar su generosidad, se moriría de hambre. Y Jacó Galub no pensaba morirse de hambre. Era ambicioso, tenía planes. Hacía sus jugadas por cuenta propia y si no reclamaba el salario de miseria que le pagaba Airton Melo, era porque usaba las páginas del periódico para sus trabajos personales. Era activo e inteligente, buen periodista, conocía a fondo lo que es una redacción, era uno de los mejores reporteros de la ciudad, y no tenía prejuicios ni sentimentalismos… Frío, a pesar de su aparente pasión, su deseo era hacerse un nombre, ir a Río, triunfar en la gran prensa de la capital, ganar dinero, hacerse con uno de aquellos empleos fabulosos… Lo conseguiría, estaba seguro. Sonrió él también para el «probo periodista»:

—Quede tranquilo. Vamos a orquestar una campaña formidable. El prestigio del diario va a subir como la espuma. Y la tirada también. Me pondré al frente de esa invasión.

—¡Échele emoción a los reportajes! ¡Corazón! Haga que todos lloren con la pena de esos pobres, desamparados, sin hogar… ¡Mucho corazón!

—Déjeme a mí…

Apenas salió, Airton Melo descolgó el teléfono y esperó la señal, impaciente. Cuando por fin la obtuvo, marcó un número. Respondieron, preguntó:

—¿Está Otávio? Soy el doctor Airton Melo.

Y cuando Otávio Lima, señor del juego del bicho en la capital y en las ciudades próximas, se puso al teléfono, le comunicó:

—¿Eres tú, Otávio? Tenemos que vernos, amigo. Tengo al fin los triunfos para acabar con Albuquerque…

Una pausa para escuchar:

—Seguro… Una campaña sensacional. Solo puedo decírtelo personalmente…

Sonrió ante la propuesta del otro:

—¿En tu despacho? ¿Estás loco? Si me ven por ahí ya empezarán a decir que has comprado mi periódico… En mi casa…

Otra pausa. El rey del juego del bicho preguntaba algo:

—¿Que en cuál de las dos? —repitió el periodista, y pensó un momento—: En la de Rosa; estaremos más cómodos…

Así, aquel martes, con un reportaje que ocupaba toda la tercera página, con llamada en la primera —una foto donde brillaba sin dientes y rodeada de hijos la exaltada doña Filó, cuyas declaraciones cortaban el alma— y todo el material firmado por Jacó Galub, inició la *Gazeta de Salvador* la campaña «en defensa del pueblo pobre sin viviendas, obligado a ocupar los terrenos baldíos», campaña que hizo época en la prensa bahiana.

Durante aquella primera semana, Jacó Galub desarrolló una actividad inmensa. Pasó gran parte de su tiempo en el Mata Gato, oyendo a la gente, animándola, afirmando que con el apoyo

de la *Gazeta* estaban seguros, que podían construir cuantas chabolas quisieran. Y, en verdad, los reportajes fueron un verdadero reclamo. La primera invasión de la colina había sido casi una
acción de amigos: Massu, Jesus, Curió, Lindo Cabelo, todos
gente conocida, compadres, parientes, compañeros de trago y
charla. Pero después de las hogueras de la policía y del inicio de
los reportajes de la *Gazeta*, comenzó a aparecer gente de todas
partes, transportando tablas, cajones, todo cuanto sirviese para
construir. Y diez días después había más de cincuenta barracas,
con tendencia a seguir aumentando en número.

Los reportajes de Jacó siguieron fielmente las instrucciones
de Airton Melo. Palo al gobierno: jefe de policía violento o incompetente, a sueldo de los magnates de la colonia española. En
el primer reportaje Jacó describía, a base de informaciones de
Jesuíno y de otros moradores del Mata Gato, el comienzo de la
cuestión: el pueblo sin vivienda encuentra aquellos terrenos baldíos y alza allí sus chozas. Después, la queja de Pepe Ochocientos a la policía —«el millonario José Pérez, hace años conocido
por el pintoresco apodo de "Ochocientos Gramos"»— y la acción violenta dirigida por Chico Bruto —el habitual torturador
de presos— por órdenes de Albuquerque «el tenebroso jefe de
la policía, el intolerante bachiller de cortas letras y mucha soberbia». La paliza aplicada a Massu era descrita con todo detalle: el negro defendiendo su morada, la vida de su abuela y de su
hijito, los policías los amarraron para prender fuego a la casa. La
verdad, aunque Jacó hacía intervenir a Massu antes de hora y es-
condió la agresión del negro. A Massu no le gustó el escrito. En
el reportaje aparecía como un pobre diablo a quien la policía zu-

rraba de lo lindo sin que reaccionara. Trabajo le costó a Jacó aplacar su resentimiento.

El periodista atacó al gobierno, y sobre todo al jefe de la policía, pero no cargó contra el gobernador. Soltó unos elogios a su buen corazón y apeló a él. A su patriotismo. Es hora ya de que el gobierno se dé cuenta de que estamos en un país independiente —escribía Jacó— y no en una «colonia española». Había una poderosa colonia española en Bahia, compuesta en su mayor parte por hombres honrados y trabajadores a quienes debía mucho el progreso del Estado, pero entre ellos había también algunos rufianes de categoría, con enormes fortunas cuyo ilícito origen se proponía ir probando la *Gazeta de Salvador* en una serie de reportajes. Pero una cosa es que hubiera en Bahia una colonia española, y otra muy distinta que fuera Bahia una colonia española. Mientras tanto, el señor jefe de policía, señor Albuquerque, el rey de los animales como era llamado por su obstinación en perseguir a los que apostaban al bicho (¿con qué segundas intenciones?), obedecía corriendo una orden de Pepe Ochocientos Gramos para expulsar de tierras baldías, abandonadas, inútiles, a ciudadanos brasileños, honrados y trabajadores, cuyo único crimen era su pobreza. Para el jefe de policía no había crimen peor, afirmaba Jacó, pues era paniaguado de los poderosos, y sobre todo, como estaba probado, de los gallegos que se enriquecían hurtando en el peso.

Hacía tiempo que no se veía en la prensa de Bahia reportaje tan sensacional y violento, que alcanzara a gente tan importante. La edición del diario se agotó, y en los días siguientes hubo que aumentar la tirada.

Algunos de los habitantes del morro cuyas fotos aparecieron en el periódico, hicieron declaraciones preparadas por Jacó. Dagmar la bella aparecía en traje de baño, en poses cinematográficas, lo que le valió unas tortas de Lindo Cabelo. Su mujer no tenía por qué andar enseñando los muslos y los pechos en las páginas de los diarios. Después de la paliza, Dagmar acusó al fotógrafo de falsario, que había hecho las fotos sin que ella se diera cuenta, discutible afirmación, por no decir mentira descarada. Pero eso son asuntos de familia en que no vamos a meternos. Constataremos solo, para sumarla a nuestra experiencia de las mujeres y de la vida en general, que Dagmar quedó no solo más discreta sino también más cariñosa tras las bofetadas.

Rayó a gran altura doña Filó. Desgreñada y magra, con su negro vestido desgarrado, un hijo a cada cadera y los otros en torno, era la imagen de la pobreza. Hasta revistas de Río, que siguieron los acontecimientos, compraron las fotos para publicarlas. Se las compraron al fotógrafo, claro. Filó no vio un cobre de sus derechos. Pero, en compensación, quedó muy orgullosa viendo su retrato en los periódicos. Empezó a cobrar más caro el alquiler de los chiquillos, que ahora tenían un cartel y un nombre. Jacó le atribuyó la frase de Jesuíno: «Ellos las derribarán, pero nosotros volveremos a construirlas». Y al correr del tiempo la frase pasó a ser considerada del propio Galub, pues el periodista la repitió muchas veces en sus reportajes, como afirmación y como amenaza, sin acordarse del autor, hasta quedar convencido él mismo de que la frase célebre era suya. Paternidad ligeramente disputada por el diputado Ramos da Cunha, líder de la oposición en la Asamblea Constituyente, fogoso tribuno. En uno de sus discursos, el político, soltó una dramática perorata:

—Puede la prepotencia del señor jefe de policía, puede la soberbia del millonario Pérez, puede el desinterés del gobierno, pueden las autoridades y sus sicarios incendiar las casas del pueblo. Nosotros, el pueblo, las levantaremos nuevamente. Sobre las cenizas de los incendios criminales, nosotros, el pueblo, construiremos nuestras casas. Diez, veinte, mil veces, si es necesario.

Era el líder una figura desconcertante. Abogado, hijo de un coronel del interior. Heredero de latifundios inmensos no poseía sin embargo terrenos en la capital, y quería aplastar al gobierno. Su iniciación en la vida pública era reciente. Su padre lo había elegido diputado. Mientras no se tratase de la reforma agraria, el joven líder Ramos da Cunha, de verbo fácil y sonoro, era hasta progresista, y con frecuencia la prensa usaba ese adjetivo para calificarlo. A causa de la campaña iniciada con motivo de la invasión del morro de Mata Gato, llegó a ser acusado de ideas comunistas. Aunque eran estas, evidentemente, sospechas falsas, calumnias de sus enemigos políticos, le daban cierta aura popular.

Volviendo a doña Filó, tal vez haya sido ella la mayor beneficiada de los reportajes de Jacó Galub. Moralmente hablando. Era presentada como madre amantísima, que se mataba a trabajar para mantener a aquellos siete hijos. Vagas referencias a un padre desaparecido le servían de cobertura moral, transformándola en esposa abandonada, víctima de la defectuosa organización social y del marido. No vamos a negar las virtudes de doña Filó, muy digna ella, mujer trabajadora como hay pocas. Pero eso de hacerla víctima de un marido sinvergüenza no es serio. Nunca tuvo marido ni quiso ligar un hombre a su destino. El hombre en su opinión, solo servía a la hora de hacer el chiquillo. Luego solo daba trabajo y confusión. Del único de aquella gente del morro que Jacó no consiguió retrato fue de Jesuíno Galo Doido. Veía a Jesuíno rondando por allí, sentía que era él quien orientaba a los demás, el consejero a quien todos se dirigían en las horas difíciles, pero cuando aparecía con el fotógrafo, el vagabundo se escabullía.

No es que Galo Doido fuera más modesto o menos vanidoso, diferente a los demás. Pero era un viejo zorro con mayor experiencia y no quería retratos en los periódicos. Una vez, hacía tiempo, había aparecido una foto suya tumbado en Rampa do Mercado, al sol, con una colilla de puro en la boca, feliz la sonrisa, ilustrando un reportaje escrito con ternura y poesía, por un tal Odorico Tavares. Pues bien, durante meses la policía estuvo acosando a Jesuíno con cualquier pretexto, lo buscó por todas partes con ánimo de meterlo a la sombra. Los maderos llevaban en los bolsillos recortes del periódico con la foto de Jesuíno. De nada valía que el poeta Odorico le llamara «el último hombre libre de la ciudad», su libertad era una trampa. De fotos en los periódicos le bastaba con aquella.

6

Como queda dicho y repetido, Curió dividía su tiempo en aquellas demandas, cuando tuvieron su inicio los sucesos de Mata

Gato, entre la construcción de su chabola y el desesperado amor (todos los amores de Curió eran más o menos desesperados) por madame Beatriz, cartomántica y faquir. La chabola estaba atrasada, consecuencia del amor. Le quedaba poco tiempo al charlatán, ocupado como estaba con la propaganda del grandioso número de la faquir: iba a ser enterrada viva, en homenaje al pueblo bahiano.

Durante un mes encerrada en un ataúd, sin comer ni beber. Un asombro, un espectáculo impresionante, *sui generis*, y apenas por cinco mil reis la entrada.

Madame Beatriz había llegado a Bahia, con sus poderes de medium y su cabellera platino «después de recorrer diversas capitales del extranjero», como afirmaba una octavilla ampliamente distribuida por las calles de Salvador. Citaba capitales como Aracaju, Maceió, Recife, no exactamente del extranjero, pero la gente no lo puede tener todo. Penedo, Estância, Propriá, Garanhuns, Caruaru, eran otras de las ciudades importantes honradas con la visita de la faquir, cuyo nacimiento era disputado por la distante India («el único faquir hembra del mundo, la única mujer que se entierra viva, la vidente Beatriz, nacida en la misteriosa India, actualmente en viaje por el mundo en misión budista», según otro manifiesto dedicado a anunciar el número sensacional) y por la simpática ciudad de Niterói. Llegaba de rápido y melancólico paso por Amargosa, Cruz das Almas, Alagoinhas, ciudades donde era grande la confianza en las echadoras de cartas, y pequeñas las posibilidades de recompensarlas a la altura de sus merecimientos al no corresponder las disponibilidades financieras de los clientes al ardor de su fe. Había desembarcado sin blanca y, menos de una semana después, al comprobar la catástrofe económica, fue abandonada por su lánguido secretario Dudu Peixoto, también conocido por Dudu Malimolência, malandrín pernambucano, habituado a vivir de las mujeres. Cuando reparó en madame Beatriz estaba ella en su auge, había obtenido éxito en Caruaru y él aceptó el cargo de secretario y sus labios pintados. Durante el viaje reclamó mucho: estaba acostumbrado al mejor trato, tenía el estómago delicado y, además, todo él, Dudu, era delicado; sentía vahídos cuando veía chinches en las camas y se negaba a comer el arroz si no era de calidad. Madame Beatriz, enamorada de los ojos melosos y el pelo negro de Malimolência, no le veía defectos, le pedía perdón por someterlo a tales humillaciones, le prometía el oro y el moro para cuando llegaran a ciudades mayores, más capaces de entender su arte y su ciencia.

Desgraciadamente, los ciudadanos de Salvador de Bahia no demostraron la esperada estima de sus cualidades («criterio, ciencia, competencia enteramente familiar», decía la octavilla) de la famosa cartomántica.

Entró ella en contacto con Curió por medio de la dueña de una pensión barata de Brotas, donde se hospedaba, antigua conocida del charlatán. Quería encargarle la distribución de las octavillas, en cuya confección había invertido sus últimas reservas. Garantizaba a Dudu una riada de clientes apenas la literatura de la octavilla fuese conocida por las masas y las familias.

Curió apenas echó el ojo a la cabellera platino de madame Beatriz se sintió muerto de amor. Nunca había visto cosa tan bonita, un cabello así, plateado, solo en artistas de cine. Miró a Dudu Peixoto con desprecio y envidia. ¿Cómo aquel tipo, todo amadamado, marica evidente, de ojos revirados y trasero saliente, podía enamorar a una mujer como Beatriz? Ciega tenía que estar ella para no ver sus maneritas de doncel, sus meneos de cuerpo. Lamentable.

Ni aun así descuidó Curió la distribución de las octavillas, trabajo del que se había encargado con promesa de pago tan pronto comenzasen a afluir los clientes, como inevitablemente tenía que suceder. Beatriz tenía absoluta confianza en los efectos de la lectura del volante. Dudu Malimolência era más bien escéptico. A efectos de un buen juicio, lo mejor será que leamos todo el volante, y así cada cual decidirá por sí mismo. Decía la octavilla:

MADAME BEATRIZ

—INTERESA A TODOS—

AVISO AL PUEBLO BAHIANO

Después de recorrer diversas capitales del extranjero, se halla en esta maravillosa ciudad, prometiendo satisfacer con su ciencia al público y a cuantos a ella acudan, tanto con fines científicos como materiales y adivinatorios, sobre la vida, suerte, o asunto particular de la vida de cada uno. Una sola consulta será bastante para adquirir la convicción de aquello que se quiere obtener. Sus trabajos son maravillosos, casi asombrosos incluso, tanto en el terreno comercial, particular, amoroso, intereses de viajes, dificultades que vencer en la vida, perturbaciones de la amistad, dolencias físicas, morales y todo y cualquier asunto que destruya su vida o su futuro.

SUS TRABAJOS SON HONRADOS, RÁPIDOS
Y EFICACES

Posee un maravilloso polvo de la India para tener suerte en amores y negocios. Consulte inmediatamente a esta famosa científica, que se halla establecida en su gabinete familiar, y no la compare con los falsos y adventicios adivinos que hacen de la noble ciencia del ocultismo un sacadineros.

CRITERIO, CIENCIA, COMPETENCIA. Enteramente familiar. Vaya a consultar urgentemente. Los precios están al alcance de todos. FAMILIAR Y PARTICULAR.

ATIENDE TODOS LOS DÍAS, TAMBIÉN DOMINGOS Y
FESTIVOS

Desde las 8 de la mañana a las 21, la célebre ocultista recibe en la CALLE DEL DOCTOR GIOVANNI GUIMARÃES, 96 - BOA VISTA DE BROTAS.

MADAME BEATRIZ PUEDE SOLUCIONÁRSELO

Muy exigente se tenía que ser para pedir literatura más clara y explícita. Si faltaron clientes, la culpa no fue del anuncio, sino de la triste condición del mundo actual.

Una oleada de escepticismo, de generalizada incredulidad, de falta de confianza, barre las grandes ciudades en nuestros días. Un materialismo grosero aparta a los hombres y hasta a las mujeres de los consejos de las cartománticas, de sus «trabajos honrados, rápidos y eficaces», de los remedios ofrecidos para los males de la vida. Vivimos en un tiempo de poca fe en la ciencia ocultista, pero no era madame Beatriz la culpable de esa falta de espiritualidad, y sí su víctima. Cuando Dudu, sin dinero para sus cigarros, la acusaba, cometía una evidente injusticia.

Distribuidos los volantes, y bien distribuidos, de casa en casa, con conciencia profesional y deseo de servir a mujer tan bella, fue Curió, dos días después, a recibir su paga como estaba acordado. Bajó del tranvía en el momento culminante de la tragedia: cuando el lánguido Dudu —en la mano izquierda la maleta con el terno de reserva y las camisas de seda, la mano derecha insinuando un ademán de irónica despedida— salía puertas afuera abandonando la incómoda pensión y los confortables y apasionados brazos de madame Beatriz. La cartomántica, en llanto, no parecía aquella impávida y decidida ocultista que realiza «trabajos maravillosos, casi asombrosos incluso, tanto en el terreno comercial, particular, amoroso». Entre la cólera y el despecho, los celos rebosaban en un fraseo no muy de acuerdo con persona tan familiar y tan llena de espiritualidad. Su boca era una fábrica de nombres inmundos, gritos desde la puerta contra el profesional de la cama, el delicado e intangible Malimolência:

—¡Estafador! ¡Gigoló de mierda! ¡Marica! ¡Eso es lo que eres, un marica perdido!

Bajó Curió del tranvía. Dudu subió en un salto al mismo vehículo sin mirar siquiera el número. Sonrió a Curió, recomendándole:

—¡Si le gusta, quédese con ella, yo ya estoy harto…!

De buena gana le hubiera dado Curió un puntapié o una bofetada, pero ya estaba el chulillo en la plataforma, mirando al cobrador con sus ojos melosos. Marica, no había la menor duda.

Recogió entonces Curió las lágrimas y los lamentos de madame Beatriz. La dueña de la pensión, mulata gorda y descansada, los dejó solos en la sala de visitas. La llegada de Curió fue providencial, la mulata tenía que encargarse del almuerzo, no podía perder tiempo con bobadas de amantes abandonadas.

No recibió Curió paga ninguna, claro. Aunque madame Beatriz tuviera dinero —y no era este el caso—, ¿cómo hablar de asunto tan material a una pobre mujer tan hondamente herida, cuando su corazón aún sangra? No solo no recibió, sino que aún tuvo que prestarle algo, poco, porque más no tenía. Si más tuviera más le habría dado, que todo merecía mujer como madame, con aquella cabellera. En plena desesperación, abandonada por el amante y por los clientes, madame Beatriz decidió recurrir al «enterrada viva», el número sensacional. Curió quedó contratado como secretario.

Curió, contra alquiler barato y pago a posteriori, alquiló en la Baixa do Sapateiro un local que había quedado desocupado tras un incendio. Anteriormente en los escaparates y en las galerías se exhibían cortes de paño, chales abigarrados, telas de algodón, satenes y sedas, todo bueno y barato para la clientela de los almacenes Nova Beirut de Abdala Cury. El tal Abdala fue unánimemente señalado por los peritos, por el jurado y por el juez como responsable único del grandioso incendio que consumió los almacenes Nova Beirut, al derramar con sus propias manos la gasolina, extender el hilo eléctrico y provocar un magnífico cortocircuito. Metieron a Abdala en la cárcel, y el dueño del local luchaba para recibir el seguro. La compañía se negaba a pagar, diciéndole que pagara el prisionero Abdala. Fue condenado a unos meses. Pasarían rápidamente y abriría unos nuevos almacenes. Curió obtuvo la sala por un mes, él mismo pintó el anuncio del gran número; imprimieron nuevos volantes (hablando de los poderes de madame Beatriz, de su nacimiento en la India, de su fe budista). Curió se deslomaba trabajando.

Encantada, madame Beatriz no se cansaba de repetir palabras de gratitud. Clavaba los ojos en Curió y a veces le entregaba la mano en un gesto lleno de confianza. Llegó incluso a reclinar su cabeza —la plateada cabellera— en su hombro. Pero de eso no pasaba. Curió pasó al ataque: un día la agarró en un rincón de la tienda, aún todo sucio de hollín, y le soltó un beso en los gruesos labios pintados de rojo. Ella no protestó, se dejó besar, luego cerró los ojos por un momento como quien se concentra. Cuando los abrió de nuevo, bajó la cabeza y le dijo a Curió con voz de otro mundo:

—Nunca más lo haga… Nunca más…

¿Nunca más? Para quien en aquel mismo momento se disponía a repetir, la súplica de madame fue como una puñalada. ¿Por qué?, preguntó sin esconder su irritación. Ella notó el despecho en la voz de Curió.

—Quiero decir…, no ahora… Tengo que concentrarme…

Y le explicó: se estaba preparando para aquel trabajo formidable, aquel número sensacional, un mes en el ataúd con tapa de vidrio, sin comer, sin beber. Solo a base de una concentración total, de una limpieza espiritual absoluta, podría salir con vida de tal experiencia. Una vez, intentando el mismo número, en Buenos Aires, solo porque dejó escapar una palabra fea en una conversación, unos días antes de entrar en el ataúd, no resistió más de quince días. No estaba lo bastante pura. No podía siquiera pensar en cosas «corporales» —pronunciaba «corporales» con cierto asco— hasta salir del ataúd, tras un mes de completa privación. Después, cuando estuviese ya en plena convalecencia, entonces... Quién sabe...

Todo fue dicho entre suspiros, caídas de ojos y palabras solemnes, como «ocultismo», «magnetismo», «espiritualidad» y otras de la misma cuerda. Curió la escuchó reverente, y lo creyó. Pero quiso confirmarlo.

—¿Le gusto? ¿De verdad?

Madame Beatriz no respondió con palabras: apretó fuertemente la mano de Curió, le clavó su mirada en los ojos, devoradora, suspiró profundamente. No podrían ser más afirmativas las palabras. Curió relinchó de alegría, pero —estúpido materialismo al que nos hemos referido antes— quiso precisar:

—Quiere decir que después del encierro... Nosotros dos... —y completó la frase con un gesto exacto.

Mujer de tanta espiritualidad, acostumbrada a la moral budista, el gesto grosero hirió a madame Beatriz, que bajó los ojos y exclamó:

—¡Qué cosas más feas...!

—Pero después..., ¿eh?

Una vez más le apretó la mano, una vez más suspiró, y en medio del suspiro Curió oyó un «sí» tímido y discreto. Bastante audible, sin embargo, como para dejarlo feliz y entregado por completo a madame Beatriz, dedicado a los preparativos para el inicio del número. Había mucho que hacer. Limpiar la sala, arreglarla de acuerdo con las necesidades de su nueva función teatral, ir a los periódicos para que insertaran la noticia —él hablaría, madame Beatriz apenas sonreiría—, invitar a una comisión de comerciantes y personas importantes para que comprobaran los precintos del ataúd el día del comienzo del espectáculo, y conseguir uno con tapa de cristal.

No era fácil encontrar un ataúd ni cristal para cubrirlo. Pero Curió se las arregló: colocó como patrocinadores del espectáculo, con derecho a nombre en los anuncios, a una pequeña agencia funeraria establecida en el Tabuão y a un comerciante de vidrios y lozas del Pelourinho. La agencia funeraria le prestó un viejo ataúd medio reventado y sin tapa. El comerciante le proporcionó en préstamo un cristal para cubrir el ataúd. No era exactamente una tapa, pero Artur da Guima se dio maña para arreglarla al gusto de Curió. Habilidoso como era, pegó unas tablas sobre los bordes del ataúd y colocó allí el vidrio. El ataúd quedaba herméticamente cerrado, tal como rezaba el volante distribuido por las calles. A los pies y en la cabecera se hicieron unos agujeros redondos para posibilitar la entrada del aire.

Con tanto quehacer, Curió abandonó casi por completo la construcción de su barraca, y seguía distraídamente la evolución de los acontecimientos del morro de Mata Gato. Aparecía por allí cuando le sobraba tiempo, clavaba un clavo, maldecía a los guardias, daba un retoque al cobertizo y se iba enseguida. Madame Beatriz, concentrada, lo esperaba para comer. Comía todo lo que podía, necesitaba de sobrealimentación para poder soportar el prolongado ayuno, como explicaba a Curió. En total, y visto todo con perspectiva, estaba contenta con su última pasión. Dentro de un mes apenas, podría gozar de la cabellera plateada y de todo el resto.

Menos feliz andaba el cabo Martim. En amor y en negocios, si negocios se puede llamar el corro del juego, las barajas y los dados. El jefe de policía, ahora con la atención puesta en la invasión de los terrenos de Pepe Ochocientos, no descuidaba, sin embargo, su campaña tenaz y cotidiana contra el juego. En las comisarías de policía había una relación de tahúres y ventajistas, y el cabo Martim —Martim José da Fonseca— estaba entre los primeros. Diariamente eran descubiertos y precintados nuevos locales —antros y cubículos, como escribían los periódicos gubernamentales— y algunos excelentes profesionales estaban ya a la sombra. Martim se iba librando. Sabía defenderse como el mejor, no se dejaba ver por los lugares habituales, no aparecía por el mercado, por las Sete Portas, por Água de Meninos. Pero ¿cómo ganarse decentemente la vida si la policía, si el gobierno, no se lo permitían?

El pobre Cravo na Lapela había caído en la trampa. Estaba procesado. Él y ocho más agarrados en casa de Germano, alrededor de una ruleta discutible. Salió de la cárcel magro y sucio: había pasado ocho días en un calabozo húmedo sin derecho a baño.

Martim se las iba arreglando a base de sus extensos conocimientos en aquel ambiente. Conocía todos los lugares donde se echaba una mano, donde se tiraban dados. Iba de un lado a otro, contentándose con poco, sacando algo de aquí y algo más de allá.

Otália no le daba gasto. Como mucho un helado, un refresco. No quería aceptar regalos, amenazaba con romper si él se obstinaba en seguir trayéndole cortes de vestidos, zapatos, pañuelos. Además, Martim avanzaba tanto o menos que Curió en lo que se refiere a la realización de sus proyectos de cama: Curió tenía promesas concretas para después de la concentración de fuerzas espirituales, cuando la faquir, liberada de la prueba de enterramiento en vivo, pudiera soltarse un poco de la abstinencia total. Pero Otália no prometía nada. Martim iba con ella de un lado al otro, en paseos sin fin, largas conversas, ternuras verbales. Y no pasaba de eso. Llegó a pensar que ella tenía un macho cualquiera, muy de escondidas. Más de una noche la pasó por los alrededores del burdel, después de retirarse la muchacha, para ver si aparecía alguien rondando por allí. Perdió su tiempo en esa vigilancia y en pesquisas e interrogatorios. Nadie sabía de hombres en la vida de Otália, fuera, naturalmente, de Martim. Existían los clientes, claro, pero esos no contaban. Se acostaban con ella, pagaban, salían y se acabó.

Martim se rompía la cabeza meditando, no entendía a la chica, no comprendía su actitud. Si él le gustaba, ¿por qué no se le entregaba? No era ninguna doncella en busca de marido. A veces le venían ganas de dejarla plantada, de largarse, de no aparecer nunca más. Pero al día siguiente la deseaba más intensamente aún, quería oír su voz, mirar su rostro de chiquilla, acariciar sus finos cabellos, sentir, a la hora de la despedida, el calor de su cuerpo en el beso final. Nunca le había ocurrido cosa semejante. Era para desesperarse.

Contento no andaba. Amenazado con la cárcel por los maderos, sirviendo de payaso en manos de aquella Otália, falsa y sin gracia, Martim a veces se tumbaba al sol en el morro de Mata Gato. Daría algo por comprender a aquella criatura. Parecía Curió, su hermano de santo, siempre llorando amores imposibles. Pero él no estaba dispuesto a soportar tal situación, repetía Martim resuelto a terminar con todo aquello, a exigirle a Otália que se definiera de una vez. Pero lo iba aplazando para el día siguiente. Y así una y otra vez.

Mientras esperaba que cesase la persecución del juego y tuvieran fin los disparates de Otália, iba ayudando a los amigos del morro de Mata Gato. Colaboraba sirviendo de peón albañil o carpintero, pero también alegrándolos con su guitarra o participando en las discusiones entre los moradores más activos, reunidos para decidir cómo iban a enfrentarse con las amenazas acumuladas en los últimos días. Pesadas amenazas: el jefe de policía declaró a la prensa que la oleada de anarquía y subversión del orden público iniciada con la invasión del morro de Mata Gato sería liquidada por las buenas o por las malas. La ilegalidad no campearía en Bahia. No estaba dispuesto a permitirlo. El derecho de propiedad estaba garantizado por la Constitución, y él haría que se respetase la Constitución aunque corriera la sangre. Era un guardián de la ley, y no permitiría que una manada de vagabundos subvirtiera la legalidad y estableciera el reino del comunismo. Así decía: «el reino del comunismo». Tiraba a literato el doctor Albuquerque, escribía sonetos líricos, frecuentaba una tertulia sobre temas poéticos. Ahora, sin embargo, estaba en pie de guerra. Guerra contra el morro de Mata Gato y sus habitantes, contra las ochenta y tres casuchas allí levantadas, contra cerca de cuatrocientas personas, un pequeño mundo en el que ya había nacido un niño. Del vientre de Isabel Dedo Grosso, amante de Jerônimo Ventura, herrero de profesión. Doña Filó trabajó de partera. Había parido tantos hijos que aprendió el oficio en carne propia. Jesuíno Galo Doido la ayudó. En los dolores, Jerônimo Ventura salió desesperado en busca de Jesuíno como si el viejo vagabundo fuese médico diplomado. En Mata Gato, Jesuíno servía un poco para todo: resolvía problemas diversos, enderezaba tabiques, daba consejos, escribía cartas, hacía cuentas, decidía cómo habían de actuar cuando llegara el momento.

Ahora, por la noche, el morro de Mata Gato aparecía iluminado. Por orden de Jesuíno habían hecho un empalme desde las instalaciones de un club de la playa. Florêncio, electricista en paro, morador del morro, se había encargado de la parte técnica. Postes provisionales, luz en las barracas. Por la mañana venía un coche de la compañía Circular y cortaba el hilo. Al atardecer, Florêncio, con la ayuda de otros habitantes, unía los cabos y la luz eléctrica brillaba sobre las arenas y las chozas de Mata Gato.

7

La instalación de la electricidad en el morro de Mata Gato fue saludada con entusiasmo por Jacó Galub: «Los trabajadores que levantaron sus casas en los terrenos baldíos del millonario José Pérez, Pepe Ochocientos Gramos, perseguidos por la policía, abandonados por la alcaldía, continúan trabajando en el nuevo barrio de la ciudad. Ahora lo han dotado de electricidad, incluso contra la voluntad de la compañía. Portadores del progreso, los bravos de Mata Gato son ciudadanos dignos de todo aprecio».

Como se ve, si no tuviera la invasión otros méritos que reclamar, bastaría citar en su elogio la literatura de ella nacida: los reportajes de Jacó —con los que obtuvo aquel año el premio de periodismo—, los discursos de Ramos da Cunha —reunidos en un folleto a expensas de la Asamblea del Estado—, las crónicas, tan sentimentales, de Marocas, el apreciado columnista del *Jornal do Estado*, el poema heroico-social-concreto de Pedro Job, vacilando entre Pablo Neruda y los demás avanzados concretistas, cuyo título era: «desde las alturas fundamentales del Mata Gato, el poeta contempla el futuro del mundo».

A decir verdad, Pedro Job no podía contemplar el futuro del mundo desde las alturas del Mata Gato porque nunca subió hasta allí. Para escribir su canto no necesitó salir del café donde discutían de literatura y de cine minoritario él y otros jóvenes genios del país. Mientras tanto, iba elevado en los aires por «hermana Filó, madre fundamental, vientre de la tierra paridora, fecundada por héroes», y así sucesivamente. Filó en primera plana. Y también él, el poeta Job, «poeta del pueblo, criado en la lucha y en el whisky», morro arriba para ver el mundo que nacía de las manos de aquella gente reunida en Mata Gato para construirlo. Fuerte el poema, no hay duda, a veces un poco embrollado, pero combativo, ilustrado con un grabado de Léo Filho donde se veía un Hércules más o menos parecido a Massu levantando el puño cerrado.

El poema no tuvo en el morro el éxito merecido. Los que lo leyeron no lo entendían, ni siquiera Filó, tan prestigiada y ennoblecida. «¡Oh! Madona del acero y de la electrónica, tu morro es nave sideral, y tus hijos opíparos arquitectos de lo colectivo», ni siquiera ella percibió la belleza del poema.

Vale la pena, sin embargo dejar constancia de que el poema de Pedro Job y el dibujo de Léo Filho fueron las únicas pruebas de solidaridad realmente gratuitas entre todas las ofrecidas a la gente del morro. Todo lo otro, reportajes, discursos, manifiestos, intervenciones de la justicia, pareceres, fue cosa de segundas intenciones con metas determinadas, puesto el ojo en un beneficio cualquiera para sus autores. Pero Pedro Job no pretendía nada, ni premios, ni empleo público, ni votos, ni siquiera la gratitud de la gente cantada en su poema. Quería solo escribirlo y publicarlo, verlo en letras de molde. Del periódico, ni él ni el ilustrador recibieron un céntimo. Airton Melo no pagaba las colaboraciones literarias. Consideraba que ya hacía un gran favor al poeta y al dibujante publicando los versos y la ilustración, abriéndoles las puertas de la gloria. ¿No les bastaba con eso? Los reportajes sí que los pagaba. No había otro remedio.

Tarde y mal, pero pagaba. La literatura, no; sería un abuso insoportable.

A pesar de la generosa gratuidad con que fue compuesto y publicado el poema (y la ilustración), aun así, con el pasar del tiempo, Job se benefició de él, pues su canto quedó como un clásico de la nueva poesía social, citado en artículos, reproducido en antologías, consagrado por muchos, discutido y negado por otros, por los que solo consideran poesía social la compuesta en redondillas de arte menor, en versos de siete sílabas y rima en *ión*. Pero la verdad es que el poeta estaba desprovisto de tales o cualesquiera otras intenciones al tomar la pluma y empezar su poema. Conmovido por un reportaje de Galub, su corazón radical, lleno de piedad por aquella gente pobre y perseguida y de odio hacia los policías, Job compuso su canto. Sin segundas intenciones. E igualmente Léo Filho con su dibujo.

Los otros tenían primeras, segundas y a veces terceras intenciones. Hasta el mismo jefe de policía, cuya campaña contra las apuestas al bicho disgustó e incomodó a gente muy poderosa. Esperaba él, defendiendo con ardor e inquebrantable ánimo la propiedad privada, rehacer su prestigio, robustecer su posición.

Aquella historia de la persecución del juego merece ser contada. En verdad nunca había sido parte del programa administrativo del doctor Albuquerque la persecución del juego.

Al contrario, cuando empezó a sonar su nombre para jefe de policía del nuevo gobierno, lo más tentador del cargo era precisamente el control del juego del bicho, la relación con los grandes banqueros y, ante todo, con Otávio Lima, el rey del juego en el estado. Llegó finalmente mi oportunidad, pensaba el doctor Albuquerque mirando a la hora de comer a su familia en torno a la mesa. Familia numerosa: mujer, suegra, ocho hijos, e incluso dos hermanos suyos, menores, estudiantes, todos a su costa. La política hasta entonces había sido para él solo fuente de disgustos y quebraderos de cabeza. Había pasado todos aquellos años en la oposición, era un hombre obstinado, y, a su manera, inflexible y coherente en sus principios.

Sus principios le llevaban a proyectar una inmediata elevación en la tasa pagada a la policía por los poderosos industriales del juego. La administración anterior había legalizado el juego: un porcentaje diario era destinado a las instituciones de caridad. Los poderes públicos no participaban de las rentas, o al menos eso se decía y parecía. Había un delegado, encargado de fiscalizar el juego, y constaba que recibía importantes compensaciones.

Apenas nombrado, Albuquerque tomó contacto con Lima, a quien expuso sus ideas sobre el asunto. ¿Querían seguir en aquella dulce impunidad, protegidos por la policía, con casas de juego abiertas en todas partes? Pues, aparte del porcentaje destinado a las instituciones benéficas, había que verter otro, no menor, a la policía. Lima puso el grito en el cielo: era demasiado, no había banca que aguantara. ¿Creía el doctor Albuquerque que era verdad la historia del porcentaje para instituciones benéficas? Eso era un tapujo, prosa para taparle los ojos al gobernador, hombre honesto que había salido del palacio con la seguridad de haber terminado con la corrupción del juego del bicho. Pero a escondidas comían del porcentaje delegados, comisarios, diputados, secretarios de Estado, guardias, policías, la mitad de la población. ¿Aumento de tasa? No había una tasa para la policía, así, explícita. Había una tasa para instituciones, obras de monjas y frailes, protección de ciegos, sordomudos, etc., ¿cómo iban a hablar de una tasa, de un porcentaje para la policía? Si el doctor Albuquerque se refería a la propina, al sobre —y aquí Otávio Lima casi silabeaba la palabra, satisfecho de refregarla en las narices de ese bachiller insoportable con fama de hombre honrado— que daban mensualmente al jefe de policía, naturalmente que la mantendrían, y era una suma respetable.

Albuquerque sentía un calor de vergüenza en el rostro. La propina, el sobre. Aquel tipo maleducado, acostumbrado a dar órdenes a sus sicarios —algunos colocados en puestos altos de la esfera política—, chupando su puro, aquel sórdido Otávio Lima, usaba la palabra con un quiebro despectivo. Le daría una lección. Él había sido uno de los más eficaces colaboradores en la victoria del nuevo gobernador. Tenía mano fuerte en la jefatura de policía. Observó por un instante al «industrial» Lima en su poltrona, arrellanado, tranquilo… El sobre… Le iba a dar una lección.

Pues muy bien, señor Lima. Si el porcentaje destinado a la policía no es elevado al nivel del destinado a instituciones benéficas, la situación del juego será revisada. Él, Albuquerque, no quiere saber nada de maderos, policías, municipales, comisarios; si reciben propinas allá ellos. Quiere una tasa para obras de policía, para sus servicios más secretos, los de la lucha contra la subversión, tasa no declarada públicamente, claro está, y pagada directamente al jefe con discreción y puntualidad. En cuanto al sobre a que Lima se refería, si servía para comprar la conciencia de anteriores mandatarios de la policía, él, el doctor Albuquerque, lo despreciaba: no quería recibirlo.

Otávio Lima era hombre de buen humor. Se había enriquecido con el juego, aunque había comenzado muy bajo, de tahúr en los muelles, junto al cabo Martim, con quien había servido en el ejército, aunque sin pasar jamás de soldado raso. Antes de ser un profesional competente —muy por debajo de Martim sin embargo, pues no tenía ni su agilidad, ni su golpe de vista, ni, mucho menos, su suprema picardía—, era un organizador nato. Montó primero una «ratonera» con ruleta trucada, después organizó el juego del bicho en Itapagipe, al morir el viejo Bacurau, dueño tradicional durante veinte años de la banca del barrio, que se había arrastrado durante años, viejo y enfermo, contento con una pequeñez.

De Itapagipe salió Otávio Lima para conquistar la ciudad. Y la conquistó. Dominó a los demás banqueros, se colocó al frente de ellos, dio audazmente una nueva forma a la organización, ligando a los diversos grupos en una estructura de gran empresa, económicamente poderosa. Poseía fábricas, casas, edificios de apartamentos, era miembro del consejo de bancos, de hoteles. Para él, sin embargo, lo más importante, la base de todo, era el bicho, juego popular, que vivía de la calderilla de los pobres. Cuando se cerraron los casinos por decreto gubernamental, su posición no vaciló, mientras, en una súbita quiebra, se hundían por todo el país otros reyes del juego. El bicho era imbatible, nadie conseguía prohibirlo, acabar con él. Lima, victorioso, amaba la buena vida: las mujeres —mantenía media docena de amantes, tenía hijos con todas ellas y a todas pasaba su estipendio, aunque dejara de frecuentarlas—, de la buena mesa, de la bebida, y de sentarse de vez en cuando en una verdadera mesa de juego con gente de su calibre y disputar un póquer: con tipos de la calidad de Martim. Cada vez lo hacía menos, cada vez se sentía más distante de aquel pasado y de aquellos amigos. La mayoría de ellos, no obstante, trabajaban para él, eran subbanqueros, ganaban su dinerito. Solo el cabo, por independiente y orgulloso, y Cravo na Lapela, por pereza, se mantenían al margen de la organización, no dependían de él, vagabundos a salto de mata.

Manejando su dinero. Indiferente a los gastos, sabiendo untar a periodistas y políticos, despreciando a toda aquella caterva de payasos, hombres públicos, intelectuales, señoras de la buena sociedad dispuestas a revolcarse con él a cambio de un buen regalo, Otávio Lima se sentía mucho más fuerte que el doctor Albuquerque. No había apoyado al actual gobernador en su campaña, es verdad. Había financiado a la oposición, pero eso no importaba. Había mucha gente que lo defendería, incluso en palacio, que trabajaría para mantener el *statu quo* del juego del bicho. Eran muchas las propinas distribuidas con regularidad.

Así, con cierta displicencia y marcado aire de superioridad, se despidió el «industrial» del nuevo e impetuoso jefe de policía prometiéndole reunir, dentro de las veinticuatro horas siguientes, a los demás banqueros para transmitirles su propuesta. Por su parte, no estaba de acuerdo y defendería su posición contraria. Los otros, sin embargo, podían hacer lo que quisieran. Si aceptaban, Otávio Lima se uniría a la decisión de la mayoría. Era un demócrata.

El doctor Albuquerque era en el fondo un ingenuo, pero no hasta el punto de creerse lo de la reunión y la posibilidad de que Otávio Lima se inclinara ante la decisión de sus subordinados o socios menores en el negocio del bicho. Salió echando pestes de la entrevista.

Lima telefoneó a un amigo suyo muy ligado al gobierno para conocer la situación real del jefe de policía. ¿Era realmente hombre de prestigio? Si era tan fuerte como el amigo acababa de decirle, había obrado con ligereza tratándolo con desdén, tirándole la propina a la cara, enseñándole las uñas. Evidentemente, no estaba dispuesto a darle la participación pedida, pero podía aumentarle su parte, llegar a una componenda. Al mismo tiempo dio orden a Airton Melo para que empezara a meterse con el nuevo jefe de policía desde su periódico. ¿Con qué pretexto? Cualquiera. Lima no tenía preferencias…

Al día siguiente, un lugarteniente de Otávio Lima se entrevistó con el delegado Ângelo Cuiabá, íntimo del rey del bicho, y, según le habían dicho, amigo de Albuquerque. Le llevó una contrapropuesta pidiendo a Ângelo que la transmitiese a su jefe. Un error fatal.

Primero, no existía amistad entre el delegado y el nuevo jefe de la policía, apenas se conocían, relaciones corteses, pero sin gran intimidad. Segundo, Albuquerque era extremadamente celoso de su fama de hombre honesto. Sentía que ese era su capital y no quería verlo desgastado ni siquiera ante los ojos de un delegado de policía. Tercero, mientras tanto habían circulado rumores sobre un encuentro secreto, de tapadillo, del jefe de policía con el rey del juego del bicho. La cosa se divulgó y hasta en palacio se supo. El gobernador —interesado también en la historia del porcentaje— fue informado de los rumores e interpeló con cierta aspereza a Albuquerque:

—Hablan de que usted se ha visto con Lima, el del juego…

Albuquerque sintió que la tierra se abría bajo sus pies. Enrojeció como si lo hubieran abofeteado. Volviose hacia el gobernador.

—Le advertí que en cuanto fuera jefe de policía se acabaría en Bahia el juego del bicho…

Se jugaba los ingresos del juego, pero conservaba el prestigio y el cargo. No sabía que en aquel momento estaba decidiendo su dimisión. El gobernador se tragó la bola y no dejó que se manifestara su cruel decepción: ¡adiós a los ingresos del bicho, tan útiles y fáciles! La culpa la tenía esa manía suya de rodearse de sujetos que se las daban de íntegros. Tenía que librarse cuanto antes de esa bestia de Albuquerque, con sus fanfarronadas, con sus humos de incorruptibilidad… No podía obligarle a dimitir inmediatamente, claro está, pero lo haría a la primera oportunidad.

—Hizo muy bien, amigo. Esta es también mi opinión. Tiene usted carta blanca.

Además, había asesores dignos de confianza que aseguraban a su excelencia el gobernador que no era mala táctica esa de empezar su gobierno repartiendo palos entre los bicheros. La actitud daría un brillo de honestidad al nuevo poder y haría más comprensivos a los banqueros del bicho en el momento de aflojar los cordones de la bolsa, de negociar un acuerdo. Albuquerque era un zoquete, desde luego; pero iba a ser útil. Era el hombre indicado para llevar a cabo una campaña contra el juego, hombre de una sola pieza, testarudo como una mula. ¿Cuánto pagarían los bicheros por verlo fuera de la policía? Además, Otávio Lima se había buscado una lección: había financiado al candidato derrotado.

Así, dos días más tarde, el gobernador llamó la atención a Albuquerque sobre la campaña:

—Amigo Albuquerque, ¿cómo va esa campaña? Sigue jugándose al bicho…

—Para eso he venido a palacio, señor gobernador. Para decirle que hoy he ordenado el cierre de todas las timbas. Los puestos de bicho y también los otros. Donde se juegue a los dados, a la durela, a cartas.

No le habló de que había recibido una contrapropuesta de los bicheros por boca del delegado Ângelo Cuiabá. Se sentía en posición peligrosa, amenazada su fama de honestidad tan hábilmente construida, y, aún peor, en su primer alto cargo, inicio de su carrera y de su fortuna… Oyó la propuesta, indignado. El veinte por ciento de la cuantía sugerida a Otávio Lima en el primer encuentro. Infló el pecho, se puso la máscara de incorruptible hecha a base de ojos duros, de censura, rostro crispado, labio inferior estirado en un gesto de desprecio, voz silbante.

—Me sorprende, señor delegado… Ese delincuente llamado Otávio Lima se engaña conmigo. Si lo busqué fue para comunicarle que se había acabado, desde el momento de mi toma de posesión, la legalidad del juego en el estado, del juego del bicho y de cualquier otro. Nada le propuse y me niego a oír cualquier propuesta suya. Conmigo aquí, en esta silla, se acabó el juego.

Ângelo Cuiabá se transformó inmediatamente: Otávio le había jugado una mala pasada, le había engañado.

Albuquerque acabó:

—Si hablé con él fue teniendo en cuenta la situación anterior. No quiero que luego me acusen de haber obrado por sorpresa, beneficiándome de la impunidad en que se encontraban bicho y bicheros.

Nada más podía hacer Ângelo, sino el elogio de su nuevo jefe. En cuanto a él, si allí había llegado de parte de los bicheros fue solo por lo que le dijeron; jamás, sin embargo…

—Olvidemos el incidente, delegado. Sé que es usted un hombre honrado.

Así comenzó la campaña «para acabar de una vez con el juego del bicho». La campaña causó trastornos serios tanto a la gente de más alta posición como al gobernador, a quien amigos y correligionarios presionaban para que aflojara en tan drásticas medidas. Los mismos trastornos causó a los modestos y míseros maderos cuya base económica era la aventajada propina de los bicheros. Y para acabarlo de complicar, el delegado Cuiabá, encargado de llevar a cabo la campaña, no contento con acabar con las ratoneras de ruleta, bacará, dados y póquer, invadió algunas casas ricas, viviendas de figuras eminentes de la sociedad, donde se jugaba fuerte. El delegado se reía del escándalo; ayudaba así a enterrar al necio de Albuquerque. También el gobernador estaba harto ya de aquel carnaval del juego y estaba a la espera del menor pretexto para destituir al jefe de policía y firmar luego su acuerdo con los bicheros. Pero, por decencia, no podía deponer a Albuquerque por el hecho de que persiguiera el juego. El jefe de policía tenía el apoyo del clero, de ciertas organizaciones sociales, y sobre todo su fama de incorruptible. Era, según todos decían, hombre que daba seriedad al gobierno.

Albuquerque sentía sin embargo que su prestigio se venía abajo. Diariamente el gobernador le transmitía quejas, hablaba de la flexibilidad exigida por la política, se puso hecho una fiera cuando el delegado Cuiabá invadió los salones de la señora Batistini, donde la gente ilustre iba a descansar de las tareas cotidianas, del tiempo consagrado al país y al pueblo, perdiendo unos billetes a la ruleta y guiñando el ojo a las mujeres bonitas. No impresionó al gobernador el hecho de que Albuquerque —repitiendo el informe de Cuiabá— le dijera que la suntuosa mansión de la señora Batistini en la Graça era solo un «burdel de lujo», y su propietaria una «sórdida celestina». El gobernador sabía, sí, quiénes eran los frecuentadores de la animada mansión y quién protegía a la jovial señora venida de Italia, cuyos hábitos civilizados había introducido en Bahia. Su casa era verdaderamente modélica, de excepcional calidad, honraba a la ciudad… Una señora útil, después de todo. ¿Quién había dado con una chiquilla de quince a diecisiete años como máximo y experta, para nuestro ilustre señor ministro cuando este visitó Bahia y pidió alguien de tales características de edad y moral para ayudarle a estudiar los graves problemas del país, de noche, en su departamento? Si no fuera por los servicios de la experta señora Batistini, ¿quién hubiera podido atender al señor ministro? Y luego lo de las finanzas, tan necesitado como estaba el estado de dinero…

Estaban así las cosas. Albuquerque se sentía en equilibrio

inestable, cercado de amenazas por todas partes, cuando aconteció la invasión de Mata Gato. Era su posibilidad de recuperarse, de ganar el terreno perdido, de lanzarse a otra campaña y darle base política, de transformarse en un verdadero líder de las clases conservadoras, su candidato quizá al gobierno en las elecciones aún distantes pero ya disputadas.

La llamada del rico propietario, baluarte de la colonia española, el comendador José Pérez, llegó en el momento exacto. Toda su energía iba a ser empleada en el combate contra los quebrantadores del orden público, los enemigos de la Constitución de la República. Los periódicos gubernamentales no le regatearon elogios cuando, obrando con tanta firmeza como moderación, según dijo, mandó incendiar las chabolas.

Pero no obstante se elevaron nuevas barracas, aumentó el número de casuchas, se multiplicó el de moradores. La *Gazeta de Salvador* inició aquella serie de reportajes del condenado Galub, un currinche chupatintas de pésimos antecedentes, pagado con toda seguridad por los bicheros, que incitaba a la subversión y exigía la dimisión, la suya, la de Albuquerque, acusado por el tronitronante reportero de verdugo de mujeres y niños, de incendiario, de Nerón de los suburbios.

Toda la prensa se ocupó del caso seguidamente. Los diarios de la oposición en la misma línea demagógica que *Gazeta de Salvador*, los gubernamentales apoyando la acción de Albuquerque, pero en opinión de este con demasiada timidez, siendo de notar que el periódico más próximo al gobernador insinuó la posibilidad de una solución de compromiso. Albuquerque mientras tanto se iba sintiendo más fuerte. La asociación comercial, presionada por Pérez, le dio un voto de gracia y lo llamó «abnegado defensor del orden».

Le apoyaban, sí, pero le exigían que actuara con mano dura, que acabara de una vez con el lamentable ejemplo de Mata Gato. Si no se acababa rápidamente con aquel escándalo, pronto serían invadidos otros terrenos. ¿Y después? ¿Quién tendría fuerzas para poner dique al desorden, a la anarquía?

Reunido con sus subordinados, el doctor Albuquerque estudió la situación. Era preciso realizar un nuevo ataque contra las chabolas del morro, volver a destruirlas, no dejar piedra sobre piedra, y no permitir nuevas construcciones. O sea derrotar al enemigo, ponerlo en desbandada, arrasar sus bienes, y ocupar el terreno, no permitir su vuelta. Consultado, José Pérez lo apoyó de plano. Ingenieros y arquitectos, por orden suya, estaban estudiando la parcelación del terreno. La invasión había asustado a Ochocientos. Lo mejor sería parcelar todas aquellas tierras, venderlas, librarse de ellas. Nadie podía sentirse seguro en tiempos como los que vivimos, tiempos de huelgas, manifestaciones, comicios, estudiantes izquierdistas, hasta sus nietos, imagínense semejante absurdo…

Albuquerque reunió a su estado mayor y dio las órdenes necesarias. Al mismo tiempo mandó intensificar la campaña contra el juego, algo descuidada debido a los sucesos. Atacaría en los dos frentes, se sentía un general, comandante en jefe de las tropas, un glorioso capitán. Nada de todo aquello le había dado aún la deseada riqueza, el dinero para sustentar tantas bocas en casa… Pero empezaba a hablarse de él, se había hecho un nombre, se encontraba en el buen camino…

8

No ocuparon las posiciones enemigas, no desalojaron a nadie, no prendieron fuego absolutamente a nada, ni siquiera consiguieron llegar a lo alto del morro. Fueron ruidosamente derrotados; de nada sirvió la táctica y estrategia del jefe de policía. Los municipales y los guardias se retiraron en desorden hasta los camiones. Jacó Galub saludó, a la mañana siguiente, la bravura de los moradores del morro de Mata Gato, los valerosos vencedores de la batalla de la víspera.

La verdad es que las gentes del morro no fueron cogidas de sorpresa; las noticias de la preparación de una nueva expedición punitiva destinada a destruir las barracas y a ocupar el morro se habían filtrado a tiempo y fueron comunicadas incluso por los periódicos. Llegaron a Mata Gato por diversas vías, y una de ellas fue el propio Negro Massu. Apareció cierta tarde hecho una furia. Un conocido suyo, pariente de un policía, le había dado la alarma: dentro de pocos días la policía ocuparía el morro de Mata Gato, esta vez definitivamente. Le dio detalles de los preparativos. El negro se sentó al lado de Jesuíno y le comunicó las noticias, la gran testa balanceándose, como la de un cabezudo de ferias:

—Padre: tengo algo que decirle… Van a pegarnos fuego… Pero en mi casa no lo harán… Para eso tendrán que matarme. Pero antes me cargaré a alguien. Como vengan, van a ocurrir desgracias…

Galo Doido sabía que el negro estaba dispuesto a matar y

morir. Oyó a otros moradores y los notó dispuestos a defender sus bienes, aunque no sabían cómo hacerlo. La mayoría solo veía un camino: ir a la *Gazeta de Salvador*, hablar con Galub, apelar a él. Lindo Cabelo aún ampliaba la propuesta, ¿por qué no ir a la Cámara, a ver a aquel diputado que protestó cuando el anterior ataque de la policía? Podían formar una comisión. Si lograban el apoyo de los periodistas, de los diputados, de los concejales, la policía no se atrevería a actuar. Fuera de eso no sabían qué hacer. Jesuíno sin embargo tenía otras ideas. Que formasen una comisión, de acuerdo, él no se oponía. Que buscasen al periodista y al diputado, tal vez consiguieran impedir la acción policíaca. Él, sin embargo, lo dudaba. No podían seguir dependiendo de los otros, de la protección de políticos y reporteros. O se defendían ellos mismos o acabarían perdiendo sus casas. ¿Qué tenían que hacer? Ya se lo diría, hoy mismo. Sonreía Jesuíno, la rebelde cabellera blanca cayéndole sobre los ojos. Nunca se había divertido tanto en su vida. Volvía a los juegos inolvidables de la niñez: mandar tropas, defender posiciones peligrosas, derrotar a sus adversarios. Aún tenía en la cabeza la marca de una pedrada enemiga. Fue en busca de Miro, el hijo mayor de doña Filó, con puesto de jefatura entre los golfillos de la playa, los capitanes de la arena…

La comisión, de la que era estrella mayor doña Filó con su caterva de chiquillos, fue de redacción en redacción, estuvo en la Asamblea del Estado, donde el diputado Ramos da Cunha los recibió y escuchó sus quejas, en la Cámara Municipal fueron saludados por Lício Santos, elegido con los votos de los bicheros. Acompañados del diputado y del concejal, la comisión fue a presencia del jefe de policía. Numéricamente hubo un principio de desbandada, pues cuando se corrió la voz de que iban a la policía, varios de sus componentes, entre ellos el cabo Martim, dimitieron de la comisión. El honor empezaba a resultar arriesgado. Quedaron sobre todo mujeres, doña Filó con sus pequeños, y quedó también Lindo Cabelo. El doctor Albuquerque los recibió en su despacho, de pie. Estrechó la mano del diputado y del concejal e hizo con la cabeza un seco saludo a los demás. Al frente de todos, cargada con dos de sus hijos en las caderas, doña Filó reía sin dientes.

El diputado Ramos da Cunha, en tono enfático, vacilando entre la conversación y el discurso, habló de la preocupación de los moradores del morro ante la noticia de una acción policíaca contra sus viviendas. Él, el diputado Ramos da Cunha, no deseaba discutir en aquel momento la situación jurídica de los moradores, no quería saber con quién estaba la razón, si con ellos o con el comendador Pérez. No era eso lo que le traía a la presencia del noble jefe de policía acompañado del concejal Lício Santos. Lo traía un deber de humanidad, la lección de Cristo: «Ayudaos los unos a los otros». Venía al frente de aquella comisión de moradores del morro para apelar al jefe de policía, para rogarle que dejara a los pobres en paz, atendiendo también a la lección del Nazareno. Acabó perorando con el dedo erguido, la voz trémula, como si estuviese en la tribuna de la Cámara. Doña Filó aplaudió, las otras mujeres la imitaron. Un madero amenazó:

—Silencio… O se comportan o los largo fuera…

El doctor Albuquerque inflaba el pecho, componía la voz,

respondió no menos oratorio. No poseía sin embargo la voz grave del diputado. Fácilmente gritaba al irse excitando.

«Si accedí a recibir a una comisión representativa de los levantiscos que ocupan contra todo derecho terrenos ajenos, fue, noble señor diputado, en atención a su persona y a su condición de líder de la oposición. Si no fuera por eso, esta gente estaría en la cárcel.»

Así empezó, y se fue luego extendiendo en larga disertación jurídica para probar el crimen cometido por los invasores de Mata Gato. ¿No deseaba el diputado discutir este aspecto de la cuestión, el único realmente fundamental? Él, Albuquerque, comprendía por qué. Jurista emérito, su colega comprendía que no había posibilidad de discusión. Se trataba de delincuentes, invasores de la propiedad ajena, y casi todos ellos eran gente fichada por la policía, al margen de la sociedad, elementos peligrosos. Meterlos en la cárcel sería un beneficio para la colectividad, arrancarlos de Mata Gato era una obligación para quien ocupaba la jefatura de la policía.

Pero, dado que el diputado había hecho apelación a sus sentimientos religiosos, a sus sentimientos de cristiano, estaba dispuesto a conceder un plazo de cuarenta y ocho horas a los invasores de la propiedad ajena. Tendrían pues cuarenta y ocho horas para abandonar por su propia voluntad el morro. Podían llevarse sus pertenencias y no serían detenidos ni procesados. Solo quedarían sometidos a procedimiento judicial los que fueran hallados en el morro cuando, exactamente cuarenta y ocho horas después, subieran a la colina los policías y prendieran fuego a las chozas.

Luego, teatral, apuntó con el dedo extendido al gran reloj de pared: quince horas y cuarenta y tres minutos exactamente. Tenían cuarenta y ocho horas a partir de aquel instante. Estaban a miércoles. El viernes, exactamente a las quince y cuarenta y tres, ni un minuto menos ni un minuto más, la policía subiría al morro. Quien fuera hallado en él sería procesado. Excedía así, señor diputado, los límites de generosidad permitida por el deber a que se sentía obligado, pero lo hacía en homenaje al noble líder de la oposición. Y para demostrar a todos sus sentimientos cristianos de tolerancia y amor al prójimo.

Por su parte, la entrevista estaba terminada, los periodistas lo estaban esperando para una declaración sobre el asunto. Pero el concejal Lício Santos, olvidado tal vez adrede por el jefe de policía en su perorata, no se conformó con tan oscura posición; tomó la palabra por su cuenta y riesgo, y hubo que escucharlo. El tal Lício Santos poseía una fama alarmante de hombre falto de escrúpulos, se había visto envuelto en diversos líos y había sido elegido por Otávio Lima con dinero de los bicheros. Era, según Jacó Galub, «un caballero muy simpático y agradable, buen conversador, mientras no se dejase a su alcance una cartera y ni siquiera un billete por pequeño que fuera». Su oratoria barroca no obedecía a ninguna lógica y no exigía sentido completo para cada frase. La palabra surgía arrastrando tras de sí frases enteras, como un turbión:

—«Señor jefe de policía, aquí estoy porque mi presencia es necesaria. El pueblo fue a buscarme, me encontró y vine con él. Tengo que ser escuchado. Por las buenas o por las malas».

Fue escuchado por las buenas, pero con evidente mala gana. El doctor Albuquerque, el incorruptible, no escondía su repugnancia ante aquel arribista surgido de los más bajos fondos de la vida política. Era exactamente su contrario. Representaban ambos escuelas diferentes e irreconciliables, procedían de puntos de partida extremos y divergentes. Tras el doctor Albuquerque había generaciones de hombres públicos, hasta hombres del imperio, había respetabilidad, una fachada de honradez. Tras Lício Santos no había nada de eso, nadie sabía de qué familia procedía. Había surgido de repente de las cloacas de la ciudad y fue elegido con el dinero del juego. En una sola cosa se parecían y estaban de acuerdo: en su deseo de enriquecerse con la política, de meter mano a fondo en el dinero público. Sin embargo, el jefe de policía planeaba hacerlo conservando e incluso ampliando su fama de austeridad, de ciudadano íntegro y probo. Lício Santos tenía prisa y ni siquiera intentaba esconder su avidez, se lanzaba a cualquier negocio, pequeño o grande, iba sacando de aquí, de allá y de más allá, apresuradamente. Pertenecían a dos escuelas políticas distintas, a dos tipos realmente opuestos de hombre público, de beneméritos de la patria: los separaba al uno del otro la forma como pretendían servirse del poder, y ello precisamente era lo que hacía que el doctor Albuquerque mirara a «ratón Lício» (como le llamaban los íntimos) con la nariz remangada. Pero no seremos nosotros, simples ciudadanos sin cargo público, quienes tomemos partido entre estos dos tipos de ladrón. Está probado que ambos roban concienzudamente: los del tipo del noble Albuquerque y los patanes del tipo Lício. No criticaremos pues las maneras de uno para elogiar las del otro; permaneceremos neutrales en esta disputa entre los grandes de la patria.

Ratón Lício siguió soltando frases sin sentido, exigiendo un plazo mayor, citando a Rui Barbosa. En verdad no estaba él muy al tanto del asunto pues la comisión le había llegado por sorpresa y la había acompañado para ver si de todo aquel lío podía sacar algo, y porque, como hombre de Otávio Lima, estaba en contra del jefe de policía.

Los demás concejales habían evitado el contacto con la gente de Mata Gato: el prefecto, ligado a la colonia española, amigo del comendador Pérez, apoyaba enteramente la acción del jefe de policía, y lo mismo la mayoría de la Cámara. Los concejales de la oposición temían igualmente molestar a los poderosos señores del comercio, a los propietarios urbanos, y no querían meterse en aquel conflicto. Pero Lício Santos nada tenía que perder. Al contrario, su estrecha relación con Otávio Lima lo colocaba al lado de los invasores. Por eso acompañó a la comisión. Pero desconocía los detalles del asunto. Allí, en el despacho del jefe de policía, oyendo al diputado y a Albuquerque, se había dado cuenta de su importancia y percibía con su característica vivacidad y agudeza, las enormes posibilidades que el caso ofrecía.

Sí, sentía el desprecio evidente de Albuquerque, la falta de entusiasmo del diputado Ramos da Cunha al verlo de compañero de la comisión —el diputado era de la misma familia de hombres públicos que el jefe de policía—, pero se reía de ambos, podía tranquilamente metérselos en el bolsillo, podía hacerlos venir y comer en su mano si se empeñaba.

Su discurso creció en emoción y violencia. Exigía un plazo mayor, por lo menos una semana, si no quince días: para que los responsables buscaran mientras tanto una solución justa, capaz de acordar los justos intereses de los propietarios y los no menos justos de aquella gente necesitada. ¿Sabía acaso el señor jefe de policía qué es el hambre? «El hambre, señor jefe de policía, amarga», proclamó.

El doctor Albuquerque aprovechó la pausa dramática para interrumpir al concejal. Reafirmó su plazo estricto: cuarenta y ocho horas, ni un minuto más. En cuanto a los intereses de los levantiscos y los intereses de la ley, podía quedar tranquilo el señor concejal porque eran irreconciliables.

—No puede haber acuerdo entre la ley y el delito, la propiedad y el robo, el orden y la anarquía... Señor concejal, o ponemos un freno a la subversión o seremos implacablemente devorados por la vorágine...

Así, con esta tétrica previsión, finalizó la entrevista. A la hora de salir, doña Filó, por las buenas, se cuadró como si fuera un soldado, juntó los calcañares con ruido de zapatos viejos y saludó al jefe de policía. Hasta los guardias se echaron a reír. El doctor Albuquerque quedó bramando:

—¡Desacato a la autoridad!

Filó salió bien librada gracias a los dos hijos que llevaba a la cadera. El jefe de policía se quedó bufando. Si no fuera por los chiquillos iba a meter en varas a aquella vieja...

La noticia del plazo de cuarenta y ocho horas concedido a los invasores de Mata Gato para abandonar el morro, provocó diversas reacciones.

Ramos da Cunha, al salir de la jefatura de policía, fue en busca de Jacó Galub. El caso le estaba procurando al diputado cierto prestigio en la capital, donde hasta entonces no había tenido ni un solo elector. Era necesario acordar con el periodista una intensificación de la campaña contra la policía y en favor de los invasores. No daría resultado práctico, claro, y los habitantes del morro acabarían por ser expulsados, pero él y Jacó sacarían tajada: habrían ganado el prestigio popular. Sería útil para él, que podía formar unos comités en la capital y establecer allí bases importantes para su futuro político. En cuanto al periodista, sus reportajes tenían éxito creciente, lograban resonancia fuera de Bahia, y ya una revista de Río le había pedido información completa sobre el caso, con fotografías. Incluso podía presentarse a concejal en las próximas elecciones.

Lício Santos salió pensativo de la jefatura. Fue directamente a ver a Otávio Lima. Un plan audaz empezaba a tomar forma en su cabeza. Sonreía mansamente, recordando la cara de asco del doctor Albuquerque. Aquel canalla dándoselas de hombre de bien, de honesto gobernante. Lício sabía cuál era el valor exacto de su proclamada honestidad, pues estaba informado de la entrevista entre el jefe de policía y el rey del bicho. Otávio le había contado los detalles. Y aquel miserable tenía la arrogancia de cortarle la palabra, de mirarlo por encima del hombro. Lício sonreía suavemente: tenía mucho que ganar en esta historia de la invasión del morro. Solo había que saber conducirla. Y de paso se cargaría a Albuquerque, lo echaría abajo con toda su mentida honradez, con su arrogancia de mierda.

También Jesuíno Galo Doido, dedicado a sus tareas en el

morro, supo del plazo y lo consideró suficiente. Las obras de defensa iban adelantadas. Miro había logrado el apoyo de todos los capitanes de la arena. Con ellos inició Galo Doido las obras de defensa, recurrió luego a las mujeres y al fin a los hombres. Su entusiasmo era contagioso, se divertían enormemente él y los chiquillos, y los demás acabaron por divertirse también. Y cuando se cumple una tarea con alegría, siempre sale bien.

Exactamente a las quince horas y cuarenta y tres minutos del viernes, bajo una lluvia persistente y aborrecible, los guardias se apearon de sus automóviles. Esta vez, para evitar sorpresas, los dejaron lejos, en una pista próxima a la playa, y llegaron a pie.

A pesar de la lluvia, pesada e intensa durante toda la noche anterior y la mañana, lluvia que transformó todo aquello en un barrizal, estaban presentes algunos periodistas, y Jacó Galub, en un asomo de valentía, se había ido hasta el morro para colocarse al lado de los moradores, para ser detenido con ellos. Una emisora de radio había colocado un equipo móvil en las proximidades para ir informando de los acontecimientos, y los locutores anunciaban exaltados todos los movimientos de los maderos. Antes había hablado doña Filó, magnífica de firmeza y bravura, dispuesta como dijo, a morir allí con sus siete hijos defendiendo su barraca. También el cabo Martim, llevado por la vanidad, ocupó el micrófono y se puso a soltar amenazas, ostentando sus galones de cabo del ejército. Como le dijo Jesuíno, su actitud había sido un error cuyas consecuencias se verán más adelante. Pero nada de apresuramientos, vamos avanzando paso a paso, tenemos tiempo para todo y los alambiques siguen trabajando, preparando para nosotros cada vez más aguardiente…

También Chico Bruto, vestido con una capa de goma, fue entrevistado. Iba al frente de sus hombres a cumplir las órdenes del jefe de policía: arrasar el morro, aquella inmunda arrabalada, y a ocupar el terreno para evitar en el futuro una nueva invasión. La policía había sido hasta ahora demasiado complaciente y había dado tiempo para que los levantiscos se marcharan. Si no lo hicieron fue porque no les dio la gana. Ahora en la playa, esperaban tres coches celulares para llevarse su carga. Y en la delegación competente se había iniciado ya el proceso. ¿Que si detendrían al periodista Galub? ¡Hasta al diablo si lo encontraban en el morro!

Dos senderos escarpados, casi a pico, llevaban hasta lo alto de Mata Gato. Aquel día, con la lluvia, estaba particularmente resbaladizo. Las dos veredas quedaban en el lado de la playa, mientras que por la parte de atrás el morro limitaba con un baldío lleno de matorrales, barro podrido y hediondo. Ni siquiera los chiquillos más atrevidos conseguían atravesarlo. En consecuencia, los guardias, armados con las latas de gasolina, solo podían llegar por los dos senderos empinados arrasados por la lluvia. Iniciaron la escalada, lenta, tranquilamente.

Dieron unos pasos. De los agujeros excavados en la ladera, primitivas trincheras abiertas por Galo Doido con auxilio de los capitanes de la arena, brotó una rociada de piedras. Los chiquillos tenían una puntería admirable. Un madero, de los primeros en tirarse monte arriba, recibió una pedrada en medio de la testa, perdió el equilibrio y rodó morro abajo por el barrizal. Aterrizó rebozado. Los demás se detuvieron. Uno sangraba por la barbilla. Chico Bruto sacó el revólver, asumió el mando efectivo. Comenzó a subir, gritando a todo pulmón:

—¿Conque sí, bandidos? Vais a ver ahora, canallas...

Empuñando el revólver, seguido por tres o cuatro policías, resbalando en el barro, avanzaba lentamente. Los locutores anunciaron por los micrófonos: «El comisario Francisco Lopes va a intentar subir al morro al frente de los suyos. Temerario, empuñando el revólver, dispuesto a hacer frente a cualquier emergencia, el comisario Bruto, perdón, el comisario Lopes, sigue avanzando, al frente de todos sus hombres».

Y luego: «¡Atención, oyentes! El comisario ya no va al frente. Corre monte abajo amenazado por un pedrusco inmenso que baja rodando...».

Realmente, una piedra colosal, en equilibrio inestable en medio del morro, había sido impulsada por Massu y Lindo Cabelo y rodaba en dirección a Chico Bruto. Fue la locura. No solo echó a correr el comisario, tirando ignominiosamente el revólver, sino que corrieron también guardias y espectadores, periodistas y locutores con sus micrófonos. El enorme pedrusco cayó al pie de la colina con gran estruendo, levantando un mar de barro y salpicaduras.

El locutor de Radio Dos de Julio, considerado el mejor locutor deportivo de la ciudad, especializado en radiar partidos de fútbol anunció: «¡Gooooooool!», como si estuviera radiando un importante encuentro futbolístico. «Dos a cero para los bandidos del morro...»

Por tres veces intentaron los policías la subida y el asalto, y las tres veces fracasaron. Los locutores vibraban de entusiasmo: «Los policías disparan sin éxito. Las piedras dan siempre en el blanco. Incluso nuestro compañero de equipo Romualdo Matos, que, para mejor observar los sucesos, se había acercado al frente de combate, ha recibido una pedrada en el hombro y ha quedado tendido, el traje roto, y todo él cubierto de rasguños. Pero así es como trabaja PR28 Radio Dos de Julio para sus oyentes, desde el frente de batalla. Construya su casa en el morro o en la playa, en terreno comprado o invadido, pero los muebles cómprelos en Talleres Suprema, en la Avenida Siete, número…».

A las dieciocho horas y quince minutos, más de dos horas después de iniciado el ataque al morro, sin conseguir ningún policía llegar a las chabolas, llegó al lugar un automóvil oficial. En él venía el delegado de la policía, un oficial del despacho del gobernador y un periodista acreditado en palacio. El delegado se dirigió a Chico Bruto seguido del oficial del despacho mientras el periodista comunicaba los últimos rumores a los de las emisoras.

Chico Bruto, cubierto de barro, chorreando lodo las ropas, las manos, la cara, hirviendo de odio por dentro, un odio que exigía sangre, palizas, huesos rotos, quería refuerzos, policía militar, órdenes de tirar a matar:

—Con esos malditos, solo a balazos…

Pero las órdenes del gobernador eran otras: había que cesar en la acción iniciada. La policía tenía que retirarse.

Según el periodista palatino, estaban reunidos en la Aclamaçao, en conferencia secreta con el gobernador, el líder del gobierno, dos o tres diputados más, el abogado de la asociación comercial y el concejal Lício Santos. Llevaban encerrados más de dos horas. El jefe de policía había sido también convocado a media reunión y la había abandonado no muy satisfecho. Y había sido el propio gobernador quien lo había ordenado. Se mascaban novedades...

Los policías volvieron a sus camiones, sucios y derrotados. Cuando empezaron a roncar los motores, de vuelta ya, llegó desde lo alto del morro una silba monumental. Luego se adhirieron a ella locutores y periodistas. Y los espectadores. En lo alto del morro, Jesuíno daba su última orden de mando y reía contento: general de los desharrapados, capitán de los capitanes de la arena, como si fuese uno de ellos, un chiquillo abandonado en las calles de Bahia, con un gorro hecho de lata y cartón medio destruido por la lluvia, entre bandido y policía. Nunca se había divertido tanto. Ni él ni Miro, su lugarteniente, magro, con los huesos marcándosele bajo el pellejo, una colilla en la boca, un cuchillo en el cinturón.

Pero quien bajó victorioso al frente de los moradores exultantes fue Jacó Galub, convertido a partir de aquel día en «el héroe del morro de Mata Gato», como le llamó el diputado Ramos da Cunha en un memorable discurso que pronunció en la Asamblea sobre los acontecimientos. «El pueblo no estaba solo. Allá estábamos nosotros con él, representados en la persona del impávido periodista Jacó Galub, héroe del morro de Mata Gato.» El propio Jacó Galub dejaba entrever en un sensacional reportaje lo decisivo de su actuación en pro de la victoria. La cosa empezaba por el título: VI Y PARTICIPÉ EN LA BATALLA DE MATA

GATO. En ese reportaje, el policía Chico Bruto era arrastrado por la calle de la amargura, descrito como el más ridículo e idiota de todos los cretinos. De ahí que la amenaza de agresión diera mayor repercusión aún a la posición de Jacó Galub.

Aquella noche hubo todavía otra emocionante escena en el morro. Los moradores estaban celebrando su victoria, cuando por allí apareció, trepando por la difícil vereda, el concejal Lício Santos acompañado de varios electores y de un fotógrafo del *Jornal do Estado*. Traía un aparato de radio, regalo del gran industrial Otávio Lima para la «buena gente de Mata Gato», y la incondicional solidaridad de Lício Santos, concejal del pueblo. Estaba al lado de ellos, decididamente con ellos, dispuesto a quedarse allí y allí morir con ellos, defendiendo sus sacrosantos hogares amenazados…

Jesuíno Galo Doido no asistió a la entrega de la radio, recibida por doña Filó en nombre de los moradores de Mata Gato. Jesuíno no se quedó en el morro tras la victoria. Prefirió desaparecer durante unos días, ir a beber una cerveza con Jesus, en casa de Tibéria. Podía aparecer por el morro un policía enterado de su actuación y empeñarse en llevárselo. Con él se fue el cabo Martim, cuya exaltación al micrófono de una emisora le pareció poco prudente, y Miro, el hijo mayor de doña Filó.

Reía, contándole a Otália, a Tibéria, a las chicas de la casa y a Jesus el pánico del periodista Jacó cuando los policías empezaron a tirar al aire. Se metió a toda prisa en casa de Lindo Cabelo buscando un rincón resguardado y de toda garantía.

No oyó pues Jesuíno la declaración de solidaridad de Lício Santos, la prueba de simpatía de Otávio Lima, el apoyo de tanta gente importante citada en el discurso del concejal. Señalando a Miro, a su carita inmunda con sus ojos vivarachos, cara de ratón, Jesuíno Galo Doido afirmó:

—Este es quien no los dejó subir… Este condenado. Él y los otros chiquillos. Cuando los hombres lo daban todo por perdido, ellos seguían tirando piedras, sin miedo…

Jesus quería hacer justicia a todos:

—Pero el periodista, con miedo o no, nos ha echado una mano. Y el diputado también.

Jesuíno se encogió de hombros, apuró su cerveza. Era un escéptico y viejo vagabundo: no creía en la solidaridad de nadie.

—Estamos solos, compadre Jesus, comadre Tibéria. Más pobres que hierba ruin, que cuanta más se coge más sale…

Miro escuchaba y reía él también. Jesuíno alargó su mano un poco trémula —de mucho aguardiente bebido aquel día, completado ahora con la cerveza— y la posó en el hombro del pilluelo:

—Este sí que vale… Lo demás son cuentos.

Pero el chiquillo sabía que en realidad todo había sido obra de Jesuíno Galo Doido. Lo sabía él y lo sabían todos los del morro, si bien no le daban demasiada importancia. Conocían todos a Jesuíno desde hacía tiempo y sabían de su capacidad, de su sabiduría. Para todo servía, nunca se atolondraba. Era un experto en aguardiente, nadie como él para apreciar las cualidades de una buena cachaza. Mujeriego sin vergüenza, aún hoy, con su cabellera blanca, las arrugas y la vejez, las mujeres lo preferían a otros más jóvenes, como si tuviera algo especial. Era pura sabiduría de viejo, y el pueblo sabía todo aquello y por eso mismo no le daba demasiada importancia. Jesuíno tampoco. Lo único que quería era divertirse.

El pueblo del morro estaba ahora reunido en torno al aparato de radio. Hicieron el empalme y rodó la música de una samba colina abajo, animando a la gente. Dejando a un lado a sus chiquillos menores, Filó salió a bailar. Los otros la acompañaban.

9

Tras la fracasada acción policíaca, el asunto del morro de Mata Gato tuvo dos fases inmediatas y distintas. Primero entró en ebullición.

Artículos y reportajes, editoriales y tópicos, crónicas, a favor o en contra de los moradores o de la policía, según la posición política de los periódicos. Alababan todos ellos sin embargo la prudencia del gobernador, su gesto humanitario mandando suspender el asalto para evitar derramamiento de sangre y pérdida de vidas. En la Asamblea del Estado, el apasionado discurso del líder de la minoría, diputado Ramos da Cunha, hacía responsable al gobierno. La respuesta del líder de la mayoría, diputado Reis Sobrinho, hacía responsable a la oposición, y personalmente a su líder, de la agitación y del desorden. La oposición estimulaba a los levantiscos, a aquellos indeseables, escoria de la sociedad, para que provocaran dificultades a la Administración, para colocar al gobierno en una posición incómoda. Sabiéndolos víctimas de los cantos de sirena opositores y para evitar mayores sufrimientos, el gobernador había dado órdenes de suspender el asalto y aplazar la expulsión de los invasores de la propiedad ajena... Pero era solo un aplazamiento. El gobierno no renunciaba a la defensa de la ley. Que no confundieran generosidad con flaqueza...

En la Cámara de Concejales, Lício Santos, ahora el más entusiasta campeón de los del morro, igual al menos a Jacó Galub, hizo un verdadero carnaval. Obtuvo de inmediato el apoyo de dos o tres ediles, locos por la publicidad y los votos. Era una vergüenza, bramaba desde la tribuna el concejal, era un crimen contra el pueblo, la actuación del jefe de policía, ese verdugo de bicheros, ese Robespierre chapucero. ¿Por qué perseguía el juego del bicho? Porque no le habían dado la propina que buscaba, una cantidad fabulosa... No hablaba en vano, podía probarlo. El tal doctor Albuquerque, esa vestal desflorada, no contento con las torturas a que había sometido a los contraventores detenidos, quería asesinar a los trabajadores cuyos hogares se erguían en Mata Gato. Y el hogar de un brasileño —entérese de una vez el jefe de policía—, el hogar de un brasileño es sagrado, inallanable, protegido por la Constitución... Lício Santos estuvo feroz. Quería ganar el tiempo perdido, afirmarse como el más eficiente campeón de Mata Gato. Veía en aquella invasión una preciosa mina. Bastaba saber cavar...

Primero fue toda esa agitación. El mundo parecía venirse abajo. Luego una calma total. Sí, como afirmaban los rumores, había conferencias, propuestas, conversaciones, todo ocurría en sordina. Nada trascendía. Los periódicos dijeron que el señor Albuquerque había presentado su dimisión, disgustado por la actuación conciliatoria del gobernador, pero tal noticia fue enérgicamente desmentida por el propio jefe de policía. Él, declaró a los periodistas, había actuado después de consultar con el gobernador y de acuerdo con él. No había divergencia entre ellos. En cuanto a las nuevas medidas que se tomarían para desalojar a los invasores de la propiedad ajena, estaban aún en estudio y pronto serían puestas en marcha.

Los policías mordían de rabia. Rondaban de lejos el morro de Mata Gato, pero no se animaban a subir. Por su parte, ciertos moradores muy vistos, como Negro Massu, evitaban bajar. Estaban más seguros allá arriba. Los policías no perdonaban su derrota, las carreras por las cuestas empinadas y cubiertas de barro, las pedradas, el abucheo final.

Jesuíno probó una vez más su prudencia y buen consejo al desaparecer por unos días y acogerse al arrimo de Tibéria, reposando en la ternura acogedora de Laura Boa Bunda, cuyas nalgas eran famosas por su tamaño y firmeza. También había sido prudente al apartar al cabo Martim del movimiento de las calles.

El mal del cabo era que le gustaba demasiado exhibirse. El día del asalto habló por el micrófono solo por vanidad. Es difícil resistir a un micrófono de radio. Tiene un atractivo especial aquella máquina, y el hombre se pone a hablar... Es como una máquina fotográfica. Aparece el reportero con la cámara e inmediatamente la gente se pone en pose y muestra la dentadura. Pero Jesuíno ni se dejó retratar ni salió berreando por micrófono alguno. No era tan burro. Martim, al contrario: sin pensar en las consecuencias, con tantos motivos para no andar exhibiéndose, se fue de la lengua, se burló de la policía, contó (y eso era

lo peor de todo) la paliza que le dieron a Chico Bruto unos habituales de la Gafieira do Barão en un baile conmemorativo.

No hizo caso tampoco a los consejos de Jesuíno para que anduviera con pies de plomo, y casi fue agarrado junto a la iglesia
del Rosário dos Negros, en el Pelourinho, donde bautizaron al
hijo de Massu, cuando salía del cafetín de Alonso para ir en busca de Otália. Encuentro dramático y decisivo.

Perseguido y sin dinero —no había donde jugar, habían desaparecido los habituales ante la persistente campaña contra el
juego—, jamás se había visto tan necesitado de una prueba concreta de amor por parte de Otália. Así se lo dijo, a las claras,
apoyado en el mostrador de la taberna y ante la copa vacía. Había esperado con paciencia infinita hasta aquel día. La hora
había llegado. No podían seguir con aquel tira y afloja. Al fin y
al cabo, ella, Otália, no era ninguna púdica doncella, y él, el cabo Martim, no era tampoco para andarse aguantando…

Otália apretó los labios y cerró los ojos. Parecía a punto de
llorar. Pero no hubo lágrimas. Ella, simplemente, se limitó a repetir su negativa a acostarse con él. Al menos por ahora. El cabo
perdió la cabeza y la tomó en sus brazos, a la fuerza. No había
ningún parroquiano a aquella hora en el establecimiento de
Alonso, y este estaba en la trastienda. Otália se defendió, consiguió liberarse, y le preguntó en tono de queja:

—¿No comprendes?

Él no comprendía nada. Solo que la deseaba y que ella le estaba tomando el pelo.

—Si no es hoy, se acabó todo.

Ella se volvió de espaldas y se fue. Martim salió a la puerta al tiempo que ella doblaba la esquina camino de casa de Tibéria. Aún se bebió otro aguardiente antes de irse, harto de todo: de la falta de dinero, de la persecución de la policía, de Otália y de sí mismo.

Salió, y apenas había dado unos pasos cuando lo vio el madero; se acercó a él y le ordenó que lo siguiera. El cabo miró a los lados, no vio policías, ni de los uniformados ni de los otros, en las inmediaciones, pegó un empujón al atrevido y lo tiró patas arriba. Cuando el madero se levantó y empezó a gritar ya Martim había desaparecido calle abajo.

Por la noche tuvo que roer su dolor, una angustia desmedida, un deseo incontenible de ir a ver a Otália. Martim, abandonando toda cautela apareció por casa de Carlos Fede a Mula, cuya ratonera era de las raras aún no descubiertas por la policía. Y sin embargo, si había timba merecedora de corrección era aquella de Fede a Mula, cuyo nombre procedía del hedor peculiar y poderoso que se desprendía de sus sobacos sudados. Las barajas que se usaban allí no engañaban ni a un ciego. Los dados se veían trucadísimos. Martim conocía con detalle esas peculiaridades, y Artur da Guima, habilísimo artesano, le había dicho que había fabricado unos dados trucados para Fede a Mula. El mismo Artur le enseñó cómo los hacía. Trabajo perfecto.

Conocedor de la crónica de Fede a Mula, no iba el cabo Martim a su ratonera para arriesgar unos níqueles prestados por Alonso. Iba a matar el tiempo, echar una parrafada, asistir a las demostraciones del propietario. Tal vez allí lograra borrar a Otália de su pensamiento, tal vez arrancara aquella obstinación. Un hombre debe tener palabra. No quería volver a verla. No era un payaso. Todo había terminado. Y, quién sabe, tal vez aparecieran algunos interesados en una ronda, con su baraja, naturalmente.

La timba de Fede a Mula se escondía en la trastienda de un taller mecánico. La entrada, por la noche, estaba guardada por un vigilante. Cravo na Lapela había ejercido en tiempos aquellas funciones. Martim fue bien recibido, como siempre. El dueño de la casa lo apreciaba.

Había unos pocos viciosos en torno a una mesa de dados. Fede a Mula era la banca. ¿Quién podía ganar contra aquellos dados? Pero ¿cuál no sería el asombro de Martim al ver entre los jugadores, apostando contra la banca, al propio Artur da Guima, el artesano de cuyas manos habían salido aquellos dados trucados? ¿Estaba loco o a sueldo de la casa? ¿Servía acaso de reclamo? Respondiendo al amable «Buenas noches» de Fede a Mula, y rechazando la invitación a que arriesgara unas monedas, Martim señaló con la barbilla hacia Artur da Guima como preguntándole el significado de aquel absurdo. Fede a Mula se encogió de hombros y poco después dio por terminado el juego, despidió a los participantes y dijo que tenía que irse con el cabo. Artur da Guima se retiró, taciturno, murmurando frases ininteligibles.

—Está hecho una furia. Va diciendo que es imbécil y qué sé yo…

Fede a Mula se reía mientras decía a Martim que no le cabía ninguna duda de que estaba loco. ¿No lo había visto? ¿Un tío que hace los dados trucados, que sabe que son los suyos, y aún viene a arriesgar su dinero? ¿Por qué impedírselo? El tonto era él. Ya lo había intentado alguna vez, pero Artur se enfadó y hasta quiso pegarle. Estaba enviciado. No hallando otro sitio donde jugar, iba allí precisamente. Si estuvieran solos, Fede a Mula podía perder alguna vez, pero allí estaban los otros de la mesa, y al fin y al cabo Artur jugaba porque le daba la gana. No era un niño; era mayor de edad... Después salía por la calle dándose de cabeza contra los postes y repitiendo que era un imbécil.

Martim aceptó una copa de aguardiente. Pasaban los dos tiempos difíciles. Fede a Mula le pidió que esperara un poco, que quizá pudiera engancharlo en un corro de póquer muy pronto. Eran unos pardillos de una oficina de exportación de tabacos. Eran tres, y solo uno tenía ligera idea de lo que se llevaba entre manos. Los otros dos apenas conocían las figuras. No sería cosa para enriquecerse, no podían espantarlos, pero siempre sería mejor que nada. Martim se frotó las manos. Cualquier cosa servía, estaba sin blanca...

Poco después llegaron los tres infelices. Martim fue presentado como un militar de permiso. Se sentaron a la mesa. Apenas habían empezado a jugar cuando la policía invadió la casa. El vista de la puerta no tuvo tiempo de avisar, y dos maderos se lo llevaron al calabozo. Sin embargo, Fede a Mula, que tenía oído fino, había notado un ruido sospechoso y cuando aparecieron los maderos aún tuvo tiempo de decir:

—Por aquí, hermano.

Una puertecilla medio escondida tras un armario. Daba a unos solares, al fondo. Por allí se escabulleron mientras los policías agarraban a los tres del tabaco entre empujones y bofetadas.

Martim fue a casa de Zebedeu, su compadre, estibador bien situado en la vida, con residencia en Barbalho. El compadre le prestó un poco de dinero y le pidió que se largara a otra parte. La policía andaba tras Martim. Aquella misma tarde el santero Alfredo, del Cabeça, recibió la desagradable visita de los maderos. Buscaban al cabo. Lo buscaban por todas partes, y un policía de la secreta llamado Miguel Charuto, su enemigo jurado, estaba trabajando ahora con Chico Bruto, encargado especialmente de agarrar a Martim y meterlo a la sombra.

Solo entonces se dio cuenta de la seriedad de la situación. Con ayuda de Zebedeu y de mestre Manuel, escapó hacia la isla de Itaparica. Solo Jesuíno supo dónde estaba. En Itaparica se hacía llamar sargento Porciúncula, pero no aclaraba si sus galones eran del ejército o de la policía militar. Se le dio bien en la isla. Allí el juego no estaba perseguido y, aunque no era época de veraneo y el movimiento era escaso, iba sacando para equilibrar el presupuesto. Y pronto apareció Altiva Conceição do Espírito Santo, espléndida mulata, para ayudarlo a olvidar a Otália y su absurda locura. A veces aún la recordaba y deseaba, aún rechinaba de dientes. Pero saltaba sobre Altiva, en las arenas de la playa, y la cabalgaba entre las olas del mar. Nunca había visto a ninguna mujer tan parecida a una sirena, decía, cuando el viento saltaba en los cocoteros y él le acariciaba el vientre color de cobre:

—Pareces Iemanjá…

—¿Has dormido tú con Iemanjá alguna vez, negro calavera?

En Bahia la policía continuaba dando la tabarra a la gente. Pé-de-Vento fue a parar a la cárcel a pesar de haber dejado el morro de Mata Gato antes incluso de la primera incursión de la policía. Le soltaron unos vergajazos y solo lo pusieron en la calle por intervención directa de un cliente suyo, el doctor Menandro, que necesitaba urgentemente unos sapos que le había encargado y, al ver que no se los llevaba, salió en su búsqueda hasta encontrar al pobre en el calabozo durmiendo a pierna suelta.

Otro que se llevó unos vergajazos fue Ipicilone. Pero también lo soltaron, pues un tal doctor Abiláfia, abogado a las órdenes del concejal Lício Santos, pidió el *habeas corpus* para diversos presos encerrados sin culpa determinada. Todos ellos, inmediatamente después de ser puestos en libertad, fueron a inscribirse en el censo de electores y otorgaron sus votos al concejal.

Exceptuando esta exaltada actividad policíaca, la única novedad reseñable en aquellos días respecto a la invasión de Mata Gato fue la presentación de una demanda, que realizó en nombre del comendador José Pérez uno de los jurisconsultos más importantes de la ciudad, exigiendo que le reintegraran en la posesión efectiva de terrenos suyos invadidos por terceros. Pedía el abogado que la justicia ordenara la acción de la policía, de una vez y definitivamente, contra los violadores de las leyes y de la Constitución.

10

Quien se mantenía distante e indiferente a toda esa agonía era Curió. Los acontecimientos ligados a la campaña contra el juego lo dejaban insensible, al menos mientras no afectaron a amigos suyos como Martim. Sabemos el alto concepto que de la amistad tenía el charlatán, y Martim era su hermano de santo. Solo por eso se preocupaba Curió, quien por lo demás, nunca había mostrado el menor interés por el juego.

—Mi vicio es solo la mujer… —decía cuando le ofrecían un cigarrillo o lo invitaban a completar una mesa de póquer. Se olvidaba de citar el aguardiente, tal vez por no considerarlo un vicio y sí una necesidad, una especie de remedio milagroso para diversos males, incluso para los males de amor.

Sin Martim, la noche de Bahia no era la misma. Verdad es que habían acontecido cambios, antes incluso de la partida apresurada de Martim, ahora a todos los efectos sargento Porciúncula, en luna de miel con Altiva Conceição do Espírito Santo en las playas de Itaparica. Con la invasión de Mata Gato ya no se reunían los amigos indefectibles todos los días a la hora del crepúsculo para decidir juntos lo que había de ser aquella noche. El calendario de fiestas estaba abandonado, en una anarquía total.

Aun así, ni siquiera los acontecimientos relativos a la invasión preocupaban a Curió. Como si él no fuese morador del morro, donde había empezado a construir una chabola. Allí estaba su chalet, por la mitad, y si no fuera por la vigilancia de Negro Massu hace mucho que habría sido ocupado por los oportunistas a la busca de gangas. Curió no tenía ojos más que para madame Beatriz, la portentosa faquir, en aquel justo momento tendida en su ataúd, cubierta por un cristal, ayunando por módica entrada en la Baixa do Sapateiro.

Jesuíno estaba habituado a soportar la movida crónica de

los amores, en general frustrados, de Curió, y ya no se impresionaba con su tierno romanticismo, con sus ilusiones y decepciones. Pero ni el mismo Jesuíno, tan comprensivo, admitió tamaña ingenuidad: Curió creía, estaba convencido, de que la historia del ayuno era auténtica, juraba por el alma de su madre, ponía la mano en el fuego por madame Beatriz. Ayuno completo, sin comer ni beber durante un mes. Jesuíno movía la cabeza. Curió amigo, que tuviese paciencia, que disculpase pero él no se lo creía. Es difícil, casi imposible, que una persona se pase un mes sin comer. Pero, sin beber, eso ni una semana lo aguanta... Que se dejara de bobadas y vomitase luego el truco, porque al fin y al cabo él, Curió, no tendría ningún interés en engañar a los amigos, ¿no es verdad? Y no le dirían nada a nadie. Pico cerrado ¿verdad, Pé-de-Vento?

Pé-de-Vento, competente en materia de ayunos, se mostró de acuerdo: no hay quien aguante un mes. La boa, puede pasarse un mes sin comer, pero primero se traga un becerro o una novilla, y luego tiene que hacer la digestión. La gente, no. Y mucho menos sin beber. Sin comida, sin bebida y sin mujer no, no era posible vivir. Claro, ya sabía que hay hombres que pasan un mes sin mujer, ya había oído hablar. Él, Pé-de-Vento, sin embargo, al cabo de cuatro o cinco días ya andaba mustio y desesperado, dispuesto a asaltar a cualquier hembra, fuese cual fuese. Y hablando de eso, ¿iba a estar la faquir esa todo un mes sin macho, o iría Curió a medianoche a meterse en el ataúd y beneficiarse el cadáver?

Pues sí, sin comer, sin beber y sin hombre... No podía tener relaciones con hombre alguno, y no solo durante el mes de ayuno —bastaba ver al ataúd cerrado herméticamente—, sino desde tres semanas antes, mientras se preparaba espiritualmente para enfrentarse con la larga penitencia, solo para ella posible, como alumna predilecta que era de los bonzos budistas...

—¿Y qué diablos es eso?

—Una religión de los hindúes, unos tipos que se pasan la vida entera sin comer, o bebiendo una gota de agua de seis en seis meses, vestidos con un taparrabos.

—Eso es mentira... —Pé-de-Vento era definitivo.

—No sé... Yo leí una vez algo sobre eso. Es en un sitio que se llama Tíbet, el lugar más lejos del mundo —intervino Ipicilone.

—Es mentira... —reafirmó Pé-de-Vento—. Quien va de taparrabos son los otros indios, los de la selva, y comen como burros...

Pero Curió se mantenía irreductible. ¿Cómo iba a comer o beber si él no le daba comida ni agua y era el único que se acercaba a ella, su secretario en exclusiva? ¿No se pasaba él el día entero en la antigua tienda de Abdala, cobrando las entradas, levantando la cortina para que el público (la verdad: mínimo y poco entusiasta) pudiera verla tan bella tendida en su ataúd?

El problema era realmente curioso y Jesuíno se interesó:

—¿Y quién queda allí cuando tú sales, cuando tú te vienes a echar un trago?

Bien, todos los días, durante un par de horas, después de cenar, él salía a tomar algo —a mediodía se contentaba con un bocadillo y unos plátanos— y para ver a los amigos. Lo sustituía en la puerta la dueña de la pensión, la mulata Emília Casco Verde, ya la conocían. Ella le hacía ese favor. Eran amigas íntimas ella y la vidente.

—¿Emília Casco Verde? ¿Una que vive en la calle Giovanni Guimarães y que tuvo un puesto de comidas en el mercado antes de liarse con un turco y poner la pensión?

—La misma…

—Entonces no hay problema, amigo… Ella es quien le lleva de comer y de beber…

Curió protestó y siguió discutiendo, pero la espina de la duda se había clavado en su pecho. ¿Sería verdad? Madame Beatriz, por quien él juraba, ¿sería una falsaria? ¿Habría sido capaz de confiar más en Emília que en él? Si así fuese, ¿cómo dar crédito a sus promesas de felicidad para después del ayuno?

Con tales preocupaciones y enamorado, ni se preocupaba Curió de los sucesos de las semanas últimas. Solo una vez subió a Mata Gato, para visitar a Negro Massu y a Veveva y para ver al chiquillo.

Entretanto no faltaban excitantes novedades. Mientras la demanda presentada por Pepe Ochocientos, victoriosa en primera instancia, esperaba nuevo juicio en el tribunal de justicia, el diputado Ramos da Cunha con el apoyo de sus pares de la oposición, había presentado un proyecto de ley pidiendo al gobierno la expropiación de los terrenos de Mata Gato, volviéndolos a propiedad del estado para que el pueblo pudiera levantar sus casas en ellos. La repercusión del proyecto fue considerable, y con él se apuntó un tanto la oposición. Se convocó un gran mitin en la praça da Sé, donde hablarían varios oradores, entre ellos el autor del proyecto, el periodista Jacó Galub, el concejal Lício Santos, y varios habitantes del morro.

No se puede decir, como hizo un diario gubernamental, que «fracasó la explotación demagógica de la oposición en torno a la invasión del morro de Mata Gato, pues el tan anunciado comicio reunió apenas media docena de desgraciados», ni tampoco apoyar el exaltado optimismo de la *Gazeta de Salvador* cuando hablaba de «diez mil personas reunidas para oír el verbo ardiente de Airton Melo, Ramos da Cunha, Lício Santos, Jacó Galub y la sufrida palabra de los moradores del morro». Ni tanto ni tan poco. Un puñado de gente, sus mil o mil quinientas personas entre oyentes, transeúntes y gente a la espera del tranvía o el autobús, escucharon a los oradores. Sobre todo Lício Santos arrancó aplausos con sus frases a veces sin sentido pero siempre contundentes. Sonaba bien su perorata en el ambiente barroco de la plaza, escenario adecuado para aquel verbo sonoro y astuto. Gente del morro propiamente no fue nadie. Los moradores no se decidieron a bajar por miedo a una redada de la policía. Apenas Filó, a quien fue a buscar Galub, apareció en el estrado y fue mostrada a la masa, rodeada de los hijos, sin hablar de los dos siempre a horcajadas en sus caderas. Provocó el delirio. En nombre de los moradores del morro habló Dante Veronezi, sastre de Itapagipe, sujeto de ambiciones políticas, siempre pegado a Lício Santos. Su discurso fue una pieza sonora y elocuente, digna del lugar desde donde el padre Vieira habló contra los holandeses. Describió la miseria de los moradores, él era uno de ellos: sin hogar, sin tener donde apoyar la cabeza, condenados a la lluvia, a la intemperie con sus mujeres e hijos. Un cuadro digno del infierno de Dante, de aquel otro Dante, el italiano. Pero él, ciudadano brasileño, sentía en lo más vivo, en la carne de sus hijos menores, el peso de tamaña miseria. Finalmente habían alzado sus chabolas en aquellos terrenos abandonados por el español millonario que adulteraba el pan de los pobres. Pero llegó la policía… Describía luego las escenas de violencia y sufrimiento del pueblo. Felizmente existían aún hombres como los periodistas Airton Melo, dignísimo director de la *Gazeta de Salvador*, como Jacó Galub, «el héroe del morro», como el diputado Ramos da Cunha, con su proyecto libertador de los nuevos esclavos, como el concejal Lício Santos, ese padre de los pobres, ese benemérito de los hambrientos, ese valeroso ciudadano solo comparable a los grandes hombres del pasado, Alejandro, Aníbal, Napoleón, José Bonifacio…

No hablaría mejor ni con más convicción si fuese uno de los invasores. La propia doña Filó, mujer acostumbrada a las amarguras de la vida y poco hecha a las lágrimas, sintió una violenta palpitación en el pecho y un ardor en los ojos cuando Dante Veronezi la señaló con el dedo, a ella, su vecina del morro, madre de una docena de hijos, matándose día y noche en la tabla de lavar y en la de almidonar para sustentar a la familia. Durante años y años no poseyó un hogar para sus hijos maltratados, era viuda y honesta, no andaba por ahí como otras… Hasta que al fin, con sus propias manos, ayudada por los chiquillos, pobrecitos, levantó su casucha en el morro de Mata Gato. ¿No era un crimen maltratar a esa madre amantísima, a esa verdadera santa?

Filó, compungida, aceptaba los aplausos. Un éxito.

El proyecto de Ramos da Cunha, apoyado en el comicio, repercutió en medios diversos. El gobernador, que había gozado de su momento de popularidad, no quería ceder su posición a ningún adversario demagogo. Por otro lado, el tribunal de justicia, presionado por el abogado de Pepe, el reputado profesor Pinheiro Sales, de la Facultad de Derecho, y por los comerciantes y propietarios había señalado fecha para juzgar la demanda del español. Un juez había sentenciado a su favor, en cuatro líneas, ordenando a la policía que expulsara a los moradores. Se murmuraba que la sentencia había costado cincuenta contos de reis, en aquel tiempo una millonada, no como hoy, que con cincuenta contos no hay ni para comprar medio testigo, cuanto más a un juez íntegro y recto. Pero el abogado Abiláfia, procurador de unos cuantos moradores del morro, había recurrido al tribunal e impidió la ejecución de la sentencia. Los encargados de aplicarla temieron quemarse las uñas en aquel lío y fueron dando largas. Sabían que se trataba de un asunto de vasta especulación política, y deseaban ver por dónde soplaba el viento. Pero, ante el proyecto de Ramos da Cunha y del comicio, el abogado del comendador Pérez, apoyado por el comercio y las clases conservadoras, presionó fuertemente al tribunal hasta obtener que se fijara fecha para el juicio. Salió de la entrevista con el presidente del tribunal con la mayor euforia, considerando la demanda triunfante. Todo el problema era evitar las mañas políticas del tribunal, muy sensible a los intereses de los partidos y de los hombres públicos, y eso lo había conseguido al hacer que se señalara fecha para la vista.

Por eso mismo fue grande su sorpresa cuando, al dar la noticia al comendador Pérez, no encontró en su opulento cliente la misma exaltación entusiasta. Al contrario, Pepe Ochocientos encontraba interesante, e incluso útil, aquella tendencia de los magistrados a demorar la decisión, a la expectativa del desarrollo de los acontecimientos. Pero no tenía prisa. Se había producido un giro de ciento ochenta grados. El proyecto Ramos da Cunha alarmó al profesor Sales y lo había impulsado a ir a toda prisa al tribunal para insistir ante el presidente para que fijara la fecha del juicio. Y ahora el comendador parecía haber cambiado de opinión pues ni siquiera despotricaba, en su portugués de fuerte acento, contra los invasores. El abogado se tragó unas cuantas palabrotas. La verdad es que no entendía nada de nada.

Lo que no sabía el abogado es que Pepe Ochocientos había recibido aquel mismo día, pocas horas antes, de manos del ingeniero jefe de una gran empresa de parcelación y construcciones, los planos finales de los terrenos de Mata Gato y de toda la franja entre el mar y Brotas. Trabajo bien hecho, con competencia. Se trataba de una empresa merecedora de toda confianza. Pues bien: completados los planos, los diseños, los estudios, los técnicos se declaraban pesimistas en relación con el éxito de la empresa. Según ellos era necesario esperar aún mucho tiempo, tal vez decenas de años, antes de pensar en una revalorización de aquellos lotes, de venderlos a un precio compensador. Si el comendador se empeñara en parcelarlos ahora, tendría que venderlos a un precio ínfimo. Y posiblemente ni así encontraría compradores…

Los planos y estudios estaban encima de la mesa de Pepe Ochocientos, al lado del *Diario de la Asamblea* donde estaba publicado el proyecto de Ramos da Cunha. ¿No habría manera de lograr una vuelta atrás del tribunal? No se perdía nada esperando unos días hasta ver en qué paraba todo aquel barullo. A fin de cuentas, él, José Pérez, no quería pasar por verdugo, por enemigo del pueblo, cuando precisamente, a cuenta suya, todos preparaban los platos en que habían de comer. Hasta sus nietos, chiquillos imposibles y encantadores, lo tachaban de reaccionario y de explotador de las clases trabajadoras. A él, a Pepe Pérez, que no había hecho en su vida más que trabajar, y trabajar duro, como un caballo o como un buey de tiro, para dar a sus hijos y nietos una vida decente. Enemigo de los trabajadores, cuando él era el trabajador por excelencia. Aún hoy, ya viejo y cansado, se levantaba a las cuatro de la mañana y empezaba a trabajar a las cinco, cuando los llamados trabajadores aún dormían a pierna suelta. Para trabajador, él. Y explotado además por una caterva de inútiles, de charlatanes como ese abogado, carísimo e incompetente, todos ávidos de robarle el dinero...

11

Tal vez a partir de ese momento crucial en la triunfante carrera del profesor Pinheiro Sales, cuando con el rabo entre las piernas volvió a presencia del excelentísimo presidente del tribunal de justicia para decirle —¿con qué cara?— que habían cambiado de opinión, que su cliente no tenía ninguna prisa, tal vez a partir de ese ingrato y humillante momento todo cuanto se refería a la invasión del morro de Mata Gato pasó a tomar un aire de farsa.

El presidente del tribunal, viejo zorro experto en ese tipo de maniobras políticas, en los sucios tejemanejes de los despachos gubernamentales, notó inmediatamente en el aire, como dijo luego a su yerno, futuro administrador de un instituto, «olor a podrido y a buitres en la carroña». Realmente, el profesor Pinheiro Sales, metido en su traje negro, con su cuello de punta almidonada y pechera dura, recordaba un buitre, y en aquella su segunda visita en menos de veinticuatro horas, un buitre triste, de cresta marchita. Pero ¿dónde estaba la carnaza hedionda? El meritísimo presidente no lograba adivinarlo, pero notaba que en todo aquel barullo de la invasión del morro había comilona para alguien, un buen bocado sin duda. ¿Por qué diablos el profesor Sales, siempre tan orgulloso, con tantos humos, volvía ahora con las orejas gachas a su despacho para pedirle que aplazase el juicio, cuando solo la víspera exigía fecha concreta y próxima? De repente se le habían pasado las prisas; allí había gato encerrado.

Muy puesto en su dignidad, en lo alto de su cargo, queriendo también tomar su pequeña venganza del abogado, el presidente se negó a atenderlo: la fecha había sido fijada de acuerdo con el abogado y a petición suya, ahora era tarde para volverse atrás. No iba a dejar al tribunal a merced de los vaivenes de los abogados y litigantes, ni mucho menos correr el riesgo de hacerse cómplice de algún manejo turbio. Mantuvo la fecha del juicio.

Juicio que tendría carácter sensacionalista por el espacio

que le concedieron los periódicos. Al juicio y a la «concentración monstruo», manifestación popular sin precedentes convocada por el concejal Lício Santos y por otros «dirigentes populares» (como anunciaba el manifiesto ampliamente divulgado por toda la ciudad), entre los cuales estaba nuestro ya conocido y simpático Dante Veronezi, definitivamente transformado en representante de los moradores del morro, en su portavoz oficial. La concentración tenía que celebrarse frente al palacio de justicia, en ella participarían los moradores del morro y todos los habitantes de la ciudad solidarizados con ellos para «exigir del egregio tribunal una sentencia que dé al pueblo la plenitud de sus derechos». El lenguaje era de Lício Santos.

Quien jamás olvidaría el juicio y la concentración, no tanto por los estacazos que recibió como por los imprevistos sucesos posteriores e íntimos, iba a ser Curió.

Se acercaban él y madame Beatriz al fin del plazo de duración del ayuno, a los treinta días improrrogables del nunca visto espectáculo de la «enterrada viva». En realidad apenas habían llegado al día decimoprimero, pero la tablilla que a la puerta del local anunciaba el fenómeno, indicaba ya el día 26. En esta tablilla se cambiaba cada mañana el número que indicaba los días ya transcurridos desde la solemne entrada de madame Beatriz en su ataúd. Pero cuando llegaron al quinto día, y vieron que la víspera solo habían entrado seis desanimados espectadores, Curió, en vez de escribir con yeso la cifra 5, escribió 15, y con eso ganaron diez días: madame Beatriz diez días menos de ayuno. Curió también, aunque su ayuno era de otro tipo. Tenía hambre y sed, sí, pero no de comida: su hambre era de la propia enterrada viva, tenía sed de sus labios. Al octavo día ganó tres más, pues la curiosidad popular había descendido a dos miserables palurdos y un soldado, ese gratuito pues los militares no pagaban.

Anduvo unos días Curió con la mosca tras la oreja después de la cuestión suscitada por Jesuíno. Se vio asaltado por la duda a propósito de la honestidad profesional de madame Beatriz, pero al fin enterró la desconfianza en el fondo de su inquebrantable fe en la no bien valorada capacidad de la hindú. Mirando a través del vidrio para calcularle la delgadez y la palidez del rostro, la veía gorda y regalada, de buen color, no muy de acuerdo con una semana de ayuno, pero ella le sonreía, y dejaba caer sus ojos en una promesa, y entonces él ya no dudaba de nada, desistía del indigno espionaje insinuado por los amigos.

Cuando la dejaba a solas con Emília Casco Verde, un rayo de duda lo asaltaba otra vez. ¿Y si volviese inesperadamente? Jesuíno al verlo le preguntaba:

—¿Qué? ¿Ya has desenmascarado a la embaucadora?

Jesuíno era un escéptico, no creía en nadie, dudaba de todo. Incluso de gente tan importante como el concejal Lício Santos, el diputado Ramos da Cunha o el distinguido Dante Veronezi, tan gentil que hasta le había pagado unos tragos a Curió y brindado con él, al invitarlo para que asistiera a la concentración monstruo:

—Usted, mi dilecto amigo, como morador del morro no puede faltar…

Asistido por Filó (a quien un sirio de la Baixa do Sapateiro le había regalado un vestido de saldo), Dante tomaba las medidas necesarias con vistas al éxito de la concentración. Pues bien, Jesuíno Galo Doido, en vez de entusiasmarse, de tomar uno de los primeros puestos como había hecho cuando la fallida invasión policíaca del morro, se encogía de hombros y no demostraba el más mínimo interés.

—¿Irás tú? —le preguntó a Curió—. Yo no voy. En asuntos de estos peces gordos no debemos andar nosotros. Quien paga los platos rotos siempre es el mismo… Allá en el morro es una cosa. Aquí abajo, otra muy distinta…

Pero Curió, honrado con la invitación personal del líder Veronezi, compareció en la plaza. Quien no compareció fue el pueblo en general. Apenas algunos estudiantes de derecho que pasaban por allí casualmente y decidieron adherirse, y uno de ellos hasta lanzar un discurso arrebatador. Del morro fueron pocos. La mayoría se quedó en la altura, a la espera de la sentencia.

Ciertamente, la concentración habría obtenido el éxito esperado, declaró Lício Santos a la *Gazeta de Salvador*, si el presidente del tribunal, informado de la aglomeración que se estaba iniciando ante la puerta del augusto templo de la justicia, y habiendo él mismo visto a un estudiante encaramado en las verjas incitando a aquellos desgraciados, no hubiese reclamado urgentemente la intervención de la policía para mantener el orden y garantizar el decoro de la sala y la imparcialidad de la sentencia.

Guardias en abundancia y una patrulla de la policía militar a caballo. Entraron, unos y otros, brutalmente. Sin pedir permiso, sin explicaciones. Los de caballería agarraron las porras y la gente puso pies en polvorosa. A los cinco minutos del comienzo, la concentración estaba acabada. Curió recibió unos porrazos violentos y por poco lo agarran. Escapó de milagro.

El concejal Lício Santos se metió palacio adelante hasta la sala del juicio y quiso protestar contra la policía, pero el presidente le negó la palabra y lo amenazó con expulsarle sin tener en cuenta su condición y sus inmunidades de concejal. En cuanto al legítimo portavoz del morro, nuestro querido Dante Veronezi, fue a la cárcel. De nada le sirvió gritar:

—¡Soy el secretario del doctor Lício Santos…!

Un policía avisó a los otros:

—Ese es un pelagatos, uno de los jefes de los de allá arriba. Embarcadlo…

Lo embarcaron. Se llevaron también a uno de los estudiantes, y los otros continuaron durante un tiempo en las esquinas, abucheando a los soldados. Pero pronto se cansaron y desaparecieron también. La gente del morro se puso en camino hacia sus chozas: Jesuíno tenía razón.

Curió, con el lomo en fuego, se fue hacia la Baixa do Sapateiro al arrimo de madame Beatriz. Le había pedido a Emília Casco Verde que lo sustituyera aquella tarde mientras él iba a cumplir su deber cívico. A paso de marcha forzada se dirigió a la tienda transformada en escenario.

La inesperada llegada de Curió provocó el pánico. Encontró la puerta cerrada, la tablilla vuelta. De un empujón abrió la puerta. Estaba rabioso y presintió la verdad. Una vez más tenía razón el viejo Jesuíno; Galo Doido no se engañaba.

Sentada confortablemente en el ataúd, con la tapa de cristal quitada y puesta a un lado, madame Beatriz, servida por Emília, se atiborraba tranquilamente; un plato de frijoles, harina y carne. Unos plátanos esperaban vez. Emília llevaba el plato, la cacerola, los plátanos y los cubiertos en una especie de bolsa de cuero, todo cubierto con unos ovillos de lana y revistas atrasadas para leer. No olvidaba siquiera un plumerito para limpiar las migas, en nueva prueba de perfecta organización. Sin hablar de la botella de cerveza y los dos vasos. Curió sintió que le brotaba un volcán en el pecho.

Emília salió puertas afuera con una ligereza que nadie hubiera supuesto en persona de su cuerpo. Madame Beatriz tiró el plato, se cubrió el rostro con las manos y prorrumpió en sollozos y juramentos.

—Juro que es la primera vez…

Explicaba: jamás había querido engañar al público, mucho menos a Curió, su intención era ayunar el mes entero. Pero por culpa de Curió…

Curió estaba frenético. Le ardían la espalda de los porrazos recibidos, y ahora veía la faz rosada de madame Beatriz, sus mofletes: había engordado por lo menos dos kilos en aquellos días. Curió no estaba para disculpas, pero se contuvo cuando ella, jadeante, le dijo que había sido por él. Quería ver hasta dónde llegaba el cinismo…

Sí, por culpa de Curió… Flaca, sin fuerzas, encerrada en aquel ataúd como un cadáver, ella veía, a través del cristal, cómo Curió se movía por la sala, sonriéndole, e, incluso sin querer, le venían malos pensamientos, se imaginaba acostada a su lado, y esos míseros deseos pecaminosos consumían su alta concentración espiritual, y ella perdía su capacidad para soportar el ayuno…

En otra ocasión aquella historia habría emocionado a Curió, habría llenado sus ojos de piedad y ternura, estremecido su corazón. Pero estaba rabioso. La policía le había sacudido, había ido a meter las narices en el barullo a pesar de los consejos de Jesuíno, y ahora se encontraba con aquella fulana que intentaba engatusarlo con la historia de los deseos que le dan hambre. Ya se vio… Hambre la había pasado él, reduciendo sus comidas para entregar íntegro el magro ingreso diario a Emília, encargada por madame Beatriz de la gestión de sus finanzas y, por lo visto, también de llenarle el papo. Hasta cerveza tomaba la condenada, para no privarse de nada. Y ahora venía con el cuento de dormir los dos… Curió, en su vida de tantas y tan lacerantes pasiones, había topado con muchas desvergonzadas, pero como aquella, ninguna.

Cerró la puerta de un puntapié. Le dolían las costillas, tenía peladuras en un brazo y el hombro casi descoyuntado. Alzó la mano y la soltó en la cara de madame. La bofetada resonó alegre a sus oídos. Le aplicó una segunda. La espiritual hindú soltó un grito, le cogió el brazo, le pedía perdón. Pero él ahora la cogió de los cabellos, la tiró de la cabeza, ella lo agarró del pescuezo, y, al recibir el tercer tortazo, se lanzó hacia él y lo besó enloquecida. Curió paró de darle y se sintió enredado en un beso infinito. ¡Al fin una mujer, y qué mujer, se apasionaba por él! Y se le entregaba rendida, deshecha de amor. Le soltó el pelo y, rápido y brutal, le desgarró el vestido de tul rojo imitando un sari hindú, y allí mismo, en la caja de muerto se cobró el prolongado ayuno, hasta quedar harto. Con ganas y desesperación, hambre antigua y dolores en la espalda, se lanzó sobre ella, y el cajón no resistió. Estaba hecho para muertos, no para soportar el bamboleo de la vida y se deshizo en un montón de tablas. Rodaron los dos amantes por el suelo de la tienda incendiada de Abdala, se rompió el vidrio en mil pedazos, ellos nada oían ni veían. Sobre las cenizas, la madera, el vidrio, mataron su hambre, bebieron alegres, rieron de tanto loco engaño y volvieron a quemarse el uno en el otro, dos hogueras encendidas.

Después de un cuidadoso balance del fracaso del emocionante espectáculo de la enterrada viva, decidieron cerrar el teatro; aquella misma tarde entregaron la llave al tendero de al lado. Ni ataúd había ahora donde ayunar. Curió iba a acabar su barraca en el morro, allí descansaría madame Beatriz rehaciéndose del engaño. Para Curió nunca faltaba trabajo, y ella podría decir la buenaventura o echar las cartas. En el morro habrían de aparecer parroquianos, ya se había instalado allí una taberna y una especie de almacén.

Mientras Curió llegaba al amor por tan arduos y complicados caminos, el tribunal de justicia, libre de presiones, se reunía para juzgar la demanda del comendador José Pérez contra los invasores de Mata Gato. El parecer del relator, si bien lamentaba la brevedad de la sentencia del juez, de extrema economía en sus razones, la tomaba en consideración. Dos de los miembros del tribunal votaron a favor, el tercero, no obstante, pidió que le mostraran los autos, y la decisión se aplazó una semana. El profesor Pinheiro Sales respiró: se le había ocurrido aquel truco cuando ya todo lo daba por perdido, es decir, y por más absur-

do que parezca, cuando su causa estaba ya prácticamente gana-
da. Así empezaron a embarullarse los hilos de aquella historia
de la invasión del morro de Mata Gato. Estaban tan liados que
nadie podía ya aclarar nada, ni distinguir al bueno del malo, la
razón del absurdo, el pro y el contra.

Del juicio salieron Jacó Galub y Lício Santos exaltados, hablando de la necesidad de providencias urgentes, pues estaba ya
demostrada la tendencia del tribunal: dentro de una semana los
habitantes del morro perderían sus chozas. Lício, sobre todo,
tenía prisa: era hora ya de empezar a recoger los frutos por él
sembrados en días anteriores. En la Asamblea del Estado, en
aquel momento, un diputado gubernamental atacaba el proyecto de Ramos da Cunha tachándolo de demagógico y anti-
constitucional. La casa parecía dispuesta a derribarlo si llegaba
al plenario.

En cuanto al profesor Pinheiro Sales, no sabía si debía considerarse victorioso o derrotado. Quién sabe si doblemente victorioso. Pero su cliente, español de pocas luces y expresión gro-
sera, le dijo al oír su relato:

—Pues menos mal que fue aplazada la decisión. Quizá me
baste una semana. Y lo mejor será que usted no se meta en esto, déjemelo a mí, que yo me encargaré personalmente de re-
solverlo.

Encima de la mesa del comendador José Pérez había una
tarjeta de Lício Santos pidiendo una entrevista. El concejal era
inquilino suyo, vivía en casa de alquiler y a veces se atrasaba en
el pago cinco o seis meses. Era un tipo poco de fiar, un mete-
líos, pero a la larga se salía con bien. Ahora estaba metido con

aquel asunto de los terrenos. Quizá resultase tan útil como cualquier otro, como Ramos da Cunha o Airton Melo. Y más barato, seguro... Llamó a un empleado y le dio un recado para Lício Santos.

12

La semana que transcurrió entre las dos sesiones del tribunal de justicia en las que fue vista la demanda del comendador de los ochocientos contra la gente de Mata Gato, se caracterizó por la radicalización de las posiciones en pro o en contra de la invasión, por cataratas de palabras, habladas o escritas, en la prensa o en las tribunas. Parecía que la guerra era inminente, los dos partidos crecían amenazadoramente, el doctor Albuquerque volvió de nuevo al primer plano con aires de estrella de cine, y el vicegobernador definió su posición.

Todo aquello impresionó grandemente al público, y hubo quien predijo graves acontecimientos y tal vez sucesos trágicos, quien temió incluso por la suerte del estado y por la seguridad del régimen. No obstante bastaba al observador leer entre líneas en los periódicos, escuchar los cuchicheos en los plenos de las cámaras en vez de oír los discursos de las tribunas, para no dejarse arrastrar por el pesimismo. En ningún momento había sido tan ruidoso el barullo en torno de la invasión de Mata Gato, las acusaciones y amenazas contra los invasores, la brillante campaña de solidaridad con los moradores dirigida por periodistas, diputados, líderes populares, ahora por partidos enteros, incluyendo estudiantes y sindicatos. Pero todo este barullo, toda esta enmarañada controversia, las amenazas de conflicto con sangre a punto de correr, ¿no tendrían por objetivo esconder los pasos de los negociadores, sofocar sus voces? No seremos nosotros, apartados de conversaciones y contactos por nuestra falta de categoría política e importancia social, quienes denunciemos esta trama de paz y sosiego, al fin y al cabo grata a todos sin excepción. La única excepción tal vez era la del poeta Pedro Job, protestando borracho contra esta «comilona general» a costa de la gente de Mata Gato. Pero bien sabemos el valor de esas ásperas denuncias de los poetas y, aún más, de los poetas borrachos. ¿No contribuiría a la irritada acusación del poeta el hecho de haberse peleado con el periodista Jacó Galub por causa de una chica del burdel de Dorinha, en la ladera de Montanha? Para la fulana, una tal Maricena, había escrito Job una inspirada composición lírica, genial en opinión de sus amigos íntimos y la gente de su peña: «Maricena virgen prostibular grávida del poeta y de la oración». Mientras el poeta trabajaba en su poema «de resonancias líricas verdaderamente revolucionarias», como escribió el crítico Nero Milton, el periodista llamó para sí a la chica, dejando al poeta solo la gloria y dolor del cuerno.

Para señalar la violencia del debate trabado en torno de la invasión de Mata Gato en aquella semana que precedió a los acontecimientos finales, vale la pena hacer referencia a tres o cuatro sucesos de amplia repercusión en la opinión pública.

El primero se relaciona con la toma de posición del vicegobernador del estado, viejo y poderoso industrial, legítimo representante de las clases conservadoras. Comencemos por él en homenaje a su posición. Hay quien no da mucha importancia al cargo de vicegobernador, considerándolo más o menos honorífico y nada más. Pero, de repente, falta corporalmente el gobernador, se transforma en puro espíritu y se eleva a la gloria del Señor, y ¿quién asume su lugar, quién manda y desmanda, y maneja a su placer, empleos y fondos?

Elegido por la oposición, mantenía el vicegobernador una discreta actitud con asuntos a los negocios públicos y a los problemas graves, para no crear más dificultades al gobernador. Por otra parte, su estrecha relación con los hombres del dinero, siendo él uno de sus más caracterizados líderes, hacía suponer que estuviera de acuerdo con la posición oficial del gobierno frente a los invasores del morro, la posición de «negarles pan y agua», como dijo el doctor Albuquerque, jefe de policía, en la entrevista de la que más adelante hablaremos. ¿Cuál no sería, pues, la sorpresa cuando el vicegobernador dio a la publicidad una nota solidarizándose con la gente de Mata Gato? La nota, evidentemente, no hacía el elogio de la invasión ni la apoyaba. Al contrario, criticaba el método equivocado por medio del cual quería el pueblo resolver el doloroso y crucial problema de la falta de vivienda. Pero el problema existía, era imposible negarlo, y la invasión de los terrenos del comendador Pérez era una consecuencia del mismo, y como tal debía ser visto y tratado. Tras analizar la cuestión, el vicegobernador proponía unas medidas concretas. Para el pueblo de Mata Gato, su solidaridad y su comprensión. No debían los invasores ser tratados como criminales, porque no lo eran. Merecían la consideración debida a unos ofuscados, cuyos actos no responden a la lógica ni al buen sentido. Sin embargo, el gran problema no era la invasión (y tal vez por eso mismo el vicegobernador no proponía ninguna salida para la invasión propiamente dicha del morro de Mata Gato) y sí la crisis de la vivienda. Para ese gravísimo problema social que amenazaba la vida de la ciudad, apuntaba él una justa solución: el gobierno tenía que estudiar la construcción de casas para obreros en la periferia de la ciudad. Construcciones baratas y confortables para las que no faltaban terrenos adecuados ni técnicos capacitados. La mano de obra podían proporcionarla los propios futuros moradores. El documento detallaba el proyecto y mereció generales elogios. Se notaba en él el pulso del estadista, del administrador. No faltó quien dijera convencido: «Si fuera él el gobernador, no el vice, ya estaría todo resuelto». Aparecieron también los eternos descontentos, los malas lenguas profesionales, que insinuaron la existencia de un gran chanchullo encubierto bajo la solución propuesta por el vicegobernador: ¿de quién era la gran empresa especializada en la construcción de fábricas y ciudades fabriles? Desde luego, el vice poseía el control de la empresa, pero era lamentable que la mezquindad política le atribuyera tales intenciones, cuando él pensaba solo en el bien público. Terminaba su documento manifestando una vez más su solidaridad con los invasores del morro: su corazón latía el ritmo del sufrimiento de aquellas gentes.

Pero en la Asamblea del Estado los diputados gubernamentales se alzaron violentamente contra el proyecto de expropiación presentado por Ramos da Cunha. Lo vapuleaban por todas partes. ¿Dónde se había visto tan demagógico proyecto? ¿Cómo podía el estado expropiar unos terrenos invadidos por el pueblo? Con solo que se crease un precedente, solo uno, pasa- rían su legislatura aprobando proyectos de expropiación, pues los desocupados y los embaucadores no pensarían más que en construir casas en terrenos no parcelados. Pronto se levantarían chabolas junto al faro da Barra, en el Cristo, en la Barra Aveni- da. Absurdo. Queriéndose mostrar como amigo abnegado del pueblo, el líder de la oposición había perdido el control y pre- sentaba un proyecto cuyo único objeto era popularizar su nom- bre, conocido tal vez en Buriti da Serra, familiar posiblemente a los electores de su distante circunscripción, pero aún descono- cido y sin resonancia en la capital. Esa resonancia, y solo ella, era el objetivo final del proyecto presentado.

Ramos da Cunha volvió a la tribuna para defender su pro- puesta. ¿Demagógica? ¿Por qué no presentaba el gobierno un proyecto no demagógico que resolviera el problema? Él lo apo- yaría. Podían cubrirlo de insultos, podían los esbirros del go- bierno intentar ridiculizarlo, intentar indisponerlo con el pue- blo bahiano. Nada conseguirían. Los trabajadores, los honrados ciudadanos que, llevados por su aflictiva miseria habían levanta- do sus casas en el morro de Mata Gato, sabían con quién podían contar, sabían quiénes eran sus amigos y quiénes sus enemigos. Él, Ramos da Cunha, era un amigo del pueblo. ¿Cuántos de en- tre sus adversarios podían afirmar tal cosa? No ciertamente aquellos que tan violentamente criticaban su proyecto. ¿No es- tarían ellos acaso intentando obtener el apoyo electoral de los grandes propietarios de terrenos, no estarían intentando agra- dar a ciertas colonias extranjeras? Si él, Ramos da Cunha, esta- ba, como decían sus adversarios, queriendo conquistar la gratitud del pueblo, ellos, los de la mayoría, intentaban ganarse la gratitud de los magnates nacionales y extranjeros...

¿Trabajadores aquella taifa de vagabundos instalada en el morro?, subía a la tribuna otro diputado y dejaba a Ramos da Cunha y a la gente de Mata Gato reducidos a un hatajo de ladrones, tramposos profesionales, mendigos, prostitutas, vagabundos de todo tipo, escoria de la ciudad.

Sin duda había entre los invasores gente poco amiga del trabajo, pero negar la existencia de trabajadores entre las gentes de Mata Gato, era evidentemente una exageración. Albañiles, herreros, carpinteros, conductores de tranvía, carreteros, maestros en diversos oficios habían levantado allí también sus casas. ¿Con qué derecho puede un señor diputado llamar escoria de la ciudad a la gente del morro? Sea quien sea, ejerza el oficio que ejerza, un hombre siempre es digno de respeto; una mujer, digna de consideración. ¿Acaso no es duro el trabajo de una prostituta? Puede no ser bello su trabajo, pero ¿lo eligió acaso con libre voluntad, o llegó allí empujada por la vida? Y por lo que se refiere al trabajo de un virtuoso como Martim, no solo es duro y difícil, sino incluso bello, digno de verse y admirarse. ¿Cuántos de entre los señores diputados, hasta entre aquellos de más acusado olfato y de manos más leves, serían capaces de manejar una baraja o un cubilete y unos dados con la maestría, la delicadeza, la clase de Martim? No vamos a tomar partido, ya dijimos al principio que no estamos aquí para acusar a nadie y sí solo para contar la historia de la invasión, marco de aquellos amores (que son realmente nuestro tema) entre Martim y Otália, entre Curió y madame Beatriz, la famosa ocultista. Pero convengamos en que no es fácil mantenernos silenciosos cuando un diputado cualquiera, autor sin duda de rentables chanchullos, que mama de los dineros públicos, que vive a costa nuestra, moteja a honrados ciudadanos y amables conciudadanas, dignos de estima y de consideración en todos los aspectos, como «escoria de la ciudad». Increíble...

Iba así en la Asamblea, en un crescendo de discursos, la discusión del caso del morro de Mata Gato. El proyecto de Ramos da Cunha parecía definitivamente liquidado. La tensión entre los diputados llegaba a tal punto que incluso se cruzaban amenazas de agresión.

Y, hablando de amenaza de agresión, el periodista Jacó Galub denunció en las páginas de la *Gazeta de Salvador* que la policía lo había amenazado y que sentía en peligro su vida. Los guardias y el comisario Chico Bruto eructaban insultos por las esquinas y no escondían su decisión de «hacer un escarmiento» con el periodista. Jacó, con apoyo del sindicato de periodistas, responsabilizaba al jefe de policía, doctor Albuquerque, de cuanto pudiera sucederle. «Tengo esposa y tres hijos —escribió—, si soy agredido por Chico Bruto o cualquier otro esbirro de la policía, reaccionaré como hombre. Y si quedo tendido en el campo de lucha, sacrificado por los enemigos del pueblo, el doctor Albuquerque, jefe de la policía del estado, será el responsable de la orfandad de mis hijos, de una esposa sin marido.»

El jefe de policía convocó a los periodistas. Podía tranquilamente Jacó Galub transitar por la ciudad, que no tuviera miedo. La policía no le haría objeto de ninguna agresión. Nunca a nadie de la policía se le ocurrió amenazar al periodista. Lo que tenía que hacer era guardarse de aquella recua de malhechores con quienes se había mezclado, los invasores del morro de Mata Gato, capaces de atacarlo y echar la culpa a la policía. A esos, él, el doctor Albuquerque y sus subordinados de la policía, les negaban el «pan y el agua», y, para expulsarlos definitivamente de Mata Gato esperaban solo una decisión del meritísimo tribunal de justicia. Así nadie podría hablar de violencia, exorbitando las cosas. Aquella anarquía, aquella vulneración de la ley y de los valores morales, estaba en vísperas de terminar. Él, el doctor Albuquerque, cuyo paso por la jefatura de policía ya se había hecho notar por haber puesto fin al juego en la ciudad, por haber liquidado la industria de los bicheros, prestaría otro relevante servicio a Bahia poniendo fin a esa peligrosísima tentativa de perturbación del orden, de orígenes ignorados y sospechosos, cuyo objetivo era la desintegración de la sociedad. Tolerar esa invasión sería crear las condiciones para el caos, para la sublevación, para la revolución… La revolución (afirmación dramática, con temblores en la voz y tétricas miradas), he ahí el objetivo final de los que, entre bastidores, inventaban invasiones, mítines, concentraciones…

Para los diputados gubernamentales la gente del morro era la escoria de la ciudad. Para el doctor Albuquerque, bachiller aterrorizado que aún no había podido disfrutar de las ventajas tan celebradas de su cargo por haberse metido en líos desde el principio al tratar con los bicheros, e intentaba ahora arreglar la historia de la invasión y quería aparecer como el campeón de los propietarios urbanos, para el doctor Albuquerque, un poco ingenuo y atontolinado, los moradores de la colina eran unos revolucionarios temibles. Y además, bandidos. Bandidos, malhechores, fuera de la ley, recua de forajidos. Revolucionarios, sin embargo, que encubrían bajo esa capa romántica y política su verdadera condición. Tanto habló de ello el doctor Albuquerque que hasta llegó a convencerse él mismo. Al final de la historia veía la revolución social en cada esquina, y en cada revuelta de la calle un bolchevique con el cuchillo en los dientes dispuesto a destriparlo. Aún hoy, pasado tanto tiempo, cuando ya se han sucedido tantas invasiones semejantes, cuando sobre las aguas de la ciénaga se han elevado barrios de palafitos, la gran invasión de los lacustres, cuando los sucesos de Mata Gato están ya completamente olvidados, y solo nosotros aquí los recordamos mientras saboreamos nuestro aguardiente, aún hoy el doctor Albuquerque continúa aterrorizado con la revolución y sigue anunciándola cada vez más próxima si los gobernantes no tienen la buena ocurrencia de volver a ponerlo al frente de la policía. ¡Ay, si volviera a la jefatura! Ahora sí que no iba a caer en la estupidez de perseguir el juego…

No nos referiremos al concejal Lício Santos ni al director de la *Gazeta de Salvador*, doctor Airton Melo, ni a los otros menos conocidos y citados, porque estaban todos en tal actividad de aquí para allá, del despacho de José Pérez al palacio, del palacio a la Asamblea, de la Asamblea a casa del vicegobernador —¡excelente whisky!— de casa del vice a la de Otávio Lima —no solo whisky excelente, sino coñac francés y licores italianos, porque el rey del bicho sabía tratarse y recibir a las visitas—. Dejémoslos entregados a sus discretas negociaciones, que no por el hecho de no aparecer en esos días en las columnas de los periódicos o en la tribuna de la Cámara vamos a dudar de su decidida posición al lado de la gente del morro, de su condición de verdaderos amigos del pueblo.

¿Incluso el comendador José Pérez? ¿Y por qué no? Si profundizamos en la biografía de ese ilustre baluarte de la propiedad privada, encontraremos muchos y variados beneficios prestados a la comunidad, debidamente consignados por la prensa de la época, y algunos de ellos de mucha relevancia... ¿No fue él quien contribuyó en elevada cuantía a la construcción de la iglesia de São Gabriel, en el barrio popular de la Liberdade? Barrio nuevo, calles recién abiertas, densamente pobladas de obreros, de artesanos, de tenderos, gente pobre en general, la carretera de la Liberdade no poseía aún su indispensable iglesia. En materia de religión, antes de la generosa dádiva del comendador solo existían en el populoso barrio dos mesas de espiritistas y tres candomblés del culto fetichista afrobrasileño. Fue Pepe Ochocientos —actualmente con cinco florecientes panaderías en el barrio de la Liberdade y aledaños— quien se rascó el bolsillo y posibilitó la fe a aquella desamparada multitud. ¿Otros servicios relevantes? ¿No basta la construcción de la iglesia? Pues allá van: ¿no contribuyó en más de una ocasión a la obra de los misioneros españoles en China, a la catequesis de los negros de las tribus perdidas en el interior de África? ¿O es que no tenemos sentido de la solidaridad humana y solo consideramos pueblo a nuestro pueblo, y somos insensibles al sufrimiento de los paganos de los otros continentes?

13

¿Y qué hacían mientras tanto las gentes de Mata Gato, los celebrados invasores? ¿Cómo obraban y reaccionaban ante toda esa rumorosa actividad, ellos, el centro de todo? ¿No estaremos acaso olvidándolos, dando demasiada importancia a comendadores, diputados, periodistas, políticos y hombres de empresa? ¿No nos estaremos dejando arrastrar insensiblemente por la vanidad de codearnos con esa gente conocida cuyos nombres figuran en los ecos de sociedad? ¿A qué personajes debemos referirnos en definitiva? ¿Qué vidas hemos de relatar? ¿No son acaso los invasores de las tierras del comendador, Negro Massu y Lindo Cabelo, doña Filó y Dagmar, Miro, el viejo Jesuíno Galo Doido y todos los demás, los verdaderos héroes de esta historia? ¿Por qué relegarlos al olvido? ¿Por qué gastar tanta palabra con el diputado Ramos da Cunha, con el concejal Lício Santos, con otros bribones de la política y del periodismo ventajista, dejando en el silencio a la gente del morro? ¿Quieren saber la verdad?

No hablamos de ellos porque no hay nada que contar, acontecimiento o caso de interés. La gente del morro, en toda esta historia de la invasión, era quien menos hablaba y comentaba. Allá estaban ellos, en sus chabolas, viviendo: he ahí la verdad. Sin mayores ambiciones, sin ruido, sin heroísmo espectacular, viviendo apenas. En medio de todo aquel barullo —que te expulsan, que no te expulsan; que arrasan, que no arrasan— con tanta gente pululando alrededor, insultados o elogiados —bandidos de la peor especie, gente subversiva para unos; gente de toda consideración, buena gente del morro, humildes y explotados— según el diario y el comentarista, ellos iban consiguiendo el éxito mayor: conseguían vivir cuando todo se coaligaba para hacer imposible tal empresa. Como decía Jesuíno, los pobres ya hacen demasiado con vivir, con vivir resistiendo tanta miseria, dificultades sin fin, pobreza extrema, enfermedades, falta de toda asistencia; vivir cuando solo existen las condiciones para morir. Sin embargo, vivían. Eran gente obstinada, no se dejaban liquidar fácilmente. Su capacidad de resistencia al hambre, a la miseria, a las enfermedades, venía de lejos, había nacido en los navíos negreros, se había afirmado en la esclavitud. Tenían el cuerpo curado, eran duros en la caída.

Y no contentos con vivir, encima vivían alegremente. Cuanto más difíciles las cosas, más reían, y los sones de guitarras y acordeones, la música y la letra de las canciones, nacían y se elevaban en el morro de Mata Gato y en la carretera da Liberdade, en el Retiro, y en todos los barrios pobres de Bahia. Se enfrentaban alegremente con la miseria, se burlaban de la pobreza, seguían viviendo. Los niños, si no se convertían muy pronto en angelitos del cielo, elegidos por Dios y por la verminosis, el hambre y la falta de cuidados, se educaban en aquella dura y alegre escuela de la vida, heredaban de los padres la resistencia y la capacidad para reír y vivir. No se entregaban, no se doblegaban ante el destino, humillados y vencidos. Nada de eso. Lo resistían todo, se enfrentaban con la vida y no la vivían desnuda y fríamente. La vestían de risas y de músicas, de calor humano, de gentileza, de aquella civilidad del pueblo bahiano.

Así es esa gente vulgar, dura de roer, así somos nosotros, el pueblo, alegres y obstinados. Los de arriba sí que son unos blandos, dados a la farmacia y a los barbitúricos, roídos de angustia y psicoanálisis, circundados de complejos, de Edipo a Electra, queriendo dormir con su madre, fornicar con su padre, y encuentran que es elegante ser marica y otras porquerías semejantes.

A la gente del morro, sin embargo, todo aquel barullo no le quitaba el sueño, no le impedía vivir. Cuando la policía apareció por primera vez y prendió fuego a las chabolas ya construidas, algunos pensaron marcharse tranquilamente a buscar otra tierra para vivir. Pero Jesuíno Galo Doido, hombre respetado por el saber y por las canas, un obá, les había dicho: «Levantaremos las chabolas otra vez», y así lo hicieron. Aquello estaba dentro de su fórmula de resistir y vivir. Siguieron el consejo y dejaron a Jesuíno las grandes decisiones. El viejo era un buen tipo y merecía toda confianza.

Vinieron otros y se alzaron nuevas chabolas. Volvió la policía. Jesuíno y los chiquillos cavaron trincheras como en un juego, aflojaron la tierra en torno de los roquedos, acumularon piedras, echaron monte abajo los peñascos. La policía huyó, y fue una juerga, y ellos se partían de risa. Luego lo celebraron.

Por fin todo el mundo acabó metiendo las narices en el caso. Una discusión de mil diablos, los maderos tras ellos, encerrando a los inocentes, repartiendo estacazos, los diarios clamando, el proyecto en la Cámara, la demanda en el tribunal. Al diablo. Y ellos a vivir. Si la policía intentaba volver, resistirían. Jesuíno estaba otra vez al mando de la chiquillada, abrieron un camino escondido entre los matojos y se preparaban para oponerse una vez más a los policías. A los policías y a los magistrados de los tribunales.

Habían construido sus chabolas, eran obstinados, permanecían a pesar de todas las amenazas. Iban tirando. Matar, nadie se mataba, a no ser la negra Genoveva, que se empapó de gasolina y se prendió fuego, pero era explicable: fue amor. El mulato Ciríaco, tocador de bandurria, la dejó por otra. Lo importante era ir viviendo, no dejarse abrumar por la tristeza, no entregarse a ella. Reían y cantaban. En uno de los cobertizos funcionaba un bailongo, la Gafieira da Invasão, con animados bailes sábados y domingos. Por las tardes practicaban la capoeira, saludaban a sus santos, a sus orixás; por las noches, cumplían las obligaciones de santo. Vivían y amaban. Lindo Cabelo había prometido rebanarle el pescuezo a Lídio, un mequetrefe con humos de galán de cine que tuvo la osadía de guiñarle el ojo a la hermosa Dagmar.

También aquel Jacinto, mozo pretencioso de quien hemos hablado ya —¿recuerdan?—, hizo una barraca en Mata Gato y allí se estableció con Maria José, una medio pendanga que luego habría de traer problemas, pues con el cuento de ayudar a la negra Veveva a cuidar al chiquillo acabó sirviendo de colchón a Massu. El negro tenía limitados sus pasos a la cumbre del morro, allá abajo, los policías lo estaban esperando impacientes. Sin poder desplazarse a su guisa, visitar a los amigos de las tascas y de ventorros, andar de parrafeo, Massu parecía una fiera enjaulada. Por eso mismo Maria José le fue de gran consuelo. Nota discordante en ese cordial entendimiento fue el antipático

Jacinto. En vez de sentirse legítimamente orgulloso del éxito de su amiga, capaz de derramar el bálsamo de la alegría en el corazón de Massu, hombre importante, compadre de Ogum, se puso chulo, se echó unos copazos entre pecho y espalda, agarró la faca y fue a pedir explicaciones. Negro Massu, a pesar de haber recibido los consuelos de Maria José, no estaba aún para bromas: su humor no aguantaba berrinches. Al fin el tal Jacinto se mostraba como lo que era: un grosero. Había andado maltratando a la chica y ahora se ponía a gritar palabrotas a la puerta del negro, escandalizando a la vecindad. Massu se lo llevó a rastras hasta la vereda más empinada, el mejor camino para bajar del morro, le pegó un puntapié en el trasero y lo echó cuesta abajo, aconsejándole que no volviera a Mata Gato. Y así fue. La barraca quedó para la ex consorte en la división de gananciales. A Jacinto le bastaban los cuernos, de buen tamaño.

Volvió, sin embargo, días después al rastro de Otália. Por Otália tenía el tal Jacinto un viejo capricho, desde la llegada a Bahia de la chica. La había conocido aquella misma noche, cuando Cravo na Lapela le hizo la broma de esconderle el equipaje. Jamás consiguió llevársela a la cama. No se había presentado oportunidad, pensaba él. Acompañó de lejos los paseos de la chica con Martim, en aquel amor tan comentado en los muelles y en los bailongos. Para Jacinto, hombre poco dado a la imaginación y a la poesía, aquella romántica historia del platónico idilio era motivo de risa. ¡Él iba a creerse tales bobadas! Conocía al cabo Martim y, en lo más íntimo, su deseo era imitarlo, parecerse a él, hacer como él hacía con las mujeres: siempre superior a ellas dejándose amar sin tomarlas demasiado en cuenta. A esa historia, repetida por unos y otros, del cabo muriéndose de amores, paseando de manitas sin conseguir nada, Jacinto no le daba ningún crédito. Consideró que Otália estaba perdida para él a no ser que Martim se cansara de ella y se largara.

Y eso fue lo que, inesperadamente, ocurrió. No por cansancio, sino por huir de la policía se fue el cabo; desapareció sin dejar dirección para las cartas. Por lo menos Jacinto no consiguió dar con el paradero del cabo a pesar de que anduvo investigando entre los conocidos. No quería acercarse a Otália mientras el cabo anduviera por las cercanías. Martim no era de los que aceptan en silencio un socio inesperado. Pero cuando Otália, por decisión de Tibéria, se fue a recuperarse al morro de Mata Gato, Jacinto comenzó nuevamente a aparecer por allá, todo pinturero y encorbatado.

La casa levantada por Tibéria y Jesus en lo alto de Mata Gato estaba destinada a recibir al matrimonio cuando la vejez ya no les permitiera trabajar. Mientras tanto la usaban para descansar, y enviaban allí a las chicas cuando necesitaban reposo o tenían que esconderse de cualquier impulsivo, de lío fatigoso o de un insoportable pretendiente. Al menos para eso la reservaba Tibéria, si bien, tras el caso de Otália, le tomó tal manía que se empeñó en vender la casa a cualquier precio.

Apenas había desaparecido Martim —fue Jesuíno quien informó a amigos y conocidos, a Tibéria y a Otália, de la forzada desaparición del cabo, añadiendo que no sabía su destino—, empezó Otália a enflaquecer. Cosa rarísima e inexplicable: una debilidad en las piernas y en el cuerpo, un desmayo en la mirada, solo quería estar echada, no tenía ganas de nada, rechazaba uno tras otro a todos los clientes, incluso a aquellos más habituales y generosos, como el señor Agnaldo, de la farmacia La Milagrosa, en el terreiro de Jesus, infalible todos los miércoles al atardecer. Don Agnaldo no solo le pagaba bien, sino que además siempre le traía algún regalo: una caja de pastillas contra la tos, un frasco de jarabe, una pastilla de jabón. Pero ahora despachaba al señor Agnaldo, al viejo Militão del archivo, filántropo adinerado, al doctor Misael Neves, cirujano-dentista con consultorio en la praça da Sé; y de los eventuales, nunca recibía a nadie. No quería siquiera salir del cuarto, y al comedor iba de mala gana y apenas probaba la comida. Nunca más puso los pies fuera de la casa. Se pasaba las horas muertas en la cama, con su muñeca al lado, los ojos perdidos en el techo y sin sangre en el rostro.

Tibéria andaba alarmada. Sus pupilas la llamaban madrecita, y los amigos habían acabado por darle el mismo nombre. La verdad es que lo merecía, pues cuidaba de las chicas como si fuesen hijas suyas. A ninguna, sin embargo, había tomado tanto apego, se había aficionado tanto, como a la pequeña Otália, tan niña en edad y en ideas, tan temprano atraída por el oficio de meretriz.

Porque el viejo Batista, su padre, con tierras cerca de Bonfim, no era hombre para andarse con bromas, y cuando supo lo ocurrido: que el hijo del coronel Barbosa había estrenado a su chiquilla, aún una niña para el caso, agarró una estaca y le dio una paliza de muerte. Después la puso en la calle diciendo que no quería putas en casa. El lugar de los pendones es la calle; en las esquinas tendría que andar, por las calles de la trata. La chica se acogió en casa de su hermana, que andaba en la vida desde hacía dos años. Pero aquella no había salido directamente de casa de su padre. Primero se había casado, pero el marido la dejó sin más, se fue al sur y ella no encontró otra manera de vivir. En cuanto a Otália, salió de casa expulsada por el viejo, lleno de rabia al ver aquella chiquilla de quince años, bonita como una estampa, deshonrada ya, que solo servía para puta.

Muchos de estos detalles los supo el cabo Martim mucho más tarde de boca de Tibéria, persona de la mayor discreción, la mejor patrona de casa de putas que había en Bahia. Y no lo decimos por amistad, no alabamos su conducta por compadreo. ¿Quién no conoce a Tibéria y no admira sus virtudes? Nadie más conocida y estimada que ella, en su casa todos son de la familia; aunque juntos sí, pero no revueltos, que madrecita nunca lo permitiría. Una familia unida, y Otália la pequeña de la casa, mimada y caprichosa.

Martim se enteró luego de los detalles del caso. Cuando el hijo del coronel Barbosa, estudiante circunspecto, desgració para siempre a Otália, aún no había ella cumplido los quince años, aunque tenía ya cuerpo y pechos de mujer. Mujer solo a la vista, niña por dentro, que hasta en la casa quería seguir jugando con las muñecas y salir como púdica doncella con Martim, para luego ser novios con alianza y todo. Así era ella. Cosía vestiditos para la muñeca, la acostaba en su cama, le cantaba.

Allá en una calle de Bonfim, donde vivía con su padre, el viejo Batista, la vio el estudiante y por allí apareció algunas veces. Le dio unos caramelos y un día le dijo: «Ya estás casadera, pequeña. ¿Quieres casarte conmigo?». Ella prefería que antes fueran novios una temporada. Le parecía más bonito. Pero a pesar de todo aceptó satisfecha, y le pidió solamente velo y guirnalda. No pensó la pobre que el mozo hablaba por hablar, y casar, para él, era revolcarla a la orilla del río. Otália se quedó hasta hoy esperando el velo y la guirnalda. En vez de eso, lo que se ganó fueron unos estacazos del viejo Batista, y se vio en la puerta de la calle. ¿Qué podía hacer sino irse junto a su hermana, llamada Teresa, mala como ella sola?

En casa de Tibéria atendía a los clientes con competencia, pero en los ratos libres era solo una chiquilla, inocente de toda maldad, que solo quería salir con el cabo, hacerse novios, pasear con él cogidos de la mano, hasta que llegara el día de prometerse.

El cabo se fue furioso. Estaba cansado ya de aquel lío estúpido que no acababa en cama. Pero ¿qué era aquello? No sabía los antecedentes. Para él Otália estaba mal de la cabeza. ¿Dónde se ha visto una puta hablando de noviazgos, esperando el anillo, la bendición del cura y, mientras tanto, nada de cama? Perseguido y furioso, Martim levantó el campo y, para más seguridad, cambió de nombre y se ascendió a sargento. Otália ya no fue nunca la misma. Se tumbaba en la cama, cada día más deshecha. Tibéria creyó que lo mejor era sacarla de la casa y le propuso que fuera a pasar unos días al morro, donde estaban sus amigos, Negro Massu, Curió, ahora amigado con una vidente oxigenada, sin hablar de Jesuíno, sin casa allí ni en ninguna parte, pero comandante en jefe del morro, encargado de la defensa y el ataque, divirtiéndose cada vez más.

El tal Jacinto, apenas supo que Otália andaba por el morro,

para allá se fue con la esperanza de deslumbrarla con sus aires de pisaverde. Pero la chica, si lo vio, ni siquiera se fijó en él. No tenía ojos para nada, pendiente solo de su muñeca y del recuerdo del cabo Martim, su enamorado, de quien un día sería novia y con quien al fin se casaría. No salía de la chabola, tumbada en el catre, distante de todo, y solo cuando el chiquillo de Massu venía a brincar en su regazo, ella lo acariciaba y sonreía. Le bastaba casarse, pero si llegara a tener hijos, entonces sí que sería hasta demasiada felicidad.

¿Más cosas de la gente del morro? Pues que iban viviendo y ya no es poco cuando se es pobre y la policía se empeña en meter fuego a la casa de uno. Vivían como podían sin dar demasiada importancia al barullo de políticos y periodistas. Gente importante. ¡Que se apañen!

Novedades, novedades, tal vez una sola digna de anotarse. Era lo siguiente: hacía tiempo, y quizá a causa de las complicaciones, la población no aumentaba y no se construían nuevas barracas. Y el pozo abierto por los moradores no daba siquiera para el gasto de los actuales, tampoco el empalme de electricidad, una lucecilla de luciérnaga, buena para enamorados. Sin embargo, en aquella semana última, entre las dos reuniones del tribunal, aparecieron por Mata Gato albañiles y carpinteros con sus plomadas, cubos y serruchos y se pusieron a construir. Unos camiones del servicio público iban dejando al pie del morro sacos de cemento, ladrillos y tejas. Dos calles enteras de chabolas bien hechas, igualitas todas, estuvieron pronto en pie. Encaladas por dentro y por fuera, con puertas y ventanas azules, una preciosidad. Nadie sabía quién era el dueño, y el maestro de obras no soltaba prenda. De alguien serían, sin embargo. Mirando los camiones, Pé-de-Vento sugirió que serían del estado, tal vez para familias de funcionarios. O para establecer allí un criadero de mulatas. Pé-de-Vento aún estaba esperando las que había encargado a Francia hacía tiempo. Suponía que habría naufragado el barco o que se las habían afanado mulatas por el camino. En total, más de cuatrocientas.

Pé-de-Vento sugirió la tesis estatal para ver si acababa con la curiosidad de Jesuíno, loco por saber a quién pertenecían las nuevas construcciones. El viejo calavera, con Miro y otros mocetes, andaba preparándolo todo para enfrentarse con la policía cuando saliera la sentencia del tribunal. Miraba con desconfianza las paredes de aquellas barracas con estilo de casa de verdad, sacudía la cabeza, pero, por si las moscas y por continuar la diversión, seguía con sus preparativos para hacer frente a cualquier agresión. «El morro de Mata Gato será defendido hasta el último hombre —había escrito Jacó Galub haciendo responsable al gobierno de cuanto allá pudiera ocurrir—. Aún está el gobernador a tiempo de destituir al jefe de policía y atender a las reivindicaciones del pueblo.» Sacudía Jesuíno la cabeza cubierta con un extraordinario sombrero. Los blancos de allá abajo, blancos por ricos y no por el color, eran capaces de llegar a un acuerdo y entonces, ¡al diablo su diversión! Eran unos canallas, y los canallas siempre acaban por entenderse. Pelea entre ellos poco dura.

Pé-de-Vento asentía. Se había llevado unos garrotazos de la policía y ahora ardía en ganas de ayudar a Jesuíno a ahuyentar a los maderos. Galo Doido se había hecho, Dios sabe dónde, con uno de esos cascos de metal que usan los obreros de las minas y con él se cubría, o intentaba hacerlo, porque la cabellera gris y enmarañada escapaba por todos lados. A pesar del casco no tenía el deseado aspecto marcial, se hubiera dicho más bien un poeta. Soplaba la brisa en el morro, agitaba las hojas de los cocoteros. Los moradores iban viviendo, obstinados, riendo, cantando, trabajando, comiendo, haciendo hijos. Con las nuevas casas sí que tenía Mata Gato el aspecto de un barrio.

—Gente más loca… —comentó Pé-de-Vento—. Todo esto era un brezal, venga zarzales, y ahora está que ni una ciudad. ¡Hay que fastidiarse!

Jesuíno rió, ronca su risa por el catarro y por el humo. Lo había pasado en grande con todo aquello de la invasión. Sabía de unos terrenos más allá de Liberdade, y andaba pensando en llevar unos amigos para hacer unas casas por allí. ¿Por qué no iba Pé-de-Vento con ellos?

—¿Hay mulatas allá? ¿De las de verdad?

Si las hubiera, él echaría una mano. Pero para vivir solo, no. Pé-de-Vento prefería seguir viviendo en paz en su rincón.

14

Coincidió el amancebamiento de Curió y madame Beatriz, la vidente para quien el futuro era libro abierto e ilustrado, con la primera sesión del tribunal de justicia convocado para juzgar la demanda del comendador José Pérez —Pepe Ochocientos Gramos, el antiguo bribón de las balanzas desajustadas, actual baluarte de la sociedad y de la moral, ahora ladrón con balanzas electrónicas— contra los invasores de sus terrenos de Mata Gato; la segunda sesión, cuando se pronunció la sentencia condenatoria, habría de coincidir con el casamiento de Otália y el cabo Martim.

Otália murió al anochecer, cuando ya estaba dictada la sentencia, faltando solo pasarla a limpio y transmitirla al jefe de policía, ansioso de ejecutarla, con las órdenes ya estudiadas y los hombres elegidos. Tibéria había llegado a Mata Gato la víspera, temprano, y también por la noche llegó Jesus y allí se quedó. Las chicas vinieron después, cuando el médico dijo que no había esperanza. Por la noche, aprovechando la presencia de Jesus y el agotado sueño de Otália, Tibéria fue en busca de Jesuíno. El viejo calavera había bajado a la ciudad, a beber su cachaza. Al día siguiente, con el cuento de la sentencia, ya no iba a poder dejar el morro. Tibéria lo encontró sin grandes dificultades. Sus tumbos le eran familiares. Quería la dirección de Martim para enviarle un recado.

Primero Jesuíno se negó, dijo que no la sabía, abrió una boca de papanatas haciéndose el ignorante, pero cuando Tibéria le explicó el porqué, no se hizo rogar más: el cabo Martim andaba por Itaparica, pero ya no era ni cabo ni Martim. Ahora era sargento Porciúncula, liado, según consta, con la espléndida Altiva Conceição do Espírito Santo, portento de negra. Tibéria le encargó que lo llamara con urgencia, y Jesuíno despachó hacia allá a un pescador con lancha propia, que salió de madrugada con órdenes de traer a Martim. Inmediatamente tomó Jesuíno el camino del morro, sin acordarse ya de la reunión del tribunal, señalada para la tarde, tan pesaroso iba, dolido el corazón. Otália era su predilecta: la noche de su llegada de Bonfim le había pedido la bendición y se echó a sus pies. ¿Por qué tenía que morirse precisamente ella, habiendo tanta gente vieja y ruin con cuya muerte nada se perdía, y por quienes nadie iba a verter una lágrima? ¿Por qué había de ser ella, tan alegre y cariñosa, con su gracia, con su muñeca, con su sonrisa, sus danzas, sus caprichos, su amor? ¿Por qué ella que apenas había empezado a vivir? Con tanto can rabioso mereciendo la muerte. Era una injusticia, y el viejo Jesuíno Galo Doido tenía horror a las injusticias.

El aviso le llegó al sargento Porciúncula a media tarde. Precisamente aquel día iba de gira a Mar Grande, donde se había formado una especie de club de yeseros y pescadores. El club no poseía sede ni patrimonio social, pero habían conseguido unas barajas. Informado, el sargento se apresuró a presentar su adhesión a aquellos esforzados deportistas, y con ella su experta ayuda.

En el patache, de pie junto al timón, sin un gesto, la boca cerrada, el rostro ansioso, parecía de piedra y solo tenía un deseo: llegar, correr al morro, tomar sus manos, pedirle que viviera. Una vez, ella le había preguntado: «¿No comprendes?».

No, entonces no había comprendido. Cuando ella le miró a los ojos y le hizo la pregunta, estaba él lleno de prisa y rabia. Se había marchado para huir de la policía, pero también para huir de Otália, para no buscarla otra vez, para olvidarla. En el cuerpo de fuego de Altiva Conceição do Espírito Santo, en las altas llamaradas de sus pechos y en la brasa ardorosa de su vientre, había quemado el recuerdo de Otália, el gusto ingenuo de sus labios, su imagen de chiquilla enamorada. Había llenado apresuradamente su ausencia con los días de juego desenfrenado, con las noches de amor en la arena, iluminados por las estrellas. Pero ahora él comprende, sus ojos se han abierto y siente su corazón pequeño en el fondo del pecho, todo él es miedo, únicamente miedo, miedo de perderla. ¿Dónde están los vientos del mar que no vienen a empujar a este patache hacia los muelles de Bahia?

Cuando al fin llegó, con el crepúsculo, al morro de Mata Gato, Otália ya no tenía fuerzas para hablar y solo lo buscaba con los ojos. Tibéria le explicó su petición, al comienzo de la agonía, en el prólogo de la muerte: Otália quería ser enterrada vestida de novia, con velo y guirnalda. El novio, Tibéria sabía cuál era: el cabo Martim. Estaban de acuerdo para casarse, muy pronto, en las fiestas de junio.

Era una loca petición. ¿Dónde se había visto a una meretriz enterrada con vestido de novia? Pero era una súplica en la hora de la muerte. No tenía más remedio que satisfacerla.

Al ver a Martim, Otália recuperó el habla. Era un hilo de voz, un cuchicheo distante. Y pidió el vestido. No había ningún vestido, y mucho menos de novia. ¿No podía Martim arreglarlo? Era compra costosa, y además de noche, con las tiendas cerradas. Pero había que hacer algo, Otália esperaba en cama, moribunda. Todas las mujeres, las chicas de casa de Tibéria, las vecinas del morro, amigas de otras pensiones, un hato de pelanduscas, recua de putas cansadas de la vida, todas se volvieron costureras, cosiendo el vestido, el velo, la guirnalda. En un instante juntaron el dinero para un ramo de flores, se hicieron con el velo, las cintas, los bordados, encontraron zapatos, medias de seda, guantes, ¡guantes blancos! Una cosía un trozo, otra ponía una cinta.

Ni madame Beatriz vio jamás vestido de novia como aquel, tan lujoso y elegante, ni guirnalda ni velo tan precioso, y la vidente había viajado y sabía de esas cosas. Antes de salir mundo adelante a consolar afligidos, había tenido taller de modista en Niterói.

Después vistieron a la novia. La cola del vestido caía de la cama, barría por el suelo. El cuarto estaba lleno de muchachas y amigos. Tibéria vino con el ramo y lo puso en manos de Otália. Habían apartado la almohada, levantaban la cabeza de la enferma. Nunca se había visto novia tan hermosa, tan serena y tan dulce, tan feliz en el momento de la boda.

Al lado de la cama se sentó el cabo Martim. Era el novio y tomó la mano de la muchacha. Clarice, una que había estado casada, se sacó llorando la alianza del dedo y se la dio al cabo. Este la colocó lentamente en el dedo de Otália, y miró su rostro. Otália sonreía, no parecía al borde de la muerte, tan satisfecha y contenta. Cuando Martim desvió los ojos vio a Tibéria frente a él, frente a él y a Otália. Tibéria convertida en cura, con las ropas de bendecir, con corona y todo, un cura grueso, con rostro de santo. Tibéria levantó la mano y los bendijo. Martim inclinó la cabeza y besó a Otália en los labios. Sintió su aliento final, como llegado de lejos, distante.

Entonces Otália pidió a todos que se marcharan. Sonreía con la boca y con los ojos, con el rostro todo. Novia más feliz jamás se ha visto. Salieron todos, de puntillas, menos Martim porque ella lo tenía de la mano. En un esfuerzo se apartó levemente hasta hacerle un sitio en la cama. El cabo se tendió a su lado, incapaz de hablar. ¿Cómo iba a vivir sin Otália, vida imposible, muerte imposible? Otália levantó la cabeza y lentamente la apoyó en el amplio pecho del cabo. Cerró los ojos, sonriendo.

En la puerta, Tibéria sollozaba. Otália seguía sonriendo.

15

Al caer la tarde, tras la sentencia del tribunal, cuando los coches de la policía —en un despliegue de fuerzas como si fueran a enfrentarse con un ejército y conquistar posiciones casi inexpugnables— se aproximaron al morro de Mata Gato, bajaba por la vereda el entierro de Otália. Los policías, mandados por Chico Bruto y Miguel Charuto, iban armados de metralletas, fusiles, bombas lacrimógenas y sed de venganza. No volverían corriendo esta vez, no querían dejar piedra sobre piedra; los coches celulares, vacíos, volverían llenos.

Desde lo alto de la colina, Jesuíno Galo Doido observaba el entierro que desaparecía en la distancia mientras se acercaban las fuerzas de la policía. Traía en la mano el espantoso casco de minero transformado en yelmo militar. Se lo puso, mientras Miro, a su lado, esperaba órdenes. Montañas de piedras habían sido colocadas en la noche de vela. Los chiquillos se movían entre ellas. Algunos vivían en el morro, en las chozas alzadas cuando la invasión, pero la mayoría habían venido a enfrentarse con la policía en un acto de solidaridad. Estaba allí toda la vasta e invencible organización de los capitanes de la arena, sin reglamento escrito, sin jefatura electiva, pero poderosa y temida. Los chiquillos de hocico de rata, vestidos de andrajos, llegados de los más distantes callejones. Los chiquillos abandonados de Bahia, universitarios de la vida obstinada, que aprendían a vivir y a reír sobre la miseria y la desesperanza. Allí estaban esos enemigos de la ciudad como tantas veces los habían llamado los periodistas, jueces y sociólogos.

El entierro, acompañado por Tibéria y por sus chicas, se dislocaba un tanto apresurado. Aquellas cansadas mujeres habían pasado la noche anterior en vela. No podían faltar al trabajo dos noches seguidas. El crepúsculo caía sobre el mar. Otália daba su último paseo, vestida con el velo y la guirnalda, toda de blanco en su ataúd. La llevaban el cabo Martim y Jesus, Pé-de-Vento y Curió, Ipicilone y Cravo na Lapela.

Era el primer entierro desde la invasión de Mata Gato aunque habían nacido ya cuatro pequeños, tres niñas y un niño. Por lo que a los acontecimientos derivados de la sentencia se refiere, el día antes habían estado allí Jacó Galub y Dante Veronezi y les dijeron que no se dejaran impresionar con los «berridos del jefe de policía»; el asunto se resolvería bien, nadie sería expulsado del morro, no iban a derribar ninguna barraca. ¿Por qué entonces aquel despliegue de policías la tarde del entierro de Otália? Galo Doido y los muchachos, por si las moscas, asumieron sus responsabilidades de mando. Un chiquillo fue enviado a buscar a Jacó.

A partir de la sentencia del tribunal todo fue muy rápido. ¿Dónde estaban aquellas posiciones radicales, violentas irreconciliables? En el amor al pueblo, en la defensa intransigente de sus intereses, se allanaron todas las dificultades. Se superaron las divergencias, se encontraron las fuerzas adversarias y llegó el acuerdo. De él hablaremos, de aquella fiesta de auténtico patriotismo que unió a los hombres de la oposición con los del gobierno; a dirigentes de las clases conservadoras, con líderes de las clases populares, sus corazones latiendo al unísono al ritmo del amor al pueblo. Que se nos perdone si repetimos una y otra vez las palabras «amor al pueblo», pero si este era realmente grande, si todos estaban preñados de ese amor y de él se nutrían, no vemos la manera de evitar la repetición de estas palabras, aunque ello suponga maltratar el estilo. Al fin y al cabo, no somos clásicos ni tenemos responsabilidades especiales para con la pureza y elegancia de la lengua. Lo único que deseamos es contar la historia y alabar a quien merezca ser alabado. Y puestas así las cosas, para no olvidar a nadie, lo mejor será elogiar a unos y a otros, a todos sin excepción.

La reconciliación de tantos hombres ilustres separados por divergencias políticas fue el tema grandioso y fundamental de la totalidad de los infinitos discursos, artículos, informes, editoriales, escritos en la fase final del problema de Mata Gato.

«¡Hemos vencido! Triunfo del pueblo y de la *Gazeta de Salvador*», anunciaban los titulares orgullosos del diario, y lo confirmaba la sirena que rasgaba los aires convocando a la multitud. La sirena de la *Gazeta de Salvador*, que solo sonaba en gravísimas ocasiones, para noticias supersensacionales.

La tumultuosa cuestión del morro de Mata Gato se había resuelto a satisfacción de todos, escribía el periódico. Menos de cuarenta y ocho horas después de la sentencia del tribunal, en un plazo que habría de quebrar varios récords burocráticos y parlamentarios. El amor al pueblo hace milagros. Notable ejemplo de patriotismo, digno de ser imitado por las nuevas generaciones, tan imbuidas de ideas extremistas. Victoria del periodismo honesto, al servicio del pueblo.

El presidente del tribunal de justicia era un viejo avisado y astuto; estaba informado de las negociaciones en curso, en las que participaban los diversos interesados: el benemérito comendador José Pérez, el valeroso diputado y líder de la oposición, Ramos da Cunha, el gobernador, el vicegobernador, el alcalde, concejales, el incansable Lício Santos, el doctor Airton Melo, gran hombre de la prensa, y también el periodista Jacó Galub, el atrevido reportero cuya acción valerosa merecía, además de elogios, justa compensación. Sin hablar del popular hombre de negocios —realmente quizá la única persona que gozaba de popularidad general—, Otávio Lima, cuya presencia en las conversaciones tal vez exigiese una explicación. La verdad sin embargo es que nadie exigía tal explicación. ¿Por qué vamos entonces a buscarlas y transcribirlas? ¿Por qué vamos a ser más exigentes que tantos hombres ilustres envueltos en este asunto? La presencia de Otávio Lima era recibida con absoluta naturalidad, puede incluso afirmarse que él representó un papel decisivo en el éxito de las conversaciones. En la solución de aquel intrincado problema, el gobernador intentó oír las opiniones más diversas, demostrando así su espíritu democrático y su visión de estadista.

Los moradores del morro no fueron oídos, nadie les preguntó nada, pero tampoco era necesario, ¿acaso todas aquellas reuniones y conferencias no tenían por objeto salvaguardar sus intereses? ¿No estaban presentes y activos tantos sinceros patriotas, amigos abnegados del pueblo? Sin hablar de la presencia modesta pero simpática de Dante Veronezi, cuya posición de hombre del morro, de indiscutido y respetado jefe de la invasión, ya nadie podía poner en duda: dos bloques de casas, construidas a toque de tambor, le pertenecían, y estaban ya alquiladas a buen precio. Dante iba y venía, de las reuniones al morro y del morro a las reuniones, y había convencido a Jesuíno y a los moradores de la inutilidad de sus preparativos bélicos. «Lo están resolviendo todo.» En vez de barricadas y trincheras, de piedras y latas de agua hirviendo, hay que hacer gallardetes de papel, pancartas de saludo, cohetes y cadenetas. Para festejar, para conmemorar el éxito en la plaza pública. La policía había cercado el morro, pero Dante Veronezi pasó entre los coches y las ametralladoras, impávido. A su costa y bajo su dirección estaba siendo confeccionada una pancarta que anunciaba:

VIVA DANTE VERONEZI,
NUESTRO CANDIDATO

Así, un poco vagamente, sin designar el cargo para el que lo proponían y apoyaban. Dante, ante el rumbo victorioso de los acontecimientos, comenzaba a pensar seriamente en sus posibilidades para el cargo de diputado del estado. Concejal, seguro. Pero quién sabe: quizá tuviera condiciones para cargos más altos… De todos modos, candidato. Doña Filó, cuyo hijo más joven iba a apadrinar Dante Veronezi, dirigía su propaganda en el morro.

El presidente del tribunal de justicia estaba al corriente de todo eso. «Todo eso», naturalmente, no incluye el parentesco afectivo y moral de Dante y doña Filó. Nos referimos a las entrevistas y negociaciones en curso. El presidente no era ningún lerdo, no se llamaba Albuquerque, como la sañuda bestia que ocupaba la jefatura de policía. Sabía él también cuál era la obligación del tribunal, su responsabilidad, su deber: hacer respetar las leyes, garantizar sobre todo el artículo constitucional que hacía inviolable la propiedad privada. Que se arreglasen los políticos como pudieran, que echaran mano de todas sus componendas, para eso existían y politiqueaban. El tribunal tenía que limitarse a reafirmar el derecho constitucional a la propiedad de la tierra y condenar el crimen que suponía el desacato a ese sagrado derecho, crimen cometido por los invasores de Mata Gato. La sentencia del tribunal fue una obra maestra de jurisprudencia y mano izquierda. «La justicia es ciega», repetía, añadiendo no obstante al viejo lugar común sentidas palabras, por no poder el tribunal considerar siquiera la conmovedora estampa de doña Filó, madre sufrida y amantísima, con tantos críos pidiendo teta. Ciega la justicia, y obligados los jueces a ser sordos a tales clamores. Correspondía a los miembros del poder legislativo y del ejecutivo la busca de solución política al problema, respetando el derecho de propiedad, garantizado por la Constitución, y atendiendo al mismo tiempo a los intereses de aquellas pobres gentes acosadas por la mala fortuna. El tribunal confiaba en que Dios, suprema fuente de sabiduría, iluminase a los gobernantes y a los diputados, y recomendaba —no podía hacer otra cosa— a la fuerza y a la prudencia de la policía la ejecución de la sentencia condenatoria de los invasores del morro, que debían ser desalojados, y entregados los terrenos que ocupaban a su verdadero propietario.

Sentencia brillante con la que el tribunal se reafirmaba como guardián de la propiedad privada y, al mismo tiempo, parecía insinuar, sugerir, una solución política. Así, cualquier acuerdo que hiciera caduca la sentencia condenatoria parecería resultar de la propia sentencia, de la sabiduría del tribunal. ¿No estaban el gobernador y los diputados tratando a espaldas del tribunal y de la policía? El jefe de policía era una vaca presuntuosa, pero él, el presidente del tribunal, no se dejaría pillar los dedos. A su costa no iba a sacar ningún sinvergüenza diploma de genio. Con la sentencia atiborrada de razones y de astucia, aparecía el tribunal como el verdadero iniciador de cualquier solución de compromiso. Y dio órdenes a los funcionarios para que no enviaran la sentencia a la policía hasta que él, expresamente, lo ordenara.

El doctor Albuquerque, cabalgando en su genealogía, en su ambición y en su suficiencia, era el único en no darse cuenta del intenso movimiento que se estaba desarrollando en la sombra, en busca de solución al conflicto Mata Gato. Nunca había visto su posición tan sólida y brillante. Aún la víspera, intentando sacar algo en claro de los rumores recogidos entre líneas por la prensa, oyó como el gobernador le reafirmaba toda su confianza. Añadió su excelencia que el problema de Mata Gato escapaba por entero a las atribuciones del gobernador. Era la justicia la que tenía que decidir, y la policía cumplir las decisiones del tribunal. El doctor Albuquerque salió segurísimo de palacio. En la puerta se cruzó con Lício Santos, y respondió secamente al rendido saludo del concejal. Si no estuviera aquel canalla protegido por la inmunidad de su cargo, ya lo habría metido en la jaula.

Los diarios de la oposición, presentando al jefe de policía como un bárbaro intransigente, pintando de él un retrato siniestro, le prestaban, sin proponérselo, un excelente servicio. Lo acreditaban ante las clases conservadoras como un líder firme y decidido. Mientras otros vacilaban, brujuleando en busca de votos, halagando al populacho, él aparecía como indómito campeón de los propietarios. Cuando la hora sonase, ¿quién iba a ser el líder natural de cuantos temiesen la ola subversiva, la marea alarmante del socialismo que hacía sonar —en su limitada opinión— sus trompetas anunciadoras en el morro de Mata Gato? A la hora de hacer frente a los revolucionarios, ¿quién más indicado que él para gobernar el estado con mano de hierro? En su despacho, esperando que le fuera comunicada oficialmente la sentencia del tribunal, el doctor Albuquerque se veía ya en el palacio de Aclamação, teniendo ante él, humillado y mustio, al rey del bicho, a aquel hijo de perra de Otávio Lima.

Exagero al decir que fue el doctor Albuquerque el único sorprendido por los acontecimientos. También algunos diputados de segunda fila y algún que otro secretario de Estado permanecían en la inopia, y apenas tuvieron tiempo de ponerse a aplaudir. Además, las cosas se precipitaron de tal modo que el diputado Polidoro Castro —«Castrinho das francesas», antiguo chulo en la calle Carlos Gomes cuando la calle Carlos Gomes era zona de busconas— quedó en posición ridícula. Ese Castro de la antigua crónica estudiantil, con ficha en vagos y maleantes, había alzado el vuelo al interior y allí se casó con la hija de un hacendado y se convirtió en hombre de altas virtudes morales. Volvió a la capital ya medio calvo y con una credencial de primer suplente de diputado en la Cámara del Estado por un partido gubernamental, para asumir su mandato mientras el titular del escaño iba a darse una vuelta por Europa por cuenta de la casa, de modo que todos quedaron contentos. Decidido a brillar en la tribuna, vio su oportunidad en el proyecto Ramos da Cunha. Se convirtió en su crítico más minucioso y feroz, lo desmontó párrafo tras párrafo, y con irritante erudición de picapleitos de pueblo y una lógica cartesiana de amante de viejas putas francesas, fue reduciendo a jirones «aquel montón de estupideces demagógicas, de nuestro fogoso Mirabeau de secano»… Todo eso en tres discursos largos e irresponsables.

Estaba en medio del tercero —con evidente placer, en plena admiración ante la fuerza de sus argumentos, de sus citas, algunas latinas, de su timbre de voz— la tarde siguiente a la sentencia. Estaba refiriéndose a ella exactamente, a la coincidencia entre la argumentación jurídica de sus discursos y la «luminosa lección del tribunal» cuando entró apresurado en el recinto el líder de la mayoría, procedente de palacio. Echó una mirada de reojo al orador que peroraba en la tribuna, secreteó con algunos diputados de la mayoría, se dirigió a Ramos da Cunha, ocupado en interrumpir a Polidoro, y se sentaron los dos en un rincón a cuchichear. Polidoro Castro, envuelto en su propia voz, no prestó gran atención al líder. No vio como se dirigía a la mesa y hablaba al oído del presidente. Solo volvió de su embebecimiento, maravillado él mismo de su portentosa elocuencia, cuando vibró la campanilla del presidente:

—Está agotado el tiempo del noble diputado…

No era posible. Tenía derecho a dos horas y ni siquiera había agotado la primera. El presidente estaba equivocado. No, no estaba equivocado el presidente, y sí el noble diputado. Su tiempo estaba realmente agotado. Al volverse hacia el presidente dispuesto a discutir aquel absurdo, Polidoro se dio de ojos con el líder y comprendió. Alguna grave comunicación política acababa de llegar, y había que comunicarla a la casa. El líder deseaba la tribuna. No estaba mal: así podría pronunciar luego otro discurso, el cuarto…

—Termino, señor presidente…

Remató sus conclusiones, prometiendo continuarlas en forma aplastante en otra intervención. ¿Por qué diablos sonreía Ramos da Cunha ante tal amenaza? No solo sonreía sino que hasta se sentó a su lado, en la primera fila, para oír desde allí la intervención del líder de la mayoría, que estaba ya en la tribuna carraspeando ante el pleno, silencioso, atento. Ramos da Cunha, con su proyecto destrozado, miraba al techo, embotada ya su sensibilidad moral, pensaba Polidoro.

El líder del gobierno solicitó la atención de los señores diputados. Venía de palacio y hablaba en nombre del gobernador. El silencio de las grandes ocasiones dio mayor peso a las palabras del líder. Venía de palacio, repitió, y sentía el cosquilleo de sentirse importante, de manifestar su intimidad con las salas y los corredores de palacio, donde él, líder del gobierno, iba y venía sin necesidad de pedir previa audiencia. Allá, en compañía del señor gobernador, del vicegobernador, del alcalde de la capital, del secretario de Obras Públicas y Pavimentación y de otras autoridades, había participado en una reunión en la que fue estudiado desde sus complejos y diversos ángulos el agudo problema de la invasión del morro de Mata Gato.

Hizo una pausa. Elevó el brazo derecho para reforzar sus palabras. El ilustre gobernador del estado, dijo, a cuya humanísima intervención anterior se debía el que no se hubiera derramado sangre del pueblo cuando los habitantes del morro, llevados por la necesidad, invadieron y ocuparon tierras ajenas; su excelencia, siempre atento y al servicio de las causas del pueblo, ahora atado de manos al no poder impedir la acción de la policía, colocada bajo las órdenes del tribunal para la ejecución de la sentencia; su excelencia, el benemérito gobernador —repetía a boca llena, escupiendo salivillas de satisfacción—, apoyándose en las propias razones de la sentencia, que aconsejaba al ejecutivo y al legislativo que buscaran una solución política capaz de evitar la acción de la policía; su excelencia, ese ejemplo de político consciente de las necesidades del pueblo, ese humanista, había resuelto dar una prueba más de la grandeza de sus sentimientos y de su amor al pueblo. En la Asamblea del Estado, allí, en aquella casa de la ley y del pueblo, se hallaba en discusión un proyecto de ley que mandaba expropiar los terrenos del morro de Mata Gato, proyecto cuyo autor era el noble líder de la oposición doctor Ramos da Cunha, cuyo talento y cuya cultura no pertenecían exclusivamente a la minoría y sí a toda la Asamblea, al estado todo de Bahia, al Brasil (aplausos, muy bien, murmullos generales de aprobación, y la voz de Ramos da Cunha: «Su excelencia es muy generoso, noble colega»). Pues bien: en nombre y por decisión del señor gobernador, venía a comunicar a la Asamblea el apoyo unánime de los escaños gubernamentales, o sea de la mayoría, al patriótico proyecto del señor líder de la oposición. Ante el pueblo no había gobierno y oposición, y sí diputados al servicio de sus intereses. Así lo había dicho el señor gobernador, y el líder repetía sus admirables palabras. Así pues, él, líder de la mayoría, pasaba a manos del señor presidente, firmado por él y por el líder de la minoría, un informe pidiendo urgencia para la votación de la materia. Para terminar, deseaba decir cuán orgulloso se sentía de servir a figura tan noble como el jefe del gobierno. Su gesto magnífico y magnánimo solo encontraba similar, en el marco de la historia del Brasil, en el de la princesa Isabel, la Redentora, al firmar el decreto de abolición de la esclavitud. El señor gobernador era la nueva princesa Isabel, el nuevo Redentor.

Descendió de la tribuna en medio de los más estruendosos aplausos.

—Se va a armar la gorda… —El periodista Mauro Filho, en los bancos de la prensa, se frotaba las manos.

En la tribuna, con los brazos abiertos, Polidoro Castro soltó el chorro de su elocuencia:

—Señor presidente, quiero ser el primero en felicitar al ilustre señor gobernador del estado por esta histórica decisión, inmortal decisión, que el noble líder de la mayoría con su palabra elocuente acaba de comunicar a la casa. Tuve ocasión de analizar el proyecto de Ramos da Cunha, cuyo talento fulgura como estrella diamantina en el cielo de la patria, y si lo discutí en esta tribuna, jamás intenté disminuir sus altos méritos. Señor presidente, quiero decir que me coloco enteramente al lado del proyecto, que le doy mi entero apoyo. Y aprovecho la ocasión para transmitir al señor gobernador mi incondicional adhesión…

El periodista Mauro Filho volvió a sentarse:

—No hay quien pueda con ese Polidoro… Es demasiado fuerte… Por algo les sacaba dinero a las francesas… Tiene una cara más dura…

A toque de tambor el proyecto inició el proceso de primera votación. Hervían las noticias en las redacciones. Los periodistas la gozaban con la metedura de pata del líder de la mayoría presentando al gobernador en figura de princesa. Algunos se asombraron del exaltado apoyo de Polidoro Castro. Pero ¿qué derecho podían alegar para impedir su exaltación patriótica?

Las últimas noticias informaban de que técnicos y peritos se encontraban en la secretaría de Obras Públicas en conferencia con el comendador José Pérez y sus abogados e ingenieros. No llegaban a un acuerdo con relación al valor de los terrenos, calculado por metro cuadrado. Los peritos se apoyaban en la lejanía de la ciudad, la falta de canalizaciones y servicios y la escasa salida de los terrenos de aquella zona. El comendador José Pérez, apoyado en planos, proyectos e informes consideraba ridículo el precio arbitrado. ¿Querían hacerse un nombre? ¿Querían palmas y votos? ¿Querían elogios de la prensa? Él estaba de acuerdo, nada tenía que objetar, siempre que no fuese a costa suya, siempre que no fuese él el único en pagar el pato. ¿Cómo se atrevían a proponer aquel precio ínfimo cuando todos los estudios, cálculos y planes estaban hechos y señalado ya el inicio de la venta de parcelas? ¿Ahora que tenía a su favor la sentencia del tribunal? ¿Sabían el precio a que iba a ser vendido el metro cuadrado según el proyecto de parcelación? ¿Y el precio de la sentencia?

Lício Santos iba de un lado a otro, iba del comendador a los peritos. Donde hubiera dinero allá estaba él, en cada propina dada o arrancada, en cada níquel que cambiaba de bolsillo en esa historia de la invasión del morro de Mata Gato él tuvo su porcentaje. Iba del gobernador al vice, del alcalde al presidente de la Asamblea, de Airton Melo a Jacó Galub. Llevaba los recados de Otávio Lima, y mezclado con el problema del morro solucionaba el del juego del bicho. Al mismo tiempo estaba en formación un frente único que reuniría a los diversos partidos en apoyo del gobierno. Se hablaba de Ramos da Cunha para una secretaría y de Airton Melo para otra. Se citaban nombres para sustituir al doctor Albuquerque en la jefatura de policía.

Al caer la tarde dio fin la primera votación del proyecto. Un requerimiento, firmado por los líderes, pedía la convocatoria extraordinaria de las comisiones de Justicia y Finanzas para aquella misma noche. Así el proyecto podría ser votado en la última discusión del día siguiente e inmediatamente promulgado.

En la policía, nervioso y sobre ascuas, el doctor Albuquerque esperaba la sentencia. No comprendía aquel retraso. Hacía veinticuatro horas que había sido dictada por el tribunal. ¿Cómo no había llegado aún a sus manos? Burocracia incompetente si es que no había allí algo peor. Las noticias de la Asamblea y del palacio lo tenían preocupado. Había intentado comunicarse con el gobernador, pero su excelencia no estaba, nadie sabía dónde encontrarlo. El doctor Albuquerque resolvió precipitar los acontecimientos.

Ordenó el cerco del morro. La policía, bien provista de munición y utilizando varios vehículos blindados, debía ocupar todo el área en torno al morro. Acampar allí. Que no dejasen pasar a nadie. Que detuvieran y encerraran a quien bajara de Mata Gato. Apenas llegara la sentencia con el oficio del tribunal, serían dadas las órdenes para la ocupación del morro y la destrucción de las chabolas. Como máximo al día siguiente por la mañana. Chico Bruto, encargado de dirigir la importante operación, preguntó si tenía carta blanca para actuar con mano dura.

—Con la mayor firmeza. Si intentan oponerse, use la fuerza. Rechace con violencia cualquier intento de agredir o desmoralizar a la policía. No quiero ver otra vez a la policía ridiculizada por esos revoltosos…

—Esta vez no ocurrirá. Puede quedar muy tranquilo…

Casi al llegar al morro se cruzaron los policías con el entierro de Otália. Chico Bruto entreabrió los labios en una sonrisa de dientes pobres. Comentó con Miguel Charuto, a su lado en el coche:

—Como hagan el bestia va a haber un montón de entierros…

Miguel Charuto lo que quería era meter al cabo Martim en la cárcel. Y si pudiera, de paso, romperle la cara, mejor que mejor.

No sabía él que el cabo Martim había dejado de existir a la salida del cementerio. Estrechó la mano de los amigos, besó las gordas mejillas de Tibéria, envejecida de repente. El gran patache de Militão, de tres mástiles, el *Flor das Ondas*, lo aguardaba pronto a levar anclas. Se dirigía a Penedo, en Alagoas, y recibía a Martim como pasajero a petición de mestre Manuel. Pero Martim ya no era Martim; su rostro duro, pétreo, no recordaba la cara pícara, alegre, risueña del antiguo cabo del ejército. Sus ojos quemados, sin lágrimas, no eran los ojos vivos y llenos de calor del cabo Martim. Había abandonado para siempre su grado y nombre. El cabo Martim ya no existía, ¿cómo vivir sin Otália? En el mar nocturno, estaba vacío, no era nadie, sentía el peso de la cabeza muerta sobre su pecho, sus finos cabellos, su velo de novia.

Después, cuando llegara a la ciudad desconocida, sería otro, empezaría otra vez. Con la misma ligereza de manos trabajando la baraja, el mismo golpe de vista para los dados, pero sin aquella picardía, aquel vivir cada instante con plenitud, aquella gracia, aquel encanto nunca más irresistible. El sargento Porciúncula, con los hombros un poco curvados como si llevara un peso a la espalda. Cargaba con su muerta, jamás quiso dejarla en el suelo, descargar la pesada carga. Nunca abrió su boca para contar la historia, nunca la compartió con nadie. Sobre él, en sus hombros, Otália, vestida de novia.

16

Dante Veronezi subió al morro sin dificultad, atravesó entre los policías armados, entre las ametralladoras apostadas. No intentaron impedirle el paso. Nada le dijeron. Las órdenes recibidas precisaban solo que nadie debería bajar del morro. Y cuando, Veronezi, acompañado del maestro de obras responsable de la construcción de los dos bloques de viviendas, quiso volver a la ciudad, fue detenido y encerrado en un coche celular en compañía del maestro de obras. Allí pasarían la noche si Miguel Charuto no lo hubiera reconocido y no hubiera soplado algo al oído de Chico Bruto. Dante Veronezi armaba un barullo tremendo en su ratonera. Chico Bruto decidió enviarlos en un coche a la jefatura. Que decidiera el jefe.

La detención de Dante Veronezi fue observada por los moradores desde lo alto del morro. Jesuíno volvió a sus disposiciones bélicas y envió un chiquillo a la ciudad para que avisara a Jacó Galub de lo ocurrido. El capitán de la arena partió por la senda recién abierta entre los matorrales impenetrables. Pasó escondido entre los arbustos sin que hubiera policía capaz de agarrarlo en aquel barrizal hediondo. Poco después corría hacia la ciudad, saltaba a un camión llevando el aviso de Jesuíno.

Pero antes incluso de llegar el chico de vuelta —se detuvo en la redacción de la *Gazeta de Salvador*, donde los reporteros lo fotografiaron y entrevistaron—, subió al morro el concejal Lício Santos con la noticia de la liberación de Dante y del maestro de obras, tramitada por él mismo y confirmada por el gobernador directamente. Anunció también la votación unánime del proyecto en trámite en la Asamblea, en primera votación. Estaban las comisiones reunidas. Al día siguiente ultimarían la votación, la segunda, y el gobernador firmaría la ley de expropiación. Ellos serían los dueños de sus chabolas. Lício Santos se sentía feliz y orgulloso de haber colaborado, con su palabra y su actividad a esa victoria del pueblo. Él era amigo del pueblo, y su más caracterizado representante en la Cámara de Concejales.

Todo eso lo comunicó en un discurso exaltado, a la puerta de una de las casetas construidas por Dante, coronada con una pancarta que ponía:

PUESTO ELECTORAL

DEL CONCEJAL LÍCIO SANTOS

Y DE DANTE VERONEZI

Los moradores se reunieron para oírlo. Lício, en medio de sus metáforas zoológicas («el poeta de los esclavos ya afirmó que la plaza es del pueblo como el cielo es del cóndor»), tenía salidas divertidas («y yo digo que el morro es del pueblo como el hueso es del cachorro») que hacían reír a la gente. Soltó unos palos al jefe de policía y anunció su inevitable dimisión. Era posible incluso que el tal Albuquerque ya no ocupara el cargo, que ya hubiera recibido el puntapié en el trasero.

Aún estaba. La orden del gobernador mandando poner en libertad a Dante Veronezi llegó acompañada de una recomendación: mucha prudencia al actuar contra los moradores del morro. El doctor Albuquerque se sintió, por primera vez, poco seguro en sus posiciones. Mandó soltar a Veronezi (Lício Santos lo aguardaba en la sala de espera; el jefe de policía se había negado a recibirlo), y salió para palacio. Necesitaba ver al gobernador, tener una entrevista con él. Pero el palacio estaba casi a oscuras, y su excelencia, tras un día de trabajo agobiador, había salido solo, de incógnito, a dar una vuelta. No había dicho ni adónde iba, ni cuándo volvería. El jefe de policía aún esperó un poco. Resolvió por fin volver a la jefatura dejando un aviso: pasaría la noche en su despacho, en vigilia cívica, allí esperaba órdenes del gobernador. Pero como dieron las dos de la madrugada sin que recibiera ninguna comunicación, y estaba muerto de sueño, se fue a su casa, con el rostro avinagrado y el corazón afligido. Al salir vio en una esquina al delegado Ângelo Cuiabá riéndose y conversando en un corro de policías. Aún oyó un trozo de su frase, cortada al verlo por el saludo reglamentario:

—… se habla del diputado Morais Neto, cualquiera mejor que ese animal…

Entró en el coche como quien acaba de oír su elogio fúnebre. Ni dinero del bicho, ni jefatura de las clases conservadoras. Pero caía con dignidad. «Caigo de pie», le dijo a su esposa, que lo esperaba en vela, nerviosa ella también por los rumores que había oído a las vecinas. Le quedaba la fama de honesto, de incorruptible. La esposa, un poco cansada de tanta altisonancia, de ese empaque poco rentable, le recordó que era difícil caer de pie, y en cuanto a la incorruptibilidad, era una palabra bonita, pero no daba de comer a nadie. El doctor Albuquerque se sentó entonces en la cama y se cubrió el rostro con las manos:

—¿Qué quieres que haga?

—Adelántate y pide la dimisión.

—¿Tú crees? ¿Y si las cosas cambian aún, y si el gobierno a pesar de todo me deja en el cargo? ¿Por qué precipitarnos?

La esposa se encogió de hombros. Estaba cansada y quería dormir.

—Si no pides la dimisión ni siquiera acabarás con dignidad… No se salvará nada…

—Lo pensaré… Decidiré mañana…

Al día siguiente, por la mañana, lo despertaron con un recado de palacio: el gobernador lo llamaba con urgencia. La mujer se levantó para recibir el recado. Él la miró a la entrada del cuarto. Ella sintió pena: ese pobre marido, tan lleno de sí y tan incapaz. Nadie mejor que ella podía medir con precisión toda su inutilidad, su vacío absoluto. Pero tenía un aspecto tan lastimoso que ella se acercó. Bajó el doctor Albuquerque los ojos: era la catástrofe.

—El gobernador quiere verte…

—A esta hora solo puede significar…

—No te preocupes… De cualquier modo seguiremos viviendo… Cumplías con tu deber.

Pero él sabía cuál era el verdadero juicio, el concepto que su esposa tenía de él. Era inútil dárselas de honesto, hacer pose de estatua; ni la engañaba ni la convencía.

—Vencido por ese hatajo de miserables…

Ella nunca supo si se refería al gobernador y a los políticos, o a la gente del morro. Lo ayudó a vestirse, el doctor Albuquerque aún usaba cuello duro.

En palacio, el gobernador le reafirmó su consideración, su estima, su agradecimiento y el deseo de seguir contando con él, con un hombre que daba brillo y respetabilidad a su gobierno. Pero lo quería en otro cargo. Ya lo estudiarían después cuidadosamente. La jefatura de policía, en aquellos momentos de acuerdo político, de mutuas concesiones, necesitaba un titular sin la rigidez inflexible del doctor Albuquerque. Aquella rigidez era un capital precioso no solo para el actual gobierno sino para toda la vida pública bahiana. El doctor Albuquerque era un modelo para generaciones venideras. La política, sin embargo, tiene sus exigencias, sus manchas de sombra, exige flexibilidad, concesiones, acuerdos, incluso ciertas martingalas. No era su amigo hombre de martingalas.

El doctor Albuquerque inclinó la cabeza: ¿qué le importaban los elogios? Salía de la policía con las manos limpias, como había entrado. Y sin embargo, había empezado con tantas y tan fundadas esperanzas… Honesto, inflexible, incorruptible, un animal, todo un buey. Miraba al gobernador, risueño frente a él, pronunciando todas aquellas palabras amables, rasgando la seda de los elogios. Manos limpias, ejemplo de honestidad; salía pobre de cargo tan delicado: su deseo era levantarse, mandar al diablo al gobernador y a la honestidad, a la inflexibilidad, a la incorruptibilidad, a la puta que los parió.

Se levantó, se abotonó la chaqueta, se inclinó ante el gobernador:

—Dentro de media hora recibirá su excelencia mi dimisión.

El gobernador se levantó también, lo envolvió en un abrazo caluroso y le reafirmó casi sinceramente su afecto:

—Muy agradecido, mi querido amigo…

La petición de dimisión no hacía referencia al juego del bicho. El delegado Ângelo Cuiabá se había apresurado a comunicar al jefe de policía, apenas lo vio llegar tan de mañana, la noticia de la próxima liberación del juego, acuerdo tomado la víspera por la noche, cuando el gobernador visitó la casa de Otávio Lima —la casa de su verdadera esposa, aclaremos—. Tampoco hacia referencia a los sucesos de Mata Gato. Salud estropeada, necesidad de descanso, prescripción facultativa. He ahí los motivos de la petición expuestos en la carta de Albuquerque: «Repetidamente he venido solicitando me concedieran la dimisión del espinoso cargo que me fue confiado. No la obtuve, y, sacrificando mi salud, atendí a los llamamientos de su excelencia para que continuara. Esta vez, sin embargo...».

El gobernador atendió su súplica y respondió inmediatamente con una carta concediendo la dimisión. En su carta hacía el elogio del dimisionario, hombre recto y ejemplo de integridad. Un periodista, a quien Albuquerque había dado un enchufe en la policía, redactó una nota para un programa radiofónico, y pagó su deuda de gratitud divulgando una versión favorable al jefe de policía: Albuquerque había dimitido por no querer pactar con el nuevo escándalo del juego del bicho. Con su salida, el gobierno pasaba a mancharse definitivamente en el cieno del juego.

La noticia de la dimisión del jefe de policía llegó al morro casi al mediodía, y fue saludada con entusiasmo por los moradores. Uno de los chiquillos empleados como enlace entre los sitiados de Mata Gato y la ciudad, trajo la noticia de parte de Lício Santos. Tras la dimisión del jefe de policía, aprobado el proyecto en las comisiones tras rápida y nueva discusión, iba a ser votado en plenario, en una sesión extraordinaria, y seguramente sería promulgado aquel mismo día. Los moradores debían prepararse para una gran manifestación de regocijo a la que estaba siendo convocada toda la población a través de los diarios y emisoras; manifestación de aplauso al gobierno, gran concentración popular frente al palacio del gobernador.

Y así era: los diarios de aquella mañana invitaban al pueblo a agradecer con su presencia en la plaza Municipal la benemérita decisión del gobernador. En la *Gazeta de Salvador*, había un reportaje entusiasta de Jacó Galub describiendo los «horrores del último cerco del morro de Mata Gato por la policía criminal de Albuquerque, urubú que se las daba de buitre», contando y dramatizando la prisión de Dante Veronezi. Reproduciendo las pintorescas declaraciones de Pica-pau, el capitán de la arena que le trajo el aviso, a quien describía con el hocico agresivo y simpático, un mechón sobre el rostro, y una colilla en los labios. Aparte del reportaje de Jacó Galub, había un editorial firmado por Airton Melo, el director. Solo de tarde en tarde firmaba este un artículo. Si lo hacía aquella mañana era precisamente para saludar el gesto del señor gobernador. Aunque adversario político, sabía reconocer la grandeza dondequiera que se hallara. Su excelencia había conquistado la admiración de todo el estado. Por eso, él mismo, Airton Melo, había aceptado ser uno de los oradores en la manifestación prevista para aquella tarde.

Las gentes del morro se preparaban. Pancartas, banderas, una cinta de saludo al gobernador. Los chiquillos seguían yendo y viniendo por la senda del barrizal en busca de noticias. La policía había cercado también aquel lado del morro, había apostado allí sus ametralladoras. Pero los capitanes de la arena atravesaban entre los arbustos, agachados con pies de gato, y cuando los guardias se daban cuenta, ya estaban lejos, saltando a la trasera de los camiones.

El único problema que seguía sin resolver era el del precio de los terrenos. El comendador José Pérez había puesto un precio y no cedía. Presentaba sus planos, los cálculos, los estudios de parcelación. Hubo intervención de mediadores, y por fin una entrevista entre el gobernador y el baluarte de la colonia española. Llegaron a un acuerdo. El comendador José Pérez, para facilitar la solución y queriendo contribuir por su parte en beneficio del pueblo, hizo un pequeño descuento o un gran sacrificio (elija cada cual la fórmula que prefiera para calificar el gesto, según su conveniencia o gusto). Los peritos modificaron la valoración inicial, aunque uno de ellos se negó a firmar el nuevo documento considerando que aquello era un chanchullo demasiado inmoral. Fueron muchos los que metieron allí la zarpa, y se dan muchos nombres, pero por nuestra parte solo podemos garantizar la actuación de Lício Santos, siempre eufórico e infatigable.

Al pie del morro de Mata Gato, la policía, olvidada en la confusión que siguió a la dimisión de su jefe y mientras no se nombrara otro, seguía cercando la colina y agarrando y encerrando a quien se aventuraba a bajar. Ya había tres en la cárcel, aunque Jacó y Lício prometían libertarlos en cuanto tuvieran tiempo. Estaban muy ocupados, tratando de la manifestación. Ya dirían la hora tan pronto la supieran. Desde luego, sería al caer la tarde.

Jesuíno, perdida su bélica diversión, dirigía ahora los preparativos para la adhesión del morro a las celebraciones. Era también divertido y se sacaban algunos cobres. Sin hablar de la promesa de Lício Santos: aguardiente y cerveza a discreción para celebrar la victoria. Galo Doido, cuya profesión jamás nadie había conocido, se consideraba enemigo irreconciliable de cualquier trabajo y estaba dispuesto a convertirse en invasor profesional en terrenos de propiedad ajena, según decía riendo a Miro mientras pegaban carteles en unos maderos. No conocía ocupación más divertida. Ya estaba planeando una nueva invasión: unos terrenos, allá por Liberdade, en un lugar que llevaba el sugestivo nombre de Rego da Turca.

A las dos de la tarde, en medio del mayor entusiasmo cívico de los diputados, se votó la redacción final del proyecto Ramos da Cunha. Se había decidido que el presidente designaría una comisión para presentarlo al gobernador. Pero, a propuesta de Polidoro Castro, se decidió que fueran en bloque todos los diputados a presentar el proyecto en palacio. Se fijó la hora de la firma para las seis de la tarde. Así habría tiempo suficiente para preparar la gran manifestación.

Todas las emisoras radiaban de cada cinco minutos un comunicado invitando a la población y autoridades a sumarse al acto que se celebraría en la plaza Municipal, frente al palacio, a las dieciocho horas. Serían así testigos del acto histórico de la promulgación por el gobernador de la ley votada por la Asamblea expropiando los terrenos del morro de Mata Gato. Hablarían entre otros los líderes del gobierno y de la oposición en la Asamblea Legislativa, el periodista Airton Melo, el concejal Lício Santos y el propio gobernador. Camiones del estado y de la

Prefectura, ómnibus y tranvías estarían a disposición de cuantos acudieran. Se movilizaron todos los recursos para el mayor éxito de la espontánea manifestación popular.

17

Con tanto quehacer, tantas providencias por tomar, los acontecimientos sucediéndose —reuniones en palacio, conversaciones, conferencias, discusiones para el nombramiento del nuevo jefe de policía y para el reajuste de la secretaría—, el caso es que se olvidaron de los policías que sitiaban el morro, en pie de guerra, con ametralladoras y todo, y se olvidaron también de los habitantes de Mata Gato. Ya estaba la plaza llena de gente, ómnibus y camiones vomitaban manifestantes con pancartas y banderolas; llegaban en pleno los miembros de la Asamblea Legislativa, en el mismo coche los líderes del gobierno y de la oposición; políticos que llegaban en sus automóviles hasta el palacio del gobierno. El señor alcalde bajaba las escaleras del ayuntamiento para atravesar la plaza y unirse al gobernador, cuando Jacó Galub, en uno de los salones de palacio se acordó de la gente del morro. A su lado estaba Lício Santos.

—¿Y los de Mata Gato?

—¡Diablos! Habrá que ir a buscarlos…

Acordose Jacó del chiquillo que esperaba en la redacción cualquier recado urgente. «Dios quiera que funcione el teléfono.» Consiguió línea. Minutos después, el capitán de la arena salía en un taxi llevando la retrasada convocatoria de Jacó. Un camión estaba a punto de salir para traer a los habitantes del morro. Que fueran bajando y lo esperaran.

Se acordaron también del cerco policíaco. Fueron en busca del nuevo jefe de policía, nombrado e investido media hora antes, un diputado, primo de la esposa del gobernador y amigo de Otávio Lima, con lo que el asunto del bicho quedaba en familia. El hombre se asustó, ¿cercado el morro? Sí, lo había leído en los diarios. La verdad es que no estaba muy al corriente de todo aquello; ni siquiera estaba en la capital, pasaba unos días de reposo en Cruz das Almas, en su hacienda, cuando el gobernador lo convocó. Iba a tomar las providencias necesarias. Que no se preocuparan. Por otra parte, ¿qué providencias? No lo sabía. Muy sencillo, le informaron los dos compadres. Había que mandar un delegado o un comisario con órdenes para los policías: que volvieran a la jefatura. Hacía más de veinticuatro horas que estaban cercando el morro, comiendo bocadillos y bebiendo agua caliente. Órdenes de aquel imbécil de Albuquerque. Entre los policías había un clima de revuelta.

Revuelta no es la expresión exacta. No estaban revolucionados, sino aburridos hasta el sueño, rabiosos, mal alimentados, tras una noche en blanco, picados por los mosquitos. Había millones de mosquitos en el lodazal. Ellos eran los únicos que no habían tenido noticia de la magnífica fiesta, de la manifestación espectacular. Metidos allí, sitiando aquella porquería de morro. Ni siquiera bajaban aquellos miserables, para que pudieran darse el gustazo de repartir unos palos y llenar los coches celulares. La víspera habían agarrado a tres, y allí estaban encerrados, pasando hambre y sed, medio asados en los camiones. Chico Bruto andaba de un lado a otro bramando. Miguel Charuto no deseaba más que dar con el cabo Martim y pegarle una paliza.

Fue entonces cuando apareció la multitud en lo alto del morro. Chico Bruto la vio amenazadora, armada de piedras y garrotes. Al frente, con un enorme garrote, iba Jesuíno Galo Doido. La verdad es que eran los moradores que bajaban en busca del camión que debía llevarlos a la plaza Municipal. Jesuíno llevaba una pancarta enrollada.

El capitán de la arena había abandonado el taxi lejos del morro, atravesó el barrizal, subió a escondidas entre los arbustos, agachado, y transmitió el aviso de Jacó y Lício. Jesuíno reunió a los moradores. Estaban ya más o menos preparados, agarraron las pancartas y los cartelones y siguieron a Galo Doido, que se había calado su espantoso casco de comandante.

Abajo, Miguel Charuto los señaló, retrocediendo:

—Bajan a atacarnos…

Chico Bruto agarró el revólver. Gritó a sus policías las órdenes de Albuquerque. Sonrió. Se iba a vengar de la derrota anterior y de los mosquitos nocturnos, de la espera bajo el sol, de la bazofia miserable que había tenido que comer, del agua sucia y caliente. Se sentía compensado de todo.

Los moradores desaparecieron en un recodo del camino. Pronto reaparecerían. Chico Bruto reía satisfecho. Miguel Charuto tomó posiciones. Él se encargaría de aquel hijo de perra de Martim.

La figura de Jesuíno Galo Doido se proyectó contra el horizonte rojo del crepúsculo. «¡Fuego!», ordenó Chico Bruto.

La ametralladora barrió los arbustos, alzó una cortina de polvo, devoró el pecho de Jesuíno. Estaba él en lo alto de una roca, vaciló, intentó enderezar su casco, dobló el cuerpo y cayó rodando hasta el lodazal. El cieno lo cubrió. Los otros moradores retrocedían hacia lo alto del morro. El cartelón conducido por Jesuíno quedó abajo, al pie del cerro. Se veían las letras:

SALVE A LOS AMIGOS DEL PUEBLO

Luego, inmediatamente, llegaron, casi al mismo tiempo, un automóvil con el delegado Ângelo Cuiabá y el camión que había de transportar a los moradores. El delegado traía órdenes de que cesara el cerco, de que soltaran a los presos si es que los había, de que volvieran los policías y los coches a la jefatura. Si alguien quería ir a la manifestación, podían hacerlo.

Quiso saber si todo había ido bien. Chico Bruto informó: todo bien, habían agarrado a tres cuando intentaban salir del morro. Los soltarían. Fuera de eso, minutos antes, habían intentado atacarlos. Él mandó que tiraran unas ráfagas, solo para asustarlos, y los tipos habían plegado velas.

—¿Nadie herido? ¿Nadie muerto?

—Nadie.

Se retiró la policía. Algunos moradores tomaron pancartas y carteles y bajaron. Al frente iba doña Filó y sus hijos. Pero no todos: los dos mayores se quedaron. Miro bajó hasta el lodazal.

En la plaza, la manifestación iba engrosándose por momentos. El discurso del líder del gobierno causó sensación, pues repitió aquella imagen de tanto efecto: su excelencia, el gobernador, era la princesa Isabel de los tiempos nuevos redimiendo a los esclavos sociales. Airton Melo y Ramos da Cunha no quedaron atrás. Y el gobernador, al firmar en la terraza del palacio, ante los aplausos de la masa allí reunida, la ley de expropiación de los terrenos de Mata Gato, no pudo evitar lágrimas de emoción. Con esas lágrimas surcándole el rostro inició su memorable discurso. En la ventana de al lado, el industrial Otávio Lima, chupando un aromático puro sonreía contento ante el entusiasmo de la multitud, en gran parte conocidos suyos, funcionarios de su organización, bicheros de nuevo en libertad. Buena gente: ni uno había faltado a la convocatoria.

Escena de emoción indescriptible. Se necesitaría un Camões para cantarla, para inmortalizarla: el abrazo del gobernador a doña Filó cuando ella, cargada de hijos, llegó a la terraza de palacio y él, el jefe del estado, el padre del pueblo, la acogió en sus brazos.

La fiesta se prolongó toda la noche. Otávio Lima mandó que repartieran cerveza y aguardiente. Se bailó en un estrado alzado en la plaza Sé.

Era una noche sin luna, cargada de nubes, casi sin estrellas; un aire de bochorno, pesado, anunciaba tempestad. En el lodazal, Miro y los capitanes de la arena rebuscaban el cuerpo de Jesuíno usando las pértigas de las pancartas. Pé-de-Vento y Curió se habían incorporado a la busca. También Ipicilone, Cravo na Lapela y algunos otros. Pasaron allí la noche, inútilmente. Los gusanos brillaban con luz rojiza entre la podredumbre del barrizal. Jesuíno se había hundido en el cieno y no hubo modo de encontrarlo. Encontraron, sí, el casco descomunal, casco de minero, casco de soldado o comandante. Pero, con la cana cabellera sobresaliendo, no conseguía Jesuíno Galo Doido un aire militar. Más bien parecía un poeta.

18

Con la manifestación prolongándose en fiesta animada, de danza y trago, acabó la historia de la invasión del morro de Mata Gato. Tuvo un final feliz, o, como diría un joven de nuestros días, un *happy end*. Todos salieron contentos, cada cual tuvo su merecida compensación.

El gobernador ganó aquella manifestación tan espontánea (que lo diga Otávio Lima) y sincera; sintió el calor del afecto del pueblo. Sin hablar del apoyo político que obtuvo, con la oposición comiendo en su mano, bien sujeta. Ramos da Cunha ganó la Secretaría de Agricultura; Airton Melo la de Justicia. Se reforzó el gobierno, se estableció una tregua política.

El comendador José Pérez vendió sus terrenos a peso de oro. Regaló un nuevo coche a sus nietos, a la chica y al chico, ambos tremendos revolucionarios, formidables teóricos de la revolución social. Lício Santos, ya sabemos del dinero recogido aquí y allá, dondequiera que en este asunto se moviera algo de dinero. Su elección para diputado parece segura; es ya hombre popular. También es segura la elección de Dante Veronezi para concejal. Es candidato de las invasiones, pues las invasiones, aunque ya no esté Jesuíno Galo Doido para dirigirlas, siguen multiplicándose. En cada una de ellas, Dante construye casas y casas. Jacó Galub, el héroe del morro de Mata Gato, fue nombrado informador de la Asamblea Legislativa, y laureado, como ya se anunció, con el premio de periodismo por sus reportajes sobre la invasión.

En cuanto a la gente del morro, en el morro siguió. Se quedaron en sus chabolas, viviendo, obstinadamente. Doña Filó se dedica a la política, es agente electoral de Dante. Si no fuera analfabeta, llegaría a la Cámara.

¿El doctor Albuquerque? ¿Sería acaso el maestro de rectitud, el incorruptible, el único en salir perdiendo en el asunto? Podemos dar una buena noticia: no salió perdiendo, también recibió su recompensa. Surgió una vacante en el Tribunal de Cuentas del estado, y, a pesar de los numerosos candidatos, el gobernador se acordó de su ex jefe de policía y lo nombró para el cargo. Solo él aparece en la historia de la invasión del morro, entre tantos amigos del pueblo, como el bandido, el malo. No sería justo sin embargo olvidarlo a la hora del reparto. En su alto cargo de consejero del Tribunal de Cuentas, espera que algún día llegue su hora. Candidato de las clases conservadoras al gobierno del estado, o incluso simple secretario de estado, o quizá otra vez jefe de policía. Le gustaría volver: aquella historia del juego del bicho aún no la ha digerido. Por ahí dicen que el gobernador y toda su familia se están hinchando de dinero, con los «sobres» de los bicheros. Unos canallas, eso es lo que son, piensa el doctor Albuquerque, aún de cuello duro.

¿Y quién más? Nunca encontraron el cuerpo de Jesuíno. Incluso hubo quien dudó de su muerte. Dijeron que se había marchado, que cambió de nombre, como ocurrió con el cabo Martim que se convirtió en el sargento Porciúncula. Tales rumores circularon durante algunos meses hasta que, en una fiesta del candomblé de Aldeia de Angola —donde el padre de santo Jeremoabo organiza los ritos y distribuye licencias y salud— se encarnó en una moza, Antônia da Anunciação, iaô aún sin santo definido, una mulata espléndida. En ella se personificó un nuevo caboclo antes desconocido.

Por primera vez descendía en un terreiro, y declaró llamarse Caboclo Galo Doido. Su danza era espectacular, inventaba pasos nuevos, no se cansaba, podía pasar la noche bailando sin descanso, exigiendo nuevos cánticos. Curaba enfermedades, todas las enfermedades; resolvía problemas, todos los problemas, y era única en asuntos de amor. Gustaba de un trago, y hablaba con toda la labia del mundo.

No podía ser otro sino Jesuíno, pues jamás se supo que Caboclo Galo Doido hubiera bajado en una vieja, en un caballo magro de pelleja lacia. Solo se encarnaba en las más bellas muchachas, y no le importaba si eran iaôs de otros caboclos. Con tal de que fueran bonitas, le servían. En ellas pasaba la noche danzando. Jesuíno Galo Doido, ahora encantado, orixá de candomblé de caboclo, pequeño dios del pueblo de Bahia.